一滴敢报江海信

黄启键◎著

深圳出版社

图书在版编目（CIP）数据

一滴敢报江海信 / 黄启键著 . -- 深圳 : 深圳出版社 , 2023.7
ISBN 978-7-5507-3804-1

Ⅰ . ①一… Ⅱ . ①黄… Ⅲ . ①随笔－作品集－中国－当代 Ⅳ . ① I267.1

中国国家版本馆 CIP 数据核字 (2023) 第 062132 号

一滴敢报江海信

YI DI GAN BAO JIANG HAI XIN

出 品 人　聂雄前
责任编辑　朱丽伟　易晴云
责任校对　李　想　彭　佳
责任技编　郑　欢
封面设计　黄子历

出版发行　深圳出版社
地　　址　深圳市彩田南路海天综合大厦 （518033）
网　　址　www.htph.com.cn
订购电话　0755-83460239（邮购、团购）
设计制作　深圳市知行格致文化传播有限公司
印　　刷　深圳市华信图文印务有限公司
开　　本　787mm×1092mm　1/16
印　　张　24.5
字　　数　420 千字
版　　次　2023 年 7 月第 1 版
印　　次　2023 年 7 月第 1 次
印　　数　1—5000 册
定　　价　68.00 元

执着追求中的并不意外的收获

范以锦

1997年生机盎然的春天，我为黄启键的新闻作品集《历史的跨越》写了序。26年后的2023年，又是春暖花开时，心情愉悦中分享了启键轻松活泼的散文集，心情愈发愉悦。这本散文集虽与新闻作品集不同，但其抒发的情感对我的触动依然一样。岁月不居，笔墨有情，有感而发，欣然作序。

我与启键交往30余年。初次认识时，他刚履新大埔县新闻干事岗位，后又转任新闻秘书，曾连续三次获广东省"十佳新闻秘书"荣誉称号。广东在县一级设立新闻秘书一职，是南方日报社向省委提议的。停止这一称谓数年后，趁改革开放中机关机构进行调整之机，南方日报社又向省委建议，恢复了新闻秘书岗位。所以，南方日报社的采编人员与新闻秘书的关系极为密切。我曾在南方日报社驻梅州记者站工作，调任报社编辑部后又常回梅州采访，加上我与启键又是梅州大埔老乡，自然互相有着特殊的情感融合，对他的作品我倍加关注。品读他的诸多新闻作品，及与他交往的印象中，我认定他在新闻领域是个可塑之才，日后必成大器。不出所料，他从大埔调到深圳宝安从事调研和文字工作几年后担任了《宝安日报》总编辑、社长。既是缘分，也是工作需要，我在南方日报社任上曾几次进入宝安日报社调研，与启键交谈甚欢。当年为他的新闻作品集写序时，我曾问过他将来会出文艺作品集吗？他回答还未考虑过。的确，当时他一心一意在新闻领域耕耘，写散文和出版散文集未曾想过、计划过。26年过去了，他从执着的新闻人跨越到文学领域，出版了散文集，对他来说似乎是意外的收获。其实在新领域有所获一点也不意外，这是他捕捉新闻的惯性使然，也是在新闻岗位上练就的文字功夫积淀的必然收获。

散文属于文学创作的一种体裁，写新闻与写散文有差别，也有内在联系，尤其是新闻通讯作品与散文更有相近之处。新闻讲究真实性，散文叙述的人和事一般来说也不是虚构的；采写新闻要有新意，写散文讲究意境；采写新闻要善于挖掘材料，写散文需细心寻找闪光点；新闻写作要晓畅，散文写作要如行云流水。新闻当然与散文不同，新闻必须绝对真实，不能夸张和渲染，散文可以营造想象的空间，虚虚实实；新闻要突出主题，阐述不能扯得太远，散文可以"散"，但"形"散"神"不散。其实散文也有一个鲜明的主题，只是比较隐晦而已。可见新闻与散文两者其实是有相通之处的，再分析一下启键的散文作品，去掉宣泄情感的想象性的描写，也是很不错的新闻通讯作品。在启键的散文集的"真情纪实"部分，他写道："新闻历练形成的对真实性的追求，体现在写景状物力求精确的表达，叙事和表意尽可能用平实的语言。用心体察，精心磨炼，字里行间突破陈词滥调的框框，凸显个性化的表述和新意。我实地勘探寻访、检索求证，真实地兴发、真实地记述，凝就带着现场感的纪实文本。"在"寻道探幽"篇中又写道："走进大自然，驻足观察、体验，我顺从内心，以山的方式与森林对视，以水的情怀与泥土拥抱，对自然满怀敬意，身心产生无法言喻的快乐之感。流连于古城古村，探寻历史与现实的况味。把自然生态和人文美景，存于内心，品识韵味，在笔端流淌探幽寻道的实景真情。"这番话道出其散文功力是从新闻采写的历练中自然凝就而成的，把接触社会、细心观察的习惯和采访的技能自然延伸到了散文创作的实践中。

原以为新闻工作会成为启键的终身事业，却想不到他最终进入党政机关当了领导。然而，无论是当业余通讯员、从事专职新闻工作，还是在党政机关当干部乃至当领导，启键从来就没有止笔，也从来没有放弃读书和细心观察事物、认真思考问题的习惯。在改革开放的大潮中，启键作为参与者、见证者，自然会被热火朝天的现实激发无限情怀，他以独特的视角观察时代变迁，以专业能力记录现实的新人新事物。正如他在散文集的开头篇"鹏城景象"中所说的："融入深圳家园，日夜感受气象万千的变化和突飞猛进的发展。我在这里热爱着、关注着、参与着、燃烧着、写作着。立足当下，注重现场，为自己的经历和见闻赋型，以自己的真实感知耕耘，我获得一种时代的历史感和纵深感，收获了独特的文字篇章。"于是，一篇又一篇散文见于报刊，厚积薄发，终于能结集出版了。

细读启键的散文集，感觉有两个鲜明的特色。一是不忘根基的谦卑。他把自己及其作品比喻成"一滴水"，来自家乡的山溪，汇入江河，再融入大海。从"我"到"我们"，从山区到特区，这滴水折射出自然界和人世间的光泽。他人生的成长轨迹与其写作思路是完全吻合的，这也是本书取名"一滴敢报江海信"的意蕴所在吧。二是他坚持且熟稔"观察与思考"，文章具有真实性、在场性和较强的逻辑性、思想性。写真情实感，对人物的刻画、对事物情节的描述细腻真切，总能让读者从文中感觉到他就在现场。文字最长久、最深沉的力量还是在于思想，启键深明此理。不管面对哪一种题材，他的写作都经过一番脑海泛舟、思想碰撞，他会提出一个"发现"、倡扬一种理念、表达一份情怀或分享一段感悟。因而，其行文思路清晰，逻辑严谨，且不乏新意。

启键一直通过文字将自己与世界相融，写作视野越来越宽阔，先是要求作品能够在报刊公开发表，后来为了更广泛地传播交流，还顺应时代潮流创立微信公众号发布散文作品。公众号里的散文均申请了"原创"，不少篇章还收获了很高的阅读点击量。从其公众号接近 4.3 万的关注人数，且每有作品更新均有"粉丝"增加的趋势看，他已拥有自己专属的笔耕园地。祝愿启键在无限的网络虚拟空间与现实世界互动相融中有更多线上线下的佳作问世。

（作序者为暨南大学新闻与传播学院名誉院长、教授、博导，南方日报社前社长）

自 序

一滴水的情与思

一次不经意的闲游，激发了一个文字爱好者对写作的热爱之情。

梅潭河畔，大埔县境东部，有个中国历史文化名镇叫百侯。镇里的侯南村，有颇负盛名的三十六巷，巷道贯通着规模庞大的客家古建筑群。由古至今，村里文风鼎盛、人才辈出，古屋以名人故居、仕宦官邸、书斋等居多。十字巷东边的小巷里，建于清乾隆初年的百忍楼并不显眼。相传村中少年杨协强身处弱房，家境贫寒，孤苦无依，以耕田、肩挑为生。他寄居在祖祠一角，一年除夕，一宗亲前来拜祖，见其在檐边生火做饭影响祠堂观瞻，一怒之下踢翻其炉灶，毁了其年夜饭。他强忍凌辱，拿起扁担离家出走。一次，他在一凉亭歇脚时捡到一个金质烟斗，便在原地等失主，原物奉还。原来失主是一富商，惊喜之际诚意资助他代理茶油收购。他从此走上经商之道，兴办油厂、烟厂，不断取得成功。发家致富后，建起了百忍楼、积庆楼及德星堂。杨协强希望子孙谦恭礼让、平心静气、百忍其成、以和为贵，留下《百忍歌》祖训，至今仍为后裔处事原则。

"挑夫"杨协强受辱之际，没有把扁担扫向那踢掉其年夜饭的冲动大腿，捡到意外之财不起贪念归还失主，在其后经商生涯中，更不知经历多少隐忍之事。他从忍耐中获得人生真谛，300年来繁衍出一个人口众多的旺族。受此启发，我结合自己的经验和认知，从情绪之忍、欲念之忍、处世之忍、意志之忍、心态之忍五个维度，完成了题为《百忍成金》的散文。2013年10月在微信朋友圈做了分享，友人看到后又将文本推荐到报纸发表。

有位 20 多年未联系的友人，颇费周折找到我的电话并告诉我，珠三角一城市的朋友，在事业和家庭都令他"万念俱灰"之际，看了《百忍成金》一文，打消了想走绝路的念头，重振旗鼓，迈过了坎坷。我在半信半疑之际，重新审视自己的文字，认为令人受启发的核心是忍者的智慧、勇气、福报。我也由此坚信，善意的文字有价值。青涩的青春期时的文学爱好和近 20 年新闻职业生涯形成的文字素养，被重新激发起来。我开始在微信上进行感悟文字分享，进而确立一个小目标：所写文章，必须达到报刊公开发表水准。

在 20 世纪 80 年代中期，我刚踏上新闻工作岗位的时候，老前辈一句"不到现场不写新闻"，成为我从事新闻采写的信条。多年后重新写作，依然保持了新闻历练形成的对真实性的追求。我喜欢人在现场的写作姿态，书写在场的见闻与感受。尽可能精确地把场景和事物呈现出来，以现场见证和事实记录保证叙事、写景、状物的真实性，并以存真的态度表达情感和思考。

我 1990 年来到深圳，在此进入新世纪，身心与这个城市一起成长。30 多年间，见证了改革开放 40 年发生巨大变化的深圳。深圳气象与故事，也就成为我立足当下、在场书写、面向事物本身的主要题材。我一直住在宝安新安，深切感受到这片土地对一个"异乡来客"的厚道与包容，也从这里改革发展的精进、处处洋溢的真善美中受到启发。在这里，内心安定、慢慢变老，而文字的表达却是充满新意。住在宝安与南山交界处，眼见着一条把深圳分成特区"关内关外"的双界河变黑变臭，又变成鱼翔浅底、随潮汐起伏的景观河，也看到了 10 年间前海那片滩涂地上的神奇巨变。

闲暇时间，我走遍了半个深圳数百个公园。深圳的公园建设与经济发展一样，日新月异、万象更新。桂湾公园排洪纳污沟上的生态修复、再造、自新景象；海滨文化公园里"湾区之光"反射出来的欢乐气息；深圳湾 12 个主题公园的多姿多彩；"后起之秀"龙华"人在城中，城在园中"的民生答卷……经人力塑造，融合人文理念的自然景观，关乎现代城市的生态品质。赤湾山上文天祥纪念公园里岗稔花映衬着蛇口半岛气贯长虹的改革开放正气。登上铁仔山远眺胜景，令人感慨革故鼎新的建设大潮。我在行走中获得一种宏伟时代的历史感和纵深感，并用文字记录下来。

不管是在职业状态里，还是在生活场景中，我秉持着一个客家人为人处世的真诚。

因此，熟悉的或陌生的人，大多能不设防地表露其真实的一面。《宝安日报》的事业团队，与我同舟共济10年，他们彰显真知的梦想，在市场洗礼中的奋发，一直感动着我。龙华从新区到行政区的10年，我见证了办公室里一支"在谋上求新，在学上求深，在干上求实"的文字材料团队经受苦熬后的成长。二十世纪八九十年代几位从香港到深圳投资的企业家，年逾八旬仍操劳不止，用自己的勤劳抵抗着衰老，真让我感叹"谁道人生无再少"。认识几位制造业界的企业经营者，他们与市场风险抗争，抵御焦虑，创造价值。我走进大型企业旁的裁缝店，认识每天在针头线尾间苦劳16小时而"过劳肥"的女裁缝，为"图难于其易"的劳动情怀点赞。"深二代"从国外留学回来，仍保持着勤勉的品质，进行篮球场创业。老卢、老江、老洋全身心长期孝老敬亲、收养"孤儿"的行动，散发着人性光芒。这些带着个人温度和时代热度的故事，增加了我笔墨间的价值。

催人泪下的是两位"闪亮龙华人"。李晓光入读深圳大学那年，一场意外火灾夺去了他的双亲，也夺去了他帅气的容颜——全身76%被重度烧伤。他忍受了难以想象的痛苦煎熬，靠无法伸直的腿走路，靠十指各剩一个指关节的双手自理生活。用一个指关节执笔、操作电脑，完成了600多项发明专利。我不忍目睹他的残缺，深为他一往无前的大丈夫气概而感动。退役军人老孙，在20世纪80年代的对越自卫反击战中，受牺牲战友生前之托照顾其父母。后来参加其他烈士善后工作，走访100个烈士家庭后，发誓给失独父母当儿子。在长达31年照顾7对烈士父母过程中，他卖掉了自己在深圳罗湖的福利房，甚至失去婚姻鳏居养育女儿。他作词的歌曲《真正的英雄不是我》，恰恰唱出了为情为义不惜燃烧自己的英雄气节。还有一位处级机关干部，25年间献出了相当于成人体内血液总量3倍的血，他献血的善念红光，传续涓滴美好，也照亮千千万万以身体践行爱心的生命。他们追着阳光，也把生命燃烧成光，这光成为我文字背后的热能。

深圳城市中轴线上的龙华，是创造奇迹的地方。1989年的龙华镇便已第三次对镇村建设做出规划。正是早期抓住了规划的"龙头"，龙华中轴线区域对接福田中心区，两个镇进而跨越发展为城区，谱写了工业化进程中先进制造业和数字经济发展的华章。在这里，我见证了全球时尚界最新奇建筑的诞生，这是如疯子般的本土时尚大师的杰作。我认识工厂流水线上心思细如丝的工人、怀揣梦想不放弃的服装设计师、潜心创作的版画家……我走进他们的人生,他们走进我的笔端。

文字写作,一旦要成为可经传播的"产品",便有其社会属性。于我而言,写作并不具有功名利禄的初衷,纯属职业之外的业余爱好,也不与工作有直接关联。但写着写着,自我要求便高了起来。尤其是自2018年创建了"出门一笑大江横"公众号之后,考虑传播的便利和受众的变化,对自媒体发布便有了要求。新的创作自不待说,原来已在报刊公开发表的散文,若上公众号,有些是经历大刀阔斧的修改,有些是重新撰写,有33篇则永远让其停留在原来的纸面上,不在公众号上推送。

在深圳我日夜感受气象万千的变化,管窥时代风云。见识了许许多多的逐梦者,他们的神采、言行、经历照亮了时光。我融入深圳家园,在这里热爱着、关注着、参与着、燃烧着、写作着。统观截至2022年12月公众号里总字数达25万字的100篇散文,取材自深圳的占了33篇,另有8篇是以深圳的人和事为由头的哲思散文。这样的占比,说明我的散文大多取材于生活了30多年的深圳。立足当下,注重现场,为自己的经历和见闻赋型,以自己的真实感知耕耘,我收获了独特的文字篇章。

千里之外的粤东,韩江两岸的青山绿水,依然深藏心里。夜深人静时,我会深切想起;时机恰当时,我会身心直抵。这就是我无论身处何地,都心心念念的家乡梅州大埔。26岁那年我离开大埔到深圳宝安工作。除了少儿时期有5年先后在四川绵阳、湖南耒阳随军生活,青年时期在梅州市区读师范3年,我在大埔出生、成长、学习、工作,度过至关重要的18年。其间,有作为非农业人口的乡村生活记忆,有山野的童趣,也有世间百态、人情冷暖的感受,还有求学的艰辛和贫困的磨炼。当然,还有初出茅庐,7年间先后在教师、机要员、新闻采写三种工作岗位上的长进。

记得2018年春,我前往丰顺留隍古镇游览,写了《一滴敢报江海信》,结尾段是在行进的车上写就的:"小时候,在溪边河畔戏水,真不知韩江之长之大,而今溯源而上、顺流而下,才深深感知,故乡的山水因为韩江而承载着大海的梦想。此刻,我想,我就是韩江流出的一滴水。永远都是。"这是我内心的真实呈现。这段话后来被音乐家拿去,谱曲成歌,传唱一时。

每次回到叫坳背的小山村,每次徜徉在梅潭河畔、韩江之滨,每次梦回故里,我都觉得，自己是源自家乡溪涧的一滴水，经家乡江河流往大海。想念家乡的时候，又化作云雾，凝成山野的露珠，带着家乡的记忆光泽，又开始融入江河循环。这滴水，带着游子归读客乡的思绪，行走在百侯三十六巷，到过大麻的河唇古渡，也流连于茶阳古城，见过高陂的千年窑火，听过中州古韵——广东汉乐丝弦乐，领略过大东花萼楼客家民居、千年莒村的风采和客家乡里慎终追远的宗祠文化。这滴水，濡染了坑尾村那世代相传的恬静、安宁、娴雅、清逸，当然也带着坳背村馥郁的柚花香。这滴水，如同围屋里豆腐干小作坊的劳动者勤奋忙碌。这滴水有情怀的温润，也映衬家乡一草一木的晨曦光亮。

对真实性的追求，是新闻工作历练形成的。写景状物力求用精确的词句表达，叙事和表意也尽可能用平实的语言。用静态的文字呈现动态的真相，并非易事。我只能用心地去体验，精心地磨炼字句，在字里行间突破陈词滥调的框框，凸显带点个性化的表达和新意。百余篇散文的写作实践都杜绝虚构。其中11篇，我把其归为"真情纪实"。从听说到现场探究，我见证了一对客家老人50多年对先天极度残障女儿"只有付出的爱"。九秩侨胞35年从未间断跨越重洋省亲谒祖的赤诚"归心"，深深感动着我。展现团队势不可当铁血气概的潮汕英歌舞，淘金者在海滩看似排解寂寞实则利他的善行等等，真实细节凝成写实的篇章。在梅州何如璋、黄遵宪的两座人境庐，在蜈蚣山下的邹鲁故居敬爱堂，在田家炳家乡银滩村，在福建和平镇黄氏峭公祠，沿着历史脉络，我踏勘、寻访，老老实实地检索求证史料。我被深深感染着，真实地兴发、真切地记述，书写了对先贤的敬仰。

人间处处有风景。每到一个地方，我总喜欢到自然风光和人文景观中去走走看看，步履响应自然生态的美好召唤和时代脉动。丰溪林场、阴那山，有着成长的印记，也有身临其境的山水体验。两次到福建培田古村和泉州古城，感受历史的穿越、时代的变化和文化的坚守传承。在并非名山大川的瑞山山区，我看到了与青山绿水共存的不老情怀。登上寂静的飞天马山，我觉得需要放大视野、格局，才能在与自然相处中让心灵走得更远。攀登粤东第一高峰铜鼓峰，排解琐念、净化心境，如获至宝。时间和自然造化出来的灵岩山，昭示着自然万物对人类智慧不可或缺的度化启示。

走进大自然，驻足观察、体验，与万物进行多样性、全方位的观照，身心会产生无法言喻的快乐之感。我顺从内心，以山的方式与森林对视，以水的情怀与泥土拥抱，对自然生态满怀敬畏。不再斟酌话语、场景和细节，把自然生态和人文美景，存于内心，品识韵味，在笔端流淌探幽寻道的实景真情。

用文字记录当年靠文字叩开宝安之门的经历，我写了《考试进入宝安县》。有位老友调侃我老了，开始写回忆录了。我一笑置之。我不否认岁月积淀而累加的怀旧心理。逝去的生命和时光，化作一脉烛光在远方跳荡。在仅有的10篇触及"岁月深处"的散文中，有青涩的年少经历，有对祖母、叔公、姑父、恩师的缅怀，也有对初中毕业考进中等师范学校三年求学经历、机关新闻工作的磨炼历程记录。文字浓缩了生命中弥足珍贵的影像，铭刻了人生无法重来的尘封岁月。字里行间，让时间静止，让记忆彰显，唤醒真实经历的年代往事，追思感恩于怀的故人风采。在一个生活和历史变迁节奏加速的时代，温暖、美好的记忆安抚着惆怅焦虑的内心，触发温故而知新的信念。内心宁静，充满勇气和力量。

迷茫之后的顿悟，存疑中的认知觉醒，使感知、体察事物的好奇获得新发现。如何把控情绪泥泞、掌握快慢平衡、踩准节奏规律，离不开用心思辨。用谦卑点亮心灯，用感恩激励自我，复盘生活经历总会获益良多。长寿老人的养怡之道，想赢不怕输的胜负之道，保持洁净的断舍之道，离不开关注日常生活的哲思。我倒逼自己，尽可能在文中增加思考的意味，也尽可能写出点新意思，免得回看自己的文字味同嚼蜡。

有时候，写着写着，我会问自己，写的是散文吗？我写的散文既不符合教科书上任何一种公认范式，也套不上名家散文"抒情、说理、表意、叙事、写景、状物"中的任何一种模板。虽无固定的写作章法可言，我还是形成了自成一体的程序。酝酿一个主题时，首先是想标题，并着手梳理题材形成提纲。两者交互进行，有时单提纲便要反复修订，琢磨成熟后开始动笔。前几年尚在电脑及平板、手机上码字，近几年则全部在格子稿纸上慢爬，手写后转换为电子文本。

不求名、不图利、不自高，我曾给自己的写作定义。否定的语境肯定要比为文写作来得轻松。真要枯坐案几，字句打磨的苦涩，灵感枯竭的困顿，如同午夜的睡意时刻袭来。我生怕前言不搭后语，也怕随意行文缺乏内在逻辑造成的费解。没有思想和情感的文字是没有生命的。真担心自己为文造作和虚玄。创作的热情常常在用心苦熬中变得冷凝执着。

攀登在冷寂的山峰，唇焦舌燥之际捧着喝石隙沁出的甘泉，是多么惬意的事。每当完成一篇文稿，便如同喝下一口清泉，无比甘甜、快乐，当然也带着疲惫后的亢奋。写作能排解许多不良情绪，使得内心充实而丰盈，自得而自适。

每一篇散文，从内心流出，在笔端固化，都是对自己人生体验、感受、认知、情感、思想的盘点和提炼。我总觉得，散文是写给自己内心的。每当焦躁时，我想到坑尾村的平和意境。当居功自傲、贪恋名利念头萌动，写了探戈舞，以知止之步自警。通过写批评的三种情形，我冷静地修复自己，强化自我省察、自我激励的修为。因为写作，我学习谦虚、聆听、观察，积极地见贤思齐、广纳善言。为了写作，我致力驱除无奈袭来的暮气和慵懒，振作精神、焕发激情。写作使我变得温柔而平静，源源不断获得修正、提升、前行的动能。

随着年岁增长，我对自己的文字也越发客观。任何朋友指出的纰漏、瑕疵，哪怕是错字、标点，我都谦虚听取并着力更正。我很自知，能写点小文章，得益于青少年时期的文学爱好，得益于人生经历和职业生涯形成的经验和视野。但未进全日制大学深造导致的系统知识欠缺，思维高度和深度不够，想象力不丰富，情感抒发过于内敛等等，是我行文的短板。散文对正面的人与事发掘居多，鲜有触及世间丑恶、阴暗，也是一种缺憾。每当文友给予首肯和褒扬时，还是会有点沾沾自喜的。反思自己，仍然在意他人的看法评价，也说明内心未能从文字中超越"有"与"无"的境界，心性修炼仍待深化。

百篇散文已分散刊发在各报刊，也上了"出门一笑大江横"公众号，可随时接受4.3万关注了公众号的粉丝线上的阅读检视。文友们多次建言结集出版，我也有意把数字化的散文篇章变为集成的纸质存在。20世纪80年代，每在报纸上发表"豆腐块"文章，铅字的淡淡墨香是多么美妙和令人激动。现在，翻阅纸上文字不知还能否回味当年青春的滋味？

我不知道对写作的热情还能持续多久。但可以肯定，我依然会保持对生命的热爱，真诚、真实、真切地体验、感悟生活。我会继续努力，让每一篇新的习作，如同一滴水，映照生命的灵动。

2023 年 2 月 2 日

于观澜河畔

目 录

第一章
鹏城景象

第二章
追光人生

第三章
韩江两岸

第四章
真情纪实

第五章
寻道探幽

第六章
岁月深处

第七章
我思我在

后记
心存敬畏

第一章

鹏城景象

融入深圳家园，日夜感受气象万千的变化和突飞猛进的发展。我在这里热爱着、关注着、参与着、燃烧着、写作着。立足当下，注重现场，为自己的经历和见闻赋型，以自己的真实感知耕耘，我获得一种时代的历史感和纵深感，收获了独特的文字篇章。

前海那片海

有些植物，会令人眼前一亮。

前海石公园与桂湾河水廊道入海口边的浅滩海水里，生长着一片树木。远远望去，碧绿的叶片间仿佛有种亮光在闪烁。走近端详，发现那是树枝上挂着的一串串黄白色果子。这果子呈弯曲的圆柱形，如上弦新月，尖削的顶端更像蜡烛火焰。运用手机软件查询，得知这是学名为蜡烛果（别名：桐花树）的小乔木，为红树林组成树种之一。

沿岸还生长着其他红树，挂满灯笼状绿果的海桑、长着椭圆形坚挺叶片的秋茄树等等。红树林旁，还长着老鼠簕、木竹子等小灌木。岸边则伴生着黄槿、水黄皮等耐盐树木。由红树构成的植物生态，以其发达的支柱根和呼吸根系防风消浪、促淤保滩、固岸护堤，守护着海岸线。

站在前海石公园前面的坡地上，眼光停在这片海域，内心不免感到愉悦。这片海，泛着湛蓝的波光，粼粼波浪在阳光下跳跃着。曾经，混浊的珠江水，以及西乡河、新圳河、双界河、桂庙渠夹带的污水在这里混合，人们掩鼻远离这片海。如今，已变得澄澈的海域折射出河流治理的功力。相比遥远的太平洋的风浪、南海的波涛，前海湾的这片海域显得平静。然而，海岸边这块土地上，前海深港现代服务业合作区建设热浪滚滚。

四十年前，与前海隔着大、小南山的蛇口，炸响了"开山第一炮"。现在，山这边继续谱写着神奇而梦幻的篇章。这里，每天都是崭新的呈现。挖掘机、钻探机、打桩机，还有大型塔吊，在许许多多的工地上比拼着进度和力量。人们在这片热土上争分夺秒地构筑梦想的平台。这块土地延续着蛇口当年诞生的"时间就是金钱，效率就是生命"的理念，这里的空气弥漫着"敢为天下先"的激情，催动着一幢幢高楼拔地而起。

转眼间，前海深港基金小镇被打造出来了，国内外知名财富机构纷纷进驻，基金产业集群生态圈迅速形成。前海深港创新中心，在这里研发的深水半潜式钻井平台引领着世界先进水平。怀揣创业梦者纷纷踏足这个"寻梦园"，深港青年梦工场、深港文创基地等平台注册的企业呈几何级数增长。投资、贸易等领域的一系列制度创新成果，已成为可复制可推广的模式。集创造、保护、运用于一体的知识产权保护体系，也在此形成专利申请高地。前海周大福全球商品购物中心等贸易机构的运营，高度地链接全球资源，更深入、更广泛地拓宽了区域交流合作渠道。

而今，前海融入了粤港澳大湾区的蓝图，大战略蕴藏着大机遇。看看规划中的前海陆海空立体交通构架吧，向北向东向西三个方向分别有穗莞深、深惠、深珠三条城际轨道线，向南则有三条可抵达香港的轨道线，还有高速公路、直升机航站点、游艇码头和口岸等设施，将使前海与大湾区各城市实现最大限度的基础设施互联互通。前海打造"最浓缩最精华的核心引擎"的使命，必然会受到瞩目，也必然承载着更多的期待。

几乎横贯了前海的梦海大道，毗邻宝安中心区的双界河上有座市政桥。桥面上，有两条交会在双向桥面的弯曲横梁，仿佛是人类的耳朵，在倾听着双界河潮涌的声音，又好像是布着弦线的乐器，面对大海弹奏着乐曲。双界河是深圳南山区和宝安区的界河，也曾经是深圳经济特区内外的分界线，发源于南山北部群山中的铁屎岭南麓。经过上游的治理，曾经污浊不堪的双界河而今清流潺潺。双界河从前海流向出海口这段河道经开挖打造，河道水面大面积拓宽，形成与前海湾海水的交融。在开阔的河海廊道上，可以体验到潮汐涨退，也可以观赏鱼翔浅底的景致。沿河堤种植的一排排秋茄树挺拔地站在泥滩中。这里，让人初初看到"湾区水城"的美丽雏形。

久居宝安，我对宝安与前海这一带的滩涂有些粗略的认知。20世纪90年代，撤县建区后的宝安，把这片海滨滩涂地确定为宝安中心区而大举开发。曾经渔舟唱晚的景象今天已不复存在，取而代之的是一座朝气蓬勃的现代化新城区。几年前，从宝安中心区眺望前海这片荒芜之地，不明就里的一些居民以为这里要建仓储货运基地。很快，居住在宝安的居民感受到了日夜兼程的大开发大建设热潮，也领略了湾区追梦创造的奇迹。

　　我常常徜徉在植物层次非常丰富的梦海大道，花草树木，赏心悦目。我觉得，那海滩上顽强生长着的蜡烛果更能激发我的想象。这种小树，不畏风浪扎根在海滩，用生命的绿色和花果的亮丽，守护着充满创意的土地，点缀着充满梦想的大海。

2019 年 7 月 25 日

于观澜河畔

城在园中日日新

前海湾畔，充满从无到有的奇思妙想。

在昔日滩涂上填海而成的不足 15 平方公里的土地上，从 2010 年开始，便有了前海深港现代服务业合作区的名字，从此也开启了日新月异的步履。伴着桩机轰鸣，摩天大楼拔地而起，经济数据节节攀升，改革开放的浪潮从梦工厂向宽阔的海域涌动。绿意也悄无声息地弥漫着，这里先后有了前海石公园、运动公园、演艺公园。从"创业十年"昂首迈进"黄金十年"之际，前海合作区核心区域诞生了一个令人耳目一新的桂湾公园。

步入桂湾公园，来不及了解公园的空间地貌，便会被丰富多彩的各类花草树木吸引。公园绿地沿着 1.9 公里长的桂湾河道长向展开，两岸从高到低形成三个柔性变化的台地。衔接市政道路的高处台地，桃花心木、阿江榄仁、红果冬青、人面子、南洋楹、秋枫、乌桕、香樟、麻楝等乔木鳞次栉比地迎风婆娑。其下方的植草沟、雨水花池静待雨水的来临。滨海地带充沛的降雨会在高处台地滞留，并与中层台地的淡水湿地花园相互作用，收集、储存、净化地表雨水。中层台地的植物种类异常丰富，挺拔的落羽杉立于湿地步道边，姿态温润的洋蒲桃、银叶树、黄槿、水黄皮、鸡蛋花、红花玉蕊等树木生机盎然。若踏上钢结构架空步道，在林冠间漫步，热带密林、季节花林、红树林等层次分明的花草树木景观尽收眼底。而点缀林间的射干、鼠尾草、鹤望兰、朱槿、绣线菊、蓝花丹、美人蕉、姜荷花、三色堇、百子莲、紫娇花等小花草五彩斑斓。湿地花园隐而不显的水面里，香彩雀、梭鱼草、莲花、水葱、东方香蒲、再力花等水生植物不甘示弱地用色彩显现生命芳华。

最灵动的莫过于低台地的海岸线了。小径、草地与岸边柔和相接。在金属隔栅栈道，可凭栏看到随时间变化若隐若现的海岸风景。涨潮时，茫茫碧波外仅见树林枝梢。潮水退去，秋茄、桐花、海桑、木榄、老鼠簕、红海榄和白骨壤等红树便会展露一身翠绿的戎装，以及沾满泥泞的树根。红树有着发达的根系，支柱根、板状根连同向上伸出泥表的呼吸根，与退潮后的淤泥构成起伏的小沟谷。躬身观察，会发现常有弹涂鱼、乌塘鳢、鲻鱼、海鲇、银汉鱼活跃在浅水泥里。尤其不甘寂寞的当数长着大红钳的小螃蟹，从泥洞里走走停停地爬出来，四处观望，发现有动静便警惕地缩回洞中。倒是在红树的秘境里，泥水中蠕动的虾和小贝壳悠然自得，全然不顾随时会有鹤鹭飞临。

就绿叶青果、灰褐枝干外表而言，红树是名不副实的。据介绍，红树的茎皮富含单宁，遇到空气被氧化，便会变红。红树能够适应高盐度的海水，首先因其在水中生长，根系具有特殊的"半透膜"结构，在吸取淡水的同时，有把盐分挡在外面的"拒盐"本领。其次是能"聚盐"，把进入细胞的盐分聚集在叶片不影响正常生理代谢的区域，收集到一定量时脱落叶片以去除盐分。再者是能"泌盐"，把留在组织内的盐分通过叶片表面的盐腺，像人类流汗一样排掉。被称为"海上森林"的红树，靠着在漫长进化中形成的自我净化功能，守护着海岸线，维系着岸线湿地生机勃勃的生态链。

桂湾河原本是一条污浊的排洪纳污沟。这几年，深圳大举进行水污染治理。前海合作区把全长约2公里的河道纳入生态修复重建和生物多样性重塑工程，打造与"前海水城"定位相匹配的多元水景廊道公园。上百种植物、六千棵乔木，通过生态林荫曲径、棕榈展廊、雕塑台阶、海风露台景观以及草地、湿地、沙滩，把人们迅速拉进柔性的流水画卷。跨河而过的市政道路桥下，设置了山丘乐园。秋千花台、露天剧场、亲水廊桥、攀爬墙等设施也满足着人与植物、动物和谐互动的体验。伴着潮汐起伏，人们尽可在此际，亲手触摸到潮涨潮落，并在感受生态修复、再造、自新的景象中，释放焦虑、疲惫。近观万物生长，远眺辽阔海天。

与桂湾公园邻近的海滨，位于宝安中心区新安街道的海滨文化公园一期刚开园，便成为"网红打卡地"。步行其间，12座造型独特、异形弯曲、极具视觉冲击力的钢结构景观，创意取材于网、海浪、鱼，令游人深度感受扑面而来的海洋气息。若登上高128米的"湾区之光"全天景轿厢超级摩天轮，会饱览海天一色的胜景，以及极致的原创设计打造出来的艺术精品。至于"景观与海绵设计融合"，实现地面径流的雨水汇集、滞纳、净化，所践行的绿色生态理念，只能身临其境才可细心体察了。

深圳最壮美的公园当数拥有 13 公里海滨自行车带的深圳湾公园了。深圳湾海岸线上规划的滨海休闲带上，兴建了 12 个不同主题的公园，充分融入了植物文化的理念，形成了榕荫沁爽、葵林倩影、深湾喜雨、紫垣溢彩、凤舞鸢飞、芷草微澜、情海相思、番林簇锦等各具特色的植物景观。这与红树林海滨生态公园的 240 多种植物、190 多种鸟类和不计其数的昆虫、藻类、两栖及爬行类动植物资源，构成了一幅令人沉醉的生态长卷。

与深圳湾公园相连通的大沙河生态长廊，厚植以人为本、生态优先、绿色发展理念，通过水资源的修复、生态栖息地的营造、景观空间的提升，成为深圳最美的景观河、最大的滨水慢行系统。水清岸绿，生物多样，它如一条蜿蜒美丽的"绿色飘带"，绘就了"人水城共融"的诗意图景。生态营造与景观提升的并重并举，凝聚了人与自然共生的智慧，打造了增进民生福祉的范例。

这片土地上，对生态美景的追求由来已久。始建于 1925 年的中山公园、1961 年的东湖公园，见证了深圳公园建设的历史。伴着改革开放的热浪，深圳的公园建设由城区发展到镇村。1991 年、1992 年先后建成的灵芝公园、龙华公园，最早填补了深圳城市化之前镇级公园的空白。而今，面积为 31 平方公里的新安街道，拥有大小公园 32 座。后起之秀龙华区，把生态建设列入民生"答卷"，10 年间建成公园 150 多座，到 2025 年公园将达 180 座，让市民尽享"人在城中，城在园中"的绿色福利。早在 20 世纪 90 年代末，深圳便提出了建设花园城市的目标。在 2000 平方公里的地域上，森林公园、山体公园、湿地公园、廊道公园、滨海公园、婚庆公园、人才公园、民俗公园、古村公园、音乐公园、体育公园等特色公园星罗棋布，普法公园、廉政公园、科普公园等主题公园应有尽有，大大小小的街心公园、社区公园随处可见。而今，深圳已建成 1200 多座公园，是名副其实的"千园之城"，是一座公园城市，这是深圳经济奇迹之外的又一荣耀。山海连城，绿道串景连园，"一脊一带十八廊"的城市生态骨架构建，使得城市绿色景观色彩更丰富、空间更多样、布局更合理，城区绿化覆盖率保持在 40% 以上。

在公园里，可以真实地看到人生百态。每天定期到公园"报到"的，多为坚持锻炼的人或赋闲在家的人。周末时光里，常见的是家庭同游、老少同欢。跑步的、散步的、打太极的多为独行侠。跳舞的、吹拉弹唱的多为群体。离奇的锻炼方式令人眼花缭乱，有人以背撞树、撞墙，以求打通经脉；有人倒着行走，以增进运动效果。每个人都可以在公园里找到一种寄托和需要，不管是观景览胜、休闲小憩，还是锻炼健身、会友游玩，哪怕是听听虫鸣鸟叫、闻闻花木芬芳、静静发一会呆，皆能在公园里得到一份慰藉、欢愉或安宁。

人类天生喜爱自然。美国学者戈德哈根对人类的亲生物性做过系统的研究。基因学表明，人类天生渴望明显存在自然元素的环境，并能在这种环境中获得特殊乐趣。城市居民越容易享有绿色植物、自然光线、露天场所，心理幸福感越强。不仅如此，有幸住在花草树木环绕片区的居民，邻里之间的社会联系更强。亲近自然，甚至可以降低犯罪率。

我国已形成"绿水青山就是金山银山"的绿色发展观，并把良好生态环境当作最普惠的民生福祉。城市需要自然风光，城市的建设与发展不断考量着污染的防治，需要全社会参与生态修复及生物多样性保护，营造人与自然和谐共生的自然美景。公园是一种不可或缺的存在，关乎生态环境和城市品质，是自然、文化和生活需求融为一体的美好空间。

如果有兴趣在深圳逛公园，每天游一园，需要3年多的时间。而且，深圳的公园还在不断地增加。公园里，每天的空气是新的，山水树木的景象是新的。宁静的公园等候着人们的脚步，温暖、宽敞、坦然地接纳着、包容着每一位来客。

万物并育，万象更新。公园里的每寸土地弥足珍贵。尊重自然、顺应自然，以自我净化、自我更新的美好心态，走在公园大地上，时时处处可以品读生态之美。

2022 年 6 月 22 日

于观澜河畔

此心安处是吾乡

从大埔山区县城来到珠江出海口东岸的宝安县城,并在此居住长达30年,我与新安注定有缘。

那是1990年暑气尚浓的时节,我凭着一纸干部调令前来宝安县报到。在县委机关所在地的新安镇1区单身宿舍安顿好后,才有空端详这个举目无亲的陌生地方。走过两条市政道路,跨过一个街区,来到5区市场。

市场入口两边开着几家冷气开放的超市,里面摆放着不少从香港运来的日常用品和时鲜水果,琳琅满目,颇开眼界。临街的餐饮排档桌椅已摆到宽阔的骑楼走廊,远远便能感受到厨房里鼓风机吹起的烈焰,厨师挥动着着火的锅,迅速地把食物铲向菜盘,动作干练连贯,第一时间满足食客们的食欲。餐厅的伙计见我是听不懂半句粤语的外地人,改用夹着粤语词语的生硬普通话腔调问我"食咩",友好而热情。饭后散步跨过宝民路,来到107国道上的人行天桥,几百米开外的地方,就是要凭特区通行证才能进入的南头检查站。但见由挂着香港牌照的集装箱货柜车及各类客货车组成的滚滚车流,风驰电掣般快速流淌,进出深圳经济特区。那时我还不曾想过,脚下国道是中国最具影响力的黄金国道,这片土地是中国最有发展潜力的地方。但我知道,我要改变喝着"工夫茶"工作的状态,在这里开启"加速度"模式了。

显然,来自五湖四海的宝安县委办公室的同事们很快接纳了我这个只会抄抄写写的新兵。约莫3个月时间,我走遍了宝安的18个镇,认识了不少讲客家话、讲基围话的本地人。案牍文字来源于现实,作为文字工作者,自然很快就融入了改革开放大潮中热火朝天发展的宝安。

1980年深圳经济特区建立之前,宝安县的建制一度被取消,至1981年10月,恢复宝安县建制,县城设在新安镇。当时的新安镇下设镇南、西乡两个办事处。1993年

1月1日，宝安撤县设立宝安、龙岗两个区，宝安区政府设在新安镇。1994年1月15日，新安镇一分为二，原来的两个办事处辖区分别设立为西乡镇、新安街道。新安成为当时深圳经济特区外第一个街道办事处，这也宣告新安成为经济特区"关外"地区率先城市化的区域。新安，也因为宝安在县、区建制时屡居全国经济"百强"前列而广受关注。

记得初到新安，偌大的县城只有区政府大院旁边、湖滨路与宝民路交叉处一个叫沁园的街心公园，5分钟便可走遍。此后30年，陆续建起了灵芝公园、新安公园、宝安公园以及21个社区公园，还有静待在街区边角地带不计其数的街心公园，30平方公里的城区，处处洋溢着绿意花香。印象深刻的莫过于新安公园的建设了。1993年撤县建区后，不少机关单位打起了青少年活动中心旁边有湖面和绿地的大片空地的主意，纷纷要求规划建设独门独栋的办公楼堂。当时的决策者很清醒，在几上几下广泛征求意见后，决定在这个城区黄金位置兴建公园。后来，甚至把已建成的单位办公楼和出租的商业铺面悉数收回，拆除后地块用作公园绿化。作为一个新闻工作者，我在做了相关报道之余，感叹：这是一个让利于民的厚道之举。让更多的人享受公益，拥有宜居的生活空间，新安这方水土释放着绵绵善意。

有许多人常常弄不清新安的地名设置。新安曾经被命名为"宝城"，拥有22个社区。在这些社区的范围里，每个小区通常还有一个以阿拉伯数字为代号的名称，从1区至74区。在这些区域内，当然还有商品房开发小区的名称。这全国独有的地名现象，可能是20世纪80年代建设者未来得及细致了解地理人文特征，沿用了规划图上的数字标记给各小区命名而形成的历史记忆。熟悉新安的人清楚，新安东北方远靠阳台山、塘朗山，近有尖岗山、岭下山、大井山，新安一路至六路，呈U字形，穿过老城区，像张开臂弯一样拥抱着西南边的新中心区和前海海滨。这样的地貌有着开放、包容的内蕴。曾与不同时期从大埔调到珠三角其他城市工作的朋友交谈，我告诉他们，我有幸来到一个没有狭隘保护观念的地方，这里从来不排外，对前来的建设者处处表现出关爱和友善。

从丰富的餐饮种类也能感受新安海纳百川的襟怀。19区旁公园路边上的裕芳餐厅，"八刀汤米粉"等美食没少让新老客家人安坐在一直不变的竹椅上吃饱喝足焕发精气神。8区临街的老字号湛江菜馆、湘菜馆、川菜馆、东北菜馆总让有故乡的新深圳人有乡愁的回味。曾经风靡一时的港式酒楼濠江海鲜舫所在地，经旧改已经变身超大规模水景商业综合体，其中容纳的中西式餐厅和各色美食应有尽有。建安路、翻身路、自由路上的临街小铺，展现多姿多彩的风味餐饮，连同那小巧的凉茶店、零食店、冷饮店，无不告诉人们：新安就是新兴的美食天堂，让来自四面八方的人找到自己念念不忘的味道，在这里相融共生。

建制始于东晋咸和六年（331年）的宝安县，曾一度更名为新安县，名称几经更替。宝安得名有两种难以考证的传说，一种是说境内有宝山，山中有银矿宝藏，得宝而安；另一种说法是这里枕山面海，山辉泽美，聚珍宝之气，故名宝安。传承至今，广为人认可的有"革故鼎新""得宝而安""去危为安"等词。我认为，这片土地得改革开放风气之先，充满"革故鼎新"的蓬勃朝气。

20世纪90年代的新安，仿佛就是一个超大型的工业区。国营企业和原村民组建的股份合作公司竞相兴建厂房、招商引资吸引外商兴办"三来一补"企业。前进路、创业路边上的25区、26区，鳞次栉比地排列着万宝、雅达、佳宝等电子厂，还有惠中化纤、日资凸版印刷厂。23区、37区星罗棋布地开着玩具厂、服装厂、五金厂。百货商场规模也不大，以"士多店"居多。稍微大件的商品必须跑到罗湖去购买。随着经济的发展，宝安人逐渐不再陶醉于"两头在外"替别人加工产品的经营模式，产业悄然转型。新安在宝安的产业转型升级过程中是走得最快的。工业企业逐渐转型为自主经营的"三资"企业、内资企业。随之而来的是商贸企业在新安的区域定位框架下异军突起。经工业厂房改造的、城市更新形成的、新建的大型商超，如雨后春笋般涌现。如果说海雅缤纷城在新安旧城区填补了深圳西部大型综合体的空缺，宣告新安商圈的形成，那么，在滨海地带的宝安新中心区，面积为36万平方米、深圳规模最大、业态最全的壹方城，则标志着新安的商业进入了引领时尚的鼎盛时期。据悉，新安第三产业直逼本地生产总值八成五，远超全市平均水平。

若用一个词来形容新安的发展，我首选"精进"这两个字。撤县建区之初，大规模在沿海滩涂填海造地，大手笔规划新中心区；竭力用智能智造引领产业的升级与转型；大力发展文化事业，每个公园均被赋予文化主题；大举拆除危旧工业区、商住小区并更新成产业园或花园；当年区分"关内关外"的南头检查站早已拆掉，新安一体化地融入了经济特区；不遗余力把境内流向大海的双界河、新圳河、咸水涌打造成水清花美的景观河……数不胜数的种种变化，无不体现新安这片土地上的人们务实、创新、奋发有为和努力向上向善的精神追求。

一个闲暇的周末清晨，我沿着宝民路散步。突然发现，在新圳河边，宝民路与107国道中间的狭长地带增加了一个街心公园：甲岸公园。饶有兴致地进入其间，发现这小公园里内容丰富。最引人注目的是显要处的百善墙。用花岗岩石刻和古铜浇铸的浮雕，展示了古人分享善待、邻里和睦、诚实守信、扶贫济困、乐于助人、团结友爱、先忧后乐、孝德传家、谦恭忍让等12个故事。百善墙与公园周边布置的社会主义核心价值观景观小品融合在一起，显得精致、温馨、祥和。

百善墙展示的故事中有两个取自宝安本土的大善典故：孝子黄舒、文应麟济困。元朝时期，宝安福永大茅山麓的文姓始祖文应麟，立业多年，家境殷实。每逢灾年，他会登上凤凰山巅眺望，如哪家没有炊烟，便判断其无米下锅，他即悄然登门，送粮接济。后来还在望烟处建起望烟楼。后人纪念其望烟送粮、精准济困、不事张扬的善行而形成的望烟送粮传说，已成为广东省非物质文化遗产项目。透过历史烟云，宝安人欣喜地发现，慈善精神代代相传，"全民慈善"已不是口号，而是全面参与慈善的真切行动。宝安也由此获评"慈善典范区"。

友人告诉我，新安甲岸公园建设之初的构想是借宝安东晋时期孝子黄舒的故事弘扬孝德文化。后来拓宽思维，由"百善孝为先"，推而广之以善文化为主题而建立百善墙。据清康熙《东莞县志》等史料记载，随父母由湖北江夏迁居宝安的黄舒成年后供养、侍候父母极恭。亲所颐指，虽千里外往焉，曾无难色。父母辞世后，痛不欲生，亲负土建坟，结庐守护，每夜哀哭，声彻林木，邻人泣涕。深野无人，豺狼左右号，而舒安之。黄舒事亲至孝的事迹经乡里报请官府，受到朝廷表彰。

新安上合社区原住民黄氏的宗祠内，至今仍完好地保存着纪念黄舒的"孝行流芳"石牌坊，据说这是目前深圳仅存的黄舒牌坊文物。上合黄氏族人600年前在新安定居之初，便把古人黄舒的孝行作为楷模，世代相传。上合人不但成立黄舒孝德文化研究会，还依托"孝行流芳"牌坊、黄氏宗祠、西庄书屋等文物设施，打造孝德园，让孝德文化的传承"久而弥光"。

住在新安的人常常会说这是块宝地，处处有宝、处处是宝，得宝而安。这里的花草树木、海滨潮汐披着厚道、包容的光泽；这里的人们在大湾区核心地带用精进之力创造价值；这里的慈善、孝德传递着向上向善的力量。

在一个地方久住，会日久生情，不仅因为熟悉而认同，也因为这个地方日益焕发出独特的魅力。我本有机会迁居他处，权衡之后，还是选择在新安定居。

那次从新安公园经过，发现曾经的青少年活动中心不知什么时候已变成老干部活动中心。算起来，新安作为县、区治所已近40年，一批批的建设者在这片土地上成长、奋斗、奉献，心安意顺、安居乐业，慢慢变老。

我觉得，新安这里聚众善为宝，充满善意、善念、善行、善治，是心灵可以安放的地方。正所谓，"此心安处是吾乡"。

新安，因善而安。

2020 年 7 月 1 日

于前海前沿

华章从这里开始

梦幻般的感觉，常常来自对往事的回忆。

记得 1990 年 9 月到宝安县委办公室报到后的第三天上午，正在请教一位同事怎么去办理户口和粮油关系，一位自称龙华镇办公室主任的人要接这位同事到龙华调研写材料。寒暄间得知，这位姓郭的主任老家也是大埔，是几年前在佛山读完中专后分配到龙华工作的。见我刚从老家调来，显得特别热情，连忙邀我到龙华走走，不容分说，拉我坐上他开来的货车。

从县委大院出来，过南头关不久，车从西丽的白芒边防检查站驶出，穿行在丘陵山地和刚修好的四车道柏油路上。当车子渐渐驶离阳台山山麓，进入一个到处是工地的区域时，郭主任告诉我，很快就要到龙华了。

陪着同事进企业调研了解情况，与镇干部交谈，特有新鲜感。最初担心的语言沟通也不成问题，因为这里大部分人讲客家语。一连几天，吃住在镇政府旁不远的春华酒楼。晚上有些空闲，还走到龙华河旁边的龙华电影院看了两场电影。当然，这个镇里建的电影院，座位数远比老家县城影剧院的多，而且场场爆满。我在这里，看到了讲着不同方言、来自全国各地的务工者，也为龙华这个地方的人气鼎盛而暗暗称奇。

当时，有三件事印象特别深刻。

谈完工作，镇里外经公司副总经理拉着我们一定要请我们吃饭，席间，还递给我一张金黄色的名片。据说，这是在香港印制的"镀金"过塑名片。当然不可能是镀的真金，但这位专门负责招商引资的镇干部告诉我，每天与外商打交道，总要想着法子让外商留下印象，他们才会有兴趣到这里投资办厂。印象更深的是当时镇里主官有句名言：请人吃饭是最划算的事，我们请 10 围台、100 个人吃饭，只要有 1 个人能提供 1 条有价值的招商引资、发展经济的信息，就赚大了。龙华，我感觉到它充满豪气、充满生机。

沿着刚刚浇筑混凝土、尚未通车的人民路，去拜访比我早从大埔调到龙华工作的公安干警老孙，印象中那时的派出所已改为公安分局，在人民路边建起办公和宿舍合一的楼房。边喝茶边聊天时，另一位在镇政府上班的老乡忧心忡忡地说："为了修建这5.5公里长的人民路，镇政府向银行贷款1000万元，何年何月才还得清啊，真担心哪天镇里工资都发不出来了。"当时公职人员月工资仅几百元，这样天文数字一样的银行贷款，担心无法归还不是没有道理。敢于贷款修路的龙华也真是不简单。

龙华的"龙头"是什么？交谈当中会涉及这样的话题。早在1982年，龙华镇就斥资请来广东省城乡规划设计院的专家，实地勘察，最初编制了1.2平方公里的城镇规划，接着又扩大面积，达到4.6平方公里。据说在20世纪80年代中后期，许多港资、台资厂就是冲着龙华的规划而来的。但在改善投资环境、发展外向型经济的过程中，原有规划的局限性和短板也显露出来。于是在1989年，龙华镇再投资100万元，请来了中国城市规划设计院的专家，在充分讨论前两次规划实施情况的基础上，完善调整了构想，把城区扩大为10平方公里，并与28平方公里的村级规划配套对接，形成了38平方公里的龙华城镇规划发展框架。

如果说前面两点让我对龙华留下了激情燃烧、奋发有为的印象，那么他们做城镇规划表现出来的开放、超前的发展理念，给我的印象更加鲜明而震撼。

确实，龙华抓住了区域发展至关重要的"龙头"——规划。规划先行，纲举目张。科学而严谨的规划，打破了原来封闭的、农耕式的镇村架构，工业区的布局更为合理，全镇的道路交通和教育、医疗、公园、广场等公共配套建设更加有章法，花园式居住小区的开发建设也走在前列。

蓝图与实施相随，梦想与奋斗同在。龙华的规划先导、引领作用日益彰显出来，龙华镇也就迎来了快步发展的机遇。

在20世纪90年代初，龙华镇由引进"三来一补"自行车组装厂开始，到形成自行车配件生产产业链，拥有17家自行车企业，年产自行车达500万辆，成为当时世界上最大的自行车城之一。随后若干年，龙华连续举办了多届国际自行车比赛。未曾想到的是，20年后的2011年，华南地区最大的综合铁路交通枢纽深圳北站在昔日的自行

一滴敢报江海信

车城建成通车，龙华进入高铁时代。

最初的招商引资，往往"饥不择食"。龙华曾经引进过不少牛皮加工厂给手袋厂做皮料，又为消化牛皮废料办起了胶原蛋白厂，一时间，龙华成为"牛皮镇"，后来还办起了镀膜玻璃厂。这些工厂对环境的污染随之而来。善于反思的龙华人认识到不能以牺牲环境为代价发展经济，毅然以壮士断臂的勇气关停了重污染企业，并把目光投向了科技型企业。就这样，1996 年前后，龙华引进了以富士康为代表的大型先进制造企业，还着手规划建设服装基地、同富裕工业园等大型产业园区。工业化也由此步入快车道。

龙华墟（又称龙华老街），由龙胜彭姓族人始建于清朝中期，其上游有源自高峰和元芬的溪水，在街市旁汇聚成龙华河。传说明朝末年有风水先生见此地有两条山脉如双龙，又在龙华墟附近形成两座小山岭，为"双龙吐珠"格局，断言："六甲之年成都市。"数百年过去，到了改革开放之初，每逢农历三、六、九的龙华墟，依然是仅作交换农产品的"甲由墟"（如同蟑螂那样很快就散去）。但之后短短 40 年间，这里变得商超林立、街市繁华，已成为现代都市核心商圈。

在这里，我曾见证一个叫牛栏前的小村庄从兴建农贸、建材市场开始，靠工贸业迈开超常规发展路子；曾见证低调、内秀的观澜镇，短短几年时间建起了全球一流的高尔夫球场，1995 年举办了第四十一届高尔夫球世界杯赛；曾见证大浪石凹片区崛起令世界瞩目的服装基地和时尚小镇，而这里，正是百年前虔贞女校传授缝纫技艺的所在。

有位龙华镇的老领导曾告诉我，1992 年深圳修建梅观高速公路时，原设计方案是在大脑壳山旁的梅林坳打隧道。龙华人获知后，认为山坳会阻隔龙华与福田中心区及深圳湾的联系，不利于招商引资工作，便由镇政府垫资 1000 万元给建设部门，把挖隧道改为劈山而过。后来，深圳经济特区范围扩大，拆除梅林关，这位老领导庆幸当时镇里有超前眼光。数不胜数的例证表明，这片 70 多年前抗日战争时期曾诞生中国文化名人大营救故事的红色土地，是一个敢作敢为与务实进取的地方。

这真是一个诞生奇迹的地方。龙华，曾经是一个镇、一个街道的名字，现在它已成为中国版图上的一个行政区。阳台山依然巍峨耸立，龙华河、观澜河依然潺潺而流，见证着 40 年改革开放的大风在深圳中轴线上劲吹。在日夜不停的车间流水线上，马达的轰鸣与街市车辆的飞驰声构成混响。静静聆听，仿佛耳边还传来观澜河上赛龙舟的阵阵号子，那是龙华人奋楫争先的心声。

一代代的龙华人，在湾区的脊梁上，演绎智造强区的梦想，在美丽的生态家园里，谱写更加华美的篇章。

2020 年 8 月 5 日

于观澜河畔

敢用疯狂弄大潮

见过无数建筑，都没有如此富有创意的新奇造型。

多年前，看着当时被称为大浪服装基地的产业园区里，有个超乎常规的不规则建筑物从地底冒出，不禁多看几眼。而今，在已成为大浪时尚小镇的这个园区，这片建筑已经特别引人注目了。

用无人机鸟瞰这个建筑群，仿佛是一只在平地上展开健硕的翅膀，准备腾空而起的雄鹰。而实地进入建筑群，其构件造型、施工细节和创意理念，真是叹为观止。

这是一个由深圳本地著名的时装品牌企业建造的总部基地，已施工10年之久，部分已完工，进驻了逾千名设计营销等工作人员。整体而言，要完工尚待时日。据陪我参观的施工总监说，来自新西兰的总设计师认为建设速度太快了，其设计观念传承了西班牙高迪风格，而高迪设计的经典建筑有的建了上百年。

施工总监调侃说，这项目他们叫"三疯"工程，一个"疯子"是业主老板，另一个"疯子"是设计师，还有一个"疯子"是承建单位，三者大胆而疯狂地接受了奇思妙想的挑战。

建筑群的上方，是两个巨大无比的叶片脉络造型的架子。这架子一前一后覆盖在两大建筑体的中段。前面的建筑由入口、中庭和两侧厂房、酒店等连成一体，主体顶上均是叶子的造型，特别是分布着的12片向上平行舒展的芭蕉叶片构造物，特别显眼。后面的大概是用作办公生产的建筑物，外立面和房顶是由56个双曲面混凝土浇筑而成的叶片造型。就连建筑物外立面的玻璃窗花也大量采用叶纹状装饰，连廊阳台部位布置成鸟窝状，观光电梯塔楼做成莲花状。还有根茎状的基座，贝壳形状的地下空间采光井，以及大量的海浪造型。许许多多大小不一、规格多变的曲面和抛物线、螺旋线状的曲线，无不在阐释这个建筑一切灵感均来自大自然。钢筋、钢材、混凝土连同大量碎拼的瓷片、砖块、异形幕墙墙花等建筑材料，要在这 11 万平方米的建筑物里，充分展示自然生态与建筑艺术的有机结合。

设计师从高迪大师传承而来的现代仿生学理念，给施工带来了诸多难题。建筑物顶上叶脉钢结构，从地面往上看却似鱼翅骨架，如此大跨度的钢结构从建筑安全角度来讲，突破了目前国内所有设计规范，没有标准可循。建设者反复论证，甚至专门到湖南大学做风洞试验，终于完成了这个世界上独一无二的构件。参观时，正是靠近响午时刻，我发现，蓝色天空背景中，巨大的鱼翅从不同的角度，会折射出不同的光彩。

看到那巨大的叶片状曲面顶盖阴阳两面贴着不用颜色的瓷砖、石块，我不禁要为其是否会因风吹日晒造成脱落产生疑问。施工总监告诉我，这些面饰材料不是贴上去的，而是与曲面板一次浇筑成型的。先是固定模板，接着把瓷砖、石块用芝麻钉固定，接着砌上水泥浆，稍微固定后扒掉芝麻钉，然后铺设钢筋，最后浇筑混凝土。待拆除模板之时，表面装饰材料与面板整体一次成型，不需打磨。对于如此大的面积，采用这种建筑工艺无疑是一大创举。

从地面进入室内的通道上方的屋顶，我发现未经任何装饰的混凝土表面非常粗糙。细细一看，发现其稍微凹进的部分是竹节造型。他们告诉我，为了达到这种自然效果，专门到湖南承包了一整座竹山，用山上砍伐下来的南竹做模板。因南竹管径上下比较相近，浇筑出来就达到相对规整的竹节效果。他们就是这样在无法按图索骥寻求现成材料的探索中找到最佳解决方案。顶部、外墙的叶片造型，看上去都相似，但是线条的弯曲、曲面的角度，都是不一样的，完全没有模板可以照搬照套；而大大小小叶片脉络造型的玻璃幕墙构件，全部都是异形的。顶上 4 万多平方米的小瓷砖的规格，在市场上也是找不到的。他们不断修订完善优化设计方案，根据需要设计了包括三角形、正方形、梯形等 6 种规格的小块瓷砖，专门到瓷厂开模订制生产。然后运用拓扑学原理，把瓷砖连续而有序地一次性镶嵌起来，用流畅的线条和曲面勾勒出自然之美。

崇尚自然的理念还体现在墙体上。灰色、红色、褐色等多种颜色的砖块和深色小石块呈流线条铺设，偶尔会有瓦片和带颜色的陶瓷碎片夹杂其中。零星分布在墙体里的绿色、深黄色玻璃碎块，在阳光下如绿松石、玛瑙一般闪耀着奇异的光芒。他们告诉我，这些材料，不少是废旧物料的重新运用。在国内的建筑史上，一个建筑项目能有 3 个专利已非同寻常，而他们目前已拿下了 50 个专利。

在场的一位友人告诉我，这家时装公司做每件衣服都在设计创意上倾注大量心血。他们把这个理念运用到公司总部的打造上，解构出建筑设计施工的登峰创意。这个建筑将成为时装品牌的固化载体，而创意不断的品牌也将成为这个建筑的活灵魂。为什么会不计时间、资金、人力成本在建筑上做到如此极致？我们从企业对设计创意精益求精的匠心追求中不难找到阐释。

在有限的接触中，我在大浪时尚小镇也认识了几位从事服装生产的人士。有位怀揣创设博物馆梦想的年轻设计师，在 21 世纪初年壮着胆在这买地兴办产业园区，坚持不懈地深入边远少数民族地区发掘手作非遗服饰工艺，积淀中华传统服饰创意审美滋养，并运用到现代时装设计之中。靠手提肩扛积累了大量传统时尚服装展品，终于做成"百年时尚"博物馆。有位于深圳经济特区建立之初便长期在东门老街卖服装的老哥，找准市场经营品牌，醉心于艺术品的收藏，甚至不惜代价扶持梵高艺术学院需要帮助的艺术家。借助长期的艺术和生活哲学的体验领悟，在品牌经营中融入中西艺术交流元素，使其时装品牌历久弥新。还有一位服装经营者，执着于服饰款式的融合创新，更在材料上精准细分不同区域与人群的需求，运用了最新的石墨烯材料以寻求流行的共性风尚。

100 多年前，瑞士巴色差会传教士在大浪浪口村兴办了虔贞女校，开设了包括缝纫、纺织在内的课程，率先在这个纯农耕的客家贫困山村开始了中西方文化交流。而今，这个地方早已在全面工业化的进程中，走在了传统产业创新转型的前列。已有数百家中国最具影响力的时装企业进驻大浪时尚小镇，形成了"全国女装看深圳，深圳女装看大浪"的态势。连续多年举办"大浪杯"中国女装设计大赛，更是吸引了大批新锐的设计界精英登上风起云涌的设计擂台。中国服装设计最高奖"金顶奖"获得者纷纷扎根在这片汇聚创新创意的土地上。

走进以时尚为名的小镇园区，会发现一栋栋已建成或正在兴建的企业总部建筑，那飞扬律动的屋宇、那现代前卫的格调，如波涛起伏，如雄鹰展翼，势如破竹一般突破地平线，凝固成一股股向上的力量。楼宇间，常常回荡着服装秀场铿锵的节奏。

不记得是在什么时候，我到这里的一家知名企业参观时，观看其播放的宣传片，在魔幻般的时装产品影像里，配乐竟然是一首军歌的旋律，表达部队前行如闪电般的磅礴气势，借此展示其时尚品牌的飞速发展。企业当然不会有任何宣扬战争的用意，但是在日新月异的时尚市场，每时每刻都在进行看不见硝烟的激烈竞争。

一丝一缕，看上去是平凡的日常，影射的却是推陈出新的审美文化。时尚界的弄潮儿逐浪前行，以充满热力的创新，接受大浪淘沙的价值洗礼。

没有那份痴狂，便没有一次次的嬗变。

2020 年 3 月 29 日

于前海前沿

赤湾山上稔花开

蛇口半岛有座名不见经传的小山：赤湾山。人们在这里建了一个公园：文天祥纪念公园。

初夏时节，我兴之所致，拾级而上。公园的景观设计显得很质朴。入口处纪念性景观，以文天祥一生"读书报国""宦海沉浮""积极抗元""英勇就义"的经历，通过雕塑、浮雕和事迹、书法的展陈，让人在登临之初便感受到文人英雄的情怀。

大理石铺就的台阶旁，生长着原生态的植被。鲁萁摇曳着纤巧的叶片，凤尾状的蕨叶旁伸出问号一般的新蕨。令人眼前一亮的，倒是那开得灿烂的岗稔花（客家人俗称当泥子，学名为桃金娘）。稔花开在紧凑而疏朗的枝叶间。在椭圆形的对生绿叶衬托下，绽开的倒卵形五片花瓣，有些是嫩白中带着淡紫，有些是纯净的红紫。紫色的稔花，有着阳光般似火的鲜艳，也有着海洋的湛蓝，显得肃穆、沉静，泛着神圣的光泽。花瓣间如金粟般的黄色丝状花蕊，以及同一枝头如火炬状的花蕾、早开的花结出的卵状壶形青色浆果，构成一幅花果同枝的绚丽景致。岗稔果实由夏天到秋天，先青后黄，成熟后由赤黄变为绛紫，是山里人喜爱的野果。在我的老家梅州山区，岗稔的根还是一味中草药，具有固本培元、补血养气的功效。

转过几道弯曲的山径，不觉间到了海拔213米的赤湾山顶。山顶除了一个可供游人休憩的凉亭外，就是由石材铺就的大坪，堪称全视野山海观景台。东面深圳湾沿岸那鳞次栉比的高低楼宇构成生机勃勃的城市景观；山下向海而建的蛇口港，穿梭的船只仿佛不停不息地编织着与世界互通互联的大网；西面珠江入海口赤湾集装箱码头、妈湾港以及透过大、小南山看到的前海自贸片区，有股欣欣向荣的热潮扑面而来。

站在赤湾山上，思绪由景而生。汕尾市海丰县城北的五坡岭上，建有纪念文天祥的表忠祠，史载公元1279年文天祥率宋兵抵抗入侵的元军，在此地被俘。元军极力劝降未果，次年经海路押返京师，途经赤湾前方的伶仃洋海域时，文天祥以诗明志写下家书《过零丁洋》，描述其惶恐、伶仃的凄楚孤苦之余，更用"人生自古谁无死，留取丹心照汗青"表达了其坚贞不渝的赤胆忠心。其后几年，文天祥一直被囚禁在北方低矮脏暗的土屋里。其间他有感于充盈土牢的湿气、臭气、霉气、暑气、寒气、秽气、污烟气等七种气未能敌过其一种正气，写下了千古名诗《正气歌》。从该诗的序言可以看出，文天祥在恶劣的环境中以正压邪抵御"百沴"，保持着健康的体魄。我国古人"以气养生、养正则吉"的修身保健哲学，在其监狱生涯中得到印证。诗中，文天祥历数史册中十二位忠臣义士的壮烈之举，以"时穷节乃见"阐明先贤的坚守，更以此表达正气根植于中华民族优秀文化传统的沃土。全诗酣畅淋漓，其民族气节、爱国情怀和铮铮铁骨，气势是何其磅礴、凛然，充满了天地正气的巨大力量。这股正气，至今仍荡气回肠地影响着后世。

赤湾山西南边的鹰嘴山山顶，三面临海处陈放着林则徐禁烟时在伶仃洋击败入侵英军的炮台。北面塑有林则徐全身铜像，这位民族英雄身佩长剑、手持单筒望远镜，目光炯炯凝视着伶仃洋的滚滚波涛。不管是730多年前的文天祥，还是160多年前的林则徐，他们眷顾的伶仃洋海滨的这片土地，在40年前炸响了开山建港的改革开放第一炮。创业者喊出的口号"时间就是金钱，效率就是生命""空谈误国，实干兴邦"至今仍气贯长虹、振聋发聩。海上世界明华轮和"女娲补天"塑像，见证着袁庚敢为人先的勇气在这半岛上代代相传。

此刻，在这山海间，我感受着伶仃洋自然景观和海滨城区的壮美，回味着从古至今在这里诞生的英雄故事。我想起文天祥《正气歌》的最后一句：风檐展书读，古道照颜色。展卷阅读历史，先贤们那明亮的精神，依然照耀着这片海的波澜壮阔，照耀着弥漫在半岛上的改革开放的浩然正气，也依然照耀着这赤湾山上的岗稔。

静静的赤湾山上，漫山遍野的岗稔花默默盛开着，象征着碧海丹心和长盛不衰的生命力量，见证着新时代的重大气象。

2018 年 6 月 7 日

于观澜河畔

一滴敢报江海信

铁仔山上观大潮

铁仔山不高也不大，对于登山爱好者来说，这个海拔仅 204 米、面积 100 来公顷的山岗，没有多少挑战，更别说有多大的兴趣。以此山命名的公园，也没有奇美的景观。但是，这座山，还是有不平凡的内涵与看点。

进入铁仔山公园，沿着石阶而上，原生态的植物异常茂密，夹带着山林里特有的花草味道及落叶、泥土气息的空气，沁人心脾，带来神清气爽的感觉。狭长的山脊上，分布着琴之韵、凤桐听雨、海之神、天后圣母庙等景点，而山麓两旁鳞次栉比的厂房构成的工业园区，虽然显得单调，但远远就让人感受到繁忙的生产气浪。到达山巅云阁碧空观景台，可以领略到豁然的景象。放眼望去，近处的 107 国道、宝安大道，远处的广深高速和沿江高速横贯而过，车流滚滚，生机蓬勃。远眺西南面珠江入海口，水浪苍茫，海天一色。昔日打鱼晒网的渔港滩涂地上，已建成大铲湾国际集装箱码头。港口上空，不时有宝安国际机场的飞机呼啸而过。近处山上白色圆顶的硕大球状物，据说是飞机导航雷达。我想，静静的铁仔山真连通着大千世界，这里不失为观潮赏景的地标。

铁仔山曾经是沉寂的，正如其蕴藏的历史。20 世纪 80 年代开始，深圳考古界先后数次发现这里存在汉代至明清的古墓。1999 年，在 107 国道西乡立交高架桥施工中，当地抢救性挖掘和保护了大批古墓。这片古墓群时间跨度长达 1800 多年，规模多达数百座，且均为平民墓葬，为国内罕见。这对研究自西晋永嘉年间开始的第一次由北向南的民族迁徙和文化交融有着重要历史文化价值。铁仔山，经媒体关注而引起人们的注目。

在我看来，潮起珠江，山海相望，铁仔山见证了深圳宝安改革、开放、发展的"春天故事"。从 1990 年踏上宝安这片土地，因为从事新闻工作，我对这里人和事的变化相当敏感。铁仔山下的工业区企业管理和运营闯出的新路径，西乡镇属企业涌现的"火王"燃气灶等工业品牌，大张旗鼓兴建的商品批发市场，固戍村群防群治机制的探索……城市梦的构想与追寻，形成了许多鲜活的新闻素材。

记得 1995 年初，我曾到铁仔山附近的劳动村采访。当时，这个村 115 户村民告别低矮陈旧的瓦房，搬进了村里统建的别墅。靠渔业为生被称为"水流柴"的基围人，终于改变祖祖辈辈居无定所的命运。尽管当时村民搬进别墅后还会在屋外搭柴灶烧制"雷公茶"，甚至锄掉花草树木种菜养鸡，但后来引入物业管理，各自为政的乱象始得规范。随着村规民约的修订，新一代基围人形成了尊师重教、抵制好逸恶劳的风尚。劳动村也顺理成章地成为"文明村"。采访结束时，我产生了一种联想：是珠江入海口的潮水，修炼了这里人审时度势、革故鼎新的品格。

我一直觉得，年轻的时候能来到宝安，是很幸运的。因为，这片土地时时处处充满着创新、创造的机遇。二十世纪八九十年代，珠三角地区涌现了大批以"来料加工、来样加工、来件装配"和补偿贸易为主要形式的"三来一补"企业，听说其"始祖"就在宝安。怀着新闻工作者的兴趣，我来到阳台山下的石岩镇采访。生产电吹风机的香港怡高公司为降低生产成本，打算把发热线圈的生产放在一河之隔的宝安。经一名祖籍为宝安石岩的港商牵线，决定选址在石岩上屋村。就这样，由港商提供资金、设备、原材料，进行补偿加工贸易的企业在上屋村成功开办，村里人拿到比务农高许多的收入，村里还获得了不菲的厂房租金。此后，"三来一补"工业模式如雨后春笋般在宝安及更广泛地区蔓延开来。

汉唐"海上丝绸之路"古航道上的浪涛没有拍醒这片沉寂的土地，文天祥过伶仃洋时的忧患叹息穿越在悠悠时空。是 20 世纪 70 年代末改革开放的滚滚春潮，在这里鼓荡起奋发的浪潮。新中国发行的第一只股票叫宝安，最早的农村集体资产股份合作制探索也从宝安开始……无数创举的叠加，促成了宝安在工业化进程上的弯道超车，也大大加快了城市化步伐。宝安这片诞生了深圳经济特区的土地，又不断地孕育出多个行政区域，在更多的空间维度复制着"革故鼎新"的基因。

清楚地记得，1993 年 8 月的一天，我陪同美国一位著名经济战略学者在宝安采访，晚饭后从区委招待所散步走到南头边检站前 107 国道的天桥上时，望着脚下川流不息

一滴敢报江海信

的车河，这位学者讲了一句令人吃惊的话："全球经济发展最快的地方在中国，中国经济发展最快的地方在广州至深圳一线。脚下这块土地，将是广深线上最有发展潜力的地方。"回想起当时的情形，我内心依然是不平静的。

沉静的铁仔山承载着千百年来先民们对美好生活的期盼，也见证了40年来这片土地沧海桑田的巨变，更见证了新一代宝安人锐意革新的闯劲。现在，粤港澳大湾区规划又描绘了新的壮丽航程。此时，站在铁仔山上，看看宝安中心区和前海自贸片区那成长着的新城，看看航空港贯通全球的脉搏跳动。我想，新一轮的大潮已在这珠江口涌起。这大潮，必将催生推动湾区发展的核心力量。

2019 年 4 月 29 日

于观澜河畔

乘物以游心

　　斑驳漫漶的墙体，朽蚀变形的窗台，排列有序的灰瓦与宽窄不一的巷道，高低不一、造型奇异的 10 余座碉楼，还有榕树下的古庙和祠堂，这片散发着潮湿味道的古建筑群，就是曾经与东门老街、沙井清平墟、沙头角老街一起被称为深圳"四大名墟"的观澜古墟。数十年前，观澜河波光潋滟，古墟炊烟袅袅、车水马龙，是一种何等令人感到温暖的诗意景象。

　　观澜古墟旁保存着一个规模庞大、功能完善的客家古村落——贵湖塘老围，70 多座古屋由西北向东南次第排列，在这个围子里，还保存着祠堂、书室、碉楼，"通庆门"三个大字依然苍劲地嵌在南边大门的门额上。深圳的客家民居村落大多以"围"为名，龙华现存就有大水田的龙门围、马坜的鸿禧围、樟坑径的上围、清湖村的老围等。保存下来的民居，墙体大部分是以三合土夯筑，平脊，灰瓦屋面，内部多为木质构造，门楼和廊上檐壁多饰以花草、瑞鸟、诗词彩绘或吉祥图案灰塑，装饰精美，且有确切纪年。有些建筑还融合了西洋风格，装饰了平顶、立柱、围栏和花式图案，客家人远渡重洋、随遇而安的创业精神，可在这些中西合璧的古建筑中窥测端倪。

　　龙华现有的古村、祠堂、私塾学堂、史迹、古墓葬、石刻碑记等不可移动的文物有 170 多处，这其中最为突出的是 120 座碉楼（又称炮楼）。清朝至民国期间，碉楼的功能从防御渐次过渡为风水、居住功能，后来又成为华侨在海外发达之后衣锦还乡的荣耀标志。建筑风格从砖木结构、三合土结构演化为混凝土浇筑。碉楼为正方形或长方形，占地面积多为三四十平方米，层高 4 至 6 层。顶部大多是平顶，女儿墙四周通常装饰"燕子窝"，并有鱼形、蝙蝠形的灰塑排水口。除了方形洞状的窗户，女儿墙及各层间分布了射击孔。这些碉楼墙体是由厚达 50 厘米以上的三合土夯筑，虽年久失修，丝毫不影响其主体的坚固。

漫步在古村落或古建筑间，往往会感受到一种落差。新建筑群在城市的扩张中崛起，更突显旧屋宇年久失修、破败荒芜。尤其是被定为危房而空置的老房子，长期闲置的古老建筑，断垣残壁、荒烟蔓草。庆幸的是这几年浪口村的虔贞女校经修复，成为全国保存最为完好的教会女校旧址之一，散发出客家文化与西方文化交融的魅力。观澜的牛湖老村经过数十位艺术家的打造，已注入了书画、雕塑、陶艺、音乐、行为艺术等多种艺术元素，成为被艺术活化的古村范例。观湖的上围老村原本被各类新建筑包围，成为垃圾废品处理场、卤腊品加工作坊，现已被打造成为清泉环绕的生态宜居村，聚集了手工艺、设计、影视等文化产业，一改昔日的沧桑，实现"村城"突围。历史文物古迹的保护和活化，已在城市化的进程中显得日益重要。

　　据考古证明，距今 3000 多年前，龙华这片土地就有古越族先民繁衍生息。细碎的各式陶片，只能成为遗址考证的零散依据。而当今保存下来不可移动的屋宇文物，那黝黑的门洞，仿佛在时时刻刻打开历史的天窗，唤醒人们对时间的认知。借助文物的联结，既可获得认识历史的文化符号，更可在时间的穿越中用多维的空间思维形成"从何而来又将往何方"的研判。珍惜并保护文物，就是关爱我们的精神家园。

　　一个新兴城市，需要梳理城市与社会变迁的脉络。文物，就是一个城市最有魅力的纹理。诚如古人庄子说的："物物而不物于物。"拨开物欲的迷雾，人们的文物意识早已觉醒，不可移动的文物或非物质文化遗产，都将得到赓续、焕新。尽最大的可能保留和利用文物，让文物如同凝固的历史镜子，映射着往昔、现实与未来，也让我们在那些灰暗的瓦片下冥想或在孤独的碉楼前静思，当人与物的时空维度契合之时，我相信，我们的心灵会走得更远。

2018 年 3 月 26 日

于前海前沿

惟精致方能优雅

若非在这特定的静态场合，是不可能如此细致端详服饰的。

一件晚清时期粉紫色的大襟衣，绣在丝绸缎面上的蝴蝶，时隔一百多年，依然栩栩如生。蝴蝶头部的一对棒槌状的触角静静地停在缎面上，体和翅上鳞状色彩均匀而对称地分布着，逾百只蝴蝶大小不一、形态各异。倘若把项襟和袖口精美的刺绣边饰比作国画边框，这件衣服堪称是工笔"百蝶图"。遐想一下，这衣服穿在一个清朝的美女身上，蝶舞翩翩，会是怎样的美妙景致？据"非遗"服装专业人士介绍，要绣好一只蝴蝶在当时大概要耗费一个月工夫。当然，这样的精美服装只能流行于皇室贵族或富贵人家。

走进位于龙华大浪时尚小镇的艺之卉百年时尚博物馆，其艺术共生"非遗"艺术展，可让人穿越时空，领略古典的服饰之美。这里不仅有精美的晚清时尚女装，还有绣饰着禽兽图案显示文武官员品级的森严服制。在其展陈的侗族、彝族、苗族等少数民族的服饰中，可以看到民族女服的襟袖、云肩、背褛运用了缠、掐、填、攒、焊、堆等多种绣饰工艺，纹饰了龙凤呈祥、花鸟虫鱼、水波云雾、五彩几何等各类吉祥的图案、图腾。为了表现其绣品的精细，有些是把一根丝线拖出30根细丝而绣成的。据说在云贵高原的苗族人家，为了追求纹样图案的细腻、染色表达的典雅，确定了非常严格的点蜡、染色工艺。对靛缸更是呵护有加，苗族人甚至会以靛缸的状态来判断当年家庭的运气。由此，可以想象出那靛蓝蜡染服饰令人赏心悦目的背后是"非遗"传承人对工艺极致的崇敬和执着。

回望民族的服装，其精细的工艺令人叹服。在"大美晚清"展柜，我看到了两件竹衣。竹衣是用牙签粗细的1厘米长的小竹节方形格子制成的，全部由丝线编织耦合而成。据说，这是一种内衣，清朝时期官员在夏天上朝时，官服大褂里穿着竹衣，增加通风透气的清爽之感。竹衣引起了来自意大利撒丁岛、米兰的跨界艺术家的极大兴趣，他们用意大利古老的传统服饰、民俗器物与竹衣共同演绎了东西方传统的艺术共生展示。

博物馆仿佛提供了时空维度的飞梭，把收集、保存着的服饰记忆符号，织成了一块块历史的画卷呈献给人们。晚清过后，在战争和社会变革的洗礼中，西服东渐、中西合璧的时代潮流引领着时装的重组与创新。中国的服饰时尚也打破了封建时期的繁文缛节，民族的东方气质与世界设计理念相结合形成了新的时尚潮流。特别是近几年对服饰"非遗"的保护、发掘和传承、创新，使得许多精美的服饰步入了日常生活。

我的审美记忆中，对"士林蓝"有着特别的印象。出生在晚清时期的老祖母，在20世纪70年代最常穿着是大襟衫和包头裤，服装的布料就是在全国大行其道的"士林蓝"卡其布，这当然也为其进行农耕劳作提供了便利，那背部汗湿过后浸出的盐霜，仿佛为蓝布衫增加了纹饰，至今仍深深印在我的脑海，挥之不去。到了20世纪80年代末，作为粤东一小县城的新闻工作者，我还专门采访过刚刚形成的"时装街"，敏感地发现山城的人们已不再满足于粗糙的服装，开始追逐时尚之美了。今天，穿着打扮崇尚自然、讲究精美已演化为新时代生活不可或缺的环节和要素。

纵观我国古丝绸之路，代表文明古国走出去的是两个核心产品：丝绸和瓷器。这两者不仅是实用的日常生活用品，更是具有民族特色的文化载体，其精致特质成为中国古代文化产品走向世界被广为认同的理由。从这个角度判断，精致文化就是我们传统文化的一种内在气质。基于从古至今人们追求精致生活潮流的认知，我们深切地感受到工匠精神贯穿于生活细节，从设计的精益求精到出品的尽善尽美，体现了追求完美生活的审美态度和天人合一的淡定境界。这也是我们今天应该持之以恒坚守的文化理念。因循着互联网的发展，人工智能使制造业越发精密，大数据使服务更加精准。对个性化审美需求也越发能够做到精确、精细的研判和链接。这为弘扬精致文化涂好了厚实的底色。我们今天有理由对曾经的粗放、粗糙、粗俗的部分进行反思，站在更高的维度来审视都市的简约与乡村的幽美，生活的快捷与养生的从容，使我们的生活更有内涵和情致。

处在物质高度丰富的时代，让我们的眼光从碎片化的信息中游离开来，专注地打量或打造生活的细节，于细微之处明辨美丑，懂得鉴别也乐于欣赏。在精致的审美中享受乐趣，这不失为一种优雅的生活追求。

2019 年 8 月 14 日

于观澜河畔

双界河无界

已无从考证双界河名称的来历，但双界河在深圳经济特区建立的40年历史中，确实发挥过分界作用。

宝安县在深圳经济特区建立之前的1979年，曾一度被取消建制。1981年10月，宝安县恢复建制，县城设在新安镇。经济特区建立以后设立了管理线，由约3米高的铁丝网和用花岗岩石块铺设的巡逻道路，以及检查站、耕作口构成。从荔山耕作口开始，管理线内侧是南山区，外侧是条河，河的西边便是宝安县城新安镇。这条源自南山铁屎岭南麓的小河，107国道横跨其上，河边有当时人流量、车流量最大的南头检查站。小河下游，便是珠江口东岸前海湾滩涂。全长5公里多的小河，在这里既分隔了南山与宝安的行政区域，也把河东、河西分成了"关内"与"关外"。此河便成为名副其实的界河。

20世纪90年代初，我曾经在双界河边湖滨东路的县机关工作。当时的宝安县城，虽然处处弥漫着开发建设的生机，但还存留着些许田园景色。那时的双界河也在县城的开发中经历了整治，河道不宽，但由混凝土浇筑的剪力墙垂直于河岸，还算整齐划一，河里长着丰茂的水草，夜晚蛙声如雷。

工厂和商店越来越多，人也越来越多。空气中不时飘过工厂生产车间特有的塑料味，河里的水不知道什么时候慢慢变浊了，有时像墨汁一样发黑。闲来偶尔散步到河边，甚至会闻到阵阵潮湿腥臭味。双界河仿佛被遗忘了一般，寂静地成为一种边缘的存在。水草不复存在，更看不到鱼的踪迹。河道里挟着漂浮的垃圾，缓缓流向107国道下方入海口的淤泥滩涂。据说，上游及两岸雨污混流、河道严重淤塞、工厂和居民小区的污水暗涵直排等是造成水体黑臭的原因。南来北往的人们纷纷避而远之，掩鼻匆匆而过。

大概是在 2010 年，深圳经济特区扩容至全市。一夜间，双界河失去了区分关内、关外的意义。后来，起隔离作用的铁丝网陆续被拆除。再后来，南头检查站、新城检查站以及荔山耕作口等设施也被夷为平地，物理隔离空间荡然无存。双界河两岸环境治理、生态恢复，也纳入了深圳治水提质系统工程。

河还是那条河，从远古流淌至今。现在，河道水域拓宽了数倍，而且越到下游越宽阔。上游河道设有两个梯级蓄水坝，河水从平静的河面每下一级，都会产生哗哗的水声。到了 107 国道以下便接近入海口，水面更加阔朗，河水融入大海浪潮。

清澈见底的河水里，可见河沙、水生植物，更可看见游动的鱼虾。在两个水坝的台阶处，可以看到比拇指略大的一条条罗非鱼不断从下一级台阶跃到上一级台阶，翻出层层白浪。难道这些鱼生怕被河水冲到咸咸的海水当中？我真不知道鱼儿从哪里获得逆流而上的力量。

河两岸，近水而建、用透水砖铺成的步行道旁，有小灌木点缀，还有仿木的栏杆扶手，舒缓的护坡上植有油嫩的绿草。岸边高大的行道树、楼宇倒映在波光粼粼的河面，构成层次丰富的绿色画廊。下游河道边滩，还种有秋茄、海桑两排红树。无瓣海桑树零星开着白色小花，翠嫩的枝头缀满碧绿的果子，展示强大的生命力。岸边偶尔还可以看到从石缝间长出来的菩提树。树木逐渐长大成林，雪白的鹭鸟盘旋在水面和树梢，悠然自得。

转眼间，两岸居住的南山与宝安的人们不再觉得这里有什么分界。人们爱在岸边的社区公园健身，更喜欢沿河漫步。甚至有年轻人就着夜色，在草地上跳起街舞，开展游戏活动，或吃着烧烤喝着啤酒海阔天空地闲聊。不知何时，河面上鼓声雷动、水花四溅，南头街道的安乐社区和新安街道的新乐社区组织了 10 多支龙舟队，在双界河上搭起了赛龙舟的"擂台"。河流宛如生态文化纽带，挽住两岸居民的幸福生活。

与 107 国道及周边市政道路上的滚滚车流形成对比，河边的垂钓者有一种超然之感。他们静静地或站或坐于岸边，眼光专注于水面，伺机发力，与水下的鱼儿斗智斗勇。我遇到两位在附近公司打工的年轻人，他们已用完盆中鱼饵，钓上了半桶大小不一的各种鱼，又用双手捧起桶里的鱼放回水中，吹着口哨扬长而去。

在宝安湖滨西路东侧，沿河有一块狭长而开阔的草地，草地边有整齐的石块垒成

一滴敢报江海信

的岸。双界河这片水域已与大海连成一片，从石头上的水渍可以明显看到潮涨潮退的痕迹。这里，成了放生的地点。在一个涨潮的清晨，漫步河边，我看到一群人放生的情景。有六个中年男子，从车上抬出一个泡沫箱和两个装着不少小鱼的充气塑料袋，放在岸边石上，箱里挤满了不断翻转蠕动的泥鳅。他们吃完带来的面包、喝完盒装牛奶，再由一个年长者带领，点烛焚香，双手合十，念念有词。接着从一个兜里掏出两只乌龟，放进河中，再把泥鳅和鱼慢慢倒进河中。做每个动作前，都会表情虔诚地祈愿一番。

进入河中的乌龟会恋恋不舍地往岸边回游，然后潜入水中。泥鳅和小鱼则早已钻进水中四散而去。我发现，有些泥鳅如同一根根一头下沉一头上浮的棍子，昂着头张着嘴在水面游动，不禁好奇地问一位旁观者，他说："这里都是海水了，泥鳅怎么生存呢？你看，下游那群白鹭正等着送到嘴边的美食呢。"我再问那几位放生者，放下去的淡水鱼类在这里能活吗？放生者回答，上游有不断增加的淡水流过来，它们肯定能适应，一定会活。我清楚，这片水域咸淡水交汇。至于放生的淡水鱼能否"适者生存"，不得而知。但愿放生者的愿望不只是美好的祈盼。生与死，在这里似乎也没有边界。

双界河是条充满新新旧旧记忆的河。周边居民暗地里已把它称作宝安的"塞纳河"。入海口东岸这充满希望的热土被命名为"前海"后，双界河的生态绿廊成为河海交融的亮点。我喜欢双界河清晨迎面拂来的带点咸味的海风，这浩荡的风消纳了国道和宝安大道上汽车的轰鸣声。欢乐港湾巨大的"湾区之光"摩天轮倒映在漾着朝霞的水面，飞机掠过海湾上空，构成宽阔无边的海天景色。夜幕降临时，高耸入云的前海楼群灯光璀璨，双界河桥上奇特的简支拱梁，以及河中的星光云影，给人梦幻般的感觉。梦海桥、听海桥已把前海"梦工场"与宝安中心区连成一体，在这里可以看到双界河两岸大开发的滚滚热浪，听到潮汐的律动和海洋世界的心声。

穿过前海湾畔梦海、听海两座桥奔流入海，双界河源源不断，生生不息。这里，会有更加美丽的景致无边无际地呈现。

2020 年 11 月 30 日

于观澜河畔

心思细如丝

我喜欢在企业逗留。看看企业的理念、运作，了解其兴衰成败之道，也是饶有兴味的。因工作原因，我曾有一段时间多频次进入一家宛如超大型社区的特大型企业，或多或少地认知其独特之处，今形成文字权作分享。为方便起见，行文就不具体标明企业的名称了。

这家企业创业之初是做电脑连接器的，经过数十年磨炼，已打造成为全球知名的电子信息先进制造业的"巨无霸"。成就超凡之业，必有其非凡功底。

工业制造离不开模具，模具被称为"制造之母"。企业在草创的 20 年间，就是从模具制造寻求突破的。传统的模具生产，工序是成体系专业化的，而影响其规模扩大的一个重要因素是师徒传承。从学徒成长为熟练的模具工人，要经过师傅亲身传授数年。工人成长慢，模具产量上不去，企业要扩大量产便受到阻碍。企业运用颠覆性思维，大胆把模具的设计、零件制造、组装三个工序和流程拆分，以群组技术和标准化手段细分每个生产环节。新手学习制模技术只需专攻其中一个环节，易懂、简明、便捷，不再仰仗师傅"慢慢"教。随着技术工人的增加和生产效率的提高，企业把各个环节整合成由数据分析管理的系统模式，模具量化产能飞速提升。

日新月异的信息化大潮冲击着制造业，电子产品日益求精求细成为必然趋势。企业率先成立纳米技术研究所，用纳米级水准提高模具加工的精度。数字化的运用又助推了客户设计需求与模具加工的精密对接。企业很快形成了 48 小时可以出模具、出样品，一周内可以形成规模化生产的电子产品高精尖核心技术。为电子品牌加工制造产品"代工"背后，是企业拥有自主研发的扎实的核心技术。企业的创新、研发、生产聚合成裂变式的爆发增长。

所谓魔鬼都藏在细节里。生产精密的电子产品，除了技术的精细，还必须把精细管理贯穿到所有流程环节。在车间现场，他们引入整理、整顿、清扫、清洁、素养"5S"先进装配生产线管理模式，以确保生产环节精确无误。

每一个电子产品，都由许许多多的配件组成，为了做到精准组装，企业实行零部件的"内解化"和"零库存"。同时，还练就模块化管理的扎实内功，把管理理念贯彻到每个细节，把设计、开发、制造、供应、品质、人事、财务等层层拆解、简化、整合，然后制定规范和标准付诸执行。

企业内部发明了"望远镜""放大镜""显微镜"三种管理法则。企业运行中的重大策略原则，通过"望远镜"拉近距离审视。对组织架构、职位职能和流程契合，则用"放大镜"做梳理观照。而生产的细枝末节，则是用"显微镜"清晰地显现出来。大到策略、运营、管理体系，小到组件装配、工艺打磨、生产车间空气中的灰尘微粒，每一个环节都要做到精确把控，任何细微的误差都可以追根溯源。

一点一滴、一丝一毫，细中求实、实中求细，无微不至的努力和执着，使企业在客商面前无懈可击。由小及大，企业依托精准的研判构建的产业链、供应链、创新链，在市场竞争中发挥了巨大的作用。早已跻身世界 500 强的这家企业，仿佛一艘巨轮在精准的引导中航行。"胸怀千万里，心思细如丝"，写在墙上的标语，绝对不仅仅是口号。因为细致，所以宏远，企业演绎了"积跬步而至千里"的量变哲理。

人类对"细"的极致追求正在改变世界，每个人或多或少都受到影响。纳米技术及其产物，已在医学、太空、生物等多领域应用。机器人在生产环节的运用，大大提升了制造业的精准度。世界上用于制作电脑芯片的光刻机，更是顶尖精度技术的代表，甚至引发国际博弈。量子力学、光学，如神秘的幽灵一般，为人们从最微观的层面理解宏观现象增加了维度。

数字化时代为人类社会提供了更丰富的个人选择，也在个人与客观世界之间取得了更多的契合。人们依赖数字化的科技手段，对万事万物形成更细致到位的把握。数据和算法形成强大的智能，生产领域实现了精准对标，生活服务获得细致有效对接，社会治理有了更加全面、准确的监管手段。共享单车本来就是数字化衍生出来的骑行服务，但乱停放、乱丢弃一度屡禁不绝。管理者运用数字化技术精准监测每一辆共享单车的轨迹、定位，提醒并强制骑行者把自行车停放在划定区域的"电子围栏"内，用智能化实现精细管理。

"细致而严密，精准且互通"本应成为社会实践的内在要求。尽管互联网给世界增添了许许多多虚拟的形式和内容，但注重细节、求真务实的精神，仍应是成就大业的核心要义。以求真的精神思考探索，才能切入万物本质；以务实的勤奋执着钻研，才能精益求精；以扎实的风格付诸实践，才会抓铁有痕、踏石留印。

合抱之木，生于毫末。粗与细、大与小、虚与实本是通俗易懂的辩证法原理。无数的"细小"构成大事业，无数的"细节"讲述大故事。许多活生生的例证告诉我们，最使人纠结的不是机会的易逝，而是心思的粗放。最使人懊丧的不是疏于思索，而是行动不实。最使人追悔的不是挫败和失去，而是对积于忽微的懈怠和放弃。

求细求精而不失宏观谋略，大处着眼而不忘小处切入，是企业之道，亦是人生之道。

2015 年 6 月 28 日于龙华

2021 年 8 月 19 日修改

百花山上的蚂蚁

机关办公大楼后方，有座比八层楼高一些的小山。曾经听观澜当地老一辈客家人说，这里原来叫"崩山"，大概是山体有过水土流失吧。不知何时开始，这无名的小山有了一个好听的名字：百花山。

常借着午间闲暇，步上百花山行走。山上设施极为简单，两条连通山谷的步道，均可从缓坡的台阶上至山顶。稍微突起的山脊上建有一座六角凉亭。未经大肆挖掘的山体，除了高山榕、樟树、枫树、天竺桂、蒲桃等乔木看上去是后来栽种的外，还茂盛地长着鲁萁、岗稔、毛蕨、芦竹、蟛蜞菊、马缨丹、海金沙等小植物。这些小植物，散漫凌乱地生长着，展露着原生态的野性之美。

2015年1月，同在机关上班的业余诗人阿凡发现石径边的一棵油茶树，树上开着一朵未凋零的花，他想起七百公里外的老家湖南衡东，山上到处有这种茶树，便写下《孤单茶花》一诗寄托乡愁。后来还结集出版了以此为名的诗集。曾经与阿凡交流，我也在后山发现了这棵开着花的茶树。一晃多年过去，当我重拾旧步在山上行走时，发现当时仅齐腰高的茶树长到几米高了。而且，把目光投向山坳边，竟发现了多棵树干、树叶相同，零星挂着几颗茶果的茶树。我把这一发现告诉阿凡。已不在院子里办公的他说，一定要来探访。从茶树排列不是很规则的情形看，不像人工种植。那是怎么长出来的呢？不得而知。

与看上去处于静态的植物相比，此时，我更感兴趣的是山上随处可见、不停不歇忙碌着的蚂蚁。山上的蚂蚁有两种，一种是比黑豆小些、身躯偏长的黑蚁，数量不多，停停走走。而那种身形只是米粒三分之一大的褐色蚂蚁，却是随处可见。此蚁活动成群结队，即使有走散的零星蚁只，在不远处都可见其族群。小小蚂蚁行动敏捷，向前移动时，若碰到同伴，在短暂的交头接耳后迅速离开，行色匆匆地继续前进。

经一段时间观察，我发现一根暗红色凉亭柱上，有络绎不绝的小蚂蚁沿着大体固定的线路上下行走。凉亭斜顶斗拱的瓦隙间应有个蚂蚁窝。常可看到蚁群搬一些小东西往上爬。若看到一片昆虫的翅膀如长了腿一样往上走，细看会发现是有一只小小的蚂蚁钳着虫翼，在垂直梁柱面上负重爬行。不断有些小昆虫的尸体被搬往上方。我看见过如半截棉签大的死蚯蚓和死蜈蚣被蚁群簇拥着往上搬，不禁感叹蚂蚁的巨大力量和搬运方式。

蹲下身子或靠近柱体，可发现蚂蚁身躯有三节。头部上端长着两条细长的触须，如雷达探测器，不断挥动。触须旁突起的两点应是其眼睛了，前端两侧长着一对黑褐色的钳子，上颚发达，咀嚼式口器还可伸出如蜂针状的舌头。蚁的腰身相对于蚁头和椭圆形的蚁腹来说较细小，两侧各长着三条细腿。小腿有三节，后两节间长着毫毛状的小刺。我想，正是这些如钢丝般纤细的带刺小脚，为蚂蚁在垂直的峭壁找到力量的支点，抬举起相当于自身体重 50 倍的物体。

最使我惊讶的是蚂蚁间的协作。一具小动物的尸体，由若干只蚂蚁搬运，就体积重量而言，就像十几个人搬动着一个集装箱货柜。不论是在平地上前行，还是在壁面上移动，都能沿着大体的路径行进。有时看到搬的物体太重往下滑落，下到一定高度时，又停住了，继续由蚁群托举向上。它们每一只都没放弃，每一只也都竭尽全力。也常常可以看见有些蚂蚁后腿不着地地骑在物体上方，无须用力，大概此蚁见力量充足，自觉充当后备选手，不盲目掺和以免影响群体发力吧。可见，蚂蚁不但对搬物品有足够力量把握，还能不断调整角度和方向，实现步调一致。这样沟通、协调和组织是多么高效啊。

蚂蚁与其他昆虫类动物有着类同的触角和信息素。其行走的路径都会根据需要留下不同的信息素，这是确保不迷路、少走弯路、行走有规则的导航体系。有时可以看到有少数蚂蚁离群，漫无目的地游走，与忙忙碌碌搬运食物、赶路的蚂蚁形成鲜明反差。生物学家把这些蚂蚁称作"懒蚂蚁"。据称，当遇到食物短缺时，往往是这些"懒蚂蚁"带领蚁群开辟新的食物链。看上去游手好闲，实则进行调研、侦察。在蚂蚁的世界里，蚁后专事产卵，雄蚁负责生殖，兵蚁担当防御，数量占绝大多数的工蚁从事建筑巢穴、采集食物、饲喂蚁虫及蚁后的工作。蚂蚁就是在彼此和谐默契的分工合作

一滴敢报江海信

中，从白垩纪起一直努力地在地球繁衍生息，发展到拥有逾万种的庞大种族。

中国古人对蚂蚁多有研究。西汉《淮南子·修务训》记述"蚁知为垤"。蚂蚁可以修筑排水、通风、储食、居住等功能布局合理的巢穴，堪称"建筑高手"。古人早已观察到蚂蚁能预测天气变化。王充在《论衡·变动篇》一文中说："故天且雨，蝼蚁徙。"蚂蚁搬家，垒土作坝，表明天将下雨。科学研究显示，蚂蚁会保护蚜虫不受天敌伤害，是因为蚜虫吃了植物汁液后排出的蜜露可供蚂蚁享用，彼此构成相互依赖的共生关系。有些蚂蚁会在巢内培养真菌作为食物，比人类务农历史早了4000万年。

生物的进化充满智慧，也极具值得人类借鉴汲取的理念。目前人们对蚂蚁的认知是极为有限的。不只是蚁。我不知道，蜗牛或是福寿螺是怎样从容地探寻食物；不知道，为什么蜘蛛会在发现网住昆虫后飞快地抱着猎物，靠一根看不清的细丝弹回网中央，更不知道蜘蛛结网时会借助大气中的电子飞翔；不知道，带着黑白花纹的蚊子凭什么就知道有人在山间行走，迅速过来叮咬吮吸。

行走在百花山，会发现有许多未被提炼成标签的细微生态。蚂蚁也许是这山上最小的动物。山林间，有许许多多不为人知的物种存在，生物之间又构成多姿多彩的共生关系。花草树木扎根在这山体，看上去是独立的。而泥土里盘根错节的根系，却被另外一种完全不同的生命体——菌根真菌有机连接在一起。真菌在地下把蛛丝一样的细管插进树根，获取树木光合作用产生的糖分，而树木亦通过真菌网络获取氮和磷等营养，这种互惠互利的连接，使得任何一棵树都不会寂寞。它们相互依存的关系已存续了几百万年。林间许许多多飞行的、爬行的大小动物，又何尝不是在植物间寻找生命的原料，而构成生存、繁衍、孪生进化链条？科学研究不断提供、更新对大自然的认知，满足人们对未知领域的求知欲。

行走在百花山，内心自会产生一种轻松、一种惬意。树木多的地方，负氧离子含量必然高。当空气中负氧离子含量达到每立方厘米1800个以上时，对人类便逐渐有了自然疗愈、康复功能。相关研究发现，植物时刻会散发一种名为"芬多精"的抗菌化合物。这种无色无味的化合物随空气进入肺部后，会随特定的神经细胞进入动脉、淋巴结和下丘脑，对人的心率、血压、免疫系统和脑力运行发挥良好作用。

夏日的午后阳光正好，微风轻拂，偶有树叶飘落在洒着光斑的路上。树上的叶片发出轻微的沙沙声。呼吸间，有一股淡淡的樟树、桉树的清香沁入心田。我的步履不经意地规避着蚂蚁。我觉得，蚂蚁虽然极为微小，但与众多生物一样，都是自然规律的遵守者，是充满智慧的实践者。它给了人们观察、思考的乐趣，还带来生活的启示。

　　走进大自然，融入休戚与共的奇妙世界。默默地与山石林木中的伙伴一起，心怀感恩，享受生命的快乐。

2022 年 7 月 12 日

于观澜河畔

第二章

追光人生

见识了许许多多深圳的追梦者。他们怀揣梦想，潜心践行；他们永不言败，书写奇迹；他们不甘平庸，常创常新；他们抵御焦虑，勤勉执着；他们乐于奉献，真诚友善；他们追着阳光，也把生命燃烧成光。有个人温度和时代热度的事迹，成为文字背后的热能。

折折叠叠为了谁

有许多事已成为挥之不去的记忆。《宝安日报》总编辑平照上任不久来访，谈起新闻事业发展态势，难免又勾起我对那段职业生涯的回想。

命运中总会有些机缘令人无法阻挡。1996年仲春，我成为《宝安报》首任总编辑。这职务提拔虽非意愿，但我还是怀着感激到任。由此，我便告别采写、发布宝安新闻的机关科长岗位，由一个特约通讯员跃升为报社负责采编业务的"一把手"。

老社长和这个团队挺宽厚，也很包容。到任没几天，便让我承担起报纸出版终审工作。审稿看上去比写稿轻松，但我清楚在每个版面上签下"同意付印"四个字的责任担当。

编前会的选题策划、版面内容的布局安排及版面语言运用、标题及文字的修改提炼……点点滴滴，都不能有任何疏漏、大意。我很快发觉，报纸编审过程就是一个学习的过程，考量着新闻敏感、导向把握、图文辨识，以及新闻背后的真相判断。记得1987年夏从事机关新闻工作之初，梅州一位新闻前辈告诉我，新闻工作并不难，关键是要有热情。慢慢地，我发现我挺热爱报纸编辑工作，甚至还常常充满激情。编辑就是每天都在学习的职业，我乐此不疲。悄悄地，我业余进修三年，学毕哲学研究生课程，完成《新闻舆论导向的哲学思考》课题研究。

宝安有着深厚的历史人文底蕴。在20世纪50年代初，宝安县便办有报纸，后来在60年代因故停办。1993年元旦，撤县建区后成立的宝安区，撤销了区内10多家由各镇和部委办局主办的内部小报刊，于当年7月1日创办机关报《宝安报》。当时，这份报纸只有省内刊号，但其建制、运营一应俱全。融入宝安工业化、城市化、现代化的大潮，这份报纸备受青睐，迅速发展，并拥有了2万平方米的土地，建起了7000多平方米的办公大楼和印刷厂，实现了采、编、印刷、发行一体化。

日子就这么在字里行间流逝。纸、笔、镜头、键盘在手中流转，一张张散发新鲜墨香的报纸，承载着报人的新闻梦想，飞向千家万户。从每周一期到二期、三期，直至五期、六期，报人积淀着经验，报纸也积累着读者，一路高歌前行。2001年3月26日，经国家新闻出版署批准，"宝安报"更名为"宝安日报"，终于跻身全国公开发行之列，拥有了梦寐以求的全国统一刊号：CN44—0016。报社同人一起在报社大院栽种了一棵橡树，并立碑"茁壮成长"纪念。这一年年底，报社机构升格，老社长被提拔重用，我成为社长兼总编辑。

当时，以都市生活类综合性报纸为引擎的报业竞争硝烟弥漫。基层报纸虽然有其独特的依托和优势，但生存与发展的压力是日渐沉重的。在北京大兴举办的全国新任社长、总编辑任职资格培训，给我提供了与全国200多家同类报社交流的机会。我明白，报纸竞争的边界已被打破，基层机关报不能陶醉在区域"主流权威"的自我认知之中。于是，2002年初宝安日报社形成了"新闻立报、大报品位、宝安特色、大众口味"的办报理念，强调构建最具宝安特色的全面、深入、动人的新闻发布体系，明确以精准到位的政经新闻、百姓关切的民生新闻、深度挖掘的热点新闻，服务居民，赢得读者的办报思路。接着，又突出"读者本位"和"报纸有用性"，提高新闻信息的附加值，提高热线服务的关注度，增强生活、文娱资讯的实用性，以地缘亲近性强化读报的优先选择，喊出了"彰显真知，成就理想，办宝安人每日首选的报纸"的口号。随后，又把贴近宝安实际的新闻资讯服务的取向定位具体化、明晰化为"社区传媒，生活必需"，打造社区生活"必需品"，开始了机关报市场化的全方位探索。

报人总是在采编、生产、发行流水线上紧张忙碌，风风火火。办报的理念和定位确立后，围绕着内容生产，《宝安日报》不停不歇地改版扩版。先是把对开4版改为4开16版，版面小了，但报纸总体容量增加了一倍，接着又在每周五增版至24个版。根据不同内容策划，版面也随时随地扩增。报社十年庆制作了80版的"与时代同行"特刊。宝安建区十周年时，更推出了多达144版的"宝安辉煌跨越十周年"特刊，成为读者争相收藏的珍品力作。

配合区中心工作，《宝安日报》大胆尝试选题策划的改革，对新闻要素进行深度介入和挖掘，以组合式、全景式的特刊报道，提供具有思想见地、传播价值的信息精品，释放引人入胜的舆论引导张力。还会以全息解读、约访对话、综合述评等手段，让典型报道鲜活起来，易于入心入脑。"新闻热线"则契合了读者对改善服务的诉求，引起有关单位重视，那些看似鸡毛蒜皮、鸡零狗碎的社区小事的解决，实现了与读者的信息互通，反响热烈。热线报道由1个专栏扩增至2个版，一时成为宝安释疑解惑、贴心服务的"热点"。此时，以生活消费、广告营销、专题策划为主要内容的频繁增、扩版，每每让报人感受市场的认同和沉甸甸的收获。2004年2月，报社在记者驻站的基础上，在龙华街道辖区定向出版发行了16个版的《龙华新闻》周刊，迈出多元扩展探索的第一步。至于版式语言，首先对头版进行了大"变脸"，采用封面大照片、导读大标题以增强视觉冲击力，这对当时的基层机关报来说也是破天荒的突破。

一切都在"常创常新"中寻找变化。面对报业竞争压力，报社开展了一场"市场决定命运"大讨论，进行了"蹲下身子、贴着地皮"深入市场第一线的系列行动。同时，明确"小报精办"，创新内部管理机制。在内部机构设置上，打破了事业单位传统框架，实行全员聘任制，采取中层干部竞争上岗、员工双向选择定编定岗定员，以及首席记者、版面主编为骨干的用人机制。精编辑、大采访的采编流程再造，实现了扁平化管理的高效运行。

需要靠经营来补助经费的事业体制内，"大锅饭"的弊端显而易见。为此，报社废除了旱涝保收形成的薪酬体系，建立了年薪制和量化考核相结合，以量的考核为基础、质的考核为主导的考核分配机制，形成了工作量化绩效评估体系，所有员工的收入都与办报质量效益挂钩，激发了每个员工提升采编质量、提高报纸品牌影响力的积极性、创造性。采编人员除了要细采精编出"精品"，还要走出编辑部穿上发行员的"红马甲"到街头当"报童"、到小区"扫楼"、到街区"扫店"推销报纸，与读者"零距离"接触以检验报纸被市场接受的程度。有一段时期，报社与宝安机场航空公司协作，在航班上配送《宝安日报》，开创了基层报纸拓展读者群的先河。报社还持续开展一系列报纸与读者、报纸与广告客户互动双赢的社会公益活动，调动读者参与，拉近受众距离，做旺报纸人气。

经营管理改革要突破事业单位体制的框框，实属不易。2002年初，报社推行广告、发行、印刷三大经营项目的目标管理责任制时，对于吃惯"财政饭"、过惯安逸日子的职员队伍来说，是有相当大阻力的。开弓没有回头箭。为慎重起见，报社领导班子采用社务公开方式就目标管理方案和竞选规则实行了"五上五下"公开征求意见。当竞争者在台上慷慨陈词亮出实现年度经营目标之"剑"时，台下还是有不少同人不置可否的。但一年后经营结果揭开盖子时，翻一番的成绩令曾经将信将疑的人精神为之一振，报社由此坚定了以改革创新促进报业发展的信心。

在一次报社年终总结会上，一位同事唱起《千纸鹤》这首歌，唱腔功力欠佳，但发自内心的声音很有感染力。我说，这首歌是报人抒发对报纸无限热爱的情歌。"折折叠叠都是为了你……反反复复也是为了你。"爱太深、情太真，对报纸越陷越深不后悔。"折折叠叠"地写稿改稿、编版制版、分报送报中，报纸成为生活必需品，让读者在阅读的"折折叠叠"中长久受益。

正是出于这种对报纸真真切切的热爱和执着，《宝安日报》形成了"彰显真知、成就理想"的文化观念和团队精神。这是当时《宝安日报》团队的文化标志。记得有位记者在2002年底写了离职申请，前往省里办的报纸高就，表明自己在报社工作几年，虽然没有成就全部理想，但还是成就了部分理想；虽然内心有难舍之情，但还是想去闯一闯。事过七个月，这位同事又诚恳提出申请重新回来当记者，报社又接纳了他。类似离开了又回归的先后有五人，足以说明这个团队、这个平台充分包容有新闻理想情怀的人。《宝安日报》就是这样，在见证宝安的快速发展中崇真求实，用新闻报道提升读者对客观事物的认知，用有价值的资讯服务赢得读者的真心热爱。在精益求精的新闻传播中，团队形成了拒绝借口、办法总比困难多、有十分力不出九分、遵循章法注重细节等执行力文化，也构筑了报社势不可当的事业团队核心竞争力。

报社生死存亡的挑战不期而至。2003年下半年，国内开展了一场令人瞩目的报刊治散治滥活动，主要是整顿依靠行政手段摊派发行报刊和经营广告行为，减轻农民和基层负担，其主要衡量标准是报刊的市场化程度。这次，全国撤销、停办677家报刊。《宝安日报》凭市场化运行的发行和广告经营实力，获得新闻出版行政主管部门批准，成为全国极少数保留下来的城市区级报纸之一，也是深圳仅存的区级报纸。记得那个难忘的夜晚，正在北京大学学习，并天天为保刊号而努力的我获知这一消息后，马上以电子邮件方式写了《致报社同人的一封信》。正是夜班时间，灯火通明的编辑部顿时沸腾。是啊，度过那段忧心如焚的日子，报社同人额手称庆的同时，无不感念：是不断的改革和创新使《宝安日报》获得生机。一年后，按照报刊整顿的后续安排，《宝安日报》并入深圳报业集团，成为其主管主办的一份基层报纸。在集团化运作体系里，《宝安日报》更加突显了差异化竞争优势，迎来了跨越式发展新阶段。

十年真是不短的岁月跨度。根据组织安排，我于2006年暮春离开了《宝安日报》的工作岗位。笔底风云，纸上春秋。至少有十年，我和一个团队在办报事业平台上燃烧过激情，爬坡过坎不停步；至少有十年，我早已习惯熬更守夜的编辑作业，执着前行不后悔；至少有十年，报人们与深圳经济特区的发展同频共振，播种、耕耘、收获，记录时代，成就理想。

在互联网构建的全媒体时代，纸媒的生存面临前所未有的压力。但报纸作为历史最久的传媒，仍是富有价值的存在，纸质阅读不会被取代。而有着深厚文化底蕴和持续创新精神的《宝安日报》，更是一道充满活力的独特风景。我在《宝安日报》看不到版面缩减，更看不到消极倦怠。一批批年轻的新闻事业追梦者依然热爱着这个不断焕发生机的平台。当年栽下的那棵橡树，已由小树苗茁壮成长为参天大树。这份报纸，于今已办了27年，已成为宝安改革开放历程中的文化符号。

每个夜晚，报社大楼一楼印刷厂那高斯轮转印刷机依然如期在轰鸣中飞速运转，新闻纸在此经过折叠后，承载着报人的理想、情怀和美好愿望，依然会散发到这方土地的每个角落。我相信，这张报纸、这个平台、这份事业，会生生不息、花繁果硕。

2020年11月13日

于观澜河畔

码字生涯苦亦甘

秋日里的告别，带着一丝爽意，也会送来令人回味的甘香。

一封告别信，在一个行政区域机关从事"写材料"工作的同事间泛起阵阵涟漪。写信的此君已高就，情真意切地依依道别，除了感恩伟大时代的机遇和组织团队的关怀，着墨最重的当数他在这个区域里从事的文字工作了。透过那参与、负责或主持起草的一份份文本，穿过那字里行间，其昔日伙伴对一个区域的快速发展感同身受，也使从事机关文字工作先先后后的同事，回首十年间的实践和成果感慨不已。

于是，便有人提议，请曾一起从事文字材料工作的同事们，提供工作照片和感悟、期许或祝福，汇集起来以做纪念。翻箱倒柜地搜索，这些平日里习惯伏案"爬格子""码字"的人，鲜有工作记录照片留下，颇感自豪的倒是超大容量的电子储存器里的海量文稿。他们是站在文字后面的区域发展亲历者、见证者、记录者，而他们恰恰疏忽了记录自己奋斗的艰辛、成长的心路。

长期的文字历练，功底还是扎实的。虽然有相当一部分人早已不再是职业"笔杆子"，写点感言，却是可以"竹筒倒豆子"般不藏不掖、干净利索。阿德直奔"十年"主题，写下四句：十年，一弦一柱思华年；文章，一字一句烧脑洞；情谊，一枝一叶总关情；奋斗，一点一滴皆甘甜。女写手阿凭在回忆十年汗水与泪水交织，艰苦与欢笑同在，友谊与成长共生的同时，道出易逝芳华看似"岁月无痕"，实则驻留人间。理工男小科，一直是被认可的"刀笔吏"，他说："写材料是一大苦事，熬的是心力、脑力、体力。一旦自己笔下反复推敲，充满思想和智慧的文字变为现实的时候，就会发现其实苦中有乐，苦有所得，苦有所成。"刚离开文字工作不久的阿房，真实感受过"衣带渐宽"的职业磨炼。回首往事，仿如诗人一般，写下了"总想着妙笔生花"，忘不了那些"琢磨、琢磨、再琢磨；切磋、切磋、再切磋"的日子，万籁俱寂的夜晚，把键盘敲出"噼里啪啦"的旋律，一丝丝白发与窗外的世界，每天都在悄然变化。

坐在"材料岗"十年没有变化的也大有人在。阿鹏的回忆当然更有纵深感。他说，在街道工作的时候，领导就对他说，写材料是思想的活。带着使命感，他经常以"思想者"的职业操守要求自己。十年前到了区机关工作后，人手少、要求高、强度大，他都觉得不是什么困难的事情。印象最深的是，写材料不是随时可以把手头的活交给别人替代。那年，他母亲患重病需要进行大手术，其时他妻子又已身怀六甲需要照顾，他已无暇顾及，负责的调研材料要得很急，交由其他人完成反而会因需要对接交流耗时更多，于是已是科长的他拎上手提电脑，到医院给母亲做术前签字确认。在那空荡的手术室外家属等候区的不锈钢长条凳上，他整整敲了六个小时键盘。当母亲被推出手术室时，他刚用邮箱把完成的材料发回单位合上电脑。他说写材料固然很苦，但可以逼迫自己安静下来，抵御许多焦虑。尤其是看到文字里承载的方略和举措，表达的思想和方法，得到实践的认可，职业自豪感也是美不胜收的。

自从有了文字，人类文明便得以有效地承载和发展。从刀刻的甲骨文、竹简，到印刷和造纸技术的发明，再到毛笔、硬笔书写的迭替接续，一次一次演变彰显着中华汉字的全部力量。而今，文字信息已由计算机编码后形成数字化的符号呈现，"码字"代替写字，加速了文字的传递。汉字含义丰赡，字音藏义，字形藏理，几乎每个字都蕴含着先哲的思想智慧，标志着古人的人文追求，更显示现代社会思维的飞速发展。

文字的存在方式如同大千世界，丰富多彩。文艺作品里有柔情侠骨，史料记载里有惊心动魄，新闻报道的文字里更有世界变化的日常。而现代机关文体却有着不一样的专业要求。大大小小的机关里，文字表达可以算是开展工作最基本、最常用的不可或缺的工作技能。而被普遍认为难度大的"写材料"，往往是指专门服务于一个行政区域、一个机关、一个单位的公文写作。这些讲话稿、发言提纲、工作报告、请示汇报、调研文章等文字材料稿件，要承担起服务工作的功能，并往往要接受公众的审视。其文字价值有多大，作用能否发挥，需要接受实践的检验。因此，有人总结写材料有思想之难、素材之难、创新之难、风格之难、语言之难等诸多艰难。进而派生出找写材料的人难、改进文风难等难题。

真金不怕火炼，这句话印证在了小林身上。他曾是一名基层民警，偶然进入了区机关，进而成为备受推崇的写材料高手。他说："我就靠一个'勤'字。"他勤于跟进调研和公务活动；勤于自己动手整理领导的讲话，哪怕片言只语；勤于根据领导的思维方式和讲话习惯打磨材料。因此，他撰写的文字材料，符合"四个针对性"：用稿人的针对性、对象的针对性、场景的针对性、主题的针对性。并且要根据不同场景和情况，发挥两个本事：将复杂问题简单化，或将简单问题复杂化。作为参谋助手，小林认为，每次写材料都是与客观世界进行心灵对话。他追求"更高、更精、更实"，不断做到政策上与上级同步，思想上与现实同频，情况上与基层同声。文章只有感动自己才能打动别人，基于此考量，出手的文字材料要尽可能避免老调重弹炒冷饭，用新观点、新思路、新举措、新话语、新情况，为受众提供新知、开启智慧，也进而实现服务工作大局的参谋价值。

语言是人类思维的工具。正如赫拉利在《人类简史》一书中所说，进行抽象思维和复杂叙事是人类语言最独特的地方。马克思也曾指出："语言是思想的直接现实，也是一种实践。"而文字是语言得以静态传递构成沟通表达的媒介。写材料、写文章，首先必须是思想先行。古人总结为"文以载道"，借助精准传神的文字，表达作者的所思所想。

作为一名文字爱好者，我曾聆听过一位"材料专家"的现场分享。他说："文无定法"只说明文章的写法可以不同，但还是有规律可以遵循的。写文章如同造房子，规划设计、材料准备、梁柱构造缺一不可。如果行文逻辑不清，结构混乱，纵有再好的思想也无法表达。他把"写材料"常见的方法归纳为态度同构法、归类法、语篇分析法、抽屉法、模块组装法等。从这严谨为文的态度，看得出一个机关文字工作者实事求是的"至诚"、通俗易懂的"至明"、深入浅出的"至透"、精益求精的"至美"的文风追求。经常"关起门来当领导""身在兵位，胸为帅谋"，通过文字历练可形成领悟能力、思考能力、统筹能力、组织协调能力、创新能力。不难理解这位材料专家，在谋上求新、在学上求深、在干上求实的苦熬中，蝶变成治理一方的"通才"的逻辑演绎。

文如其人。写文章岂止增强能力才干，更重要的是在勤学苦练、学思践悟中，提升人品、修炼心性。一切源于干一行爱一行的执着，热爱文字"苦差事"，就会变专、变精，变得通透、澄澈。在"世事洞明皆学问"的探索中，摈弃僵化守旧思想，形成谦虚、宁静、执着、创新的品格；在"人情练达即文章"的境界中，力戒急功近利的浮躁，变得勤奋、务实、乐于奉献。自称文字"油腻"男的一位材料综合科室科长，常为繁复冗杂的案牍之劳而疲惫不堪。一位"90后"女公务员新进到科室，每天乐呵呵地说写材料是世界上最好的工作，天天都在学习、时刻都在进步。从此，科室产生鲇鱼效应，每个人仿佛"打了鸡血"一般，燃烧激情、乐此不疲。大家都明白这么一个道理，在加班熬夜中看人，在攻坚克难中识人，在励志修身中辨人。

字节与脉搏一起跳动，电脑与灯光一起明亮，思想奔跑在寂寞的行距单行线。

酸痛的腰躯支持着干涩的双眼，枯竭的思绪拷问着想象的源泉。反反复复的修改打磨或难堪的推倒重来，真可练就钢铁意志。习惯了办公室弥漫着速食面或外卖的余香，也习惯了家人的抱怨及叮嘱。困极疲惫的长夜翻动折叠床如同农民操起锄头一般顺手。接手新任务时的兴奋与定稿后的快感，与指头沾染的淡淡烟草味一样久久挥之不去。没有风花雪月，没有诗情画意，永无止境凝固在字里行间的是触及云端的高度，是力透纸背的深度，还有沾着泥土气息的芬芳和温度。

十年间，在文字世界里，体验过得与失、虚与实、进与退，认知了难与易、动与静、快与慢。任凭苦涩亦回甘。

至少有十年，可以回首，不能停留。

2021 年 9 月 20 日值班夜

于观澜河畔半月楼

大丈夫只能向前

初见李晓光，内心愕然。

在一个以"闪亮龙华人"为主题的表彰会上，见到李晓光布满植皮结痂的毫无表情的脸庞，残缺的耳、鼻、嘴，不忍多看。他一瘸一拐向前伸着弯曲的右腿缓缓迈进，畸形的双手在袖口晃动，吃力地走到领奖台接过龙华区赋予他的荣誉证书。然而，透过他那疤痕累累的眼睑后面深邃的眼神，我看到了渴望交流的热切和坚毅。

此刻，这位全国劳模的头上又多了一个"闪亮"的光环。难以想象，这是一位浴火重生的汉子。21年前的1996年，深圳大学学生李晓光，被一场意外大火夺去了父母双亲，大火吞噬了22岁小伙子帅气的青春容颜。全身76%被重度烧伤，他一夜间成为一个血肉模糊的人。在长达两年的植皮、整形和渗血、溃疡的血淋淋治疗中，他承受了令人无法想象的剧痛和煎熬。

残疾的李晓光本可靠疼爱他的姐姐的照料和残疾人政策的照顾而生活，但他不愿意。与残弱的身体抗争的过程中，他形成的第一个闪念是自理。双手各剩一个关节，右脚无法伸直，他发誓不靠保姆照顾也决不坐轮椅。于是，他发明了借助可伸缩的PVC套管穿袜子的"神器"、粘扣式衣衫，他练习单手指拿勺子吃饭和单手指握笔、操控电脑、独立步行……一切自理难题，在咬紧牙关的坚持中克服了。腿部的血管烧伤后血流不畅，脚一挨地受到震动便会阵阵剧痛，膝盖以下的皮肤溃疡面渗出的血水常把裤子粘在一起，一切的痛楚均被他忍耐。他在磨炼中迈开了前行的步伐。李晓光第二个闪念是自立。他用好心人捐助的电脑，开始了其大学所学专业计算机软件工程的创业梦想。他从软件开发做起，在经历了创业失败之后，又凭个人专业技术成为富士康科技集团的技术骨干。一步步走来，在富士康的14年间，他和研发团队创造了600多项专利，直接或间接为公司创造了巨大财富。他收获了事业的成功，也收获了爱情。

人的一生中，会有许许多多的闪念。有些闪念是决断，有些闪念是灵感。闪念可以成为幸福的源泉，也可以变成灾难的深渊。同样是在富士康，有因为"活得太累"了断了自己青春的花季女孩，有被盗钱财后"想不开"而退出人生舞台的青工，也有因为感情瓜葛而悲情赴死的，还有因家庭矛盾冲突而纵身一跃的。每每回想起那些不珍爱生命而莫名消逝的生命，嗟叹人生悲剧的同时，真不知道那些自绝于世的闪念是如何形成的。

人生没有坦途，一路往前走，总会有许许多多的"坎"。过"坎"的历程，其实就是克服心理障碍的过程。本来，曾经哭干了泪水、万念俱灭的李晓光有许多屈从于坎坷命运的理由。一念之间，他靠自己在抗争中强大起来的内心首先迈过了心理坎。他无视角落里投来的冷漠、歧视的目光，也不理会别人的看法，他在不给自己退路的闪念间，实现涅槃重生。他体验着得与失的境遇、悲与欢的感受、美与丑的评价。在我看来，李晓光最大的闪亮点就是那倔强的英雄气。这位一瘸一拐但坚毅向前的科技创新先锋，首先是人生奋斗的真英雄！

崇拜英雄、欣赏强者，目光从其头顶上的光环移开，每每会发现他们心灵深处超于常人的因素。我想，他们共同拥有不畏艰辛的拼搏劲头、甘于付出的达观气度和自强不息的创造智慧。凭着不屈的精神、英雄的血气，大丈夫只能一往无前。

2017 年 6 月 9 日

于前海前沿

他要做刺猬

青锋的办公室布置与众不同。其座椅背后的墙上贴着许多大小纸条，有些是信手写下的反思感悟，有些是读书心得摘要，有些是某年财务报表和企业战略图标。最左方不显眼的地方，用胶纸粘着2枚一角钱硬币。我与他的交谈便从这硬币开始。

生活在杭州萧山的青锋一直向往外面的精彩世界。1990年，他从中等技术学校毕业后，没与同学一起进厂当钳工，领取每月70元工薪。他获知，相同工种深圳每月可拿400元。于是，1991年6月他告别父母，在皮带下方的暗兜里装了500元，踏上了南下深圳的列车。初到深圳，寄住在莲塘同乡宿舍开始找工作。几经奔波，不断降低要求，但连一份清洁工的活都没找到。3个月后终于经介绍找到一份在梅林看守一栋九层烂尾楼的工作。他用捡来的竹席在这楼里驻扎下来，但并不满足于做"保安"，依然抽空找工作。看楼满一个月时，盘算着要到华强北的公司总部拿工资，翻遍口袋，发现仅剩2枚一角钱硬币，连坐公交车都不够。深夜时分，他终于等到同样借住在烂尾楼的一位货车司机并向他借了1.2元，第二天领回了来深第一笔收入400元。

命运的转机在华强北。他告别烂尾楼，在赛格电子市场找到了一份站柜台的工作。这个长1.2米、宽0.5米的柜台，放着的电子零部件并不好卖，老板以亏损为由欠发其两个月工资。细心的青锋发现，电子市场的柜台里有很多商机，便向老板建议把柜台转租出去。经周旋，他把柜台分成两部分，其中1米出租，每月收取3000元租金，扣除上缴的租赁成本1000元，老板纯收入2000元；他与老板约定留下0.2米长的柜台由他打理，所得作为他的工资。这一变革，实现了老板、新租客和他本人的"三赢"。

此时，他拥有了0.1平方米的经营空间。他在市场里找来一批热门电子产品放在自己的柜台。一天，一客户看中其摆放的耳机，要货3000条，价格为每条2元。他跑到400米开外的一耳机批发商那里约定进货价1.8元一条。但他没钱交进货押金。终于，他博得邻近一柜台商户同情，借到100元应急。货到款付，第一笔生意他赚了600元。随后，第二笔净赚800元。当年春节前夕，他已成了当时挺荣耀的"万元户"。回家过年，父母还将信将疑质疑其钱的来路。

信心来自初始的成功，第二年他找到了门道，直接从赛格市场接手了退租的柜台。这一年，他赚得20万元。经营电子产品使他懂得这行业有巨大市场，而产品的质量永远是立足的法宝。积攒了一些资本的青锋决定转型，由卖别人的产品到自己来生产。1995年，他注册公司，在岗厦村租来两房一厅的农民房，开始电子零部件、喇叭、麦克风、警号、蜂鸣器等的生产贸易。第二年，他把工厂设在龙华镇横岭村自建的房屋，生产多媒体音响、喇叭等产品，开始构筑自己的制造业梦想。

靠生产线挣钱当然没有贸易来得快，但青锋认定了自己的道路。深感自己学历起点低，在团队建设中他尤为注重学习。向先进的企业、经典的书本学习，凭着每天进步1%的韧劲，企业的生产经营不断扩大。2003年，企业在大浪购买了2万平方米土地，兴建现代化厂房。但危机也接踵而来，他清楚地记得建厂房向银行借的贷款刚到期，银行便收回贷款，企业顿时陷入困境，供货商催货款，逾千员工要发工资。2006年11月生日那天，他含着泪借回300万元高利贷发放工资。那天晚上，他将自己反锁在办公室，趴在桌上号啕大哭了一场。企业困境持续到次年，一家准备在美国上市的公司收购了他的电子安防公司，成交价为1.45亿元，包括现金和股份。

在市场摸爬滚打，失败的经验真有不少。他曾经做过电子礼品、淋浴房，也涉足过不熟悉的饮食连锁，五次较大的投资致使2600万元血本无归。因此，企业被收购后回笼的资金，他决定更专注地投入自己擅长的汽车电子装备的研发、生产、销售和LED智能照明、智能物联产品上。他说：第一次创业他挣到了钱成为有钱人；第二次创业他拥有工业园实现了企业理想；现在是第三次创业，他要实现制造世界一流产品的梦想。

谈到市场商机，他对多年来错失的炒股和炒房机会一点也不惋惜。他觉得，他只适合做生产型企业。古希腊寓言有关于刺猬的故事是这样讲的：刺猬不如狐狸灵活善变，追求很多目标，拥有复杂而扩散的策略，它只有简单化地坚守和执着，固守构造、专心经营，有效保护生存发展空间。他形成了自己专注制造业的"刺猬"核心理念：

充满热爱、坚持到底，发挥禀赋优势，不断创造价值。这几年，青锋的企业愈发成长壮大，一家企业已在新三板上市，另一家也在酝酿上市，还制订了到 2030 年成为世界一流企业的目标。

　　长期奋斗在生产一线，青锋简洁干练、朴实敦厚。如不出差，每天七点半前，他准时抵达公司，基本上是晚上十点以后下班。有空的时候，他会上到公司顶楼，看看那里的菜园。公司每年购买几十吨菜籽，榨的油供应公司食堂，油饼便用作菜地肥料。听他娓娓而谈企业的感恩文化、慈善文化、励志文化，真想象不出眼前这个属猪的男人心中的目标是做一只刺猬。

2019 年 12 月 11 日

于观澜河畔

老董事长捡垃圾

扔掉一个已用烂的电炒锅，青锋没想到被 70 岁的母亲骂"败家子"。母亲说，锅是烂了，但锅盖还好，还可使用。生气的母亲拍下他 1991 年夏天写给家里的信，用微信发给他：不要忘记当年的苦。

从布满皱褶而泛黄的信笺上，可以看出，当时仅 20 岁的青锋在深圳奔波数月而找不到工作，稚嫩的字迹间流露出"在外面的确苦，常有后悔之意""深圳虽能做些生意，但无本钱不易进行""凭着奋发的心，我不想逃回来"。

青锋当年确实没有返回老家杭州萧山，而是从在华强北电子市场微小的柜台卖电子元件做起，积累资本后自己办厂，凭着对工业制造的热爱、执着和禀赋的发挥，创造了奇迹。他现已拥有价值超 10 亿元的工业园区和年产值超 10 亿元的两家企业，业界朋友圈称他为工业"刺猬男"。

青锋在与我交谈中说，被母亲骂"忘本"，内心深感委屈。

青锋在深圳找到的第一份工作是看守梅林一栋九层烂尾楼，捡了一张竹席住在里面。几个月的奔波他花掉了盘缠，仅剩 2 角钱，连坐公交车去华强北领工资都不够。他向也借住在烂尾楼的一货车司机借了 1.2 元作路费，拿到了来深第一笔收入——400元。当天，他还钱给司机的同时买了个大西瓜以示感谢。多年后，青锋常带着妻女重回故地，看看梅花路边上那幢早已启用的九层楼，回忆那白天与苍蝇为伍、夜晚与蚊子做伴的岁月。

有些人和事，是终生难忘的。青锋不会忘记走出烂尾楼后聘他在华强北看电子元件柜台的凯哥，这份工作使他找准了商机，获得了"第一桶金"，并成为生产经营电子元件的老板。他与凯哥从雇佣关系变为朋友，这几年还把境外的业务交由凯哥打理，对其关照有加。同样，他也不会忘记到深圳后招呼他吃第一顿饭的阿芬。当时，阿芬是莲塘一制衣厂员工，见他工作没着落，便把他安排在其弟宿舍住了下来。青锋事业有成后多次资助阿芬夫妇经营服装。近年，阿芬生意歇业经济欠佳，他又把她招入公司从事后勤工作。

青锋有记住一些小事的细心，当然也不乏对人的判断。2003年，他还在民治大道边德辉纳厂房办厂。一天中午，他与其他员工一样在路边餐厅要了一份快餐，吃完买单时才发现5元的盒饭钱已被公司实习生小杨顺便先付了。青锋有点意外。言谈间小杨对老板给予他工作机会充满感激。青锋记住了他的名字。大概6年后，企业发展壮大给小杨提供了施展才能的平台，当年的小青年如今已成为青锋麾下一新三板上市公司持股总经理。青锋善于以小见大发现人才。一次，青锋出差在外，公司总经理与员工集体闹矛盾，冲突剧烈，这时一位罗姓员工，站在企业大局角度尽力周旋双方关系，使企业不致因罢工而遭受损失。后经了解，这位员工是该总经理一手招进来的，但当矛盾发生时，他并没有一味附和总经理，而是为了企业积极调停事端。这位员工，如今已成为集团下属一企业总经理。

企业成立之初，青锋确定要在企业形成感恩文化。每位新进的员工都明白，有两个活动是必须参加的，一是每周一早上的升国旗仪式，二是每周六早上做《感恩的心》手语操。无偿献血、义工队关爱自闭症儿童、走进大凉山为留守儿童送温暖、捐助地中海贫血患儿等等，坚持为有需要的人做力所能及的事已在企业蔚然成风。他还倡导"惜粮惜福"光盘行动，用厨余蔬果垃圾制环保酵素，以取代清洁碗筷的洗洁精。

物质非常丰富的当下，青锋别出心裁把每个月的15日定为"忆苦思甜"日，当天的一顿饭，食堂只提供萝卜干、白菜，让员工体验生活的清苦。从2011年2月开始，青锋又实施了"亲情1+1感恩父母计划"，每位员工每月寄60至300元给父母，公司会支付同等金额以示支持。这9年间公司每年此项开支近70万元。他期望的是以持续的点滴回报提醒员工不忘父母恩典，做个懂感恩、懂回报的人。

青锋在大浪工业园的公司里，有个忙碌的身影也是受人关注的。这个人穿着破旧衣服，每天早上6点抵达公司，开始处理前一天生产车间留下来的纸皮、塑料和金属边角废料等垃圾，然后把这些垃圾分拣打包送到废品收购站。知情的员工都知道，这位捡垃圾的老人就是董事长青锋的父亲，员工暗地里都叫他"老董事长"。老董事长捡垃圾已有 10 年之久，忙不过来时还会请一两个人帮忙。青锋一开始是很难为情的，拗不过父亲也就习惯了。他说，父亲捡垃圾收入每个月少则三四万元，多则可达五六万元，收到钱自己也不花。年轻时在杭州建筑工地做泥水工的父亲告诉青锋：他不干活就会生病。

习惯成自然。青锋现在很理解与共和国同龄的父母为什么省吃俭用，连剩菜剩饭都不舍得丢去，而资助他人却异常大方。虽然被母亲骂"败家"心里有点不舒服，但他清楚父母从小到大告诫他不能忘本的初衷。从中我看到了中国农民艰苦朴素不忘本的品质，也似乎找到了青锋感恩情怀背后的注脚。

不忘本，当然有物质上的，也有精神上的。不能忘记经受过的困窘，更不能忘记曾经得到的点滴关心与支持。我想，不忘本是感恩文化的底色，感恩是不忘本的真情表达。

2019 年 12 月 20 日

于前海前沿

英雄不是我

人世间总会有些机缘使人难以忘怀。

那是腊月的一个上午，由于工作关系，我走进位于深圳北站附近的一个公租房小区，认识了居住在这里的退役军人老孙。不愧有着 20 多年行伍历练，已逾七旬的老孙腰杆笔直，话语中气十足，方正的脸庞红润饱满，开阔的眉宇显得从容而不失英气。

老孙家窄逼的客厅里显眼位置挂着一个精致相框，里面陈列着老孙作词并曾获多种奖项的歌曲《真正的英雄不是我》。话题由这首歌引发，往事涌上心头，历历在目。

在 20 世纪 80 年代的对越自卫反击战中，在部队从事宣传工作的老孙与战友们上了战场。阵地上硝烟弥漫、弹片横飞。年仅 19 岁的战士小孙，多个指头被弹片削掉，右腿负伤未及包扎，仍嚷着要冲在前面。老孙见比自己年轻 13 岁的小孙不肯去治疗，执意不下火线，便用随身携带的录音机录下了小孙的一段话："孙科长，您如果有幸活着回去，请您一定到我老家山东看望我的母亲，我父亲在我很小的时候过世了，家里就剩下母亲了。"小孙牺牲在制高点附近。遗体火化后，老孙一直保存着小孙献身时穿的军装，更时刻铭记着其生前嘱托。

那场战役后，部队回到驻地。老孙利用假期来到山东莱芜钢城区孙家庄村，拜见小孙的母亲。老孙含泪跪在英雄母亲面前说出了自己的肺腑之言："您的儿子为国尽忠牺牲了，今后我就是您的儿子，我负责为您养老送终尽孝！"

参加烈士善后工作，老孙在全国各地走访了 100 多个家庭。他发现，与小孙情况相似、均为家中独子的烈士家庭尚有 3 户。他像对小孙的母亲一样，行了跪拜大礼，讲出了一个血性男儿的铮铮誓言：替烈士当儿子。

小孙的骨灰安放在莱芜革命烈士陵园后，他来到孙家庄。他曾听说小孙在部队最爱吃炒猪耳朵，得到印证后，他与孙母炒了一盘猪耳朵，一起来到烈士陵园祭奠。他深知，作为一位母亲，需要在儿子墓碑前宣泄思念之情，更需要旁边还有一个儿子坚定地陪着。那年，孙母卧病在床，他前去看望后又专门在当地雇请人照顾于病榻，直至孙母痊愈。

记得那一次前往甘肃平凉贫困山村看望两位失去独生儿子的孤独老人，交谈中得知，政府部门每年拨给的 800 元抚恤金，两位老人拿到手的仅为 400 元。他说："这可连买盐巴都不够啊！"老孙不依不饶，了解村委会主任截留了一半抚恤金的事实后，硬是实名举报把这个村官告下台。江苏苏州郊区那对父母来信告知，家里的房屋年久失修，实在不能住人了，他东拼西凑筹了 4 万元，专程到苏州，在当地组织工人把房屋维修一新。河南那两位老人，年老多病，老孙不时抽空去看望，曾经还专门安排自己的外甥女照顾半年之久，除了及时支付医院治疗费用，他还经常托人到香港为老人买药。逢年过节，老孙知道老人们最需要亲情问候，寄钱寄物是必定的，看望或电话问候，嘘寒问暖是少不了的。就这样，这位湖北孝感的汉子把另外四个省当作了自己的故乡。

然而，老孙的生活境况并不如意。他 20 世纪末转业后被安排在深圳盐田一家经营航运的国企工作。除了自己家庭生活外，靠着并不高的薪资照顾远方 7 位失独老人，捉襟见肘的情形是可想而知的。他的执着未能得到更多理解，他遭受了婚姻危机：是要完整的家，还是固守自己的诺言？他选择了后者。离婚后的老孙，在 2002 年卖掉了仅有的一套位于罗湖区的福利房，获得的几十万元聊以填补历年的经济赤字。他与女儿相依为命，租住在莲塘，过着朴实无华的日子。后来，企业转型改制，老孙办理"保职停薪"手续自谋职业维持生计，直至到年龄办理退休。几年前，退休后的老孙经申请获得一套公租房。

再怎么艰苦，也不能忘记自己的承诺；再怎么困难，都要义无反顾地坚持。老孙常想，自己健康地活着，还能体验人生的悲欢苦乐，而牺牲的勇士"把生的希望留给战友，把死的危险留给自己"，早已长眠青山。每每怀想他们壮烈牺牲的情形，老孙觉得自己为烈士父母做点事又算得了什么？这样坚持着，直到 2016 年送走最后一位老人，他结束了这长达 31 年的赡养，据估算，他为此花了近 200 万元。其间，他婉拒了许许多多的采访，也推辞了不少荣誉。在他看来，做了就做了，那是出于自己内心的需要，无须张扬，但求无愧于自己的内心。

岁月催人老，壮心仍未已。退休后，他并没有闲下来。他走过当年红军的长征路，参与过抗战时期"雁门关伏击战"烈士遗骸的寻找与安葬，到社区、企业讲传统历史故事，还撰写了一批有价值的文章。令他欣慰的是，鳏居20多年带大的女儿大学毕业参加了工作。

记得一位哲人说过："世界上哪里有什么天生的英雄，只是因为有人需要，才有人愿意牺牲自己成为英雄。"从军生涯中，老孙荣获过不少军功，却没有人称他为英雄。无我的境界，静默而深沉，坚定而持久，他赡养烈士双亲的义举所彰显的情怀，不也如英雄一样壮烈吗？正如他写的歌词所表述，他从来不觉得自己是英雄。但在我看来，我借此认识了一位真英雄。

这个时代，人们呼唤英雄。这个时代，从来不缺英雄。不一定孔武有力，也不一定轰轰烈烈，当一个人心怀众生，敢于挺身而出，为情为义而不惜燃烧自己的时候，其气节离英雄也就不远了。

2020 年 2 月 29 日

于前海前沿

抵御焦虑的方式

一台台崭新的机器，有节奏地发出快速运转的声响。这些刚刚组装完毕，准备投入使用的叠片机、卷绕机、模切机、注液机，仿佛要在其诞生的车间里试运行阶段铆足劲头，才愿到各锂电生产厂家去施展拳脚。

眼前的企业主树立，语速也如同他生产的设备转速，快捷、干脆、精确。言谈间，我深深地感知，他用10年的时间，把企业发展为专注研发、制造、销售锂电池自动化生产设备，以及关联设备整体方案解决商的国家高新技术企业。他们走过的是一条艰苦煎熬之路。

企业从初创到现在拥有数十亿元的生产规模，他一直没有摆脱焦虑。

这个毕业于合肥工业大学的"理工男"，从未减弱对大学所学工业自动化专业的热爱。在经历了不少打工磨炼、创业论证探索后，选择合作伙伴于2009年成立了这家为锂电池行业生产自动化设备的企业，成为地道的"制造男"。

创业无疑是艰苦的。理想的光环逐渐被市场无形的手揉捏得支离破碎。要想挤进自动化设备已固化的市场和利益格局，靠热情、靠技术显然不够。他们睿智地选择刚刚起步的、当时还不太被人在意的新能源产业作为切入点。原本谈好的订单没有了，认为没有机会的订单却来了，市场的不确定性使他和团队交了不少学费，也从中收获了客户的不断认同。

有些合适的人进了团队，但也有不得当的人成了伙伴。有些风险投资方说要进来投资，却又突然有了变化。太多的不确定性在内心积蓄了太多的不安，一边诚惶诚恐，一边摸索过河。行走在创业的路上，时时要面对不期而遇的新情况。买的第一辆车行驶了13万公里，平安无事。在创业之初那段饱受困顿煎熬的时间里，新买的第二辆车，竟然连续五个月，每个月撞一次，仿佛由此会"撞"走一些内心的焦虑一般。

在新能源装配制造业里，唯有提高叠片机、卷绕机、模切机以及注液机设备的运转速度，减少生产锂电池的能耗，节约生产成本，才有核心竞争力。看上去简陋甚至有些散乱的实验车间，运转着围绕提高运转速度的核心零部件。树立说，就是这些挤在一起，此起彼伏地快速运转的机器，不断改造、创新而得出数据，积攒经验，再提炼技术，为车间里的核心硬件提供装配标准。几乎每台设备都上百万元，实验室的装备不下 4000 万元。在这里，锂电池叠片机由最初的 2 秒一片，提速为 1.2 秒一片，到了 2017 年突破为 1 秒一片。随着旋转式叠片机研发成功，叠片机速度又实现了 0.6 秒一片。最近，又达到了 0.1 秒一片的速度，达到世界领先水准。他们又尝试将模切机和叠片机组合，研制出高速切叠一体机，以领先技术赢得市场。

多少次否定之否定，多少个通宵达旦的鏖战，树立和技术团队守候在嘈杂的实验室，对锂电池生产从电芯到模组，进行全过程数据采集、分析和数据的深度挖掘。也正是因为这样，靠数据说话，公司从整个行业发生的电芯结构争议、混合动力和纯电动的纷争、充电和换电的分歧等一系列的犹豫纠结中，得到超脱。树立在深圳龙华及合肥、江门等地方完成了公司的战略布局，构建"成就工程师的摇篮，打造小而精的标杆"愿景，打造了锂电池叠片机领域"绝对龙头"的完整产业矩阵。企业的产值也呈几何级数增长。

企业的危机也是随时存在的。新能源与其他行业一样有"爆雷"的风险。2019 年，树立曾濒临绝望的心酸境地：行业里对新能源安全的质疑，投资方的尽责调查和无限期的拖延放款，还有客户拖欠货款、毁约不提货等等。客户订货时要交 30% 的货款，但这一年，不少客户因市场低估而迷茫，无奈地选择不提货，这意味着他们生产制造超过 60% 的成本无望回款，致使公司"吃撑了"，消化不良而"肚子痛"。

连锁反应随之而来。公司陷入困境，无法支付供应商货款，上门追债者把公司大门锁住，甚至开来货车堵门。内忧外患夹击之中，树立自己也觉得快熬不住了，也经常闹肚子，甚至产生了身体与公司一样面临生死存亡的担忧。于是，便在不惑之年生日前一日去做了一次肠镜，发现并切除了 7 块肠内息肉，庆幸都是良性的。他觉得产生了前所未有的"怕死"的感觉，他不能死，公司也不能死。此后，他反思公司管理和团队建设的种种问题。2019 年底的一天，他买了 300 袋大米，请 150 名供应商在湘菜馆吃饭，每人赠送两袋大米。饭前，他发表了15分钟的即兴演讲，请在座的"衣食父母"们给机会，他一定会偿还货款。同时表明，不给机会，企业就死掉了。背水一战的决心下了之后，他们苦练内功消化库存，扩展市场，终于迎来了生机。

显然，技术是硬实力的核心。为了巩固和扩大自动化研发成果，树立组织开发了倍速链物流线、设备智慧物联网，开拓了企业发展维度。令百业措手不及的全球新型冠状病毒感染疫情，却给树立他们带来了机遇。最初，投资人及团队都提出了生产口罩机的建议，但树立迅速厘清一度停工停产的焦虑，明确不偏离创业初衷、坚持一条路走到底的心志。国内靠进口日本、德国、韩国设备的一些厂家，因国外技术人员无法入境调试设备，便慕名前来寻求支持。就这样，他们的卷绕机首次打破了日系松下、三洋厂家垄断的局面。国内的一些厂商对国产设备也从此高看一眼，合作者连同资金纷至沓来。

怕死，是源于对生命的敬畏。不放弃，是因为在艰苦的实践中练就了钢铁般的坚挺意志。企业挺过艰难，迎来了碳达峰、碳中和的大环境，在行业井喷式暴涨的大势中，业绩翻番式增长。迎面而来的是厂房空间制约、上市公司争抢技术人才，以及大小股东心态变化等一系列问题，同时装备材料供应不足、芯片短缺、材料价格接连上涨，导致重重的困难。欣欣向荣之际，树立感到前所未有的吃力，接连失眠，痛风多次发作，连眼睛都提前老花了，身体不堪重负。

制造业与许多行业一样，负重前行是常态。起步和成长阶段，技术硬实力充满挑战，需要足够的抗压能力。企业做大后，作为管理者，自己的情怀和使命感不被团队认同，核心团队不稳定，一样会成为企业的危机。树立也曾遭受不少尴尬不已的事。公司发展初期，他曾把卖掉自己房子的钱投入公司，也曾借钱支持公司的技术攻关，却疏忽了凭证的保留，被误认为公私不分，引起团队的误会。自己的亲戚朋友，有因他的严格管理而离开的，免不了心生怨气。还有不尽合理的薪酬设计，使得自己被江湖义气裹挟。

每个有志之人都是从自我革命开始的。要以创新领先行业，就必须在踏实走好每一步的过程中，把企业的生存放大到社会全局的利益中，站稳脚跟，不怕挑战，不畏艰难，一往无前。作为企业主导者更应该不断接受风雨的洗礼，砥砺磨炼，甚至"刮骨疗毒、壮士断腕"般地改变、完善自我。曾有一段时期，他向自己的体能发起挑战，通过强体力的乒乓球、羽毛球训练，硬是把体重减了 30 斤，还在 2016 年开始彻底向伴随数十年的烟瘾告别。

摆放着长茶几的办公室，有"挂图作战"的黑板和用作分析研究的投影设备，也有工夫茶具，还有一些《十里春风不如你，柔柔暖暖的元曲》《那么慢，那么美：三生三世里的宋词》《谁醉美酒，谁醉唐诗》《李清照词传》《诗经》之类充满传统审美和文艺情致的书。树立说，每当闲暇时刻，他都要从诗词的诵读、科幻小说的阅读中，在看似无聊的片刻，放松绷得过紧的神经，释放负面情绪，让内心淡定。许多得失、苦乐的经历告诉他，管理自己的情绪，与对员工的情绪负责一样重要。因此，为了方便孩子还小、偶然有实在无人照顾孩子情况的员工，在公司一楼开辟了一个儿童室，让员工带孩子来上班，缓解亲情困扰的实际问题。他深知以理化情的哲理。

机械设备无疑是冷凝的，而其制造者，却必须是热血的。奋斗在制造业一线的人，技术攻关、品质保证、市场份额、销售渠道、供应链条、资金风险、管理模式等等，每一环都事关企业的生死存亡。因此，有人把从事制造业的人称作"困难"之人，内心充满焦虑。

市场靠实力说话。企业每个实实在在的运营环节，少不了专心致志的研判，少不了精益求精的琢磨，也少不了无休止的精气神投入和张弛有度的身心安放。要抵抗焦虑，唯有不懈地坚持、踏实地行动。

2022 年 1 月 14 日
于观澜河畔

行动抵抗衰老

一日复一日，年岁在不知不觉中增长。生命的成长与衰老一样，不可逆转。同龄人聊起"不知老之将至"，心情难免惆怅。

我想起几年前与香港几位耄耋老人的一次相聚，记忆犹新，颇为感慨。

他们都出生在 20 世纪 30 年代，年龄相当，均有着在香港白手起家从事生产制造业的创业经历，大都在 1990 年前后把工厂从香港搬到当时的龙华镇。后来，他们热衷当地公益事业，担任龙华镇（街道）商会会长、副会长职务。此时，他们尽管在商会组织里只剩下"永远荣誉"，但平时的交流互动从未中断。这次聚会的理由是游老板庆祝企业迁至新工业园区并纪念其创业 55 周年。

长期在工业生产一线奔忙，行事风格大体趋同。他们早已过了意气风发的年纪，但聚会中，交谈语言简洁、明朗，语速也较快。有时为了强调某个语义，还会提高嗓门儿，显得激情犹存。习惯被大家叫"阿叔"的老黄会长，在公司中虽不再操持具体事务，但依然帮助已掌舵的儿子把握大方向。年逾八十，仍常常驾驶"宾利"牌两地车回深圳打高尔夫球。工厂生产线搬到汕尾老家园区后，还常常开车到车间检查生产情况。从没看到他露出过疲态，红润光亮的脸上看不到一丝衰老的"锈斑"。只是，在儿女们的劝诫下，不再像以前那么喜欢飙车了。

如果用"劳碌"两个字来形容香港的企业家，我觉得游老板是典型之一。他出生于 1937 年，生肖属牛，20 世纪 50 年代起在香港五金加工厂当了多年学徒工，60 年代初创设五金工艺品生产企业。改革开放后的 80 年代末，他把生产线搬到当时的深圳龙华镇，企业名称由"永昌"改为"美景"。后来几年，他又在深圳附近城市置地建厂，扩大生产规模。企业成为欧洲世界品牌在亚洲唯一指定制造基地，产能长盛不衰。

中等微胖的身材，脸上永远漾着热情和蔼的笑容，举手投足之间彬彬有礼、快捷殷勤，绝对看不出这是一位已 83 岁高龄的老者。他的腰间皮带上，通常会用金属扣件夹着一个小软包，以往会放个小相机和录音笔，用于摄录在生产车间检查生产时的照片和音频，以便回到办公室、会议室时回放研究。现在这两件器材被智能手机取代。游老板每天只吃午餐和晚餐，吃饭前，他会习惯性地从皮带上取下小软包，用金属挂件扣在餐桌边沿，饭前饭后，又规矩地从包里取出带格子的小药盒，服下 10 余粒针对高血压、糖尿病的药片，动作精准到位。

最初跟随游老板一起创业的股东、管理层和员工已有多批退休，但他不肯退下来，依然要在工厂车间奔忙。儿子早已接任了董事长，但作为董事局主席的游老板仍然保证每周四天、每天六七个小时在工厂上班。遇到生产环节出现的小差错，他会一如既往地刨根问底、穷追不舍，直至弄清楚根源为止。生产线全面启用人工智能系统后，他如当年做学徒一样，硬是在车间跟班学习，直到完全掌握。每年农历正月十六，公司无一例外举行春茗团拜，他都免不了要登台致辞祝福，即兴唱《我的中国心》《大地恩情》《掌声响起》《帝女花》之类的国语、粤语歌曲助兴。谁也无法阻止他的忙忙碌碌，谁也无法取代他的亲力亲为，真想象不出，一位老人哪来的激情与活力？

香港大都市里，我见过满头白发的的士司机，也发现酒楼茶肆不乏老态龙钟的服务生，也知道活跃在政商界上了年纪的老者不在少数，甚至还有人把 50 岁当作创业的新起点。基于热爱，他们永不言老的打拼精神和勤勉的行为习惯，是我认识的香港老一辈企业家的特质。

几位香港老人仿佛是一面镜子，我从中看到了"岁月不饶人"在自己身上的种种迹象。不可否认，自迈上"半百"台阶后，面焦、发斑、齿槁，连腰杆也要有意识挺一挺才直了。有许多想做而未做的事想了又想，顾虑重重。有些该做而未做的事，拖了又拖，迟迟没有付诸实施。与日俱增的慵懒、借口和自满，这些年轻时厌弃的表现，在自己身上渐显。看上去变得从容，实则带着"老之已至"的无奈，也试图为时常冒出的懒惰念头找注脚。

人们总是在行动中思考，也在思考中行动。对人生充满憧憬、充满热爱，行动便会有取之不尽的动力。也唯有坚持不懈地行动着、努力着，身与心才能焕发自信的光芒、永葆前行的活力，不断追赶时代的潮流。

一滴敢报江海信

天道酬勤，道出了中华民族世代相传的朴实真理。书山有路勤为径、业精于勤荒于嬉、懒惰会毁灭人的才智、不教一日闲过……这些古今中外流传下来的金句，至今仍被许许多多有志之人践行着。时代在前进，生活方式会变化，工作内容会更新，但勤奋总是正确的态度、可贵的品质。保持勤劳的习惯，应该成为一个人老当益壮、奋斗不止的行为养成。

有道是："每一个不曾起舞的日子，都是对生命的辜负。"行动着，可以抛弃横秋的老气，不服老；行动着，不担心肌体退化，也不怕折腾、艰难；行动着，不会沉闷，也不会丧失意志、信心。

行动永远是人生最有意义的事。行动是抵抗衰老的最好方法。行动者，不言老。

2020 年 10 月 17 日

于前海前沿

行者常至

发令枪响，一场冠名为"与有轨电车同行"的 2018 年龙华微型马拉松，伴随着 3000 名跑者心跳的律动开始了。

看着逐渐与我拉开距离的青春背影，我迈动双脚往前跑，内心还是有感慨的。这个初冬的清晨，空气中弥漫着丝丝凉意，深圳龙华区世纪广场大和路边，偶见飘落的树叶。在奔跑的人群中，像我这样头发斑白的跑者并不多。

上年龙华微马总里程是 10 公里。当时，是跟着滚滚向前移动的人群跑了起来，竟然在不知不觉中跑完了全程。这是我 50 多岁的人生经历中计程跑最远的距离。事后给自己做了个小结，在没有任何训练的情况下，一口气跑完 10 公里，得益于平常每日走 5000 步以上的坚持和每周一次强度不弱的羽毛球或乒乓球鏖战。

这次，报名参加龙华微马，我内心有些忐忑。因为微马总里程比上年增加了 5 公里，而且因感冒气管发炎，久咳未愈。开跑前一周，郑重其事到健身房跑步机进行了一番训练，还不留神擦伤了小腿。内心一直在纠结：跑还是不跑，跑到中途跑不下去怎么办？既然报了名，就要一诺千金。最后还是决定：无论如何都参加。

脚下新买的亚瑟士跑鞋轻便而富有弹性。此时，体力正好，脚底生风。我理智地控制速度。接近 2 公里时，身体已有微汗，腹部仿佛生出几股气流隐隐胀痛。我想，坚持跑够 3 公里吧。匀速的跑动中，我发现已赶超了不少之前比我跑得快的人。怎么还没看到补给站呢？跑到梅龙大道段，我张望之时已过了 3 公里点位。身旁轰鸣而过的现代有轨电车里，乘客在向我们这些额手擦汗的跑者挥手致意。其实，在清龙路段 4 公里点位时，我看到了一个电车铁轨旁的绿篱缺口，从这里跨几步，便可以少跑绕过和平路那段 1 公里多的路程。这念头刚冒泡，就被我掐掉。我想，前方肯定有水或运动饮料提供的。在转入和平路地铁4号线天桥下方时，听到"嘀"一声响，大概是胸前跑号里植入的芯片被感应到了，心里暗自庆幸过了跑道一个检测关。就这样，远远看到远处的补给站，由小跑改为快走，上前要了一瓶带点酸涩味的运动饮料，仰头连喝几口。我从自己慢下来但并没有停止的步伐中，知道自己的身体已经被发动起来了。

前行中，我不断给自己定小目标，跑过了5公里，希望能跑到接近一半的7公里。此时的身体异常沉重，以致有时鞋底会不听使唤擦着地面。肺叶里仿佛渗出了一些黏液，呼吸时刺激着气管，引起发自肺腑的剧烈咳嗽。躯体与四肢开始不协调起来，项背的汗水已渗透了上衣。每跨过1公里，目光就寻找着下一个公里指示牌。每公里的指示牌都印着煽情激励的话语。到了8公里处，看到公里牌下方的大字"心中有信仰，脚下有力量"，不禁停下来拍照留念。漫漫跑道上，身体和意志在放弃与坚持中挣扎，这其实是一个人与自己的战斗。

跑过一半里程后，跑完全程的决心油然而生。身体在运动中分泌的多巴胺、血清素和肾上腺素等物质，无疑促使整个心绪放松和愉悦起来。终于跨过了10公里这道坎，我想，此刻，每向前迈进一步，都是自己长跑史上的一次突破。

豪情敌不过肉体的客观反应。膝盖半月板下方，先是隐隐刺痛，接着是发麻发胀的钝痛。手叉着腰往前跑，咬紧牙根往前挪，内心生发出痛定思痛的胆气来。忍耐着痛楚，抵抗着全身心的疲乏，抗争着越发沉重的身体。沉静而坚定的执念，主导着身体挺过设在环观南路旁的求知二路终点。

抵达终点之后缓行放松时，我静静地感受剧烈跳动的心脏。1小时50分的计时成绩，就不必追问名次了。暗自庆幸，自己有一颗不偷懒而又坚实维护着肌体的心脏，也为每个器官和细胞浑然一体的协同和合作点赞。在这场跑友的盛会中，跑者年龄有着18岁至68岁的大跨度。在我看来，每一位跑步前行的参与者，都是知行合一的践行者，在运动中获得宁静，在快慢间找到平衡。既要保持心无旁骛的定力，还要经受得与失、取与舍、强与弱的内心磨炼。每段路程，都考验心性、比拼意志。

我参加的只是微型马拉松。不知道新年度微马总里程是否还会增加，我是否还有参加的激情。在长跑的赛道上，我无法与别人比拼速度与名次，但我可以追求持之以恒向前的生命状态。我坚信，行者常至。

2018 年 11 月写于观澜河畔
2021 年 11 月改于前海前沿

一滴敢报江海信

温柔的部分

生命里，总会有许多弥足珍贵的缘分。

那是在 1996 年 3 月，我刚到深圳宝安的一家报社主持业务工作，一位从事城管工作的同学送来几盆花草为我点缀新的办公室。其中一盆是白色小塑料盆上插着三截光秃秃木棍般的植物。懂植物的人告诉我，这叫巴西铁，学名为香龙血树。其属天门冬目，与通常说的苏铁目的铁树非同类植物。一年后，报社迁到新址时，我仅带上了已长出翠绿条状树叶的巴西铁。

平日里，我常把茶叶渣倒在塑料盆树干边。慢慢地，新的湿的茶叶粘在干的朽的茶叶渣上。不知不觉间，其中一棵巴西铁长势茂盛，而另两棵大概是养分不够，根部腐烂，日渐枯朽，与茶叶渣一起化作了肥料。

日子在字里行间滑过，不知疲倦的日夜操劳间，已疏忽了巴西铁的存在。直到有一天，阵阵的幽幽的芳香，散发、弥漫开来，穿过走廊，透进门缝，引得同事前来观赏，我才开始细心打量这在办公室陪伴多年的小树木。

淡褐色主干被裁切后显然是无法往上长的。但顶端横切面边长出的一高一矮两枝叶茎上，布满长椭圆披针形的叶片，翠绿光亮。其中一枝已抵三米高的天花顶。巴西铁的叶片生长错落有致、层次分明、平滑柔顺。早长出来的叶子向下低垂，有些边沿还开始枯黄，而新叶在顶端，保持向上挺拔的姿态。如同芭蕉的花蕾一般，巴西铁的花穗分别从两株叶茎的绿叶间蹿出来。嫩绿的花轴有序分布，花梗上布满一簇簇密集聚拢的小花蕾，如同紫褐色的火焰一般。小花蕾慢慢呈放射状生长，颜色越发鲜亮。及至花蕾绽放，嫩白的花蕊上六片花瓣中间烘托着一枝米黄色的花柱。此时，整个花穗在绿叶的映衬下，仿佛闪着炽白的祥光。一阵阵清幽的花香，就从静默的花朵散发出来，让人产生香酥美妙的感觉。

花开花落终有时。巴西铁的花约半个月便次第凋零，留下日渐空落的花梗，零星挂着几粒碧绿的小果子。养了八年多的巴西铁，连续两年开花。从此，便偶尔会欣喜地向前来办公室的朋友介绍这株亭亭玉立的小生命。一位懂点玄机的老友一次到我办公室，调侃地对我说，应该离开报社了，因为巴西铁已"到顶"。我并不以为意，也没想过要离开热爱的职业。真是一语成谶，在报社工作整整十年之际，2006 年 4 月我获得了一个全新的工作机会。

如何安置这棵已三米高的巴西铁，一时为难。截掉这十年间新长的叶茎，于心不忍。履新之际，我与同事一起把这棵长期在室内生长的树木搬出办公室，弃掉塑料花盒，暂时种在报社待建地上。树干上长出的修长叶茎经不起风吹雨打，很快便折断了。一天，老同事惊喜地告诉我，巴西铁的根旁冒出了嫩芽，且不断长高。半年多后，我搬到新的居所，便专门到报社大院把这棵巴西铁请出，种在新居花池上。阳光下，巴西铁长速虽慢，但枝叶敦实，底部的树干约有碗口粗，新长的树干旁又生出几株叶茎。

平日里，很少留意巴西铁。一天，突然闻到一股曾经熟悉的花香。循香探源，才发现在新居种了八年之久的巴西铁又开花了。开在海风吹拂的丽日蓝天下，开在华灯初上的夜色中。从此，每年年底或五六月间，巴西铁会不定期地开花。一株花木，养了 26 年之久，不管长势好坏、开花与否，我早已把其当作生活中不可或缺的组成。

喜欢植物也许是与生俱来的。懵懂记忆中，孩童时在长辈菜园边埋下南瓜种子，三天两头扒开土层察看种子发芽、生根、生长。少年时期，也曾在老家坳背村随老祖母开垦荒地种植花生、红薯、甘蔗。初出茅庐的日子，从市场买了一棵橡树（橡皮榕），栽在青花瓷花盆里，宽厚的绿叶在县委大院窄逼的宿舍舒展，为青涩的青春生活增添了不少情趣。从 20 世纪 80 年代中期开始，每年春节前不忘买几棵水仙头供养，伴着水仙清香辞旧迎新的习惯保持至今。

居所有个不大的花木小空间，留下不少种植记忆。乔木类的便有菩提、沉香、香樟、桃树、枇杷、蜜柚等，布惊树、簕杜鹃、蚊怕草等灌木曾经兴盛一时，还有金银花、百香果、蒜香藤、绿萝等藤蔓也曾大行其道。不断地优化改良土壤，也随性地尝试着培植各类品种，在栽栽种种中体验着生活的乐趣。现在除了保存巴西铁、石榴、桂花等几株树木和边角处长满多肉植物外，空间又让渡给了蔬菜、瓜果类的植物。既可作观赏，更可从劳作间获得鲜活的自给自足成就感。

种植，从长期的到短暂的，从室内到室外，从体力劳作到心灵对话，我在植物中获得一种纯粹的精神体验。这种体验，寄寓着对植物的喜爱，也是热爱生活的温情表达。这不是种与被种的关系，也不是春华与秋实的简单因果。种植，使我体验着感恩的情怀，也使我体验了生命的丰富多彩，更激励我对人生的追求。

山区客家族群，对山间的各类植物有特别的认知。我的老家大埔，以草药、树根形成了完整的药膳体系。基于对当地山间植物不同季节、制作方式和辅佐搭配的实践经验，世代相传地从山野植物间获得养生、保健资源。对身体存在的阴阳五行失衡等问题，也能够辩证地运用中草药施治。大埔获评第八个"世界长寿乡"，与这种"天人合一"自然观不无关系。按大埔民间的说法，我对照《本草纲目》查找相应草药的介绍，除解释的方式略有差别外，对药性、功效的表述是基本一致的。在这样的文化熏陶下，我与山里的客家人一样，面朝大山，自然而然对草木恩典心生崇敬。

稍加留意，会发现生活中有许许多多亲近、热爱植物的人。他们如同宠物爱好者一样，对植物情有独钟。我认识一位有相当品级的公务员，不管身在何处，俨然一位植物学家，把所观察捕捉到的植物，每天早上用一首小诗的形式介绍，连同图片在微信朋友圈发布，算起来坚持了六年之久，从未间断，其坚持和挚爱令人敬佩。还认识一位从部队转业到地方公安局工作的"花痴"，其所有业余时间几乎都投放在养兰花上，至今逾40年，后来又钻研古体诗写作，种兰吟兰，爱兰如命。在居室房前屋后、厅堂阳台及办公室养花草的植物爱好者，更是普遍之至，比比皆是。现代互联网科技，为人们认识植物提供了极大的便利。一款叫"形色"的移动客户端，随时随地可以对照数千种植物提供诗意的阐释，激发不少人关注所见草木的热情。

深圳在20世纪末提出建设"花园城市"的口号，如今，拥有综合公园、郊野公园、带状公园、专类公园、社区公园、口袋公园等各类公园1200多座，是名副其实的"千园之城"。民众推窗见绿、开门见园，500米可达社区公园、2公里可达综合公园，随处可体验到如同绿网织就的自然、生态之美。这也成为深圳城市魅力所在。

早在3000年前，我们的祖先就在《诗经》中用"赋、比、兴"大量记载歌咏花草树木，至今仍为我们打开一幅幅古朴而灵动的草木画卷。今天，我国提出"人与自然生命共同体"理念，引发世界广泛认同。2019 年 6 月，适逢在北京参加培训，我有幸参观了世界园艺博览会。这场以植物为主角的感官盛宴，让我真切地感受到，世界各地的人们挚爱植物的情结和对生态环境的不懈追求。植物馆玻璃温室隐藏在 3156 根悬垂金属"根须"背后，引起人们的想象，假如地平线抬升，会显露神秘、丰富、顽强、智慧的植物根系，进而激发人们对植物界存在的不可思议奥秘的探寻。

地球村的人类早已习惯"人是世界的主宰"的思维方式，却往往疏忽，在大千世界里，植物已在地球上生存了 32 亿年，植物历史远远早于人类文明史。植物没有大脑，也没有中枢神经系统，但作为生命体，其对复杂的光环境、错综的气味以及多样的物理刺激会产生有意识的反应，还能遵守重心定律，调整形态，保持茎向上长、根向下伸的生长形态。人类生活依赖着植物，也在植物世界获取生态文明传承发展的智慧。英国著名自然主义者彼得·斯科特说："要拯救面临威胁和毁灭的自然界，最有效的方法是让人们重新爱上自然的真和美。"

与草木相伴，自会心生一份宁静。这些生命虽然默不作声，但静静地看一看、听一听，自会发现，植物会有其独特的表达方式。一草一木，或生根、发芽、长高，或开花、结果、凋零，接受着人类的观察、探寻，静默地用生命自然规律作答。

看上去是我在种植，为它们提供了些许土壤和养分，但我感到，更多的是花草树木自主地从自然界里获得阳光和空气，遵守自然界的四时节令规律，在自然而然地生长。我突然觉得，对植物所谓的温柔、善待，在大自然面前是多么绵薄。

2022 年 2 月 17 日

于前海双界河畔

谁道人生无再少

共同生活在一个城市，有那么几位同年同月，甚至仅相差一天的同龄人，也算是人生的美事。每年 11 月，彼此互通信息、互致祝福已成为习惯。

韩博士就是这样的同龄人。去年年底，他在龙华传统文化大讲堂举行题为"心学源流——从孟子到阳明大师"讲座，我慕名聆听。在交流中得知，韩博士在 20 世纪 60 年代相同的年月，与我相隔一天先后来到这个世界。

初见韩博士，真看不出其年龄。从他穿的新款中山装或现代唐装，可从庄重之中看到岁月的积淀。梳理得一丝不苟的发际，露出宽阔饱满的天庭。他那低沉而不紧不慢的醇厚话语是从方正齐整的唇齿间发出的，听得出来这声音发自肺腑，清晰而富有穿透力。言谈间，开阔的印堂两旁眉宇飞扬，眼神中传递着澄明的光亮。丰厚的脸庞白里透红，光洁润泽。举手投足间显得矫健而儒雅。这分明就是一个青壮年的汉子，看不出丁点儿五十有五的迟暮之态。

从本科到博士，他就读的专业都是哲学。作为一名深圳的公职人员，他用哲学思维妥善处理工作与治学的关系，使两者相得益彰。他执笔创作的《人文颂》文学脚本，经西方交响乐的表现形式，创意诠释儒家文化"仁、义、礼、智、信"的核心价值观念，曲目赴国外演出获得联合国教科文组织和演出国高度赞扬。韩博士常常觉得时间不够用，有太多的国学经典值得向大众尤其是下一代推广，故此他把业余时间都排得满满的。他一直在解读中华传统文化经典，在电视台、电台制作的中华经典故事正解、阳明心学讲座合计达 260 集。他致力于人性与人生、善与美、道德力量和心灵和谐等多个领域的研究。

从 2004 年底开始，韩博士几乎放弃了周六的休息。每周六，他从上午 11 点半至 12 点，兼任深圳电台先锋 898《希望对话》栏目嘉宾主持，向公众讲解和传播国学。

他从讲解经典着眼，通过平实易懂的语言，使听众领悟中华古文化精髓。深圳有一位的士司机是《希望对话》的忠实粉丝，听了他的电台节目数年。一次，韩博士一上他的出租车，这位司机便从声音听出了眼前的乘客就是他所追捧的电台节目主讲，他激动地告诉韩博士："我本来脾气暴躁，听了您的节目后，性情大变，能心平气和地解决遇到的任何难缠的纠纷。"在做电台节目的时候，他虽然看不到听众的反应，但是他坚信，中国古代诸子百家的经典学说通过现代传播方式，至今仍能深入人心，让人有所感、有所思、有所悟。因此，尽管每次做完节目后收到的报酬仅够打一两次车，但他乐此不疲，这一坚持就长达15年。他满心欢喜地把一件事情做到了极致。他在把自己所学分享给众人的同时，内心也获得平静和力量，这也许就是他显得特别年轻的缘由。

不可否认，人的衰老是不可逆转的自然规律。在岁月的消磨中，肌体退化、精力渐减，无法避免。"朱颜镜里凋，白发愁边绕"，李叔同诗句中透出的惆怅古今相同。毕竟，岁月不饶人，衰老是每个人必须面对的现实。但是，抵抗衰老的不服老心态也似乎贯穿古今。1700多年前，曹操的诗句"老骥伏枥，志在千里；烈士暮年，壮心不已"，成为有志之士忘却年龄奋发思进的心迹写照。

我敬仰的田家炳先生，一直保持着胸怀祖国、心系公益的大爱精神，到了垂暮之年，无私奉献的热情从未衰减，成为高寿而备受敬仰的慈善家。国学大师饶宗颐到了期颐之年，仍然为中华传统文化的复兴而求索。他一直强调"安顿"好自己，一直拥有好奇心、孩童心、自在心。因此，他清静达观、身心愉悦，在智慧求索中执着，而不为执着所累，在"万古不磨"中保持着生命的活力。

记得曾国藩家训里有句名言：养活一团春意思，撑起两根穷骨头。表达人要有不屈不挠的骨气，心中还要有勃勃生机和盎然情趣。为什么有的人形体上老态龙钟仍能朝气蓬勃？为什么有的人年纪轻轻却暮气沉沉？我想关键在于内心。

当一个人内心对生命、对社会充满热爱的时候，便会乐于奉献、乐于助人、乐于分享，也就自然而然地产生喜悦。喜悦的内心充满着正能量，能够克服一切负面情绪，使生命初心不泯、一往无前。内心的喜悦源于对人生目标的自信与执着，源于知行合一的领悟和践行。喜悦是生命的礼赞，是青春常驻的法宝。

要保持内心的喜悦，就必须保持内心的安宁。世界万物时时影响着人的内心，而内心又直接反观万物。要使心与物达到平衡状态，一定要以文化、道德和智慧作为积淀和支撑。因此，中国古人总结出了"万化根源总在心""宁静而致远"等"养心"的智慧。当一个人有着扪心无愧的坦然、不拘于物的自得、与时俱进的乐观，内心自会安然。

一个人在世上，如何正确安顿好自己，这是十分重要的。饶宗颐先生留给后人的人生哲学令人回味。头发会染霜、肌肤会松弛、躯体会佝偻，皮囊里的骨骼谁能保证不疏松呢？没法逆转生命的衰退，但我们可以磨炼自己的内心。让内心充满喜悦，让内心保持安宁，才能自主人生、自成境界，永葆生命春意。

2019 年 11 月 11 日

于观澜河畔

成长的快乐

这个溽热的暑期，女儿的一句话让我顿觉清爽。

暑假伊始，她先是报名参加位于深圳南山的木工手作工坊，自己动手做了一把实木沙发椅回来。接着，又从深圳前往广州番禺参加手绘培训课程。在华南理工大学校区附近，租住在低矮潮湿，时有蜘蛛、蟑螂出没的农民房，从点线面结构到透叠、渲染、喷绘等技法，日夜操作，乐此不疲。从最初稚嫩的线条、失衡的结构到后面准确而快速地绘就实物、表达构思理念，她以一张张画与我分享手绘学习的递进过程，20余天狠下苦功，浑身洋溢着学有所得的欢快。

其实，上大学之初，她已经掌握了三维室内设计的技巧，为何还要学手绘？我还是有疑惑。她告诉我，手绘是一种应用广泛的传统表现手法，可便捷地把设计理念表达出来，是种实用的设计辅助手段。她用很自信的口气表达，两年后大学毕业，她要靠自己室内设计专业的能力找工作，不需要父母帮助。

"95后"的女儿长大了。

记得女儿刚上幼儿园时喜欢在阳台地板上涂鸦，后来是墙上，乃至发展到客厅和房间。见她对绘画有兴趣，便在上小学时在课余时间送她进了书法绘画班"进修"。7岁时，她跟报社的伯伯们参加义写春联活动，回到家，竟然兴致盎然地把"社区传媒、生活必需""彰显真知、成就理想"这些报社的宣传词涂写在饭厅墙上。当时在报社工作的我也就乐得其所了。在书法的意境里，孩子小男孩般的活泼好动中多了几分静气。

也不知女儿什么时候改学隶书的。大概是10岁那年，她师从郑老师学楷书，但始终进步不大。郑老师根据其"活泼天真、大方无隅、不喜八法束缚"等特点，从汉隶《曹全碑》入手，发现她心手相契，从此一发不可收。后来又涉足篆书，老师形容她如"老僧入定"，运笔安静从容。后来又临习《石门颂》，做到行笔张弛有道、着墨浓淡自如，且动静相宜。在取长补短中，在不断的坚持中，我看到女儿书法从量到质的一步步突破。

3年前的那个暑假，从异地读书回来的女儿告诉我，她要举办一个书法展。我真以为她是开玩笑，调侃她，叫她把作品贴在家里的客厅或露台，叫小伙伴们来看看就算展出了。没想到她要求很高，布展定格调、邀请函设计、画册编排、仪式流程，一切井井有条，那派头仿如"艺术大师"一般。她用书法的进步庆祝了18岁的青春。从疑惑到当真，从梦想到现实，我深深感受到想什么就做什么的生命动力和活力。而这一切的背后，有她才智的积累、心灵的磨炼以及艰辛的努力，她也从中加深了成长过程中苦与乐的体验。

关于苦与乐，梁启超先生有句名言："人生最苦的事莫过于身上背着一种未来的责任……人生须知道有负责任的苦处，才能知道有尽责任的乐处。"我深有同感。女儿快乐地成长，形成那股自信、自立、自强的劲头，让我产生如释重负、苦尽甘来的快意。

我们身处信息繁杂、极度不确定的互联网时代，思维模式、行为习惯需要应对许许多多意想不到的挑战。这挑战源于我们应尽的责任。因此，便有了负责任的痛苦与尽责任的快乐，苦与乐循环着，构成了绚丽的人生。

而这个时代的精彩，也就体现在成长。智能化的创造被广泛运用，带来了产业的转型发展。身边的城市也因为创新驱动而快速成长，每个人在当下无不时刻感受着日新月异的变化。一切都在成长，一切却又在衰落，两者相互更替、相互转换。昼夜在日出日落间更替，时序在叠加而时点在消逝。生命的幼年、童年、少年、青年、中年、老年，还有垂暮之年，每个阶段，生命赋予其责任，这个责任就是成长，身体的成长、心智的成长、能力的成长、情感的成长、事业的成长、思想的成长，生命的过程就是成长的过程。成长有快乐，当然也有痛苦。

最近见到一位久违的商场老友，五十好几的他席间谈起他的一点感悟。他说如果他的生命定格在70岁，他还有5000多天，就像一部无法充电的手机只剩下最后一格电量，他要对这5000多天负责，在有生之年让刚上市的企业成长到最好。而在一河之隔的香港，有的企业家在耄耋之年还在布局全球发展、谋划企业成长。这老骥伏枥、奋斗不止的境界尤为值得嘉许。

滚滚红尘，苦乐自知。

有句话说得好：成长是一辈子的事。唯有成长，才能不负使命，不负生命，不负时代，才有源源不断的快乐。

2017 年 8 月 19 日

于前海前沿

一滴敢报江海信

一盏小台灯

这是一个喜悦时刻，多年朋友老余带着其刚从国外大学毕业归来的女儿，与我一起品早茶。

这孩子一开始就感激我 8 年前在其赴国外求学前夕送给她一盏 LED 小台灯。但是，她说，因为想要带回的书籍和学习资料太多，她把这盏台灯卖了。我先是略感疑惑，听完她的一番叙说后，不禁生出一番感慨。毕业离校前，她不仅把我花 130 元人民币买来送她的小台灯处理后收回了 10 美元，还把除了要送给同学使用的东西外，绝大部分日常用品都变卖了。

最大件的物品当数小汽车了。3 年前，读完大一后，学校不再提供宿舍，须在外租住。交通成了问题，她便与父母商量买了一辆旧奔驰，花了 2.1 万美元。回国前要卖掉它，车行给了评估价 1.35 万美元。她不乐意车行代理销售，因为要出 3000 美元佣金，便自己在网上挂了卖车信息。为了安全起见，她与舍友一起去见意向购车者，经过一番讨价还价，商定了 1.35 万美元的成交价和付款、交割、过户等细节，终于在第 8 天完成了二手车交易。在这孩子流露出小小成就感之际，我迅速给她算了一笔小账：这 3 年间，扣除汇率因素，不包含油耗、停车等费用，车本身的消耗成本仅 3.42 万元人民币，即每月不足千元。此外，她把床、床头柜、床垫以及被子等用品，都做二手物品处理了，回国仅带回两大一小三个箱子的物品。

呵呵，真是一个又勤俭又聪明的孩子。

我细细打量着从小看着长大的孩子，发现她现在依然保持着朴实、阳光的底色。交流中，我进一步关心其在国外学习的情况。她在高中阶段的学习是不够刻苦努力的。进入大学后，她开始自省自励，找不足补短板，用超常规的用功和锲而不舍的钻研，终于实现了学业的突破，拿到了优秀学生的荣誉。她情不自禁地在手机上让我欣赏她佩戴着一红一黄绶带的毕业照片，青春的脸庞闪烁着自豪的光泽。她还告诉我，初到国外，不适应异国他乡碳酸饮料和高热量的食物，体重曾上涨到70公斤。意识到肥胖臃肿的种种弊端后，她制定瘦身计划并严格执行，包括跑步、跳操和瑜伽，终于将体重控制在了55公斤以下。尤为难得的是，她坚持自己买菜做饭，每个月的伙食费用仅为在餐厅就餐的五分之一。在日常实践中，她形成了尽可能少麻烦人的习惯，也大大增强了其学业上、生活上的动手能力和自理技能。

这孩子的家庭教育我是略有了解的，8年过去，其言行不但没有原来其父母担心的被"西化"，反而是在境外的历练中变得越发坚定而成熟，令长辈欣慰。从"小台灯"和"小汽车"以及其他留学生活小故事，折射出的是克勤克俭的中华美德的传承。

我曾经看过被誉为"百校之父"的大慈善家田家炳先生的访谈。田家炳一生最为推崇的是父亲从小就教他背诵的《朱柏庐治家格言》（今为《朱子家训》），他不但自己践行，而且传承给子女。其中"一粥一饭，当思来处不易；半丝半缕，恒念物力维艰""自奉必须俭约""居身务期质朴"等句子，体现在田先生身上就是住酒店自带香皂减少浪费、坚持乘坐地铁上下班等生活细节。由此，也不难理解他卖掉自己的别墅捐建学校而自己租住在小公寓的境界。田先生自称，"我只是人世间一粒小小的尘土"。这一粒尘，承载着中华民族五千年传统美德。勤俭节约当然也应该是世界共奉的文明传统。据悉，伊丽莎白二世喜欢一句谚语"节约便士，英镑自来"。她养成每天深夜动手熄灭白金汉宫厅廊灯的习惯，还主张皇家用的牙膏要挤到一点不剩。这是中外两位杰出人物的事迹。不管处于什么境遇，"成由勤俭败由奢"都是世界普遍认同和践行的朴素原理。我想，朋友家的这个小孩，对此是深深懂得的。

"一盏小台灯"，是我与这孩子共有的故事和美好记忆。小台灯注定是留在太平洋彼岸了。但我觉得，眼前这孩子又带着一缕亮光回来了。不经意的言谈和细节之中，不难发现勤俭节约的道德价值已融入她的血液中，并已成为她自我约束、自我管理、自我完善的品格追求。心灵深处的"小台灯"，带着正念能量、带着温暖光芒，必将照亮她今后的人生道路。

2019 年 7 月 15 日

于前海前沿

一把老藤椅

人与人的交往是讲缘分的。

与老卢十多年前相识于深圳。他知道我来自大埔县，主动讲起了其父亲1990年在大埔华侨旅社与其失散60年的姑姑相认的故事。原来他父亲幼年丧失父母，唯一的姐姐从小被拐卖至大埔县长治，其后又随夫旅居新加坡。其姑姑从华侨报刊获知大埔侨联从20世纪80年代开始竭力为众多华侨寻找新中国成立前失散亲人的事后，借助侨联力量找到了仍在福建省龙岩市永定生活的弟弟。姐弟互认，相拥而泣。而当时，我在大埔从事新闻工作，也是被誉为"当今柳毅"的大埔侨联为侨胞寻亲新闻报道的采写者。这种关系，迅速拉近了彼此的距离。

老卢是闽西客家人，待人特别热情，常常邀请我到他家做客。每次进入宽敞的客厅，便会把我拉到坐在藤椅上童颜鹤发的老母亲跟前，用稍微大一点的声音向耳朵有点背的老母亲介绍：这是当年父亲与姑姑相认的见证者。老母亲白里透红的脸庞，立刻便漾起慈祥而又喜悦的笑容。

老母亲坐的藤椅，也是粤东客家山区老人们最为喜爱的座椅。因为我的老祖母生前十来二十年最常用的物件就是这种藤椅，我见此物感到特别亲切。藤椅框体支架是由小木棍缠扎而成，高度恰当的四个椅腿斜着立于地面，显得牢固平稳；柔顺的扶手和留着孔状花纹的靠背上，藤皮编织得细密、流畅。椅子前面还有个同样材质的垫脚。大概是用了有些时日，藤皮泛黄，表面光滑圆润。

那是2016年的一天，进到老卢家时，没看到老母亲。老卢说，老母亲两个月前住到医院里去了，是脑血栓引起的偏瘫，站立不稳。已从ICU病房转到普通病房，在医院继续调理。他和他的妻子、孩子、三个哥哥、三个姐姐以及一个弟弟、一个妹妹的家里众亲人轮流照看，相信老母亲会慢慢好起来。

入院时，老母亲已年届 88 岁。尽管医生告诉老卢，老人除了血压较高外，其他许多器官功能和血液指标比他还要好，但是，偏瘫引起的功能衰退还是如期而来。先是肺部感染，进行抢救，后又引发急性肾衰竭需做血液透析，每隔一段时间就要进入 ICU 病房。待病情稍为稳定，又需按医院管理相关规定转到普通病房。两种病房之间的转换随老人身体状况而时常变化。

知母莫如子。老卢 20 世纪 80 年代在龙岩金融系统工作，1988 年结婚后，便把老母亲从乡下接来一起居住。后来老卢下海来到深圳创业，也把老母亲带在身边。创办工业园区从事制造业的老卢，工作再忙，每天都要陪母亲聊天。自从母亲住院后，老卢就尽可能不再出差，甚至穷尽办法不在深圳之外的地方过夜。虽然母亲有众多亲人陪护，但他知道，他更清楚怎么样才能让母亲更开心。他找来闽西客家十番音乐、闽西汉剧播放给母亲欣赏，尽可能陪她讲些感兴趣、开心的话题。甚至亲自辅导晚辈陪护老人的要领。定期从老家运来母亲最喜欢的乡土风味特产。在医生指导下，亲力亲为给老母亲订制每日菜谱，也足见老卢的日常功夫。

生命的衰老与时间的流逝一样，不可逆转。老母亲很真切地感受着儿孙们的努力，虽然身在病榻，但还是能享受到风烛残年里温馨的一切。因脑部血管梗塞未能根本消除，老人病情日渐加重，慢慢地连张口进食都无法办到了。在靠鼻饲管输送流质食物的初期，老人偶然苏醒，大概是知道自己抵抗不过病魔，还能用比较含糊的语音表述要回老家。老卢清楚母亲的意志，他更清楚老家闽西小镇的医疗条件无法达到他们需要的标准，便不敢造次满足母亲的心愿。

庚子年新型冠状病毒感染疫情，对已意识模糊的危重病人来说，在医疗和护理上无疑都构成挑战。老卢还是千方百计确保老母亲的治疗不受影响。转眼到了初冬，主治医生告诉老卢，老人的身体器官功能最多还可以维持一个月时间。此时，老卢才与兄弟姐妹商定，送母亲回老家福建永定。

家乡山水也使老人创造生命奇迹。已无意识的老母亲在老家坚持了三个月，于这一年腊月前夕，走完了 93 岁的人生路程。办完母亲的丧事，按地方风俗举行了一系列仪式，老卢结束了前后五年所有节假日都在医院度过的经历。

今年春节假期后茶叙中，我才获知老卢的母亲去世的消息。真诚地劝慰老卢节哀之际，我发现年近花甲的老卢已显沧桑的脸上，眼眶倏忽间饱含着泪水。看得出，他在忍着不让眼泪盈眶而出。我说，你是地道的孝子。他说："我用心了，也尽力了，但我无法挽回这场生离死别。老母亲连让我们尽孝的机会都带走了！"

这五年间，我时不时地关切询问过老人治疗和调理的情况。这次，我问了老人医疗费用情况。他说，送老人回老家时，与医院结算的总单超过 800 万元。这不包括每天要用的纸尿裤、聘请专业护工、购买营养品等其他费用。我粗略估算总费用不下千万元。他淡淡地说，钱财不足惜，如果能延长母亲的生命，他愿意花费更多更大的代价。可以告慰母亲在天之灵的是，在母亲有生之年，儿子尽心尽力了，此后，要更加珍惜生命的延续，"立身行道，以显父母"，更好地做人做事。

从古至今，中华民族极为推崇、奉行孝道。人文始祖按照"子承老也"的会意创造了"孝"字。2000 多年前，儒家便有"夫孝，德之本也，教之所由生也"的核心思想。古代孝行故事汇编《二十四孝》至今仍闪耀人性的光芒。当今时代，涌现了无数感人至深的孝行典范。我也时常为我认识的朋友、同事无微不至地尊老事亲的故事所感动。

有道是，百善孝为先。善良的人们会认为孝行是平常不过的品德操守，是理所当然的事。但是，细细思量，尽孝并不那么容易。身处衣食不足、挨冻受饿的困窘之境时，有"匮乏之难"；辗转漂泊、离家谋生之人，有"相隔之难"；长者年老体衰、心智异常时，后人难以百依百顺、和颜悦色，此为"神色之难"；当老人身患重症、不可逆转的时候，行孝者往往又身处痛苦无奈的"不舍之难"。

说实话，在夜深人静的时候，我会扪心自问：对长辈、对老人，自己尽心了吗？尽力了吗？我想起十年前一位朋友分享的八个"不能等"，其中第一个便是"孝老敬亲不能等"，当时我还做了概括并转发分享。现在回顾起来，十年间在行孝上，自己觉得还是有许许多多的不足和疏漏，甚至留下遗憾。也深深感慨，孝老敬亲真的不能等。

那把老藤椅还放在原来的地方。老卢说，只要他还在，这个房子还在，老藤椅永远不会挪开。日复一日，老藤椅静静地在时光里待着，好像依然等待主人的归来。

2021 年 3 月 12 日

于双界河畔

晨昏莫忘亲嘱咐

有些人的改变来自日常间不被看到的细节。

属牛的老江今年已届花甲之年，仿佛有返老还童术，脸上无皱纹、无斑点，头发油光可鉴，看不到白发，也不用戴老花镜，浑身上下"牛"劲十足。问其养生之道，他说，照护身患阿尔茨海默病（俗称老年痴呆症）的老母亲这9年间，赡养与尽孝让自己身心得到最大限度的锻造。

老江1990年从梅州市调到深圳工作后，便把退休不久的父母接到身边一起居住。随后又按照父母的意愿，费尽心思把两个妹妹也弄到深圳工作。曾有一次，父亲生病，他安排父亲住在高端病房，医生告诉他，老人家血检显示重度营养不良。被医生一番数落后，老江反观检视：自己平时很少在家吃饭，习惯省吃俭用的父母常常是煮一顿吃三餐。从此，他认定，老年人比年轻人更需要补充和均衡营养，便不再任由父母随便凑合饮食了。

征兆出现在10多年前。当了一辈子小学老师的母亲举止不再像以往那样有条理，记忆力明显下降，刚说过的话转眼就忘了，经常找钥匙、找眼镜、找存折，幸好年龄更大些的父亲在一旁，避免了许多莫名的折腾。"人老了都差不多会这样吧"，老父亲宽慰老江不必着急。他找来德国进口的脑活素给母亲服用，效果并不理想。带母亲去拍核磁共振，发现脑部有缺血萎缩症状。他咨询医生，得到的回答是老年痴呆症属生理退化现象，并无特效药。

脑力的退化是逐渐的。老江一改以往常常在外应酬、忙碌的习惯，尽可能地带父母到远近的风景区、公园逛逛。慢慢地，有时母亲连自己的住房都找不到了。自理能力越来越差，连饭都要人喂了。甚至常常，母亲连自己的儿女都间歇性指认不全。哪怕陪母亲一整天，老母亲偶尔会问："同志，你来这里做脉个（客家话：什么）？"

老年人牙齿不好，必然加重本已欠佳的胃纳状况。对于母亲的用餐，除了每天两个鸡蛋和牛奶、羊奶外，他通常要求保姆阿姨把肉菜剁碎。近五年，母亲不再咀嚼后，他把米饭打成浆，混合鸡肉、猪骨熬制的汤，作为主食，再拌以用果汁机打过的青菜汁，以满足其基本营养需求。好在母亲胃口尚佳，虽然早已无法表达对食物的喜恶，但从唇舌间的蠕动状况，可看出母亲是需要并接受的。

除了怕跌倒，老年人特别怕各种原因引起的咳嗽，如不控制肺弱引起的痰阻，就可能导致心肺障碍并危及生命。老江每隔几天泡发一次燕窝，每天炖一碗给母亲临睡前服用以润肺。每天早晚，老江都会观察母亲排出的痰。若是白痰，说明体内偏凉，便用红枣、枸杞、姜、陈皮煲水滋补；若是黄痰，说明体内有热，便用莲子、鲜百合、木耳汤汁调理。定期再用赤豆、薏米、芡实、山药茶水补脾健胃。至于灵芝、蜂胶、虫草等滋补品，更是穿插进行。老江卧室里，除了各种食补调养品外，最显眼的就是那两把养生壶了。每个清晨、夜晚，他都要自己动手用养生壶给母亲做些"功课"。久而久之，他觉得自己已成为擅长调理身体的"中医"。

大概是 4 年前，父亲患病离世，老江悲伤之余，更加用心地照料早已无法交流、无法沟通，不会听、不会看，没有语言、没有思想的母亲。但不管怎么样，母亲还活着，气血通畅、脸色红润。长期卧床，稍不留神便得褥疮，好在及时发现，精心施治后很快痊愈。他甚至把母亲的床改用医疗床，方便翻身、起坐，也方便雇请的人员每天给母亲按摩理疗、泡脚、艾灸。经充分论证，还给母亲做了三次干细胞治疗。

有朋友建议送母亲去养老院接受专业的护理，但老江坚决不同意。除了妻女和众亲属积极协同参与照护外，家里还请了两个保姆，一个陪伴母亲身边，负责饮食、盥洗、肢体活动和睡眠照料、卧室空气调控，另一个则负责日常餐饮制作、环境清洁及衣被卫生等，分工合作、无缝对接。但是，再充分的人力配备，都不如作为儿子的躬身力行。他会考虑所有细节，尽心尽力、尽善尽美，而且无怨无悔，也会全方位监督他人对母亲的护理。自己不在身边看着，怎么都放心不下。因此，再忙也不敢在外过夜，他已经有七年没有离开深圳了。

日日夜夜，有着无数在意或不在意的细节，也有着说不清道不完的冲突与挑战。当老人还没有完全失智时，要时刻做好被呵斥、被责难的准备。面对老人捉摸不定、变化无常的脾气，要有足够的耐心和心理承受能力。当老人的精神已逐渐离开躯体，进入无声的陪伴期，沉寂又是多么令人无奈和伤悲。所有的用心和付出，不需要被看到、被承认，只希望身与心不是空洞的。当自己也老到成为痴呆症患者的时候，也不知道后人会怎么对待。当下，已想不了那么远了。现在，老江只能牢记当年自己外出求学、工作时，母亲的叮嘱：保重身体！

母亲病了，眼里空洞无物，肯定也没有烦恼，但母亲还在。老江欣慰地说："回到家，至少还有声妈妈可以喊。"

2021 年 7 月 6 日

于观澜河畔

真爱从来不缺席

发现自己辛苦找回并抚养了 10 多年的外甥女竟然是被"掉包"的，会是什么滋味？又将如何面对？

偶然相见茶叙间，老洋谈起一件往事，不免令人唏嘘。故事要从他妻子的一次夜哭说起。

那是 20 世纪 90 年代初的一个夜晚，老洋被妻子的哭声吵醒。原来，其妻当晚做了一个梦，梦中已去世多年的姐姐一再叮嘱，要妻子把她生前送给别人抚养的女儿找回来养育。

妻子情真意切，老洋当时也下定了决心。平日里喜欢助人的老洋想，别人都要帮，何况是为老婆圆一个梦，养育外甥女呢？

但事情并不如想象的那么简单。姐姐的女儿出生不久就送给别人抚养了。后来，才 20 来岁的姐姐不幸患白血病逝世，姐夫随后又续弦另娶。要找回从未见过的外甥女，只能求助于前姐夫。

多年未见的前姐夫已显得陌生，也答应帮着找回自己的女儿给前妻妹夫妇抚养。一段时间后回话，说其女养父母提出给予 2 万元做养育补偿费用的条件。当时，2 万元相当于在深圳工作的老洋夫妇一年的工资收入，也是一笔不小的数目啊。老洋是个认定目标就坚持不懈的人，一口答应下来。夫妇俩接上妻兄一起，驱车 500 公里回到梅州一山村，在前姐夫的引领下，到一农户家中接人。

跨过最初的生疏感后，老洋妻子想到早逝的姐姐难免触景生情，拥抱着刚刚认回的外甥女泣不成声。老洋相对理性，他拉着妻兄到一旁，一再问是不是这个。妻兄也只是在这女孩子很小的时候见过她，说从相貌上看有点像，再说了，这是前姐夫带着来认领的，还会有假吗？

不断地道谢，也当面教育刚认回的外甥女，要记住养父母的养育之恩，夫妇俩把外甥女带回了深圳的家中。老洋已育有一女，现在家中又多了一个年龄稍长的小姐姐，家里一时也热闹不少。

生活起居，入学就读，还有家庭的教育，老洋夫妇把外甥女当作自己的亲生女来养育。在他们看来，外甥女从小失去母亲，也缺乏父爱，因此，夫妇俩倾注的关爱绝不比亲生女儿少。也只有如此，才可告慰九泉之下的姐姐。

日子一天天过去，孩子不断长大。外甥女后来考到广州读书，老洋妻子不时到广州看望，甚至对生理期卫生呵护等等，都事无巨细地关心。毕业后，老洋又张罗为其安排工作，乃至关心其婚恋成家。每一步，老洋夫妇都从不缺位地履行父母的职责。夫妻俩还不断教育孩子，要关心亲生父亲、感恩曾经的养父母。

察觉情况有异是在老洋岳母的追悼会上。特别注重亲情的慈祥岳母在 88 岁那年去世，举家悲痛。岳母生前，老洋对其照顾有加，对丧事也自然用心备至。但他发现，在岳母的所有亲人中，只有他抚养的这个外甥女，对外婆的逝世缺少应有的悲戚，甚至有眼神的游离，似为异常。当晚，老洋叫来外甥女提出疑问。这一问，着实让夫妇俩大为吃惊，自己养育的外甥女是假的。

沿着疑问和线索，老洋终于把 10 多年前的事情了解清楚。原来，前姐夫最初是把女儿送给自己同父异母的哥哥养的，不知何故，其哥又把孩子送给了山村里另外一户人家养。这户人家原来没有生育，但自从收养了孩子后，接连生儿育女，因此认定是这个养女带来的好运，对她也特别疼爱。当前姐夫哥哥找上门来要人时，这家人怎么也不肯把养女交出。无奈之下，前姐夫哥哥便决定由其亲生女儿代替，一来女儿可到深圳生活，改善成长环境，二来也得到一笔经济补偿。据说，他家当时就用那 2 万元在村里建起了一栋房子。

在那个道破真情的夜晚，老洋终于知道三番五次催"外甥女"回去看"养父母"，而她始终不敢回去的缘由。也在她的泣泪中，感觉到一家人对她越好，她却越发惶恐不安的内心，以及老洋的真外甥女是她小学同学的种种心理纠结。老洋终于也明白，这"外甥女"生活在提心吊胆之中又是多么无辜，也难怪她在"外婆"丧事中有反常的表现。

老洋没有责怪这孩子。他说，扪心自问，对养育这孩子，用的是真心，付出的是真情，这是一份没有杂质的真爱。他抚慰妻子和其他亲人，自己的人生中又多做了一件帮助人的好事，无怨无悔的善事。

如同10多年前一样，老洋夫妇又来到梅州那依然偏远的山村，见到了已故姐姐的亲生女儿。场景中没有第一次那么多感性的泪点。外甥女刚结婚，其养父母分文不要，表示尊重她的选择。外甥女坚定地认养父母的家为家，也不愿意改随亲生父亲姓。但她还是接受了老洋在深圳为其夫妻提供的从业帮助，并已在深圳安居乐业。

梦已圆，心欢喜。圆梦的过程并不顺畅，但老洋坚信，所有的真爱都会凝固成美好的回忆。

世事难料，命运多舛，老洋的妻姐早逝引发的系列变故，着实令人叹喟。而他的真假两个外甥女，其实都是幸运的，都得到真心的呵护、温暖和扶助。在这个曲折感人的故事中，老洋散发着正能量，光彩照人。

老洋是地道的客家人，却长着北方人特有的枣红色宽厚脸庞，言语间洋溢着古道热肠的热忱和儒雅。20世纪80年代从梅州调到深圳工作后，他成为家乡人竞相投靠的对象。除了亲属，他帮助不计其数的人找过工作，也曾因帮别人找工作而被曲解。他说，家乡地处贫困山区，乡亲们请求找工作是解决生计问题，帮人找"饭碗"的事错不到哪里去，更何况自己不为名更不会求利，一切都是付出。他曾连续多年每年资助5名贫困学生，甚至帮人求医问药，解决生活困难，只要他能帮的，都会尽其所能。

为人真诚，助人为乐，这是我敬佩老洋的两点。因为熟悉了解，我曾经送过他一句话：乐于助人必有福报。

他在帮助别人中，表达着善和爱，也成就了自己快乐的心境。一份份真心付出的爱，总给予到有需要的人，不因时因事而缺席。

2020年7月27日

于前海前沿

其命惟新

　　月色往往带给人遐想。那淡淡的蓝色清辉洒在朦胧的世间万物，宁静而悠远。有位艺术家以"暖月光"为题展出作品，一个"暖"字，契合了这己亥初春气象，更引发人探究的意趣。

　　关山月美术馆展出的以"暖月光"为题的李康作品，展示了作者近年木刻版画、水彩、色粉、水墨作品。平常无奇的画面里，表达植物的题材居多。这可能与他十余年间扎根在深圳龙华一个叫作大水田的偏僻村庄有关。在此之前，他从出生地北大荒鸡西出发，去北京漂了六年。这个长着南方人个头的北方人，仿佛天生就必须"一路向南"。而立之年刚过，他一头扎在因版画结缘、因版画而兴盛的岭南村庄。他像南方的植物一样，吸足这里的阳光雨露葳蕤地生长。一株开满鲜花的树、惊蛰季节里城中村的树木花草、清明时节的杏花疏影、夏至里一棵古朴老树、立秋过后的竹影……这些用木刻语言表现的景象，并不因为仅有黑白两种颜色而显得苍白。植物的茂盛形态，枝叶的丰富多姿，于恬淡清幽、孤寂静谧中充满勃勃生机。植物中会不经意地出现一些飞着的夜莺、隐约的野兔、舞动的鹤影以及鸣叫的虫子，使得画面静态中透出了生命的灵动。这种灵动迸发出自然界孕育、成长和创造的力量。一草一木的自然意象，生发形成由简单而趋于有内涵、有体系的象征意义。不难理解，冷色调的月色为何可以漾溢出生命的暖意。

　　与北大荒版画派系浓烈、粗犷、豪壮的风格不同，李康的版画表现手法吸纳了南方画派的精致细腻。排刀的细线配以圆刀、角刀的虚实变化，使得作品从具象写实中超脱，幻化出朦胧、空澄、清幽的禅意，抒写出对自然世界和本体内心的省察。套色木刻《境·界》画面中，透过那细密的木刻竖纹与横纹，一只硕大无比的飞鸟越过水面、展翅而飞，平静如镜的水面映照着飞翔的投影，构成了动静相宜、黑白相守、高低相倾的意境，折射出一种态度和境界：在人生的道路上，要不断审视自我，并在自省自励的修炼中前行、超越，实现人生追求与价值。另一幅表现贵州平塘射电望远镜的木刻作品《天眼》，更是别出心裁地想象一只雄鹰飞过苍莽峰峦在星际翱翔，关注青山，关注星空，蕴含着高远志趣与恢宏大气。

艺术的魅力在于常创常新。为了追寻版画表现力的突破，李康尝试着把木刻版画的凝重表达与水彩画的变化渲染有机结合，使画面更具表现张力。在版画与水彩结合的纸本综合作品《低空飞翔》中，用刻刀把降落伞、纸飞机、树枝和游泳池、休憩状态的鸟等景物刻画出来的同时，运用了水彩的手法描绘了变化着的自然景观，以"故乡的泥土触手可及"的低空飞翔状态表达对故乡的思念之情。《未来可期》用木刻勾勒出一个少年和远处南方城市的剪影后，用水彩描绘出湛蓝的星空和云彩，抒写了作者对人生、对事业的热情、信心和对未来的期待。

观澜版画基地从初创到运营体系的构建，版画博物馆从无到有的崛起，十余年里具体事务的统筹管理和殚精竭虑的谋划探索，对于一个孜孜于艺术专业的人来说，无疑是极大的挑战。从鸡西到北京，克服没有固定职业、没有户口和住房的困难，李康完成了攻读中央美术学院版画系艺术硕士的历练。走上行政工作岗位后，他投入了巨大的热情，尤其是在与数千名中外版画艺术家接触中获得被需要的认知。他知道平台的打造对艺术家培养和艺术传播的深远意义。他甘愿做著名画家、博导广军先生眼中"天天颠儿颠儿的"，常常弄得"一裤腿子土"，整天忙忙碌碌的"杂役"。甚至可以放弃自己许许多多的计划与构想，"小小的身影，一会儿这里，一会儿那里"地操劳，引领版画平台从大水田走向世界，使版画的创作与交流不断步入新境界。

每当夜幕降临，大水田村的归鸟与田野间的小虫和鸣之时，李康便要进入自我修炼境地。不知何时开始，他忽略甚至抵制晚餐，这样或许更能调聚内心的能量。诚如其所言："我渴望像植物一样沉静自足，让心轻轻地静下来，用清明的心情去关照大地与天空的对话。"拿过木刻刀的人应该知道，金克木之道绝对是枯燥乏味的。有时，伏在木板前一刻就是个把月，留下一地木屑，满身疲惫袭上心来。不断地否定、不断地修正，让灵感凝固在木板上，表达在颜色与纸本间，刻意表达的快感却又是无与伦比的。自1998年首次参加全国美术作品展以来，李康每年给自己定个小目标，无论如何，必须在创作上有个小突破。由单个作品开始，他这几年逼着自己每年办展览、出版作品集。

　　人的心境是需要锻造的。一个人能在纷繁的事物中保持一份闲心，与纯朴的植物对话，在忙与闲间，在动与静中，寻求新的发现，捕捉新的语意，定会唤醒生命中蛰伏着的梦想，闪耀出无穷无尽的智慧火花。我相信，这样的生命，永远会保持着崭新的暖色，焕发出不平凡的新意。

2019 年 3 月 10 日

于前海前沿

扣篮王梦想

自以为是体育爱好者，但也明白认知极为有限。

那是2018年秋，偶然认识了刚从美国大学毕业归来的晚辈小乔，听他与一位来自北京的伙伴说起要在龙华发展"扣篮王"项目的话题。第一次听说"扣篮王"一词，觉得新奇之余，出于善意给了一些诸如组建篮球爱好者协会之类的建议。

两年半过去，我却发现，自己眼界狭小、缺乏想象。

傍晚时分，华灯初上。与旁边几条主干道一样开始热闹起来的，是小乔设在一幢商业楼房顶上的篮球场。两年前，小乔见家族公司物业顶楼闲置着，便租下来做简易装修后设置了6块篮球场和其他体育项目设施。

本来，在国外学工商管理的小乔，是可以顺理成章地在父亲以物业为主的多种经营集团公司担任要职的。但他一心想着在自己热爱的篮球运动中获得经营经验。大概是在6岁那年，母亲见小乔长得比一年级同学矮小，经咨询后决定让小乔在篮球学习实践中长个子、锻炼体魄。从国内到国外，从小学、中学到大学，小乔成为一名狂热的篮球爱好者。在美国求学期间，他经常参加多种比赛，了解了篮球产业化的景况。回国后这两年多，代表深圳青年队参加省级联赛。他决定开篮球馆，就是基于自己对篮球运动近20年来的热爱。

虽然是家族公司的物业，小乔还是坚持实行成本核算并按市场价格租赁公司楼顶平台空间1万平方米。因楼顶物业障碍物多、不规整，小乔便优先选用最佳位置5000平方米平台设置篮球场。其他部分辟作与体育产业相关的足球场和平衡车练习场。每个月营业收入约20万元，除去场地租金8万元、管理人员工资及水电费4万元，每月纯利润可达8万元。更重要的是，在两年的经营管理中，小乔获得了第一手的客户资料。球馆开办之初，前来打球的大多是互动联系较多的爱好者，但渐渐地，有了加入球会成为会员的固定群体。乐意来打球的有入门初学的，有单独作为顾客前来的，还有些是企业、事业单位组团打比赛的。顾客有男有女，年龄跨度从3岁至60多岁。经过对客户的分析研判，小乔认定篮球体育产业有巨大的拓展空间。

突如其来的庚子年疫情，并没有阻挡住这位年轻人追逐梦想的脚步。经过反复观察论证和项目实施，小乔在有着庞大年轻消费群体的成熟社区开设了第二个篮球馆。他租下了可运营球场的6000平方米厂房，投入了300万元，按室内球馆的要求铺装木地板和灯光等设施，打造了8块标准化篮球场。球馆全部采用数字化信息系统管理，这个每天少则数百人，多时超过3000名球友来打球的球馆，除2名保洁员外，仅有4名管理人员。

精准的投资，无疑带来了良好的运营效果。球馆每天的营业收入，最少时5000元，最多时超4万元，每个月收入基本保证在50万至60万元，扣除固定的租赁费用36万元和水电费用7万元，球馆毛利可达10多万元，两年内就可以回收投资成本。

每天看到进进出出的篮球爱好者在球馆挥洒着运动的汗水，内心是异常快乐的。这是小乔的内心表白。尽管自己的双腿关节伤痕累累，经常要做理疗，他还是会时常"奋不顾身"地与球友们切磋球艺。他深知，大量存在于社区和公共体育场馆的篮球场，已无法满足当下都市人体育健身的广泛需求。他要顺应传统运动消费变化的态势，探索一种符合现代消费理念的可持续发展的体育产业模式。他志存高远，并不满足于已拥有的14块篮球场，筹谋着新的拓展计划，运用人工智能、大数据、区块链等智能化技术，转化并提升传统的流量粉丝体育经济，走一条业余运动专业化、专业运动大众化、大众运动娱乐化的路子，让更多热爱运动的人来打篮球，体验好看好玩的健身活动。他甚至立志做最纯粹的篮球，做全国最好最大的篮球平台。

篮球运动是极为讲究十指和四肢协调的，体能和技巧需要高度契合。扣篮也叫灌篮，是篮球运动中最常见的得分手法，有原地跳起、行进间跳跃和单手、双手、正手、反手等多种扣篮方式，尤其需要队友默契的空中接力传球等配合。小乔身高仅1.75米，在篮球界并不高，扣篮也没太大的身高优势，但他凭热爱、勤奋、执着，练就弹跳、爆发力真功夫。在球场上，他常常与队友协同，靠扣篮得分。步入社会后，他扣准市场之篮，已开始在商场上得分。

一个人，满怀热爱，发挥特长，在自己所喜欢的事业中创造价值，可谓幸运。我希望这位 95 后"深二代"，汲取超越的能量，跳得更高，在人生途中不断得分。

2021 年 5 月 10 日

于观澜河畔

弯弓男儿

那日清晨，走在大亚湾畔一处偏僻的路段。路面简单做过硬化，路边杂乱簇拥着灌木和小草。

远远听到不间断的"笃笃"声，出于好奇，便循声而去。远远地看见一个青年男子在不停地拉弓，离弦而去的箭射向 40 多米开外、放在路边草丛里的红心箭靶。

悄悄走上前，仔细端详，年轻人约莫 1.8 米的个头，穿着黄色运动裤、绿色 T 恤衫。左手握着的弓约有 1.5 米长，中间部位是黑灰色的金属体，装有瞄准器、箭台、平衡杆等部件。用力拉弓弦时，白色的弓体缓缓弯曲；放箭时，带羽的金属箭头离弓而去，弓弦发出"啪"的一声。也看不清箭道，只见前方那靶稍微有点震动，传来"笃"的一声闷响。每次从挎在腰部的箭篓取箭，搭箭上弓，拉弦弯弓，男子动作娴熟。箭与左手执弓臂，连同左右两肩关节、右手拉弦点几乎连成一条直线。右手向后拉弦，至满弓时，箭从瞄准器下方射出，动作一气呵成。

趁男子放箭后观察着靶情况的空隙，我不禁打破沉默，与小伙子攀谈起来。小伙子姓杨，湖南人，是深圳一家高科技公司的总经理，在大亚湾这里买了房。每到假期，他与妻子会来这边小住。早晚时间，便到这僻静的野外练习射箭。他说，他只是个业余爱好者，深圳的 30 多家箭馆大都去过。室内箭馆大部分受场地因素影响，箭道通常不超过 30 米，缺乏挑战。他拿起一支箭比画着说，玩射箭花钱最多的是箭，这一支箭 20 元，如果射偏，就可能报废。他现在用的箭都是标准不高的练习箭，而且都是自己动手修过的，这些旧箭飞出去后路径都不规则，没有弹道，命中率也不高，但可以练练手感和力量。就是这样，一年下来玩箭的开销不下 10 万元。有些要求高的箭友，一把好些的弓要上万元，买一支专业的箭花三两百元是常事，一年下来随便得花几十万元。

眼前的"箭手"注意力仍专注于弯弓和射箭当中，从他有一句没一句地回答我好奇提问的交谈中，我大体获知他玩箭的缘由。他与拍档创办的是一家专门研发、制造电子零部件的企业，白手起家，创业成功后，他们形成了"专心、专业、专注，引爆裂变"的核心经营理念。企业一度遇到瓶颈，他也曾遭遇发展困境。后来，认识一位箭友，交谈发现，箭术与企业的经营之道有相通之处，他便开始热衷于到箭馆学射箭。慢慢地，由室内到室外，由爱好者到发烧友，由业余玩耍到追求专业标准。他学射箭的同时，不觉间企业也取得突破，成功转型升级。他说，在工作状态下，每天都要听许许多多的汇报、请示，也有不少事项要审批和决策，久而久之，思想僵化、视角钝化、知识老化。学习射箭之术、领悟弓箭之道，他在身、心、箭要高度和谐统一的感悟中，悟出人弓合一、箭心一致的禅意，并坚信只有在心无旁骛、物我两忘的专注状态下，才能射出命中率高的箭，并让箭镞爆发出势如破竹的穿透力。

恍然间，少时玩箭往事历历在目。记得在湖南耒阳花石坳随军生活时期，所读的欧阳海小学附近有一个部队练习靶场，放学后待枪响结束士兵离场，我们便跑到那片山坡上挖子弹头。用铁锤把弹头前沿砸扁，把弹头里的钢芯压出来后，在弹头插上小木棍，便制成一支箭。在弯曲的竹片两端装上铁丝，竹片中间钉上小小的铁钉作为箭托，一把弓也就做出来了。玩伴中有没有师父指点已没有印象，也可能是无师自通。这种弓箭用来瞄准树上的飞鸟，当然远不如弹弓那么便捷而有杀伤力，但射击木板或瓜果还是挺有穿透力的。眼前，看着如此精美的弓箭和精准的箭术，手指间不禁泛起暖酥之意。

我很清楚，遥远的玩箭记忆被眼前的箭术激发出来，印象尚能如此清晰，无疑与动手实操有关。它作为一种伴随人类进步的术道，肯定也是植入到了可供传承的基本技能中。箭最初是人类用来捕食动物、维持生存的工具，到后来变成冷兵器时代重要的武器，及至近代社会才把射箭发展为体育运动。中国古代把"六德""六行""六艺"作为社会化教育的核心内容，射箭就是礼、乐、射、御、书、数"六艺"的其中一种。《论语》记载，孔子曾说："君子无所争，必也射乎！揖让而升，下而饮。其争也君子。"倡导谦让中通过箭术切磋而提升个人修行。《礼记·射义》里，把射箭当作寻绎自己志向所在的活动，要求"心平体正"，做到"内志正，外体直"，这样才能弓拿得紧、箭瞄得准，才能射中，并把射箭当作"仁之道"，明确"射求正诸己，己正而后发，发而不中，则不怨胜己者，反求诸己而已矣"，强调在射箭中端正心性、检视自我。

傍晚时分，不觉间又漫步来到那个路段，未及走近，早上射箭的青年人转过身来向我打了个招呼。他说："这会儿行人多，必须多留神。"箭靶旁的树边，我看到一个穿连衣裙的女子，那大概是他妻子，正为他看着那边的路口。他大概察觉到我颇为好奇，便又陆续地讲了射箭小众圈里的一些事。他有一个做包装印刷生意的朋友，从小喜欢玩骑射，业余坚持参加培训，在深圳小有名气，这位朋友是把射箭当作从没完没了的应酬中抽身出来放空自我的活动，从中享受轻松单纯、心无杂念的快乐。有一位老哥是做室内设计的，自称在一静一动的射箭中锻炼意志、感受真实、汲取灵感。还有一位是射箭极度发烧友，恨不得每天抱着弓睡觉，家人见他如此痴迷，便支持他投资开办了两家射箭俱乐部，既可与更多箭友交流，还形成了盈利模式。

言谈间，他告诉我，曾经把箭靶放在小路对面山边，约 90 米远，后来发现旁边的小河里不时有人在捉鱼戏水，怕伤到人，只好缩到现在的可控范围。他与发烧友也挺关心箭坛赛事，虽然国内的箭手们这几年在国际赛事中表现得并不如意，但并不影响他们这些业余选手对习箭的高标准要求。对于射者来说，很看重自己射出的成绩，但并不会拘囿于过往，而是不断锁定新目标。

每种竞技运动当然都会给人以不同的体验感受。对射者而言，专注目标心生定力，调适心性涵养静气，在快与慢、动与静、远与近之间挑战自我，何乐而不为？

2021 年 6 月 3 日

于双界河畔

难易之间

驻足社区的小巷间，会体验到常被忽视的世间细节和烟火况味。

这里位于深圳最北端，靠近东莞塘厦。曾经叫大水坑村，后来随着经济社会的发展，基层管理体制发生变化，大水坑村分出了章阁社区。再后来又围绕辖区大型先进制造企业划分出兴富社区。从仅 1.34 平方公里的辖区内存在的"野猪坑"等地名，可想见当年未开发前这里是穷乡僻壤。而现在，社区里居住着以 3.4 万产业工人为主的人群。

人流多的地方一定有商机。据说，大企业拥有近 10 万工人，且每月约有 8000 人在进出流动。

社区一工业园内的商住楼一楼骑楼巷道边，开着一间小小的裁缝店。3 米多宽的门面，进深有 2 米多，就是这约 8 平方米的"斗室"式门店，其琳琅满目的经营内容，令人驻足观看。铺面左边摆放着一台电动缝纫机，右边放着一个下方带着小滑轮可移动的电动配制钥匙的工作台，边沿挂满各类钥匙。红色挡板上有着显眼的黄字"配钥匙""开锁""换锁芯"等等。旁边竖着放置一扁长形的柜子，上面摆有各色药品，红色柜身上喷满"蟑螂药、臭虫药、蚂蚁药、狐臭药、脚气药"等字样。门店前仅留下可供一人进出的缝隙。

店内也大有千秋。墙上挂着一个滚筒式洗衣机，其下方放着一个立式洗衣机。墙角边的脚踏式缝纫机旁，挨着墙放置着一个长条形案几，上面摆着电熨斗，这应是用来熨烫洗净的衣物的。屋顶齐整地挂着两排用塑料膜罩着的衣物。墙上吊橱里放满了缝纫的线扎和服饰配件。旁边墙上不起眼处贴着销售鼻炎膏、痔疮膏和祛除风湿骨痛、青春痘、灰指甲、鸡眼、各类癣等民间秘方膏药的小广告。

店主是位敦实肥胖的中年妇女，来自湖南沅江，姓邬，正在专注地给一双双新袜子缝标签。见有人靠近，扬起那极为丰满圆润的脸，笑盈盈地问需要她做什么，这大概是她除手头的活之外，最常态的工作吧。见她身旁堆着许多袜子，我不禁问她，缝那么多袜子做什么用。她很开朗地说，这是附近工厂拿来的，在她这里缝完标签，工厂拿回去包装后要出口到国外去。"每缝一双可获得 0.5 元，早上工厂送来 200 双袜子，今天内都要做完。"

邬姨的缝纫机与旁边修锁的档头一样，前方盖着广告挡板，上面写着"内衣去铁、换拉链、剪裤脚、改衣服、干洗、湿洗"等字样。我好奇地问，什么叫去铁？她说，附近大厂管理很严，进出都要进行安全扫描检查，女孩子内衣通常有金属扣件，便过不了。每当新工人进厂，来这里去掉带铁成分换上塑料配件的人很多，都忙不过来。改一件也就收两三块钱。我再问她，你会配钥匙、开锁吗？她说，配钥匙和换锁芯都是她干的，但上门开锁只能由有专业资质的人做，一般介绍一次她可得 10 元劳务费。

几句话的交流，打开了她的话匣子。大概她平日里自己一个人干活习惯了，见有人说话，便一边埋头缝袜子，一边侃侃而谈。她说，看上去很多活可干，但都是些零零碎碎的手工活，针头线尾的，没完没了地干，收几毛几块的人工费。有什么事走开一下就得关门。店租每个月要 3000 元呐。从每天早上 8 点开店，到晚上 12 点半打烊回家。她不无调侃地说："挣钱难，长胖易。你看我这身材，穿什么衣服都不好看。商店里都买不到合适穿的衣服了。"

有种肥胖叫"过劳肥"。真不知邬姨每天 16 个多小时的劳作是怎么熬过来的。隔壁也开着与邬姨这间店铺规模类似的门店。同行的社区工作人员好奇地问，这附近开了两间相同的店，说明生意很好啊。此话一出，邬姨表情不自然起来，说："同行生意，不是冤家就是仇家，我们俩架也吵过、仗也打过，还被公安派出所叫去了好几次，做不下去就走开好了。"哪知旁边瘦小的女店主不甘示弱回怼说："你仗着老公当保安欺负我，故意去物业那抬高我这间的租金，出价每月 5000 元店租想把我赶走。我在这里干 10 多年了，我偏不走。大家评评理，这是不是仗势欺人？每月租金 5000 元，要我怎么做？"

原来这样的手工活竞争还不小。难怪公安派出所要在两个门店前贴上"警方提醒"的告示："不要打架，打输住院，打赢坐牢。"社区工作人员赶紧息事宁人地说："吵吵嚷嚷的影响心情，也不文明。和气生财啊！"社区负责人也当场表示，叫瘦店主到社区居委会反映情况。我也表示，希望社区介入调解。当天下午3时许，社区负责人告诉我，他们与物业运营管理方沟通协调，结合使用面积测算，给瘦店主每月减租1000元，她表示满意。长达两年的纷争就此平息。

每次到这个社区，我都喜欢去看看这里的奋斗者文化广场，社区党群服务中心展示的劳务工奋斗励志故事，以及每天数万人进出工厂经过的奋斗者长廊。基层工作者别出心裁地用奔跑着的追梦人动漫画像，鼓励一线工人们不畏劳苦、咬牙坚持、勤奋好学、乐观向上，处处关爱、呵护这个年轻的财富创造者群体，激发他们诚实劳动、艰辛付出，扛起生活重担，并励志图强、胸怀梦想。

在社区的街巷间，可以看到品牌手机店的亮堂与光鲜，也可以看到快餐店卖10元3个卤水鸭头的成本核算。还有一个年近七旬、来自中原地区的老汉，随儿子在大企业附近居住，自己闲不住，穿着儿子的工衣，戴着手套捡纸皮卖。他那种劳有所得的喜悦溢于言表。

人世间有许多难事。比如万事开头难、相佛容易刻佛难。也有许多容易的事，比如针线活、小手工艺、生产线上的简单安装。有些看似简易的活计都是生活必不可少的环节，都得有人去完成。但靠小手工养家糊口，维持小店运作，也不是那么容易的事。有些纷争，当事人陷入矛盾的泥泞难以自拔，还非得靠外力帮助不可。安于平凡的现状，"躺平"容易，心怀梦想并努力去实现才是难能可贵的。

许许多多劳动者，不见得有多少所谓的匠心或技艺，但他们甘于在平凡的劳动中秉持勤劳的本色，克服好逸恶懒的劣根性，表现了"图难于其易"的劳动情怀。

正如《道德经》所述：天下难事，必作于易。诚实的劳动来不得半点虚假。看上去简易的劳作，因持之不懈的坚持而令人敬佩。

从来没有多少事可以一劳永逸。打造美好生活，难易相成，细微间闪耀着纯朴、真诚的道德光亮。

2021年12月29日

于前海双界河畔

鲜血的传续

有一件善事，不是想做就能做的。即便想做、能做，也难以长久坚持。

大概是十年前，因工作关系，认识了出生于 20 世纪 70 年代初的小方。几年间，他职务有晋升、工作也有变化，我还是习惯叫他小方。他一直热衷于无偿献血，还获得了全国无偿献血贡献奖金奖、省无偿献血促进奖等荣誉。一次闲聊，得知他 25 年献血 50 次，总量为 1.7 万毫升。这个数量约为成人体内血液总量的 3 倍。

是什么力量，使小方如此坚持？带着敬佩和好奇，我了解了一个无偿献血者的点滴故事。

第一次献血纯属偶然。那是 1997 年秋天的一个周日，大学毕业分配到深圳龙岗工作的小方坐公交车到市区玩。在翠竹路边，他见到红十字会的捐血屋。工作人员热情地介绍，身体健康，可无偿献血，供医院临床需要。毕业于医药院校的小方不假思考便填表登记，接受献血前的检验，捋起袖子献了 200 毫升血。正是血气方刚的年龄，他带上一本鲜红的献血证和献血后的轻松、兴奋离开了献血点。第二年，他多次经过这个捐血屋，顺便又献了三次血。

一件令人痛心的事，使小方对献血有了更深的认识。1999 年的一天，在医院手术室工作的妻子闲聊时说起一件令人唏嘘不已的事。一个 20 岁出头的小伙子酒后与人打架，腹部被人用玻璃啤酒瓶捅伤造成大出血，因医院存血不足、调血不及时，抢救无效而死亡。妻子惋惜地说着，小方内心不禁一阵颤动。那句"献出可再生的血液，挽救不可重来的生命"的宣传标语，反复在小方心田浮现。过了不久，他专门跑到华强北顺电商场前的献血车上献了 400 毫升鲜血。从此，妻子、亲戚及周边同学朋友，经他动员，纷纷加入了献血队伍。

成为常客后，血站有急事也常找他。一次，血站告诉他，医院临床急需 AB 型血小板，问他是否愿意捐。小方明白：献血可献全血，还可通过血细胞分离机捐献包括红细胞、白细胞、血小板、血素等在内的血液特定成分。他立即决定捐献成分血。在采集机旁坐了三个多小时，看到那一袋橙黄色的 AB 型血小板液体，想象着这些刚从他身上分离出去的血细胞，即将为患者提供生命力量，他浑身激起一种愉快的感觉。之后一年内，他又接到两次深圳市血液中心告急电话，及时捐献血小板满足深圳市第三人民医院、深圳市儿童医院手术急需。

也有很沮丧的时候。2004 年的一天，献血数天后收到血液中心短信，告知：很抱歉，您此次捐献的血液检验不合格，感谢您的爱心，欢迎下次再来。一段时间后，再次献血，在第一道关采集指尖血时被告知转氨酶超标，不能捐血。血站工作人员告诉他：转氨酶超标可能是因饮食过于油腻、运动过量、休息不好、疲劳、吃了某些药品或者是肝脏有疾病等导致。另有一次，午餐多吃了几块肥肠，下午献血前检查便不合格。

几次献出的血不合格，心情失落的同时，小方反思并查找原因。他认为，那段时间适逢进入新单位，工作忙、出差多、运动少，加上不注意饮食，肉多蔬菜少，体重大增。那年年底体检，还查出了中度脂肪肝。在中断献血 3 年的时间里，他痛定思痛，开始调节饮食，加强锻炼，恢复良好生活作息习惯。2007 年初，当他再次献血时，各项指标均合格。此后 15 年间，他献全血与捐献血小板交互进行，再无不合格情况。

有两件事，使小方感触挺深。母亲回老家照顾住院的外公时，同一病房收治一摔伤的 7 岁孩子。当时急需输血，但县里没有血站，县医院也无配型的存血。孩子亲属均表示愿意捐血，但医院无奈表示不能违规采血，只能等 50 多公里外的市血站送血。然而，未等血液送到，孩子已夭折。讲到最后，母亲哽咽着。另一件是十多年前父亲患白血病，化疗期间每隔三四天要输一次红细胞，否则没有胃口、有气无力、昏沉衰弱。陪护父亲住院期间，他见惯了血液病患者苍白脸上渴盼的眼神。

血液至今仍是无法用人工制品替代的特殊医疗物质，只有人体才能生产。一个人的鲜血是有限的，可临床用血需求是无限的。虽然一个人不可能用有限的鲜血，去满足太多的需要，但我们可以通过力所能及的努力，让更多的人参与无偿献血。小方这样想，也这样做。工作中，他竭尽所能支持献血。作为龙华区政协委员的他，还动员政协委员、民主党派和机关企事业单位的朋友，捋起袖子参与献血。他甚至带上自己制作的幻灯片，在一些场合展示宣讲无偿献血的意义。不少受小方"愿为生命添把火"热情感染的人，纷纷加入献血行列。有些超龄或身体原因无法献血的人，失落之余，羡慕并点赞献血者的"幸福指标"。

已年过五旬的小方，看上去比实际年龄要年轻10岁。黝黑的头发，白里透红的脸色，还有真诚而灿烂的笑容，彰显着生命的活力。开始献血时，父母见他手臂上经常留下针口，会心痛地劝说。后来，见他很注重饮食、运动、睡眠，身体状态保持良好，也就认可了小方"献血有助于血液新陈代谢，对身体有好处"的说法。而妻子，在他每次献血后，会默默多做些好菜。

与小方交谈，如沐清风一般。在其略快的语速里可以感受其善念、善言、善行背后的坚守。他的谦恭，掩饰不了其仁爱和克己的修为。一个利他成为常态的人，浑身上下自会漾溢着坦诚、淡定和自信。他说："距离60周岁的献血年龄上限，我还有不足十年的献血时间。我要把握献血的频次，尽自己绵薄之力。"

秋日的阳光正好。小方陪同我来到观澜湖捐血站。据说，这是目前国内技术装备最先进的血站。10时30分，我成为这个血站当天第一个捐血者。在全透明的玻璃屋内，人脸识别、电子签名、电子屏呈现血滴初检结果等流程，均由5G+AI数智化程序完成。在献血量选项上，我想献400毫升，血站工作人员小冯建议：第一次献血，以300毫升为宜。我感到左臂肘弯有被蚂蚁叮咬的微痛时，血液已沿着塑料管迅速进入一次性血袋。仅几分钟，仪器显示献血已完成。针头往3个密封小管里注入血液，这是将要送到市血液中心实验室检验的血样。转眼间，针头被"吃"进一箱内，连接血袋的输血管被机器热熔封装。工作人员把那袋血捧给我，接过带着自己体温的一袋鲜血，从未有过的喜悦涌上心头。

离开血站时，我看见商铺才开门的偌大商城，人流稀松，而陆续前来献血的人已在玻璃门前排队。我不知道，1993年在全国最早开展无偿献血的深圳，每天会有多少人在捐血站，把自己身体的一部分，无偿贡献出去，帮助有需要的人们。有关报道资料显示，目前全市已有超过500万名献血者，在鹏城用身体践行爱心奉献。

献血后的第五个工作日上午，我收到深圳市血液中心发的一条短信，告知捐献血液检测合格，并感恩"赠与生命的礼物"。还告诉我，三个月后的 2023 年 1 月 11 日还可以再次献全血或机采成分血。上月中旬才献血的小方，约我明年年初再次前来体验。此刻，我正盘算着已届 58 岁的身体，还有几次"献身"机会。

不知道离开身体变成"身外之物"的血液，会进入哪个人的身体。我相信，千千万万个"小方"，闪着善念红光的鲜血，会连接生命，传续涓滴的美好。

2022 年 10 月 23 日

于前海双界河畔

Chapter 3

第三章
韩江两岸

每次徜徉在梅潭河畔、韩江之滨，每当梦回故里，我觉得，自己是源自家乡溪涧的一滴水。汇入江海，又化作云雾、凝成水珠，回到这里。这滴水，带着游子的思绪，流连、聆听、领略、濡染客家风采。有情怀的温润，小水滴映衬着家乡一草一木的晨曦光亮。

归读客乡

世界上有一个特别的公园，叫归读公园。

滔滔梅江，滋润着"世界客都"梅州。江南大堤口，一个长达4公里、占地24公顷，沿江堤而建的归读公园，让人在一片浩瀚的绿意和碧波中，感受客家风情和耕读文化。在历史、名人、耕读、风情、休闲等五个主题文化区，一塔、五亭、五榭等建筑景观以及廊、台、楼、阁等小品精致地分布着。其间，邹鲁、丁日昌、李惠堂文化名人亭上"发奋识遍天下字，立志读尽人间书""气作山河壮化身，浊流难染读书人""自幼早坚球运志，风霜不改百年心"等楹联值得品读。不经意间，可在绿树花草间，看到"送子上学堂""师道尊严""相夫教子""健妇把锄犁""舂米"等十余座客味十足的青铜群雕，古朴自然，生动多姿。而三处亲水栈道，更让人增添对客都人文自然风貌的沉浸体验。

公园命名"归读"，取自叶剑英元帅1977年11月写的《松园》一诗："四面青山列翠屏，松园终不老闲身。会当再奋十年斗，归读阴那梅水滨。"该诗言近旨远、托物言志，抒发奋斗者的情怀和对故乡的眷恋，也寄托着对客家文化传承的期许。息心静气地在这里"归"，余味无穷地在这里"读"，无论是在梅州、归梅州还是初识梅州，都可以在这方水土间品读到客都文化的意味。

江畔对岸，是叶帅母校——东山中学。邻近有客家公园和中国客家博物馆。迈过周溪上的远归桥，走过滨海步道，在圆形的莲塘月影景观里，有一组夺目的"盼"雕塑。五个代表五大洲的铜圈组成的圆拱门两旁，是"走向世界"和"回归家乡"两组共19个纯铜客家人物雕像。拱门前的一尊老奶奶铜像，似在送客，又像是期盼亲人远归。在周边由客家民居改造而成的大学校长馆、名人廉吏馆、将军馆，以及黄遵宪纪念馆、梅州非物质文化遗产展示馆等众多分馆区的环抱间，有一座圆形客家土楼造型的建筑，便是中国客家博物馆。据介绍，该馆开于 2008 年，是首家也是唯一一家以"中国"冠名的展示客家历史文化和民俗风情的综合性博物馆。

进入博物馆主楼大堂，迎面占据大半面墙的一个硕大的"𠊎"字映入眼帘。这是客家话第一人称"我"，是最通常的客家词语之一。客家话是广东三大方言之一，也是汉语八大方言之一，保留了大量南宋时期中原官方语言古韵，成为客家族群交流传承的纽带和标志。

仿佛穿过时光隧道，在视觉、听觉、触觉的感受中，能看到在千百年迁徙过程中，伴随着历史烟云变幻不断淬炼、成长、发展、壮大的民系族群。这里以"大客家"的视野，以地缘、血缘和文化的联系诠释遍布华夏的客家人。展陈分源流、人文、客魂三大篇章，以史叙事、以事串人，全方位展示了客家民系的迁居足迹、发展历程、民居建筑、民俗风情、礼仪风范。大量的实体文物、翔实的图文以及生动的物景，还有现代的多媒体互动，使人能真切地了解客家民系的历史、现状和未来。

粤、闽、赣三省交界山区，古时属岭南百越地。两晋到明清，中原战乱不断。梅州逐步成为中原人南下避乱、安居乐业的福地。历经千年，南下客居在此的中原人与当地畲族、瑶族交融，形成以汉文化为主体的客家文化核心区域。为谋生避祸，宋明以后，梅州人走出国门"下南洋"，足迹遍布全球。至今，梅州旅居海外、境外的侨胞近千万人，是华侨的重要祖籍地之一，成为他们的心灵家园，获得"世界客都"美誉。梅州史话主题展览，以先秦梅州、建置变迁、土客交融、客都形成、历史名人、红色土地几个部分，展陈了梅州人文历史。这座古称"嘉应州"的国家历史文化名城，闪耀着文化之乡、华侨之乡、足球之乡、将军之乡、长寿之乡等诸多光环，有着 1500 年客家文化积淀的深厚底蕴。

思绪被打开，以往"走读"过的几座客家城市的一些场景宛如拉到了眼前。2000年的金秋时节，在老家大埔，借着假期的几天闲暇，决定沿着汀江溯流而上，前往比邻大埔的福建龙岩长汀走走。当时还无高速公路，跨省的道路因为龙岩的煤车太多而行车艰难。这一带与大埔一样，处于武夷山脉的南段，千山竞秀、层峦叠嶂。长汀自盛唐到清末，均为州、郡、府的治所，古时称为汀州。客家人入闽后，沿着汀江两岸择地而居，汀江水系流域也因此成为客家人的大本营。地处汀江下游的大埔，古时候第一个县名为义招县，是朝廷为"招募北方移民"，以流人营五营建立的。这与古汀州的客家人沿江而下是有着必然联系的。在漫长的客家迁徙历史上，汀州作为第一个府治行政机关而存在，因此被海内外客家人称为客家首府。

用地图琢磨线路间，蓦然发现"宁化石壁"这个地方，在长汀以北、武夷山东麓三明市宁化县石壁镇石壁村。长辈们日常交谈间，多次谈起老祖宗来自"宁化石壁"，内心为之一震，便决定前往。石壁是一个群山环抱的大盆地，当时建成不久的客家公祠坐落在石壁村土楼山上，后倚武夷山脉，前瞰盆地。近山匀称圆融，远山重峦环抱。有口口相传，有谱牒记载，南迁的中原汉人曾经在"避风港"般的风水宝地驻足会聚、生息繁衍、融合发展。"北有大槐树，南有石壁村"的祖地认同代代相传，宁化石壁客家祖地被全球客家公认为寻根谒祖的"圣地"。

河源，于我而言，并不陌生。自秦置龙川县以来，以赵佗传播中原文明为起点，河源有了2000多年的中原文化与百越文化交汇融合、演变、发展的历史。秦平百越后，曾迁陕陇之民居粤，一度带来黄河文明。因此有学者认为，这是客家民系形成的前奏。但这里真正成为东江流域客家人的大规模聚居中心，应该是在南宋以后的战乱时期。人文荟萃的悠久历史中，河源被称作岭南文化发祥地之一，也是客家民系里公认的客家古邑。

曾经从井冈山返回深圳的途中，在赣州驻足停留。听说这里有堪比永定土围楼的600余幢客家围屋，未及细品。这座伴水而生、因水而兴的古城，是客家先民中原南迁极为重要的到达地、集结地和中转站，是客家民系的发祥地和主要聚居地之一，世称"客家摇篮"。赣州位于广东以北，境内水系发达、河流密布，是广东北江、东江的源头。可以想象，粤西北和粤东地区的客家先民，顺流而下，择地客居，一衣带水的历史场景。韶关、清远和珠三角客家与此辗转迁徙相关。

"滨海客家"，是客家文化学者杨宏海先生首先在深圳提出来的学术观点。300多年前，清廷废止"禁海令"，全面实施"复界招垦"。其时，闽粤赣山区客家人正患"人多田少""土狭民瘠"，从北江、东江、韩江流域涌进当时的新安县，以后接续谱写了复界垦殖、九龙海战、李朗开放、庚子首义、东纵抗日、"蛇口试管"等可歌可泣的故事。与新安县（民国时期改为宝安）接壤的惠州，无论从客家人迁居历史和行政区属看，当属滨海客家的范畴。滨海客家先民因战乱、生计等原因，自唐末和宋代开始，向海外发展。清代中叶以后，客家向海外移民进入高峰，在异域他乡生根发芽，形成侨居海外的客家族群。客家人的大本营有惠州、梅州、赣州、汀州，素有"客家四州"的说法。其中，海外客家华侨祖籍地最多的为惠州，它被称为"客家侨都"。

任何民系族群的形成，必有其历史根源。客家人第一次大迁徙，是西晋永康元年（300年）也就是发生了"八王之乱"后，中原陷入动荡的局面，不堪奴役的中原汉人开始陆续迁往闽粤赣山区。其后，唐朝"安史之乱"，中原灾荒和农民起义战火不断，客家先民大举迁入赣南、闽西南和广东东北部这些堪称"乐土"的山地，这是第二次南迁。到了南宋以后，中原汉人为避战乱又一次大规模渡江南迁，同时部分早先进入闽粤的客家人又继续南迁，进入梅州、惠州等地。第三次大规模南迁的"客籍人"自称为"客家人"。第四次南迁主要背景是清朝时期，清兵入侵闽粤，以及康熙年间发起的"湖广填四川"移民运动。清朝咸丰、同治年间发生太平天国运动后，社会动乱使得客家人开始第五次南迁，迁至海南、广西，甚至漂洋过海谋生。

迁徙的道路并非一路向南，中途有迂回，有东进西行，甚至逆向返回。途中，并非单枪匹马的独行，而是全家举族迁居。择地而居后，也并非一劳永逸定居，而往往是面临新的选择与变化。从世代习惯的中原水土，到客居他乡水土，客家先祖首先要不断适应地理环境，解决水土不服的问题。同时要理解异乡民风世情，以学会友好相处。可以说，每次迈出新步伐、每个身在他乡的日子，都考验心智、磨砺意志、淬炼品格。

漫长转徙不定过程中，客家人大都选择偏远山区作为落脚点。赣州"地大山深，疆隅绣错"，汀州"复岭崇冈，山多于地"，粤东"无平原广阡，其田多在山谷间"。正所谓"逢山必有客，无客不住山"。山区环境、生活条件固然恶劣，但相对封闭的地理空间恰恰成为客居异地免招动荡、干扰的"乐土"。客家人喜欢做防御、闭合的土圆楼、围龙屋，正契合这种减少纷争、聚族群居的心理。客家族群并非胆小怕事，他们不断地按发展需要四海为家，甚至最早漂洋过海去打拼。从其足迹，可读出客家人不畏艰难、果敢而行的心路。

明清时期，随着南方人口的增长，有一部分客家人迁居地，发生过一些客家人与当地原住民因土地、水源、生存资源而冲突、械斗的情况。但绝大多数地方，客家人能与当地土著相互包容、接纳，在生活、礼俗多方面相互融合。有学者论证出闽粤赣交界处客家人与当地畲族文化交融的史事。即使客家族群内，也难免发生争执、纠纷，有些人便归因为身居山地、心胸狭窄，这未免主观。客家人在客居地随遇而安、繁衍生息、得道多助、日益壮大，以雄辩事实说明，他们内心绝不是偏狭的，而是包容的。远走他乡时，客家先民往往会带上族谱、神祇。后来，在客居地与土著融合中，形成将入土几年的亲人遗骸取出装入"金罂"，进行二次安葬的风俗，也便于继续南迁时带上先人遗骸上路。就是这样恪守传统礼制、伦理的族群，客家妇女不缠足、不束胸。田事、家事、祭事、四门六亲交往，无不由妇人为之，妇女地位也高过其他族群。客居地没有面粉，他们因地制宜用当地的稻米粉、木薯粉，制作类似北方包子、饺子之类的忆子粄、笋粄，表达对故乡的怀念，也体现兼容并蓄的心态。瑞士巴色差会传教士进入中国后，率先在客家地区兴办女校，让妇女接受教育，带来的西式足球也最先被客家人接受，梅州为此享有"足球之乡"之称。由此，不难看出较为保守的客家人，却有着开放的心态。

在改造自然的实践中，客家人形成了多种信仰并存的观念。除了从中原伴随而来的佛道两教，也通过民间信仰的神祇寄托精神，信风水、重堪舆，还衍生出公王、伯公、社官诸神，甚至还有桥神、路神、门神、龙神，连桌子也有神。这些并不影响其崇真与自信。不但传承、弘扬"中州古乐"形成广东汉乐，还创作了大量积极向上的客家山歌。客家人肯定不是故步自封的"佛系"消极派，而是存有乐观的心理能量。

客家人还有两个明显的特点，就是客家话母语和耕读传家理念的传承。客家有谚："宁卖祖宗田，不忘祖宗言。"黄遵宪诗云："筚路桃弧展转迁，南来远过一千年。方言足证中原韵，礼俗犹留三代前。"有鲜活的现实表明，无论是几百年前迁到四川等地的客家村镇，还是远渡重洋的客属侨胞群体，都还在完整地传承着客家语和客家习俗。这一看重母语传承的崇祖风尚，保全了文化记忆，也增强了族群的凝聚力。客家还有类似的谚语："唔读诗书，有目无珠""生子不读书，不如养大猪"等等，显示客家人极其重视对后代的培养和教育。崇文重教是客家民系出现不少杰出人物、为人类进步作出巨大贡献的根本原因。瞻仰客家先贤足迹，我仿佛听到了客家先辈们执着而固守、创新而进取的心声。

心绪慢慢收回。毋庸置疑，客家是族群民系，也是一种历史文化。但我觉得，与迁徙客居相伴的，还有那内心修炼出来的突破自我、拓展生命维度的力量，一种兼具进取、乐观、包容、开放、果敢的良好心态和强大心力。而且这种心理态势，一往无前，生生不息。

中国客家博物馆入口处，有口刻着"饮水思源"四字的古井，真想打起一桶水，一洗旅途烟尘与沧桑，品一品这方水土的滋味。回头望去，我看见，"盼"雕塑的那位客家阿婆，那穿越千年的期盼目光，依然闪着慈祥的光芒。是盼着出门在外的游子，平安健康、营谋顺遂，还是期盼裔孙早日归乡，反哺故里，重振家声？

时间与空间，在凝固，也在变化。

2021 年 11 月 24 日

于前海双界河畔

一滴敢报江海信

正是黄昏时刻，薄雾蒙蒙，站在韩江西岸古榕树下的万江亭，但见左前方影影绰绰的黛色凤凰山，荡漾在碧波之中。河水漫过片片黄沙，奔涌而来，在此形成五百至千米的宽阔河面，舒缓而平静。此时，两岸华灯初上，江面如镜，映着如星的点点灯光。滔滔千里韩江，就此淌过梅州客家山区，流过龟山，流向潮汕平原。

留隍古镇，于我而言，既熟悉又陌生。因为留隍与我的家乡同属梅州，同属韩江流域，也因为在不同的人生阶段认识不少来自留隍的人，品过青而黄、涩而甘的留隍老树橄榄，入嘴即化的云片糕和幽辣甜美的姜糖。从拱厝盘遗址出土文物的远年到南宋高宗绍兴年间，这里曾是揭阳县治所在，留隍隶属与建制的变化早淹没在历史的风云中。而历代流传的一个故事，倒使这个古南越地增加了传奇色彩。相传南宋末代皇帝赵昺君臣为躲避元兵追杀，南逃途中躲雨进了当时叫万江镇的城北宫汶头古庙。雨过天晴正欲赶路，不觉雷雨又至，如此数次及至天黑，一行人只好在古庙留宿，落难小皇帝指蘸香灰写下"万江庙小可留皇"。当地百姓以此为纪念将万江改为"留皇"，后来为避元朝忌讳，在"留皇"的"皇"字左边加上耳朵偏旁。一段无从考证的传说，并不影响这个古镇成为繁荣的临江商埠。

且不去追溯旧时沿岸用竹木桩做支撑形成的吊脚楼，是怎样被砼取代形成今天的"空中楼阁"式江堤景观的变迁史，置身那条由300多座骑楼构成的千米长街，不难发现，这种店铺前楼留下2至3米行人道的"五脚砌"空间，融合了券柱、雕花、脚线的西洋建筑风格。如今留隍集市已形成了10多条大街、逾千间店铺的商业街区。上游及周边的物产在这里汇聚，经由韩江发往汕头港口出海贸易，留隍古港被考证为韩江海上丝绸之路的始发港口。

徜徉在留隍街巷，耳边响起柔软的浊塞鼻音潮汕话，全然不会使人觉得这里地属

"世界客都"梅州。留隍镇九成人口使用潮汕语言，日常习俗却融入了大量客家元素。建于清咸丰年间的笃庆堂，是当时在沪经商的朱氏父子为尽孝而修建的宅第。这座面积逾5000平方米的院落，前庭为潮式"四马拖车"，后庭是呈半月形包围的客家"围龙屋"。墙上镶嵌的通花石雕，外檐上的动物、花鸟彩绘，屋脊上的彩龙艳凤，无不凝聚着潮汕、客家工匠的精湛手艺以及心心相通的祈福吉祥文化。独特的古建筑折射出潮汕文化与客家文化的融会贯通。

全长470公里的韩江，从大埔高陂至潮安归湖的流向呈一个弧形，留隍境内23公里的韩江就处在这个弧形湾区的中段。这宽阔的水面，汇聚了来自上游闽、粤、赣3省22市县的水系。梅江源自广东紫金上峰，流经五华、兴宁、梅县等地；汀江源自福建宁化赖家山，流经长汀、上杭、永定等地；梅潭河发源于福建平和葛竹山，三条江河在大埔三河坝汇合成为韩江，流经大埔、丰顺、潮安，至潮州进入韩江三角洲河网后分流经汕头汇入南海。韩江在留隍以上的流域，均属客家地区，而留隍以下流域，则是纯正的潮汕地区，因此，当地人称留隍为"潮客都"是恰如其分的。充沛的水系资源，从古至今裹带着物流、人流，也携带着潮汕、客家两大民系的风土人情，在留隍古镇浸润开来。留隍人勤于劳作开发了丰富物产，讲究饮食催生了风味十足、花样百出的小吃特产。大街小巷各类神庙香火鼎盛。从三山国王到妈祖天后，从土地伯公到观音菩萨，每到特定的时点，虔敬仪式雷打不动地进行，传递着真诚、友善、关爱、互信、互助的气息。在这既非纯正潮汕文化又非纯正客家文化的交集带，留隍人兼具了客家人崇文重教、勤俭质朴和潮汕人开闯打拼、团结包容的品格，这为留隍人才辈出找到了注脚。新中国成立前漂洋过海的华侨中涌现了大批知名企业家和侨领。改革开放的数十年间，留隍出现了大批名医、政界翘楚，诞生了资产超亿元的商人逾200名。

生长在韩江上游的梅潭河畔，我对韩江流域的山水风物尤为关注。沿留隍溯流而上，韩江孕育滋养的历史名镇如珍珠串般闪耀着人文光华。盛产瓷器的"白玉城"高陂，著名侨乡大麻，打响南昌起义"三河坝战役"的三河汇城，梅江的松口、梅城，汀江的青溪、茶阳，梅潭河上的湖寮、百侯等等，这些古镇，深深镌刻在从韩江出海旅居海外的华侨心田，也成为其后代寻根问祖的圣地。

韩江水源自闽粤赣山区，是广东唯一一条主要发源地在省内又独流入海的重要河流。这条粤东人民的母亲河，没有黄河、长江的磅礴，也无珠江的绵延，但韩江汇聚了崇山峻岭的河溪能量，润泽着一江两岸的人文。韩江是历史之江，承载着千百代人追求幸福生活的梦想；韩江是文化之江，传承了厚重的传统文化，哺育出一代代才俊圣贤。韩江，也寄托着从这里走出去的游子永生不变的乡土情怀。

　　小时候，在溪边河畔戏水，真不知韩江之长之大，而今溯源而上、顺流而下，才深深感知，故乡的山水因为韩江而承载着大海的梦想。此刻，我想，我就是韩江流出的一滴水。永远都是。

2018 年 4 月写于宝安

2021 年 9 月改于龙华

万古三河韩江源

粤东大埔的崇山峻岭间，有许多地方值得常常驻足。

山坡上那片杜鹃如血红花已谢，嫩绿的新叶在阳光下折射出温润光泽。路边木棉树花期刚过，枝头挂满浅褐色的果子。穿过山顶先烈塑像广场，拾级而上，我仰望刻着"八一起义军三河坝战役烈士纪念碑"鎏金大字的纪念碑，默哀、鞠躬，再绕着纪念碑瞻仰。

这个叫笔枝尾山的山岗，我并不陌生。记得1980年在虎山中学读初三时，清明时节就参加过学校组织的纪念活动。后来在大埔县工作及20世纪90年代初到深圳宝安工作，先后数次登临此山。向友人介绍家乡，会不由自主地说到三河坝。而今，这里的三河坝战役纪念园已经被打造成著名的红色经典景区。从中学历史课本、史志资料到影剧艺术再现，特别是电影《建军大业》公演后，三河坝战役的历史被更为广泛地传扬开来。"没有三河坝战役，就没有井冈山会师""扼守三河坝，掩护主力军""存蓄革命种，共举井冈旗"，老一辈革命家和史学权威的评价彰显了三河坝战役的历史地位，并成为园区掷地有声的宣传语。据悉，近几年，每年前来纪念园参观、学习、游览的旅客逾百万人次之多，平均每天接待10多批次参观者。

大埔是广东省第一个获认定的中央苏区县。长期以来，苏区老区人民支持革命事业，涌现了许许多多可歌可泣的事迹。因此，这里对革命先烈的敬仰怀念之情尤为浓烈。1963年，当时经济非常困难的政府拨款2万元，开山修路建立纪念碑。纪念碑所用的石材取自梅潭河老虎岩，总共用石365块，以表达大埔人民年复一年对先烈日日夜夜的思念。据记载，当年建设纪念碑时，山顶周边挖出的烈士骸骨装满了4大陶缸。10年后，修建纪念碑护栏时，从当年阵地又挖出许多烈士遗骸，很多烈士手骨呈握枪的姿势。战斗的壮烈场景可以想见。

最早建起的登山石阶步道依然保留着，经过不断修缮，纪念园区功能越发完善齐全。从气势雄伟的《军魂》主题雕塑，到烈士将帅雕塑群、将军书法碑林，还有刻着"举义南昌城""浴血三河坝""会师井冈山""不朽的丰碑"文字的石墙，配以表达南昌起义、血战扼守、井冈会师的花岗岩石雕，园区以固化的方式简约勾勒出那段值得永远铭记的历史。在三河坝战役纪念馆，透过文字、图片实物展陈以及声光电展示的场景，让人仿佛穿过时光隧道，走进那一幅幅战火纷飞、激奋人心的画卷。

苍松翠柏掩映着的烈士纪念亭，有着如波浪起伏、向上升起的飞檐，赭红色的柱体上，写着一副长联：望三水回环滚滚波涛疑战鼓，伫笔峰远眺层层峦嶂似丰碑。据介绍，这个修建于 20 世纪 80 年代中期的纪念亭，是每个参观团队必到的地方。亭下对着江面的是体验式实景战壕和官兵塑像。站立着手拿望远镜的是当年指挥作战的军官，战壕里埋伏着凝视江面、荷枪实弹的起义军士兵。起义军在三河坝实行分兵战略，留守部队在梅子崀、石子崀、龙虎坑、东汶部和笔枝尾山构筑阻击防线，于 1927 年 10 月 1 日拂晓，与近十倍于己的敌军展开恶战，经过三昼夜血战扼守，完成阻击任务，掩护起义军主力南下潮汕。坚守在笔枝尾山的全营官兵浴血奋战，直到粮绝弹尽，年轻的生命长眠于此。

伴随着工作人员娓娓道来的讲解，90 多年前的枪炮声、"誓死杀敌"的呐喊声伴随着弥漫硝烟仿佛再现，烈士惊天动地的奋勇和义薄云天的壮志浮现眼前。真是凭吊战场，感慨万千。

掩饰难以平静的心情，移步登上瞭望塔。塔高 10.1 米，是为纪念三河坝战役于 10 月 1 日打响。凭栏远眺，但见群山环抱着如镜的河面，倒映着蓝天白云、青黛山峦。山麓近处的梅潭河源自福建平和县葛竹山山脉，137 公里的干流汇聚了平和与大埔两县 10 余条支流。右边蜿蜒而来的汀江，源自武夷山东南侧的宁化县，从北向南流经闽西 5 县市，长达 360 公里的干流吸纳了沿途丰富水源。远处漫过河边黄沙流淌而来的梅江，发源于紫金县武顿山七星崀，吸收了五华、兴宁、梅县甚至江西南部众多河溪之水，这 300 多公里长的梅江干流在笔枝尾山前方与汀江、梅潭河汇聚成为韩江，这里因此得名"三河坝"。韩江由此而始，南流经潮汕平原进入南海。

独特的地理位置，决定了三河坝从古至今都为兵家必争之地。始称于唐朝的三河镇，历朝在这里设置了驿站、递运、巡检机构，明清时期更在此修筑城郭。三河镇凭借舟楫繁忙的水运便利发展商贸，明清以后西岸涌现众多随江水涨退的"浮店"，也形成了韩江源兴旺的集贸街市。三河坝的上游均为闽粤赣客家地区，韩江下游，则大多为潮汕平原，两种语系和文化在这里交融，使得千年古镇人文蔚起，其中"兄弟三将军""一族四县令""一门九清华"等传为佳话，更有各具特色的古建筑阐述着深厚的文化底蕴。

三河镇迎来日新月异的跨越发展，当数改革开放40年间，基础环境不断改善，两岸的围堤工程彻底消除了洪涝水患，还新增了大片可用土地；四桥飞架贯通三江六岸，铁路和高速公路在古镇开设了站口。古镇先后建起了新圩场和工业园区，"三高"农业项目蓬勃兴起。先后有3座水电、火电厂在境内建成投产。依托古城、老街、中山纪念堂、火船屋、古榕渡和笔枝尾山红色景区，三河坝已成为闻名遐迩的全域旅游胜地。

韩江起点西岸汇城防洪大堤上，有一座9.8米高的韩江源标志性石雕像。用头扎发簪、背儿牵女的客家母亲形象，表达着韩江流域人民同饮韩江水、共创美好明天的意蕴。客家母亲面向东方，仿佛与年幼的儿子细语，一旁女儿仰首聆听，展现客家妇女奋发图强、勤劳坚韧的形象和对美好未来的憧憬。韩江源塑像对面的东岸正是当年三河坝战场笔枝尾山。

韩江上游近千公里流域，汇集了无以计数的江河、溪流，水系充沛，多姿多彩。因此，韩江源能在这里呈现浩荡奔放、雍容广大的气象。大埔县在1400多年前的隋朝曾以"万川"为名，大概与此地集纳万千川江之水有关。笔枝尾山见证了亘古未变、滚滚南流的江河之水，见证了发生在这里为新中国的缔造而血流成河的战役场景。而今，见证着千千万万的红色文化追寻者在此缅怀、在此思考。

韩江源上游流域涉及粤、闽、赣3省22市县，均为客家地区。客家祖辈从中原迁徙到韩江源流区域繁衍发展，创造了客家文化。客家人成为最早投身革命事业的族群之一。为策应起义军入粤，党组织率领大埔农民武装攻下茶阳老县城，建立全国第一个县级工农政府，为南昌起义军经过三河坝南下潮汕做了准备。位于韩江源的客家小镇三河注定是要写进史册的，三河坝战役前后，大埔农民革命武装组织在三河坝参与、配合起义军作战，为这场战役作出了牺牲和贡献，也为红色文化代代相传树立了楷模。

一滴敢报江海信

笔枝尾山前，韩江源流滔滔不绝。我相信，笔枝尾山上源源不断的人流，也将如那万古不变的江河，带着客家文化、红色文化的印记，生生不息走向远方。

2020 年 6 月 8 日

于前海前沿

千年窑火高陂瓷

白玉城在哪里?

韩江上游,从三河坝往下 30 多公里处,水域特别开阔,两岸群山环抱,沿江地势平坦,这里便是高陂古镇。据考古研究,大埔境内早在商周时期便有陶器,宋末已有成规模的瓷器生产,从元初到明清,逐步发展为中国六大陶瓷产区之一。有大量史料可以证实,大埔生产的日用、工艺陶瓷,曾经通过韩江从汕头港流向东南亚和其他海外市场。因大埔瓷具有"白如玉、明如镜、薄如纸、声如磬"的特质,其瓷器生产、贸易的集散商埠高陂镇,便拥有了"白玉城"的美誉。

走进高陂的陶艺产业园区,伸手可以触摸大埔陶瓷业的历史,更可感受到新时代的创新创业热潮。园区里,每家企业都会设置各有创意的产品展示大厅,从日常使用的盘、碗、杯、碟、壶等中西餐具和茶具,到造型别致、色彩亮丽的花瓶、瓷坛、挂盘、笔筒、鱼缸等工艺陈设瓷和仿古瓷,再到园林瓷、雕塑瓷以及家装建筑陶瓷,应有尽有,琳琅满目。有些展厅还通过迭代变化,展示产品推陈出新的过程。有些企业在展厅设置了沉浸式陶瓷制作体验场景,激发人在动手实践中获取对陶瓷工艺的感受、认知。

初识伟亮,是在他那疏落有致的用木工艺品布置的亮鑫源瓷器展厅。他圆形的脸庞上戴着一副黑框圆形眼镜,额际头顶修理得如他的脸一样光亮圆润。他如数家珍地介绍每一个陈列品,左手轻轻托起一个硕大的瓷碗,这碗洁白锃亮,碗沿绘着盛开的牡丹花和起舞的蝴蝶,栩栩如生的画面把瓷碗衬托得鲜活起来。据悉,"海碗"直径42 厘米、高 22 厘米、厚度 2 毫米,重量仅 1.6 公斤,可装水 15 公斤。展厅里,有用作艺术陈设的薄胎瓷系列,还有专供出口的青花镶金属瓷坛、花瓶。工艺上又分釉上釉下青花、青瓷、平彩、漆彩、粉彩、色釉等等。瓷表的图案,不论是山水、人物、花草，还是飞禽走兽，都显得笔触细腻，集观赏性、装饰性于一体。至于民族纹饰、客家风情、欧美时尚等定制瓷器产品，就更令人目不暇接了。

谈起创业经历，"70后"的伟亮不讳言自己"学非所用"。他在暨南大学医学专班毕业后，曾从事药品贸易，后来觉得自己更有兴趣做具体而实在的实业，便在舅父的牵引下，2002年开始在深圳龙岗创办漆彩陶瓷厂，走上了陶瓷实业之路。2006年，他把工厂搬回大埔，依托家乡的瓷土资源和传统技术，不断在彩瓷工艺上寻求突破。

他用学医形成的近乎苛刻的专注和钻研精神，与陶瓷研究机构合作，组织粉彩陶瓷关键技术攻关，获得多项专利，其复合新材料工艺瓷获评高新技术产品。制瓷之事，必作于细。他说，这几年最大的收获不在于产品被市场认同，而是在大埔瓷区不断有新人涌现，形成创业梯队，传承一丝不苟的工匠精神。

20世纪80年代中后期，我在大埔县从事新闻工作，曾不计其数地深入瓷区一线采访。高陂镇聚集了国营、乡镇集体和私营陶瓷企业，还有省级陶瓷研究所，拥有规模生产、科技研究和贸易的多重优势，成为大埔"陶瓷之乡"的"龙头"。光德镇的漳溪、澄坑、富岭等片区以生产青花类仿古瓷、工艺瓷见长。桃源、平原的日用、工艺瓷也不甘示弱，更有湖寮、洲瑞、三河、银江、大麻等区域，在陶瓷出口贸易的带动下，新瓷厂不断涌现，老瓷厂焕发生机。那个时期，春秋两季的"广交会"，用订单把遍布在山间的大小瓷厂与五大洲60多个国家和地区联系在一起。

大埔崇山峻岭间，拥有瓷石、高岭土、黏土、长石、石英等多种瓷土资源，不但储量极为丰富，而且杂质少，耐热度、坚硬度很高，具有生产釉下青花瓷等高档瓷器的特质。大埔被誉为"中国青花瓷之乡"，与其优质瓷土资源不无关系。然而，在相当长一段时期，大埔制瓷技术还处于原始落后的状态。有些山间作坊靠水碓舂细瓷土，然后用人工对瓷土进行搅拌、过滤、沉淀、脱水、陈腐，形成坯料后用手工拉坯、修坯成型，经过施釉装饰后入窑烧成。进入20世纪80年代，大埔大举推进原料加工机械化进程，用机碓、破碎机、粉碎机、球磨、除铁器、真空练泥机等专业机械，降低了手作劳动强度，大大提高了生产效率。

道家五行生克理念中，火生土、土生金。还略含水分的瓷坯和釉料，进入窑体后，如何经过高温的"炼狱"，排出所有水分，两者熔融为一体，成为坚硬如铁、光洁如玉的瓷器,一直是陶瓷工匠们探索的核心课题。大埔制瓷历史传统中,大都是龙窑烧制。龙窑是沿倾斜山坡、从低往高砌筑而成,由窑头、窑室、窑床、窑门、窑顶以及窑窗投料孔、排烟孔等组成,长度在20米至45米之间。其燃料多为柴片、松毛枝、鲁其和山草等。每次龙窑开烧前,窑主都要祭拜"窑伯公",祈求多出正品。窑火点着后,为使火力贯通而均匀,窑工们要凭借经验,不分昼夜从窑窗观看火膛火焰颜色来判断窑内温度,"前面烤火,后背出水",指挥燃料加减。熊熊窑火映着布满血丝的"火眼金睛",窑工们仿佛能穿透厚重的匣钵窥见里面的瓷坯是否玻化成瓷。窑火要持续烧30多个小时方告转入保温状态。

翻看30年前的剪报本,我找到了当年采写的光德陶瓷生产新闻报道。当时,光德镇"个体"和"联户"瓷业发展迅猛,1988年,全镇拥有陶瓷龙窑552座。在瓷区采访,但见山都是光秃秃的。河溪山谷石碓声此起彼伏,小山岗上龙窑闪着亮堂的火光,浓烟弥漫。事物总会推陈出新。大埔瓷业一直秉承的是高温瓷,温度通常要达到1350度左右,才能保证瓷器应有的硬度和光洁度,但依靠柴火烧瓷,废品率居高不下。于是,瓷区人逐步探讨燃料的改进。先是用煤油、柴油与柴草混烧,虽可改进燃烧状态,但温度不稳定,出品质量控制依赖口传身教的经验,且易造成污染。到20世纪90年代,大埔开展窑炉改造,逐渐使用天然气的梭式窑、快速烧成梭式窑、电气混烧隧道窑取代柴草龙窑。烧制技术的突破性改进,极大提升了陶瓷生产效率,提高了成品率,也节约了燃料成本。

如同瓷土要经过高温锻造才能成为产品一样,瓷业随时随地经受市场冷暖阴晴的历练。大埔周边的一些区域,有着相近的瓷土资源和类似的传统,也曾在市场看好的时候一拥而上,形成很大的生产规模,但并不长久,近几年日渐式微,仅保留零星的小加工作坊。随着资源的进一步整合,产业集约化,目前陶瓷生产主要集中在高陂镇产业园区和光德、桃源、洲瑞等生产聚集区。而大埔能够保留近200家生产企业,拥有逾万品种,行销全球110多个国家与地区的规模,与这方水土的人特有的警醒与执着是分不开的。他们清楚,与一些兴旺的瓷乡相比,大埔存在基础配套薄弱、内生动力不足、技术人才短缺、营销渠道单一、产业链条不全、协同机制欠佳等不足。对现状的认知,决定了他们不攀比,避免了盲目开发,也学会了尊重市场规律,以敬畏之

一滴敢报江海信

心在创新上苦练内功。现在，"高陂瓷"已形成了主次园区互动、研发与培训同步、服务与体系共建、创新与联盟结合的构造，被授予中国陶瓷出口基地，在常创常新中焕发生机。

走进裕丰陶瓷园区，会被映入眼帘的超大花瓶所震撼。洁白的瓷釉下面，用青花图案表现的国画山水令人如临其境，产生梦幻般的感觉。这家企业以专业生产釉下青花瓷和大型陈设艺术瓷为主，形成了综合性的多种经营模式。其展厅地板玻璃下方，分布着该公司20世纪生产的大量花瓶、笔筒、鱼缸、古凳等废旧产品，有些还沾着泥土，这些展品与展厅里光亮鲜艳的产品形成巨大的反差。其主人裕彬告诉我，不能忘记公司走过的路，如果不在传承中求发展，就只能永远被埋在地底、踩在脚下。

深入瓷区采访，曾留下许多美好记忆。瓷乡的人都很纯朴、热情，也乐于分享在生产经营中的乐事。侨属文棟在海外亲属支持下，先后在高陂、光德兴办多家瓷厂，建起全县最长的50米龙窑，并靠出口订单牵带乡亲兴办瓷厂共同致富。洲瑞大坑水口的桓先连一个英语单词都念不出，全靠肢体语言和手势与前来考察的欧洲客户沟通，让客户相见恨晚，获得源源不断的订单。

那是1988年的一个秋日，午后的阳光洒在金黄的稻田上，在被稻田围着的桃源镇，我见到了从原镇属瓷厂退休的杜光老厂长，他带我参观其退休后办起的家庭瓷厂。尚未完工的楼房走廊，楼梯放着白坯和半成品，客厅摆着3个大小不同的电窑。他得意地从电窑里拿出新产品：金黄的龙身、刚劲的五爪、圆润的龙珠，龙须与龙尾颇有动感，再加上炯炯有神的双眼，一条仿佛要腾空而起的龙展示在眼前，这是其农历龙年推出的"88金龙"。从这年开始，他家生产的10多种用电窑烧制的粉彩工艺瓷行销海外。

算起来，杜光的儿子优宴是在他们钟家八代制瓷传承中唯一没烧过龙窑的。他在瓷厂结束学徒生涯后，与父亲一起组织团队，从改进烧窑方式入手狠下苦功，技术攻关不断取得进展。此后又成立陶瓷公共技术研发平台，在研发实验、检测、创意和加工设备配套等方面连连取得突破。目前优宴的吉玉公司已拥有一座新型80米电气混烧节能隧道窑和不同规格的气窑、电窑及滚压、练泥等多种专用器械，生产规模不断扩大，逾千品种日用瓷远销欧美、东南亚各国。并已形成设计研发、原料供应、陶瓷生产、配件供应、物流运输、线上线下销售等完整产业链平台。去年，吉玉公司在"新三板"挂牌上市。

子承父业，是大埔瓷区通行的传承模式。优宴的儿子大学期间应征入伍，复员后成长为公司总经理。多年商海历练，优宴明白，家族式管理有种种弊端。于是，公司大胆引进战略投资者，改善股权结构，组建专业团队，成立新公司运营陶瓷智慧园，以期在技艺创新、规模生产、新材料和智慧生产方面实现大跨越。

由骑楼式商铺构成的几条高陂老街仍在，只是多了些斑驳的旧痕，小门店散发出客家美食的香气，烟火气十足。有穿着校服的学生成群穿行在摆卖各种书籍、玩具的小店间，把寂静的老街衬托得生机盎然。繁华嘈杂的去处当属白玉街、河唇街等二十世纪八九十年代瓷区人进城后兴建起来的"前店后厂"式的街区了，这里人流、物流、信息流汇聚，一派兴旺景象。

正在修建的高陂水利枢纽工程是目前中国在建的特大型水利工程，水库蓄水容量将达4亿立方米。修成之日，高陂两岸及韩江上游，高陂老码头连同一些村庄房屋将沉入水底。届时，这一带将现"高峡出平湖"的壮丽风光。白玉城高陂，也将在壮阔的山水景致中，永不沉没，闪亮如玉，璀璨夺目。

瓷器是一种器具，也是中国传统工业生产的文化符号。据说，曾经相当一段时间，高陂与景德镇一样享有盛名，海外通信只写"中国高陂"再加上高陂的具体地址即可，可见"高陂"在海内外的知名度。高陂注定是与世界息息相通的地方。瓷区不再烧柴，山野间的林木慢慢茂盛起来。尽管发展的步伐慢了些，但丰富的瓷土资源仍在，工匠们的创新追求和精神没变，"南国瓷都"高陂，会用其白玉般皎洁的语言、磬乐般悠远的声音，在韩江河畔，继续讲述火与土的千年故事。

2020 年 12 月 16 日

于观澜河畔

自适其适茶阳城

有人说，汀江边的茶阳古城似乎被时光遗忘。我不以为然。

透过历史云烟，不难发现，客家先祖离开中原故土迁徙繁衍历程中，由闽入粤进入埔潮、嘉应及广东其他区域，乃至南洋诸地，位踞汀江枢纽节点的茶阳，有着举足轻重的地位。据史料记载，从魏晋时代开始，因战乱、动荡，中原汉人大规模南迁，其中一批移民，辗转到达福建宁化石壁驻足中转，然后又沿着汀江水系，转迁至闽西上杭、永定和广东古义招（大埔、程乡）地域。东晋义熙九年（413年），东晋王朝为安置移民，设置了义招县，有"招募北方移民"之意，这是大埔历史上第一个县名。隋大业三年（607年）改义招为万川县。明嘉靖五年（1526年），定名为大埔，县治设在茶阳。1961年，县治由茶阳迁到湖寮。由此可知，茶阳作为政治、文化中心，长达435年。

汀江是世界公认的客家母亲河，发源于武夷山南麓东侧的福建宁化县治平乡赖家山。因流向从北向南，古人按八卦方位称为丁水，后"丁"加水成"汀"，故名"汀江"。汀江进入大埔境内之前，已汇入福建宁化、长汀、武平、上杭、永定五县众多溪河水源。在茶阳狮山下，又注入漳溪河、小靖河，随后流向下游三河坝，与梅江、梅潭河汇合成韩江，千里入海。千百年来，客家人栖居在汀江两岸，筚路蓝缕、披荆斩棘、传承发展。

茶阳古镇地形为狭长小平原，周边是层峦叠嶂的高山。南端有座金字形的山，自古至今叫茶山（亦叫金山）。汀江由北向南而来，小靖河又蜿蜒穿过小平原，古镇依山傍水，踞于茶山之南。按阴阳学说，南阳北阴，茶阳据说由此得名。

漫步古城，会深深感受到山高水长的大千气象。四周逶迤而至的群山，凝聚着青翠的张力。滔滔江河水挟带着自然界的灵动力量滋润着古城，更有鹤顶峰被古人用来祛病健体的"神奇矿泉水",续写着不老的传奇。感受山脉水脉之余,更动人心弦的恐怕是这里赓续不断的人文血脉了。

文物和古迹可以映射一个地方的人文历史。科举时代,中举不易,登进士科难,"父子进士"更是莫大荣耀。大埔历史上,曾出过七对"父子进士",而茶阳就有两对。古镇学前路,大埔中学校门正前方,竖立着一个壮美的"父子进士"牌坊。牌坊由石预制件叠构而成,由前后三排左右四列共四根正柱、八根附柱作为支撑,柱间梁枋相嵌,逐层构造。

牌坊正面雕刻"父子进士"四字,背面有"丝纶世美"四字匾额,坊顶柱间镶有双面阴刻"恩荣"二字的双龙腾云额。上下额还阴刻着父子二人官职经历。匾额两侧、横匾石梁、两侧小门顶端等处饰以龙凤绕梁、双龙戏珠、双狮滚球、仕官人物、花鸟动物等吉祥雕刻图案。造型古朴雄伟,结构严谨细致,雕花工艺精湛,令人肃然起敬。此牌坊是为旌表明朝饶相、饶舆龄父子进士所建,已被列为全国重点文物。

若仔细观察,在"父子进士"牌坊两侧,还有两块旗杆夹石,竖着雕刻"大清父子进士饶"字样,是为纪念清嘉庆、道光年间饶芝、饶褒甲父子进士的。可能是先人已立"父子进士"牌坊,后人不便再立,便低调朴实地勒碑纪念。其实,就在附近还有另外两座清朝石牌坊。其中,"天褒节孝"是当时地方政府为旌表矢志守寡、艰苦抚养儿女的邬氏而立。据悉,邬氏内外裔孙先后有六人高中进士,其中包括"一腹三翰林"。可见茶阳崇文重教风气盛行不衰。

茶阳现存古迹遗址中,最为普遍的是书院、社学、学宫、官学、义学以及私塾,时至今日,规模最为宏大的是以大埔中学为代表的学校建筑。在世代相传的教诲中,有"唔读书,瞎目珠"之说,不少贫困家庭,宁愿举债也要供儿女上学。试想,在学前街,大埔中学的学子们每天进出校门看到彰扬诗书传家的牌坊古建筑,尽管其表面积淀着枯黑苔斑,但励志的作用不言而喻。

随处可见的古民居、古祠堂,叙述着古城久远的历史。清乾隆年间修建的饶氏宗祠诒谷堂规模宏大,门前立着五根功名楣杆标示着昔日辉煌,古城保存完整的饶氏古屋祠堂便有数十座。位于金山路的张氏家庙孝友堂,是清朝张氏各房系合资兴建,对于有"张半县"之说的大埔而言,老祠堂对研究客家源流和姓氏家族文化意义深远。

国民党元老，中山大学创始人之一、首任校长邹鲁为纪念父母在"邹寿庐"原址重建的椿森第，经修缮后焕然一新，也为附近其创办的大埔中学平添一景。

自古以来，凭借丰沛的水系，茶阳形成了上溯龙岩、长汀，下达潮汕，连通梅县的航运、陆路交通枢纽，造就了辐射两省三县十三镇的商贸重镇。始建于明清，兴盛于民国时期，涉及7条街道、长逾千米、店铺多达700间的骑楼群，在闽粤两省间名闻遐迩。这些沿河展开的街区，临街商铺前方由马骑状走廊连通，二、三楼多为商家居住空间。青砖廊柱墙体、木制楼板铺栅、青灰斜顶屋瓦，显露古朴情调。有部分改造过的骑楼，首层为混凝土构筑，但风格依然保留明清特色。间或可看到侨胞修建的中西合璧的骑楼，其中，有罗马柱、拱形门窗、半月阳台的"旋庐"，尤为气派雅致。

毕竟时过境迁，骑楼老街区失去了商贾云集的繁荣景象。街道皲裂，墙体斑驳漫漶，沿墙管线显得凌乱。但餐饮门店、日用品商店、钟表家电维修及裁缝店、理发店，依然市井烟火气十足。高福街的数十间手工竹篾店，编织售卖箩筐、簸箕、提篮等竹制品，亦算成行成市。若遇见骑楼下有人摆茶摊，免不了会受到热情邀请品茗。至于卖笋粄、老鼠粄、牛肠肺、牛肉丸、企油饼的小食摊档，味觉诱惑力十足。听说，湖寮县城及周边村镇不少人，为吃一碗手工腌面，不惜驱车二三十公里前来老街"过瘾"。客味饮食，百尝不厌。

在这里生活过的，或是慕名前来的，都能通过水文局定制在墙体的水位线标志，回想历年地势低洼的古城饱受洪水灾害的历史。仅存的300余米残缺明代古城墙不足2米高，由此可以判断，茶阳的街道因水患频繁而不断升高。近些年堤岸工程完工，上游陆续修建水电蓄水大坝后，骑楼不再遭受水浸。不少业态在调整，相当多的骑楼店铺仅保留了居住功能，也有的仅为外出者逢年过节回来祭祖纪念之用。骑楼街显得安详静寂，悠然自得。不时传出的喧嚣，那是游人在这里找到了回忆与共鸣。

恪守祖制传统，是客家人的一种坚持。到了迁居地后，又会与当地风俗结合，形成独有的节庆祈福活动。每逢农历正月初十至十九的十天时间里，茶阳各地宗族众人依习俗惯例，举办迎神、迎灯"春游胜景"活动，族人也在仪式中增进交流，祈求新年胜景。花环龙、醒狮强劲舞动，八音大锣鼓齐鸣，为新春佳节掀起阵阵热潮。茶阳有"中国花环龙之乡"美称，花环龙是清朝下马湖村人独创的一种民间艺术。每条花环龙龙身由 9 至 15 节装饰了彩带、竹篾编织而成的圆筒组成，藏獒龙头形态逼真、神态夺目，舞动时可不拘场地高低大小，灵巧飘逸而不失威武洒脱，至高潮时整条龙抡成一连串的彩色圆圈，如同花环滚动向前，雄浑优美，淋漓尽致地舞出了客家人奋发开拓的劲头。

于我而言，茶阳并不陌生。父辈曾在大埔中学读高中、从教。我也有不少中学、师范的同学是茶阳人。20 世纪 80 年代在大埔从事新闻工作，曾见证鹤顶"神泉"成为粤东首个面市的矿泉水品牌。到过太宁村采访蜜柚种植、养猪产业。了解过永定的坎市镇煤炭在茶阳经水路中转的庞大产业链，试抽煤车司机递来的自卷烤烟被呛的情形历历在目。还采访过一粮油店老板转行做天津"狗不理"包子，在茶阳老街名噪一时的故事。也曾专门去欣赏过同学在太宁修缮一新的祖居碧宁楼。

趁着阳春三月一点闲暇，有幸再来到茶阳游览。感受这里的古旧况味，也体验这里的崭新打造。目睹历史的沉淀，也有感于当下无处不在的升华。

高坝街上"同丰"杂货店和太平路"同天"饭店旧址，曾经是苏区"中央红色交通线"在茶阳的重要节点。经修缮，活化利用的老县委旧址，唤醒了这一红色记忆。太宁村建立了大埔最早的农民协会，开启邑内农民自卫军与封建制度斗争的先河，以及参与闽西革命斗争的历史，也在维修后的"义训堂"得到充分展示。经史实考证，位于育善街的大埔县工农革命政府公安局旧址，八一南昌起义部队于 1927 年 9 月 19日在此成立了中国红色政权首个公安局。这里又成为茶阳红色旅游新名片。

沿小靖河逆流而上，茶阳城郊的河溪边完整保留着一条古老街道。由鹅卵石铺成的约两米宽的街道两侧，二楼木板楼阁飘出，古旧的木门和木铺栅，数十间砖墙灰瓦商铺、客栈沿街次第排列。街尾有座"广福桥"。这里是公路开通之前，广东和福建人货流通的关口。在没有机动车的年代，其繁华、不夜的旧时光可以想见。据称，当年南昌起义军在三河坝战役打响后，由朱德率队曾辗转至此住宿一夜。

空气中弥漫着柚子花香，来到这个叫恋墩排头坝的村口，观赏造型奇特的古榕。粗大的树根严实地裹着一个数米高的椭圆形磐石的半边，磐石另一边则如斧削般垂直抵于泥土中。石头顶端，古榕的几条粗大枝干向上、向外延展，构成壮观的树冠。方圆数公里小靖平原以此树为地标。榕树叶被年前罕见的严霜冻枯，但下垂的根闪着嫩

一滴敢报江海信

白的光泽，可见新一轮的生长已开始。此树形似腾空而起的蛟龙，被当地人称作"龙树"，常用香火供奉，平添几分神秘。同样神奇的榕树当数镇政府里的古榕了，这里为明嘉靖年建县之时的县衙所在。据记载，首任知县欧淮任上患病，自知来日无多，托人觅得榕树苗，带病栽植，并嘱咐员役"勿伤残，勤育护，以留百年之纪念"，并称"我之功过使后人知之"。从古至今，茶阳历代官员感其治埔业绩，均悉心培育。不管政权如何交替、历史如何演变，古榕树依然繁茂，绿荫广披，状如苍翠山岭。它年年枝叶葳蕤，点缀茶山新容。

百年前大埔华侨在海外南洋各国创办的茶阳会馆，是联络乡情、共谋福利的地缘社团，维系着大埔旅居海外游子乡情。新加坡总理李光耀、李显龙父子先后多次参加新加坡茶阳会馆周年会庆，并用地道客家话演讲，可见海外侨胞对茶阳的认同。

昔日煤尘笼城的景象早已销声匿迹。古渡口码头日渐被绿色植物占据，江面上取代曾经穿梭船只的是翠绿江岸、万家灯火的倒影。看不到大拆大建，古宅第及街区的修缮从容推进。电商加快了古城的节奏，乡村整治拉近了城乡距离。这是一个被江河水滋养的古城，也是洋溢着人文气息的魅力之城。

披戴着"中国历史文化名镇"光环的茶阳，是博大精深的历史长卷。在岁月的淘洗中，保持着古韵内涵，也焕发出新锐活力。有种恬淡的滋味，悠闲安静；保存古朴的容颜，舒适自然。这里看不到阻滞、沉沦，却有灵动生机。

在古城茶阳，我看到一种生命现象：古而不旧，老而不衰。自适已成境界，必然乐得其所。

2021 年 4 月 18 日

于双界河畔

常来长寿湖寮城

　　一位土生土长的宝安人，每次相见都要跟我大谈大埔，让我这个大埔人听得津津有味。

　　他第一次去大埔，是1991年随宝安县对口扶贫大埔县的团队去的。此后30多年，他几乎每隔一段时间就要去大埔走一走。退休后的十来年几乎每年都要到大埔县城湖寮镇住上几天。问他为何对大埔情有独钟，他反诘我：你这个湖寮人应该比我更清楚。

　　自1990年工作调动离开大埔，来到宝安县后，虽然每年都回家乡湖寮，但大多行程匆匆。看到了家乡面貌的变化，而对其内涵和魅力的感受却远不比"外乡人"敏感、真切。我认识的这类外乡朋友，真还不少。

　　湖寮作为县治所在，可分为两个阶段。据史志记载，东晋义熙九年（413年），朝廷为安置因战乱首次大规模南迁的中原汉人设立义招县，县治设在今湖寮镇。当时县治所在地名为"同仁"，据称是当初官府对"土著"与外来"流人"一视同仁，便以"同仁"命名。隋大业三年（607年），改义招县为万川县，县治所在地不变。唐高祖武德四年（621年），废万川县并入海阳县（今潮安）。至此，湖寮作为县治有208年历史，此为第一阶段。此后905年时光里，朝代更迭、建制变化。嘉靖五年（1526年），明朝设置大埔县，县治设在汀江边的茶阳镇直至新中国成立。1961年，经反复考量论证，大埔县治结束设在茶阳的435年历史，迁至湖寮镇。二度作为县治所在，已过一个"花甲"。

　　民国《大埔县志·地理志》"万川古城条"记载："在同仁甲湖寮乡，隋置万川县，筑城于此。"湖寮镇一直保留着古城村的建制，现存有小段城垣墙体和墙砖。颇受大埔人尊重的古城村老人罗书礼，已八十有二。他高中毕业后回乡务农做工。劳作之余，坚持读书、写作，研究大埔人文历史，多次受聘参与南粤村情、村志编写和县志编校。

罗书礼先生撰写的《一千四百年前建筑万川县古城廓考》《大埔县城湖寮名称及历史人文考》等篇章，翔实考证万川古城郭曾经湮没在湖中。唐中后期的宪宗年间，今为梅潭河的古清远河流域曾发生泥石流巨灾，致使西侧河流水口硿子头狭窄，河道被巨量泥石堵塞，湖寮盆地形成巨大的堰塞湖，古城顿成湖泊泽国。后来，客家先民在山麓湖边结寮而居，聚居繁衍渐成村落，便有了"湖寮"之名。经长年风雨冲刷，水口泥石积塞终被水流泻开，河道恢复原状。先民们便在失而复得、四面环山的盆地重建家园。这段历史，在新县城建设中挖掘的船板、船桨和深厚的无沙湖泥中得以多角度印证。

曾经的湖水可以淹没古城，却无法淹灭客家人随身携带而来的中原文明薪火。源自福建西南部平和县葛竹山脉的梅潭河，是闽西、赣南、粤东北等地客家人历次大迁徙的重要水路。梅潭河流域最宽阔的盆地当数湖寮。绕过重重大山，河流蜿蜒曲折，呈优美的"S"形，把盆地切分成阴阳两仪，加上鱼塘的点缀，仿如天然的万物化生太极图。无论是设置县治还是仅做郡县所属乡社，湖寮在客家族群聚居地中都不失其光芒。

客居他乡，客家人特别重视居所的打造。位于龙岗村的泰安楼，始建于250多年前的清乾隆年间。此楼为砖石木瓦结构，规模宏大，设计精巧，占地6600多平方米，共有房间200间。楼内中轴线主体建筑为平房，方形围合的三层楼房把主体平房环抱其中。其祠堂、通廊、水井、天井、院落的设计格局和谐自然。楼的两侧各建有书斋，分文武两科，体现崇文尚武的家庭教养。因外墙为石墙，俗称石楼，是国内少见的石方楼。国家文物局文物专家考察后，认为此楼是研究中国古代民居建筑和客家历史文化、民俗风情的"历史人文博物馆"。

民居的使用、维护和保护，也充分体现了客家族群对文化根脉的传承情结。龙岗的明代黄氏民居中宪第，古城吴氏祖祠承坤堂、蓝氏家庙大兴堂及两云公祠、罗氏古祠屋垂裕堂、刘氏开基祖祠善庆堂、新寨村名扬朝野的林姓"书香第"等明清时期兴建的氏族"祖屋"，蕴含着丰富的人文史话。目前，湖寮保存完整的明、清、民国时期各类特色民居多达145座。

镇西南近郊，稻田簇拥着中国首任驻日公使何如璋的故居人境庐，其附近保留完整的有古屋宫詹第和祖居太史第茂塘公祠。最为突出的是公祠两侧的"日新书屋"和"耕经别墅"私塾，这里曾聘名师执教，虽经数百年风雨，耕读传家的书香本色依旧。何如璋为清同治四年（1865年）进士，其次子何寿明光绪二十三年（1897年）中进士。族人提议，建牌坊以彰显，但何氏父子谦恭为怀，认为不必张扬，故此"父子进士"鲜为人知。客家人耕读传家的家风家训，以物化的方式储存在乡间古屋里，经久弥新。

明嘉靖年间，来自福建莆田的骆琬先生，只身来到湖寮杨梅田设馆授徒。其教书有方，学徒黄宷、吴与言高中进士，科第接踵。骆先生为湖寮教育奉献毕生，逝世后乡民和官府将其妥为安葬。民国县志有记载，乡民和官府把率先前来为湖寮教育做贡献的骆琬先生和其另两位同人称为"三先生"，供祀在文昌阁，还"醵金置产"以做春秋两祭及扫墓之需。可见湖寮人对斯文鼻祖崇敬备至，尊师重教民风世代相传。湖寮科举时期出了进士7人、举人57人。辛亥革命后有将领40余人。

清末废科举兴学堂，湖寮涌现了大批由官办、祖尝、侨资、捐款兴建起来的小学。据不完全统计，至今创办历史超百年的学校有17所。杰出抗日将领罗卓英、吴奇伟从小得益于家乡教育，其后更热心桑梓公益，广泛发动捐款，于1936年把湖山官学建成颇具规模的虎山中学。成为新县城后的60年间，湖寮由一条老街被建设为美丽的现代山城，文教事业也如虎添翼，飞跃发展。

千年文脉，百代儒风。鼎盛而厚重的人文滋养着一代代湖寮人，注重立德树人、品学兼修，也使得这一方山水更为灵秀。

进入山城湖寮，往往都会产生一种清新的感觉。可能因为这里86.3%的森林覆盖率产生了大量的负氧离子空气，也许依山傍水的城区会使人感到灵动。初到湖寮的人，会感到城区干净整洁，也不免惊叹小山城竟有七个特色各异的公园。湖寮民众有随时随地亲近自然的便利。若想登高望远，可上虎山公园饱览县城全貌；也可到西岭书法公园登高山、看书法、赏美景；还可以深入双髻山探访千年古寺、攀登千步云梯，尽情在有3000亩蜜柚园的山间感受生态农业的宏达气象。近水的梅河公园、西湖公园、滨江公园，会在日夜之间呈现不同的生态园林景象，尽现小山城婀娜多姿的风采。梅硿古道边，新建的长寿公园里，置身梅潭河畔的科举官道、梅潭画廊间，寿仙公、千寿雕刻、长寿之乡赋等长寿文化元素，令人畅想由古至今，山城客家人向往健康长寿幸福生活的生动画卷。

能使人依恋和反复回味的，美食算是一种。南迁路上，客家人传承中原饮食习俗文化，采撷客居地烹调精粹，结合南方丰富的食材，演绎出独具本土特色的餐饮文化。不管是在但求果腹的贫乏年代，还是物质丰富的当下，大埔客家人注重在食品制作中求精求美，还在膳食中赋予五味调和、适时而食、药食同源、食治并举的养生智慧。最负盛名的是日常爱喝的药根汤。从山野就地取材的树根草药，用以煲汤入菜，发挥其清排、固涩、补益、通宣、滋润等功效，达到清热解毒、祛湿健脾、润肺补肾、清肝明目、降火安眠等目的。在一些食品中，还存留着思忆、尽孝、祈福等乡土民俗传说寓意，品赏时加以言说，愉悦交流。大埔现有小吃近200种，被命名为中华名小吃、广东名小吃的分别有10种、15种，当之无愧获评"中华小吃名县"。

湖寮老街古墟食肆历来是梅潭河上下游食品汇集地。二十世纪六七十年代，一度被盛极一时的工农兵饭店、东风旅社、红星饭店取代。改革开放后，"九龙街"大排档引领美食的潮流。在"人文兴县"的背景下，湖寮老街又重新成为美食街。现在，山城涌现出多个大型饮食品牌和小吃文化城，还有星罗棋布的特色饮食门店争奇斗艳，城区周边乡村养生"农家乐"也充满野趣。清晨小食店，有简约丰富、开胃可口的早餐供应，熙熙攘攘的食客，夜间调养身心的宵夜热气腾腾、烟火十足，成为湖寮美食大观园里的一道亮丽风景。德食和饮，活色生香。

同仁路位于五虎山麓，横跨老街、连通县核心机关和重要单位，还有几条以同仁命名的巷道。同仁是古代湖寮作为县城时的名字。走在同仁路上，依然能够感受千年来地名符号释放出来的仁爱气质。"敬老孝亲、仁爱齐家、和邻睦族"，不仅体现在家庭生活日常，更是蔚然成风。每个村、社区均有老人关爱协会，还有众多汉乐汉曲、太极、舞蹈等老人文体活动组织。万川爱心协会、聚缘轩等不少民间组织在热心人士和需要帮助的人群间牵线搭桥。政府机构责无旁贷地尽力惠老敬长。据县志记载，明清以来，均对七旬以上寿民登记造册，对百岁寿民、五代同堂家庭更是旌表弘扬。湖寮现有八旬以上长者逾2000名，还有百岁寿星22名，居全县之首。四代同堂、五代同堂的幸福家庭屡见不鲜。

位于县城游客接待中心三楼的长寿文化展览馆，入口大屏幕上滚动展现寿星风采。

长寿之人，面目慈祥、精神矍铄、童颜鹤发。展览从毓寿、增寿、延寿、益寿、积寿、臻寿六个篇章，阐释了自然人文和群体长寿的成因，让人从中看到山好水好人情好的大埔是一个天赋人瑞的长寿之乡。2019 年，大埔被国际自然医学会认定为第八个"世界长寿乡"。

长寿之人，必然具备能够保持身体长久安康的品质。大埔县长寿文化研究会对"寿域人瑞"有着广而深的研究。除了人文、生态、饮食、民风等使人长寿的因素之外，长寿的人大多具备勤劳、善良、坦荡、真诚、淳厚、朴实、宽容、平和等许多优良品性以及良好心态。友人跟我说，喜欢大埔，最关键是所接触的大埔人，从里到外表现出来的真诚、友善和热情。

自从梅潭河下游蜜坑段建起水电站，蓄水成湖，现在的湖寮山城看不到河流的波涛。河面静谧，倒映着叠翠的山峦和欣欣向荣的城市新貌。

时光深处，有浑厚的积淀，有新锐的光亮。星光熠熠，松涛阵阵，河风习习，传说中值得常来之地，只有亲临其境，才能识得真容。

2022 年 9 月 29 日

于观澜河畔

大麻的河唇古渡

一方山水，必会孕育一方风土人文。

若问起大埔县的大麻镇有什么特点，土生土长的大麻人往往会一时语塞。而谈起大麻古圩那条河唇街，话题可会多起来。

千里韩江自三河古镇开始，往下八公里，便是大麻镇。韩江纵贯大麻全境，在八座千米之高的山峰环抱之中，东西两岸是低缓丘陵交错的平坦之地。据史志记载，大麻旧称"六福乡"。相传，大麻因古圩镇附近曾盛产大麻（中药，又称火麻）而得名。

在韩江流域诸多河港圩镇中，大麻圩镇的街道可能是最不规则的。这个始建于元末明初的韩江水路交通街区，到清末民国初年形成了沿山而建、高低不平的六条街道。数百间店铺承载了上下游山区民众日用百货、农副产品的流通集散。山中出产的柴炭竹木、山珍野味，田地里的米谷、薯果、蔬菜，养殖的鸡鸭鱼畜，乃至具养生健体功效的药根青草，应有尽有。手艺人开设的裁缝店、打铁店、糖饼店、理发店、照相店等，门庭若市。药材店、牙科诊所，适应方方面面的需求。酒楼、熟食门店与小食摊点，相互照应，满足四方来客的口腹之欲。每逢农历四、九圩日，熙熙攘攘的人群会把五味俱全的市井烟火不断推上热潮。

漫步大麻圩古老街区，会发现不同时代留下的烙印。并不宽阔的街道两侧，大多为砖瓦、土木结构的两至三层楼房，上方斜屋顶下，会看到突出的木阳台如不规则的大木箱架在墙上，建筑立面因此显得凌乱。下方则是商铺，铺面大部分是门与窗一体化的木制门栅，陈旧、古朴而衰颓。墙体大多没做粉饰，表面可以一眼看出有的已把砖木做的主梁改由混凝土构造。麻中街坡度不小，两边混凝土结构的建筑倒是比较齐整。一楼铺面前是窄小的骑楼，二楼开着大小一致的窗，三楼统一飘出一米见方的阳台。从斑驳脱落的墙体，依稀可以辨认出这里曾设有银行、邮电、侨批、粮站等机构。

社仓街、上街、下街，可以从骑楼上、门面前看到万泰和、和兴祥、昌记、和记、粤华等诸多商号的名字，有些则雕刻着"某公纪念店"或楼名。

改革开放的进程加速了大麻农村城镇化的步伐。镇里在老街区上方的牛岗坪平整土地，开发了多条路面宽敞、集商住于一体的大街。商贸业渐成规模，呈现日新月异的时尚气息和潮流。而今老街圩的繁华、旺盛不再，零星分散开着早午小食、日杂用品、理发、文具、民间中西乐等小门店，行人稀少。大部分门户关闭的街道，偶尔打破寂寥的可能是外出人员的回归，或前来探寻古镇意趣的游客。

一次，我见到几位上了年纪的大麻人，他们不经意间讲起往事，印象最深的当数河唇街了。这条街向下曲折延伸，一直通往临江的大麻码头。他们在附近读书的时候，曾在这里卖过家里的农产品。用带来蒸午饭的米换过小食店的老鼠粄、笋粄、肉丸、腌面，看过两分钱即可租一本的图书。印象最深的还是曾经在夜晚时分，从这里坐船，行程约六小时到汕头迎接从"南洋"回归故里的亲戚。

早在数百年前，大麻先辈便有远渡重洋、外出谋生的历史。尤其是清末年间和民国时期，苦于社会动荡和乡里山多田少、谋生不易的现实，不少乡人前赴后继、相互牵带，前往新加坡、马来西亚、泰国、印尼等东南亚国家和美、加、澳、德等地谋生。他们都是从这个河唇街码头古渡口出发的。据悉，在外的族人超过三万人，大大超过在乡人口。离乡背井、在外立足，绝大多数是从苦力做起，先做伙夫、当店员，或从事搬运、垦殖等工作，有了些许积蓄，便开始做些小本生意，经营工、商、矿、橡胶种植等实业。不管收入高低，经济能力强弱，他们始终不会轻易忘却的就是家乡亲人、桑梓故园。他们节衣缩食，通过"水客"捎回家人需要的猪油、米面、布料、食糖等生活用品。条件稍好的，汇款建房屋、修祠堂，乃至建桥筑路、兴学助教、敬老助贫。

大麻境内保存着众多风格别致的特色民居。这些民居大部分建于清代和民国时期，结构严谨、布局合理、工艺精湛、造型雅观，历经百年风雨侵蚀，依然蔚为大观。位于小麻村的敦和楼，是旅居马来西亚的何添记经商致富后回乡所建。此楼主体为钢筋水泥浇筑的西式洋楼造型，但楼顶却用传统的人字形木梁架瓦面，内部雕饰传统吉祥图案，恢宏而精致。怡和书室是典型的客家围龙屋，为20世纪初周兰阶兄弟在新加坡等地经商获利后，回到大留村所建。用土、木、砖、瓦建构的半月形建筑，前低后高，有两堂四横一围龙。门坪前的风水塘及室内檐梁、门窗、额匾，均按传统客家风俗制成，工艺精美，洋溢着书香气息。虽然主人在房屋建成后并不常在此居住，但侨胞那份崇宗敬祖、期望耕读传家的心迹，历代传承，经年不衰。

村村都有"南风窗"、户户都有"海外亲"的大麻，几乎所有村道、桥梁、凉亭，所有学校、医院、敬老院，都留下了侨胞热心捐建的芳名。20世纪80年代，大麻最好的建筑就是学校，一时成为美谈。更有侨胞在镇村设立奖教奖学金、敬老互助金等公益慈善金。有的侨胞更是从长计议，扶助乡亲从事"三高"种养业，由此诞生了蜜柚、苦丁茶等品牌农产品。对于每个宗族家庭，记忆深处除了海外亲人对祠堂、老屋的修缮外，最温暖的，要算那经济困难时期，从河唇街古渡口运送进来的急需生活物资和源源不断的侨汇。零碎的生活片段，印记在心间，拼接起来还原一颗颗拳拳赤子之心。

星移斗转，改革开放的大潮给山里人创造了丰富的发展机遇。走出山门闯世界的道路早已不再是河唇码头那条水路。新一代大麻人在广州、深圳等珠三角地区闯出致富路后，依然如老一辈侨胞一样，心系桑梓、回馈家乡。小留村从2008年开始，便有郭氏宗亲独资为火焰前自然村的乡亲建起四幢楼房，让近百村民告别低矮、脏乱的居所，搬进楼房。此后，其他几个自然村由乡贤统一出资，拆除旧房，重新规划，建起一幢幢连体别墅和楼房，分三期实施建设，同时配套建设了道路、公园、文体休闲设施。更有乡贤为乔迁村民统一配置家具。据悉，乡贤为"新农村"建设捐助资金已超1.5亿元。新一代乡贤的热心、慷慨、大爱之举，被传为佳话，令人称奇，甚至感动了老一辈侨胞的心。

乡村里的民间习俗大多与祈福文化有关。古时候，这里流传一则满载旅客的船在大麻码头附近触礁遇险后"仙母救人"的故事，当地人为纪念行善积德的"仙母"，在码头大榕树旁建起法妙仙宫。每年正月廿四，约定俗成，乡里人恭迎"仙人姑婆"巡游开展祈福活动。海内外乡亲往往会尽可能赶回来参加这个万人空巷的狂欢"嘉年华"。当地也因势利导，把这一天当作联谊与招商、弘扬善德文化的"良辰吉日"。

下游高陂大型水利枢纽的兴建，使韩江水平面大幅提高。而今，大麻码头前方的水面浩渺壮阔。河唇街临河的铺面已贴上征用的标签。定期往返的机动渡船依然正常连接着韩江两岸的人流物流。水位上涨，滋养着古榕树，壮硕的树根已把瓷砖花坛撑破。每天走出河唇街，踏上高出街道路面的韩江堤坝观景的人不少。日出日落，渔舟唱晚。远处两岸山间，隐约可见已建成的和正在建的跨江大桥。

河唇渡口终将会淡出视野。萦绕于心而可以经久不衰的，是这里的人不守旧、闯四方，反哺桑梓，乐善好施的襟怀。

这里的山峦雄峻而逶迤，水系充沛而汇集。江河千年入海，乡愁万里归心。这山这水注定有情。

2021 年 8 月 31 日

于宝城

一滴敢报江海信

走在三十六巷

"三十六条巷，巷巷都一样"，从古至今，人们这样形容广东大埔县百侯镇侯南古村落。

巷道由鹅卵石铺成，路中间的石头稍大些，排得很齐整，路石向两边斜拱着铺至排水明沟。巷道两侧的围墙也很有特色，下方约一米开外由石头砌成，上方的墙体有些是青砖，有些是夯实的土层。人字巷、十八段、大巷口、陈屋巷、更楼口、坪子巷、黄屋巷……正是这些互通互联、风格相似的 36 条巷道，把古村落的各类宅子和祠堂连贯在一起，形成村庄奇妙的建筑布局。据悉，清朝康熙元年（1662 年），侯南村人依照"万物负阴而抱阳，冲气以为和"的道家理念，围绕杨氏六世祖"五星归垣"风水地，规划修建了多为坐西北向东南、避风向阳的房屋，并以巷道贯通。这些巷道两侧围以高墙，以避免巷道人流噪声干扰居家静谧。

走在这古朴的小巷，阳光透过高大的杧果树、龙眼树洒在青砖黛瓦上，洒在圆润的鹅卵石上，熠熠生辉，斑驳多姿。石缝里、墙隙间探出小草的绿意仿佛告诉我，时光已穿越历史在今天展示着生命的光泽。保存完好的官厅式古民居有 120 多座，这些大部分为土木结构的老房子把侯南村明清以来的客家历史文化聚合在一起。恭励公祠是侯南杨姓十一世祖恭励公裔孙建于乾隆年间的坐北向南、三进二横堂横屋，占地近2000 平方米，建筑面积逾千平方米，是开国少将、原北京军区工程兵政委杨永松将军祖居。位于侯南下村的永庆堂，建于清雍正年间，采用殿堂式布局，三进院落，"永庆堂"匾为进士杨成梧于乾隆十年（1745 年）所题，是广东省委原常委、省政协原副主席杨应彬祖居。在德星堂这座二进二横堂横屋前驻足，经了解得知，这座建于乾隆年间、门楼上书写着"鳣瑞流徽"四字的古屋，是中国科学院院士杨文采的祖居。附近同样占地约 600 平方米的古民居州司马第，是一名少将军官的祖居。

巷道里，单是看民居的门楼及其门上的堂号、楹联，便可深深感受到一样的巷道，串起各具风姿的文化雅韵。每个门楣上，都会有寓意深刻的堂号，如以"堂"命名的绍裔堂、三乐堂、永思堂、继志堂、植槐堂；如以"楼""轩"为名的百忍楼、德庆楼、海源楼、企南轩；"第"与"堂"并存的堂号，如州司马第（德厚堂、垂绪堂）、外史第（延禧堂、保环堂）、荣封第（墩四堂）、太史第（紫来堂）；或以匾额为名的堂号，如瀛洲世美、鳣雀吉祥；或匾名与堂号并存的，如华萼双辉的可旋堂、文德流芳的谷诒堂、清白世守的绳德堂、清白流徽的敦德堂、文明毓秀的昭许堂、三祝流徽的依仁堂、忠实流芳的德新堂、源远流长的川至堂；等等。民居的楹联也突显了深厚的思想文化底蕴。如"三朝甲第，七代科名""恭弘先祖、励勉后昆""敬祖千秋盛，修德万代传"等，直抒歌颂祖德、弘扬孝道的心意；如"素心铭志，谦德流芳""琴堂泽旧，木铎春新""忠孝仁和承祖训，诗书礼乐振家声"等倡导勤俭励志、耕读传家的家风家训。字迹虽然大多斑驳老旧，但仿佛依然在绵绵不绝地述说着久远的故事，让人觉得这些老旧民居依然"活在当下"，中华传统文化的表述直抵前来者的胸膛和眉心，令人怦然心动。

有两座占地超 3000 平方米的古建筑尤为引人注目。一座是通议大夫第。是"一腹三翰林"长兄、陕西按察使杨缵绪告老还乡时，朝廷赐建的九厅十八井府第式大院。该建筑气势恢宏，雕梁画栋，古朴幽雅。其故主杨缵绪与其弟杨黼时、杨演时，在清康熙、雍正、乾隆年间，先后考取了进士，而且都成为翰林院大学士。260 多年前的传奇故事根植在数千子孙血脉中，传扬在城乡读书人的精神世界里。这座古民居至今仍散发着极强的人文感染力。

不亲临其境，体会不到肇庆堂中西合璧客家民居的建筑魅力。20 世纪初叶，屋主杨荫垣在汕头经营药材生意，致富后斥资 8 万光洋（据估算约合现在的人民币 1 亿元），兴建了这座占地 3280 平方米、建筑面积 1951 平方米的大宅，主体为由厅堂、横屋构成的客家府第式民居和两层西式回字结构洋房。中式土木结构和西式混凝土结构的建筑，展现了石雕、泥雕、木雕和瓷雕四大类雕塑中透雕、圆雕和浮雕的精湛工艺。用从意大利采购的玻璃制作的屏风至今能让人从四种颜色中联想到春夏秋冬的变化。左右和中间屏风门上方凿刻着"忠孝廉节""福缘善庆"八个大字，有着儒家文化的深刻烙印。建造洋楼时据说还专门从国外请来洋人工匠监理，圆拱造型、几何线条、混凝土浇筑成型的动物浮雕和螺旋式楼梯，充分说明主人的开放思维和对世界文明的兼容并蓄。

或许是饱经颠沛流离之苦，客家人特别注重对先人的追思和纪念。百侯古村落大小祠堂可谓星罗棋布，如南麓公祠、敬造公祠、暄如公祠、杨氏家庙、恭励公祠、杨氏大家祠、李屋祠、陈屋祠、黄屋祠等等。许多古屋在后人继续居住使用的同时，也成为纪念先人的祠堂。据不完全统计，百侯古建筑里七成以上是祠堂或成为祠堂的老屋。这些祠堂屋摆有神龛和祖先灵位，是宗族聚会、操办红白喜事、祭祀、祈福的场所，古时候也是私塾施教之地。从墙体的颜色差别到雕梁画栋的新旧不一，从堂号的字体到门楹的制作，无不透出修缮的痕迹，修旧如旧寄托了一代又一代后人对先祖人文的传承、家族的归依和念祖的情结。

侯南村至今仍流传"借种"的故事。话说邻县饶平石井村有一刘姓财主，羡慕百侯人文蔚起，决定到百侯寻找德才兼备的姑娘做儿媳妇以"改良基因"。听说翰林杨黼时最小女儿满姑未嫁，便鼓起勇气上门提亲。杨家出于礼节不好拒绝，便用委婉办法出难题给刘财主，说如能第二天挑100箕甜粄便答应订婚，以达到不辞而退的目的。哪知刘财主马上答应，在回家的路上一路布置沿途农家连夜做甜粄，用高价订购。第二天早上，即派儿子送100箕甜粄至杨府。杨家见随行而来的刘公子相貌出众、谈吐得体，便答应了婚事。满姑嫁到饶平后生下两子，从小便教其识字又送至百侯外公家读书。果然兄弟同时考中举人，轰动当地，传为佳话。百侯镇自古崇文重教，明清时期科甲显赫，高中进士举人的有139人，占全县总数四成，"兄弟七进士""一腹三翰林""一同怀四魁"等典故流传至今。

古时候，百侯各房姓均有学堂、私塾、书院，这些教学场所有的设在祠堂，有的是专为读书而设的，如大书斋、书房里、兰台书室、榕荫书屋等。二十世纪三四十年代，在国民党中将参议员杨德昭先生的努力下，教育家陶行知先生派员到百侯推行生活教育运动，整合乡村教学资源，建立起从幼儿园、小学、初中到高中的教学体系。创办于1936年的百侯幼儿园是中国农村最早建立的幼儿园之一。百侯古镇通过播种行知教育思想，更焕发出深厚的人文光彩，一批求知若渴的学子，正如陶行知先生称赞的那样"竖起几根穷骨头兮顶天立地"。

与侯南村一河之隔的侯北沙岗尾千年古榕旁，至今仍保留着一株"培才龙眼"树。这棵参天大树是 20 世纪初农户杨氏所种。杨氏家境贫寒但重视教育，幸有此龙眼树每年果实丰硕，卖果换钱，先后供两代子孙求学深造，子孙勤奋好学终成有用之才。类似这样克勤克俭、千方百计供养子孙读书的事例不胜枚举。百侯人以其特有的刻苦、励志的民风，铸造着人文气质、积淀着文明情愫。百侯镇因此也当之无愧地成为"中国历史文化名镇"。

古老的巷道，不见往昔袅袅炊烟，但见客家人自强不息的人文精神如薪火代代相传。

深浅的巷道，不见当年的繁华，但见寻根的游子和探幽的游客，把崇文重教的思想远扬。

2014 年 7 月 10 日

于观澜河畔

生命的盘虬

总有一些事物会萦绕于怀。每次走进观澜版画村，我都免不了要打量一下这个由客家古村落打造成的国际版画原创产业基地里的两座祠堂。

这个古村位于深圳龙华观澜大水田村牛湖新围场。东边的区域是由 40 多间房屋构成的方形围屋，围屋内巷道纵横齐整，房舍错落有致。围屋入口大厅有匾额：龙门世居。屋后有山丘，前有风水塘（今已为版画工坊），前排中间位置便是陈氏宗祠。这是一座三开间三进二天井的建筑，已没有村中老人口述中的雕梁画栋、富丽堂皇，但从其飞带式垂脊的屋顶造型依然可以看出昔日的考究、精美。前堂正脊、博古脊头和檐板等部位上的彩绘、泥塑、壁画，以山水花鸟、瑞兽锦鲤、亭台楼阁、吉祥宝物等为题材，尽管彩漆斑驳、残缺不全，其做工之精致细腻，依稀可见。祠堂内的神龛、神主牌位自然是后来修缮复原的，但门前的对联"先祖千寻抬望眼，后裔万里驾长车"和字迹模糊的诗文，则是近三百年来陈氏先祖客居此地、传承家史、励志后裔的清晰印记。版画村西边是凌氏村庄，前排中间的一开间二进一天井建筑，为凌氏家祠"厚安堂"，祠堂前的风水塘与北角、东南角两座五至六层高的碉楼，构成其独特建筑群落。

循着族谱记载的轨迹，我曾饶有兴致地看过一些黄氏祠堂。2010 年春，曾有幸前往河南信阳潢川黄国故城寻根谒祖。黄国故城是黄姓祖先发源地，已被列为全国重点文物保护单位。这里的黄氏宗庙也成为全球黄氏后裔谒祖的圣地。据史料记载，古黄国被楚国吞并后，黄国人中的一支望族在今湖北武汉江夏区（古为江夏郡）开基，其祠堂堂号名为"江夏"，时至今日，以"江夏"为堂号的，肯定是黄氏祠堂。围绕弘扬传统文化，江夏区支持成立江夏文化研究会，打出了"天下黄姓出江夏，万派朝宗江夏黄"的文化招牌。目前，江夏区成为海内外黄姓华人公认的总郡望和发祥地。历史上，由于战乱，江夏黄氏又有宗群回迁至河南固始，后随着社会的动荡和宗族的迁徙，魏晋至隋唐时期开始主宗分流，向东南迁移拓展，乃至远渡重洋，旅居海外。

从祖辈的口中，我也了解到我的老祖宗从潢川至江夏，从江夏迁至固始，又从固始入闽，在福建邵武开疆拓土的历史。据族谱记载，先祖黄峭（后裔尊称为峭山公）在唐末出生于邵武，为春申君黄歇第四十五世孙，二十四孝之一黄香第三十一世孙，曾官至工部侍郎。其八十寿诞之时，决定让其三房二十一子中除长房之外的十八个儿子离开家乡另拓基业，并作《祖训诗》（又名《上马诗》）作别儿孙。其诗云："骏马奔腾往异方，任从胜地立纲常。年深外境犹吾境，日久他乡即故乡。朝夕莫忘亲命语，晨昏须荐祖宗香。唯愿苍天垂保佑，三七男儿总炽昌。"这首诗满怀峭山公对家族、对子孙后代的期望和祈祷。不少地方的峭山公裔孙，此后把祠堂堂号命名为"炽昌堂"。"炽昌"语出《诗经》"俾尔炽而昌，俾尔寿而臧"，意为愿你兴旺、昌盛，愿你健康、长寿。"炽昌堂"，寄寓了后辈不忘祖先遗训，激励族群艰苦创业从而世代昌盛。

有祠堂便有堂号。堂号的文化内涵是极为丰富的。有些是以彰显祖德为内容，以区别不同族群、不同支派。有些则以传统伦理道德、经典词句或特别寓意作为内容命名，如潮汕地区有一祠堂堂号为"燕翼堂"，源自《诗经·大雅·文王有声》第八章之"燕翼贻谋"，表达善为子孙谋划，造福后代，由此颂扬祖先德泽。而另一堂号"奉先堂"，则出自《尚书·太甲中》"奉先思孝，接下思恭"，意为侍奉先辈要孝顺、对待晚辈要有礼，以崇祖敬祖、警示族人。而"继承堂"的堂号则是以《汉书·燕剌王刘旦传》之"承圣明之后，继已成之业"意，教育后人。尽管不同姓氏均可取相同的祠堂堂号，如笃敬堂、崇礼堂、永志堂、报本堂、思成堂、孝思堂、永安堂等，但其蕴含的意义是显而易见的。祠堂的对联、名人牌匾、祭祀的祝文仪注，与堂号一样，打上了家族传统文化的烙印。

每一个祠堂都是一部人文历史，其建筑形态也浓缩了时代与地方风土特色。无论是单体的建设布局设计、构造、装饰，还是建筑中的空间配置和组织，均应符合伦理、礼制和天人合一的自然观，以期达到实用、象征和表达意向的功能。祠堂的建筑，是族群财力与人力、思想与观念、人文与宗教互动对话而建构的文化空间。客家人在南迁过程中，形成了浓厚的家族观念，认为"族必有祠"及"巨家寒族，莫不有祠"。客家族群的村落，是把祠堂建在来龙山脉、左右砂、明堂、前案、水口等自然地理环境和风水好的位置，以求"藏风聚气""永葆生机"、福泽后代。这不但反映客家人尊崇先祖的观念，还折射出客家族群谋求长远发展的眼界。还有许多客家民居，从建造之初便把在居屋中间位置的厅堂列作祠堂之用，甚至把"家塾""书室"与祠堂合而为一修造，实现祭祀先祖与居住、教育相通相联，符合"庶人祭于寝"的观念。在我的老家梅州大埔，老祖宗曾经居住的老房子，往往到后来便成了家族的祠堂。

内部构造和摆设当然是祠堂的核心要素。祠堂中轴线最要的位置，通常摆着祖先神龛，神龛内摆放按古礼拟定的历代祖先神位。前方有神桌、香炉、烛台及供品，神龛左右侧往往会供奉其他神祇，下方底部往往安置了土地龙神神位。祠堂从刻有"百子千孙""奕世其昌"吉祥字样的顶梁，到屋檐、墙体、门框、门楣，大都会以平安、幸福、长寿、富贵、吉祥、旺丁为意加以装饰。祠堂里除了举行祭祀活动外，还举行婚、丧、喜、寿和祈福仪式，并兼顾宗族议事功能，不失为族群的公共文化活动空间。就祭祖而言，循古礼的程序是非常繁杂、讲究的，献香烛、献牲礼、献祭酒、读祝文、诵嘏辞、行跪拜礼等等，人在活动中，在俯仰间，仿佛看见先祖千百年间依然闪亮的光芒。

以我浅薄的见识和感受，我觉得在我们的乡土文化中，祠堂虽然是远古传统保留下来的旧物，但代代传承的文明薪火依然点燃着清宁的烛光，族群在这里慎终追远，告慰筚路蓝缕的氏族先祖，裔孙秉承"衍派""传芳""世泽"，在开枝散叶中传承香火，弘扬祖德。族群在这里重温祖训，如明太祖"圣谕六言"所云："孝顺父母，尊敬长上，和睦乡里，教训子孙，各安生理，毋作非为。"诵读的祝文，充满感恩情愫、传达祖训要义，达到"上奠祖先之灵，下规后嗣之则"的规矩教化目的。族群在这里践行家礼，不管是繁是简，祭祀的礼仪都是庄严肃穆的，这种仪式感凝聚并激发出勉励与感召后人的力量。祠堂还在家族中发挥扶危济困的作用，倡扬族里互助、关爱孤寡老人，时时唤醒人们无以复加的文化根基记忆。

我曾经在粤东铜鼓嶂山麓大埔银江坑头坪上村，观看余氏族人除夕日祠堂拜祖的情景。午时刚过，各家各户便带着牲礼酒果往祖祠"尚德堂"敬奉。如果是当年有老人故去，便从家里捧着入奠时使用的灵位牌和牲礼，按祠堂主礼人的指示，把属于老人的木主牌位安置于按辈分排序的特定位置，然后行叩拜礼。大支小支的拜香冒出一缕缕青烟，夹带着蜡烛燃烧释放出来的烟味和牲礼的荤味，从梁桁瓦顶间弥漫开来。入门左侧小厅有主事之人在收钱并登记，那是族人自发捐香油、修缮祠堂的款项。不觉间，门口风水塘奏响客家大锣鼓的旋律，鼓手在鼓面和鼓沿用强烈的鼓点调动十几面锣和钹的铿锵节奏，间或飞扬着唢呐悠然婉转的音符。从祠堂开始，锣鼓队沿路挨家挨户去拜年，每到一户，烟花爆竹鸣放。午夜时分，族人又要带上牲礼到祠堂迎新年拜新年，锣鼓队又开始逐户巡游一直到凌晨。山村的新年就这样围绕着祖祠的香火展开。直到正月十五，山村的热闹气氛达到高潮，尤其是前一年添人口的（现在乡村风尚变了，生男生女统称"添丁"），免不了要在祠堂举行"赏丁"仪式告知祖宗合族同庆。

透过袅袅的香烟，我仿佛看到一条强劲的纽带联系着前世与今生，联系着宗族根源与血脉脐带，联系着乡愁追思与承前启后。时间从生命的根脉中穿越到当下，"我拜故我在"，俯仰之间、跪拜曲展之时，这纽带串起一盏盏道德文化的灯笼，挂在祠堂里，世世代代将盘虬在前行的路上。祠堂也如文化基因传承的礼堂，让每个鲜活的生命，循着血脉、循着亲情、循着对根的崇敬和认同，生生世世在这里盘虬。

2017 年 5 月 23 日

于观澜河畔

丝弦幸未绝

　　扬琴弹奏的每一个音符，经过头弦高昂而哀婉旋律的连贯，仿佛把古代的历史一幕幕呈现在眼前。一曲汉乐《怀古》，表现客家人蹚过黄河、跨越长江，走中州古道，过吴楚绿原，一步步往南迁徙客居他乡，而又对故土和祖先充满崇敬和思念的意蕴。

　　《怀古》前部分为缓板，舒缓的曲调，抑扬顿挫。扬琴的竹槌在琴弦上敲击出的每一个颗粒性的音符，经由提胡、二胡、琵琶、月弦、阮等乐器合成混响，有如回忆中的每一个时点。丝弦的旋律抒发出淡淡的无奈和忧伤，音韵丝丝相扣，意境缠绵高渺。音乐的后半部分为中板和紧板，通过节奏的加快、音量强弱的变化和刚柔相济的手法，表达客家人继往开来、奋发图强的愿望和情怀，乐曲内涵深长悠远。

　　我们都普遍使用汉语和汉字，但很多人不一定知道汉乐。汉乐是一种根植于粤东客家地区的民间音乐，曾有中州音乐、中州古韵、国乐、外江弦、汉调音乐等称谓，1962年广东省"羊城音乐花会"期间，定名为广东汉乐。经收集整理，目前有谱可查的汉乐共有791首（套），包括了丝弦音乐、中军班音乐、民间大锣鼓、八音锣鼓和庙堂音乐五大类别，其中丝弦音乐占531首。演奏用的乐器分丝弦为主的文乐和打击乐为主的武乐两大类，涉及29种乐器。汉乐作为古老而又独具艺术特色的音乐形式，其乐曲的来源大概有几处：中原宫廷音乐，如《大乐》《南进宫》《北进宫》；由唐宋词承袭演变而来，如《浪淘沙》《昭君怨》《迎仙客》等。还有由古琴曲、元曲、戏剧曲牌等演变的。乐曲的标题和主题也各具特点，如《翠子登潭》以扬琴的轮音和提胡的滑音等丝弦的演奏，表达翠鸟在江潭上凌空直下潜入水中捕鱼而怡然自得的生动画境。《出水莲》以古筝曲折与径直、重拽与轻揉、断开与连续、平正与奇变等手法表达莲花之清幽高洁。汉乐得以从1600年前的黄河流域中原地区流传至今，其在史学、民俗、文学、宗教等方面的学术、艺术、历史的价值是不可估量的。2006年，广东汉乐毫无悬念地被列入第一批国家级非物质文化遗产名录。

记得 1989 年深秋时节，我曾到大埔县平原乡被誉为"汉乐村"的五家畲采访。那是个月色溶溶的夜晚，低矮而灯光昏暗的瓦房厅堂里，连三民一家儿孙三代，晚饭后又在奏唱汉乐，一起跟着学的还有 30 多名当地青年男女。尽管弹奏的丝弦乐曲显得生涩，但那声音飘荡出来，在倒映着皓月的风水塘和周边山谷回荡，那韵律令人回味，至今仍有不绝于耳的感觉。这种情景，是大埔乡村比较常见的"和弦"。不管是城镇还是乡村，人们喜欢在农闲或工余、节庆之时聚在一起玩丝弦乐。

"和弦"使我联想到汉乐表现出来的和文化。客家人作为古代汉民族族群，在长达 1600 年的五次大南迁历史中，不仅给客居地带来了生产技术、文化习俗，也"音乐随人"，带来了中原汉民族的音乐文化。也可能是因为客家人南迁地当时大部分处于偏远边陲，从中原带来的文化得以较好保存，当时宋朝的官方主流语言成为今天的客家语，中州音乐成为现在的汉乐。历史上有过多次客家人南迁客居地与当地人的"客土"之争，但最后都在调停之后得以和平相处。从中原带来的音乐也不例外，汉乐既要坚持中州古调之遗风，又难免与客居地的文化风俗相互融合，这就使得汉乐既保存了中原宫廷音乐的典雅古朴，又增加了岭南清新秀丽的情调，原非本土音乐的汉乐，如今已成为广东三大乐种之一。

西汉著名学者刘向曾有"和气致祥，乖气致戾"的论述。我觉得，汉乐多种乐器的合奏，表达的是和鸣。从古至今，客家民间将汉调音乐运用于节庆、祭祀和娱乐，则彰显了"和顺""和敬"以及"和谐""和睦"的道德情感和价值观念。欣赏汉乐，可从中深深体会到相成相齐的和美、和衷共济的道义、家和万事兴的祥瑞。

与许许多多非物质文化遗产的传承一样，客家族群怀着对古老的、祖先留下的音乐文脉的真挚感情，通过口传心授的活态方式，把这乐种如此生生不息地流传了下来。明清时期《大埔县志》记载有"埔之风俗，家诵户弦"之说。大埔人似乎与汉乐有特别深远的渊源，历代汉乐乐师与乐手均以大埔人为主，因此有"无埔不成汉"的说法，大埔也顺理成章地荣获"汉乐之乡"美誉。

无论是日渐繁华的美丽山城，还是绿色生态的乡村，大埔的家庭"和弦"室和汉乐演奏点比比皆是。大埔在隋朝时期的县名为"万川"，或许与县内江河交错、溪流纵

一滴敢报江海信

横有关。我觉得，汉乐丝弦之音如同水源丰沛的河流经久不竭。大埔固然有获评中国最美丽县城"溪江如绘美"的颜值，更重要的是其内蕴的文化传承之美。

弦歌不辍，和气致祥。

2017 年 8 月 23 日

于观澜河畔

风物长宜放眼量

　　广东最东部的大埔县，其最东面的小镇叫大东。这毗邻福建平和县的偏远山区小镇，因为有座"广东第一圆楼"花萼楼而广为世人关注。

　　花萼楼位于韩江上游梅潭河畔的联丰村。这座建于明万历三十六年（1608 年）的土圆楼，占地 2289 平方米。寻访中，穿过崎岖山路，走过新旧客家民居，站在难得一见的大门坪，突然看到这高耸而齐整的圆形建筑，精神为之一振。圆楼外的地基以及仅 1 米高的墙基由大小不等的圆润鹅卵石筑就。墙基以上至圆形的瓦顶是土黄色的三合土，斜顶檐下可见匀称分布的小窗。从圆楼西南位置石拱门进入，可见鹅卵石铺成的圆形天井。天井正中间是用规则的鹅卵石铺排的直径 3 米的铜钱图案，附近有一口水井，井沿有一个"9"字形小水槽，与天井周边圆形大水槽构成排水系统。入门对面正中是一座观音庙，两边半圆形分别整齐地排列着 14 扇房门，这 28 扇门内各为一间生活起居室，由此进入各有 2 间房的二环二层空间，再进入各有 4 间房的三环三层，构成各有 7 间房的 28 个复式套房。三层门外是共用圆形走廊，各个生活单元既独立又联通。

　　徜徉在三楼的走廊，我发现，与土黄色外墙不同，里面的土墙全部是黝黑的。细看不难发现，这是柴火烟熏所致。环顾这圆楼里如花蕊的天井、如花瓣与花托的三重圆环，想象在 400 年间，代代相传的炊烟夹带着菜肴的香气从里到外弥漫山野间，是多美的山居图景。"常棣之华，鄂不韡韡。凡今之人，莫如兄弟"，取《诗经》"小雅·常棣"之意，此楼以花萼为名，开基祖林援宇寄望裔孙兄弟及邻里团结和睦、相互依托、同心同德、相亲相爱。中间铜钱图案和"9"字形井沟，寓意丰衣足食、长长久久、持续发展。与客家民居通常把中间核心位置用作供奉祖先灵牌的宗祠不同，花萼楼正对门位置是观音庙。据说，以农耕挑担为生的开基祖建房前因观音托梦并得到一笔意外之财，为感其恩德，圆楼建成后便供奉观音，逢年过节，族人敬拜观音，每每接受感恩教育。族人也常接来缺房屋的乡邻入楼居住。

一座土木结构的客家民居，何以能历经400余年风雨而屹立不倒？与联丰村人交谈，我得出三点启示。首先是其防御功能。圆楼可全封闭围合。三楼设有观察口和炮眼，易守难攻，同时楼内有防火设施，实现内防外御。其次是聚族而居，共同维护。家族内部，消除尊卑等级，各门各户均等分配住房，大家族每户既有相对独立性，又有公共生活交流空间，使以血缘为纽带的家族保持着凝聚力和向心力，合力维护家园。再者是文化的传承。林氏父子大兴土木之时，便在花萼楼注入了团结文化、祈福文化和感恩文化元素。家族从最初的数十人，传承繁衍至今已有600多人。圆楼早已无法容纳不断繁衍壮大的人口，子子孙孙便又像客居此地的先祖一样，走出如今已成为省级文物的圆楼开拓发展。

土圆楼是闽粤两地客家民居中最受瞩目的一种，但并非主流。现存客家民居大部分是围龙屋、围楼、上下堂、殿堂式的建筑，又以围龙屋最具客家韵味。以广东客家方言为主的32个县市中，以"围"为名的地名多达200个。考察客家民居现象，应从客家民系两个基本特征着眼。在漫长南迁过程中，客家人一是保持着中原宗族共同体聚居方式，二是住所风格源于汉魏晋北朝坞堡建筑的围堡式大屋。聚族而居的社会特征和围堡式大屋的建筑特征，两者相互依存、相辅相成。客家人迁徙南方山区后，因地制宜、依山而居建设围堡式房屋，既使住所与山区地貌相吻合，与自然相协调，实现天人合一理念，又可实现同宗聚居而保持社会文化、习俗、语言特征的持续传承。

四川成都洛带古镇有一座号称全国第二大的客家土圆楼：博客楼。这个新时代的客家建筑内，设置了客家文化博物馆等集中华客家文化大成的载体，讲述了客家人西迁入川的历史故事，也表达了古镇所在的区域3万多客家人对文化传承的心愿。时代发展，围堡式民居失去了社会基础，但是那一片片黑瓦下的夯土墙，仿佛是一个文化符号，依然展现着过去时空维度的生活愿景。在迁徙的、流动的生活时空场境变化中，客家人坚守着群居聚合性，又顺应聚合而离散、离散而又聚合的和合规律，并由此能够在客居地与社会、人文、自然环境融突和合，生生不息、世代相传地追求美好生活愿景。

有社会学研究人士把客家人与沿海族群比较，认为客家人不如受海洋文化熏陶的闽南语系福佬族群抱团而又敢拼敢闯。客家人虽然大部分生活在闭塞山区，其民居相对围拢而封闭，但是，我认为客家族群绝对不是保守、狭隘而不团结的族群。凡益之道，与时偕行，客家人洞悉潮流而不随波逐流，善于传承而又不故步自封。而今，一代一代的客家人走出山区，也走出心灵的围楼，开辟新的天地。"风物长宜放眼量"，过去、现在、未来，我相信不管是传统意义的客家人，还是以新移民身份自认的客家人，一定会在生活愿景里保持着与岁月共生的和合意蕴。

2018 年 10 月 10 日

于观澜河畔

山中有真味

对于每一个山里人来说，圩日都是充满人间烟火味道的时间节点。山里人盘算着耕地、菜地、果园的收成，抑或是山上、河溪、鱼塘的收获，参加农耕之余的山乡盛会。

我的老家大埔早已进入"快递"商贸流通时代，但是，圩日依然按照约定俗成的农历时序和乡镇区域"顽固"地存在着。

行走在县城湖寮的街巷，可勾起许多儿时回忆，更可体验当下山城市井凡俗生活。适逢农历一、四、七的湖寮圩，虎山市场旁的街道嘈杂热闹。摩肩擦踵的人流与地摊旁的卖家进行着语言、钱币、物品的交流。清晨刚摘的鲜嫩菜蔬和瓜果，碾出的新米和粟粉，刚晒干的咸花生、河鱼干、菜干，还有龙眼、板栗、百香果、番石榴、糖梨子等应节水果。刚孵出窝的小鸡、小鸭、小鹅苗，抖动着毛茸茸的身体发出细微叫声，给圩日增添勃勃生机。

在一个卖草药的摊档前，我与来自百侯新乐的刘姓农妇攀谈起来。她的竹篮里，放着十来个长条形的玻璃瓶，里面有赭色和金黄色两种浓稠液体。赭色的山苍子油是她制作的。每年秋天山苍子成熟的时候，她到山上去采摘山苍子，晒干用石碓捣碎后筛出细小的颗粒，放到生铁大锅里蒸熟，晾干包进布袋放置在榨油用的木夹里压出油来，分装进小瓶里，每瓶约 3 两，卖 45 元。10 斤山苍子晒干后仅 2 斤，可榨油 5 两。山苍子油有下气消食、祛皮肤风、暖脾胃作用，能治心腹气胀、止呕吐哕逆，可内服亦可外擦，是山区日常用药。金黄色的山茶油并非作为食用油，而是用来消瘀肿、止疼痛的，其生产流程、出品价格与山苍子油相同，榨完茶油留下的茶枯则是农村常用的洗浴用品。

眼前这位刘姐语气平和，说着自己 18 年来制作并售卖山苍子油、山茶油的事。见我不时好奇询问，她坦诚告诉我，家里每年种两季水稻，还种了红薯、花生，多余时间她便生产销售山苍子油、山茶油。每逢圩日，如与农事不冲突，丈夫到县城建筑工地干活，她搭丈夫的摩托车跑10多公里山路到圩场卖货。每年1万多元的收入虽不多，但可以帮补家用。现在一对儿女均已长大成人，儿子在广州花都读完大专回到家乡一水电公司上班，一家人也在城东郊区买了一套23万元的小产权房。她不经意地说着这些，红润的脸颊漾着一丝满足的亮光。

脚步稍微徘徊，就会有经营者热情地介绍所卖的草药树根，从采摘时间到药效功能，再到分量价格。前面的两排是地摊，一侧还有临街店铺，逾百米的地摊上，那齐整排放、包扎成捆的多是草本药材，放在敞口袋里的则是块状的木本植物根茎，有些还用小纸板写上名称和功效。临街的店铺里，密密实实地堆满了各种装药材的袋子，只有店主才分辨得出里面的药材。有些店里，店主正在用镰刀把刚采收回来的树根斩成块状。

这仿佛是个草本、木本植物大观园。虽然看不到这些植物原生的姿态，但通过其散发出来的树根和泥土的气息，可感受生命的热气腾腾。如果觉得身体有湿气，便有干鲜两种硬饭头（学名：土茯苓）和山稔根供选择；若是上火了，地斩头、苦斋、簕苋根等可对症下药。五指毛桃、臭屁藤、五叶神等有益气通气功效，鸡骨草、乌脚鸡等则可活血化瘀，溪黄草、鱼腥草、白花蛇舌草、满天星等草药消炎效果是公认的。白花牛奶树根可滋阴，山蜈蚣可祛风，金樱子、观音串、石参、艾根等可以壮阳。这些植物平时是与食物一起搭配的，或是煲炖为汤，或是浸泡为酒，成为保健佳品。

曾有一位朋友夜间尿频，苦不堪言。家乡人用金樱子泡酒和熬膏供其服用，很快见效。事后这位老兄在《本草纲目》里找到了金樱子有涩精、缩尿作用的注解。居住在山区的客家人，千百年来用悠长的时光，把从中原带过来的对中草药的认知与当地山区植物品种有机结合起来，通过祖祖辈辈的验证，最终锁定了可供调养身体的草木药材，形成了山里人特有的养生智慧。

国际自然医学会历时三年对大埔县进行考察认定，于2019年6月授予大埔为第八个"世界长寿乡"。大埔的长寿现象由此引发世人的高度关注。显然，群体长寿的因素是综合的。随着年岁增长和视野的拓宽，我一直觉得大埔人对养生保健有着独到的理

一滴敢报江海信

解、热情和执着。首先是天人合一的自然观。山里人采草药、树根是讲究季节的，所采草药的药性也要合乎春生、夏长、秋收、冬藏的自然规律，同时服用也要与四时身体相适应。其次是阴阳调和的平衡观。每种植物都有独特的性质，要根据药性调整身体状况以维持体内的阴阳平衡。再者是药食同源的饮食观。采摘于山野的草木，或以汤水、酒品形式存在，或与米粄、肉类相结合，把草木的药性融入日常食品中，达到强身健体之功效。大埔人这种"合、和、同"养生文化，早已渗入饮食生态中，代代相传，盛行至今。

大埔素有"山中山"的美称。山野或民居，所设置的"土地龙神"可以看出山里人对山脉的膜拜，人们对大山充满敬仰与感恩。山间的清风与溪流濯洗出山居生活的智慧。这方水土，让人品出山中真味，更令人乐享养怡之福。

2019 年 8 月 30 日

于宝城

乡村四月闲人少

山村的节奏从来不紧不慢。

惊蛰刚过，坳背村仿佛从酣然的梦中苏醒，动静逐步大了起来。当地有句土话："懵懵懂懂惊蛰播种。"村民们把谷种撒进带坑的塑盘，铺上薄薄的塘泥，再覆盖尼龙薄膜保温。谷种吸足水分发芽生长之际，用农耕打田机对已长出些许杂草的农田泥土进行犁翻、平整、打浆。在清明，当稻田里莳上一行行禾苗之时，田畴如同点缀着绿意的一面面镜子，倒映着天光与山峦，不失为一幅幅山水画。

现在的农活随着技术进步已轻松了许多。过去禾苗插在大田里，脱秧后要给扎成一捆捆的秧苗用手压上农家肥，脏臭自不在话下，现在把秧从塑盘的坑中拔出来就可莳。赶耕牛犁完田后，还得用牛拉耙和辘轴，来来回回几次使水田平整，而今这些活被半机械化的打田取代，又快又好。以往的精耕细作可考究了，用长竹竿前端的铁耙子在秧行间来回耘动，锄去稗子杂苗，现在只需施些农田专用除草剂和肥料，保持田里有足够的水便可。割禾也如打田，有专业人士带机械上门提供服务，省却许多功夫，待到"大暑满田光"的时节，便是农民晒谷归仓的喜悦时光。

顺天而行，应时而作。以农耕为生的坳背村人向来有种两季水稻的习惯。上季刚完成，从立秋时节莳完田，再到"禾到立冬死"的立冬前，下季的稻田农事宣告完结，时间周期短两个节气，约 1 个月时间。在农村，遵循的是古人按太阳照射地球角度所创设的时间刻度形成的节气，什么时节做什么已形成约定俗成的规律。村里人对农事节律了然于心，因此从容不迫地在节气变更中谙熟地把握忙闲节奏。

回忆起农耕时光，村里已近古稀的仁兄颇为感慨。据他说，坳背祖辈靠 170 多亩农田一直过着维持温饱的生活。现在时代变迁了，年轻人都往城市里跑，以往几百人的村子仅留下老小不到 30 人在这里居住。农田大部分给专业公司租去种植蜜柚。现在正常在耕种的农田仅 10 余亩。会耕田的也就剩下 10 余个年纪在六七十岁的老农民了。以亩为计算单位，每亩通常每季可生产稻谷 1000 斤，按每斤谷市值 2 元计，除去谷种、打田、割禾、化肥、农药约 800 元，大概会有 1200 元的毛利，这就权作一季忙下来播种、插秧、施肥、放水、晾晒等劳作的工钱了。当然，稻米是不可能上市出售的，谷子碾出约 700 斤米，足够食用，还可获得 300 斤糠用作鸡鸭饲料。仁兄说："耕田真的没钱赚。"从经济角度来讲，耕田是没多大意思的。对于他们这老一辈人来说，耕田就如同吃饭用筷子那样习惯了，也不想丢去这门谋生手艺。但是再过几年，这辈人不能下田的时候，谁也无法保证在耕农田不会丢荒。正是有仁兄这些人坚守着故乡的土地，这里依然展露着田园生机的美好。

农村生活，是无法闲着的。坳背村也从来容不下好吃懒做的闲人。房前屋后的闲地，塘唇路边的空地，大都被辟作菜园，农闲时节，早晚时分给菜地松土、浇肥水是再自然不过的事情了。养殖鸡鸭，放养塘鱼，与水稻、蔬菜、水果种植交互进行，仿佛弹奏交响曲一般，也同样是挺享受的轻松劳作。看着菜苗长高，看着瓜藤挂果，看着毛茸茸的鸡鸭日渐成长，最后成为一家人的盘中美味，这过程累积着丝丝获得感、喜悦感。

靠体力劳动获取成果的岁月里，坳背村人既掌握了节气一成不变的定律，当然也掌握了变化莫测的市场行情。不知何时，被誉为"世界长寿乡"的大埔县，风味美食广受追捧，做笋粄、算盘子粄、鸭松羹、芋卵粄等小吃的原料木薯粉也随之热销。村里人敏感地获此消息，用农田、荒地扩大木薯种植面积。虽说木薯耐寒耐瘠，种植的技术含量不算高，但要使木薯能产出更多的木薯粉，其过程还是有考究的。春耕时节选取预留的种茎栽植，适当进行除草、施肥等田间管理，冬至前后便可挖土层下的木薯。除了现在机械碾碎木薯可尽快分离薯渣和粉浆，免除以往多次淘洗工序外，刮净、过滤、沉淀和晾晒等加工环节还是少不了的。每千斤木薯可产 200 斤木薯粉，每斤市场价格约 8 元。坳背几个木薯种植大户，通常每年可从中获得数千元的收益。

市场规律也如四季节气变化，融进了坳背村人生活的方方面面。当专业公司十多年前进村租地种植蜜柚之时，仁兄凭着农闲在县城做点小生意的市场经验，认为种果也有商机，便决定在自家闲置的田地学种蜜柚。几经改良品种和扩产，形成了近两百棵的种植规模，收成的柚子交由在县城开商店的女儿销售。近两年，在深圳工作的儿子说外面的市场大，仁兄夫妇俩便订制纸箱把柚果按4颗一箱打包，雇车运往深圳销售。仁兄可谓精打细算，柚果从采摘到包装，全部是夫妇俩自己完成，常常忙到凌晨时分。他专找运货到大埔后空车返深的货车以节省运费，800箱、逾万斤柚子，运费往往不足2000元。卖柚子可获6万余元，这可是夫妇俩一年里头最大笔的收入。仁兄有三个儿女，都挺孝顺，夫妇俩留守在村里也算衣食无忧。不过，他觉得，现在虽然上了年纪，体力却还行，力所能及地靠劳动赚钱，比依靠子女供给，更充实、更有意义，也更加自豪。

劳动的双手粗糙而又闲不下来。农历六月初六和九月初九前后，是村里人种植桂菜的时节。这桂菜是芥菜的一种，因长得高又叫大菜。有学者考证，这是客家人南迁时从中原带过来的纯正菜种。桂菜煮着吃会有点苦甘的味道，是做腌菜（客家咸菜）的材料。两次种下的桂菜分别在农历九月和腊月可采摘。经过两天的晾晒后，在簸箕上摊平，撒上粗盐，用手反复揉搓。以往数量多时甚至堆在一起用脚去踩。桂菜变得柔软后，一株株卷着装进事先准备的瓮或塑料瓶，叠装时每层再加适当的粗盐。封装发酵半个月后便可取出黄得透亮的客家腌菜食用。如果要做成客家梅菜，腌菜要经过三次蒸、三次晒的工序形成黑如乌龙茶的菜干。梅菜干因易于保存携带，在昔日物质贫乏的岁月是读书人或侨胞远渡重洋的首选菜品。客家人代代相传的口味早已适应了腌菜粗纤维里释放出来的酸、咸和特殊的菜香。村里人做的腌菜除了自己食用，大部分被出门人带上，远走他乡。

看上去村里人的时间节奏是松散的、舒缓的，但在二十四个节气构成的坐标轴系里，对每个节点的把握又是严格的。客家娘酒随时可以酿造，但要做出最好的娘酒，时节应选在冬至。坳背村人遵循古法，冬至前便要把酿酒的水缸、当季糯米、红曲、酒饼等材料，连同土灶大锅、炊具、酒瓮等器具准备妥当。前一天，先将糯米淘洗浸透，冬至这天，把糯米放在大铁锅上蒸熟，然后摊凉。按照100斤米、4斤红曲、7两酒饼和约30斤水的比例充分搅拌后，装进大水缸密封，视天气情况盖上被子保温。经过1个月时间发酵后，揭开缸盖，用干毛巾把缸壁四周边缘的蒸馏水擦净，再把发酵的糯米搅拌压实，一个星期后便到了出酒的时刻。从缸里挖出醪糟放在底部对着瓮口

一滴敢报江海信

的簸箕上按压，酒汁便潺潺流进瓮中。随后，把酒瓮移到户外，用燃着的米糠、木屑对酒瓮进行炙烤，直至酒液沸腾。冷却后封瓮保管，或分装储存。通常情况下，村里人酿造的娘酒，百斤米可获得约 80 斤酒品。

一年里最具仪式感的劳作大概就是客家娘酒的酿制了。冬至酒出，也就到了辞旧迎新之时。这剔透的玛瑙色汁液，凝聚着村庄里各种微生物暗中发力，实现当地水质、温度、时间与米谷的融合平衡。早已刻录在骨子里的味蕾中，品咂这经由自己手工制作的美酒，一年的劳顿不禁烟消云散。被汗水浇过的二十四个节气，仿佛都充满诗意。

这方水土，肌肉的运动是弹性的，遵从的节律却是刚性的。汗流浃背时，不会算计收获；粗重喘息时，也想不到得失。躬身劳作，肉体如同禾苗、果树在田地间舒展，灵魂伴随着种子的孕育、生长，踏歌而行。

生命，存在于闲不下来的生产、生活场景中，存在于对土地的敬畏和对季节的虔诚中。不停不歇创造价值的乡村生活，永远值得沉浸、歌颂和品味。

2020 年 3 月 11 日
于前海前沿

永不消逝的村庄

夏至的月夜，显得异常沉寂。偶尔传来了无节奏的犬吠，此起彼伏的是蛙鸣，蟋蟀之类的小虫在灌木草丛间哼着自得其乐的曲子。家乡的小山村洒满月色光华，新的小楼、旧的瓦房均被光与影勾勒出柔和的轮廓。远近的山峦和疏朗的云朵映在梅潭河上，仿佛形成无数层游动的光影，像一幅亦真亦幻的动态水墨画。空气中弥漫着稻花的清香，山上植物绿叶间散发出来的气息，以独特的穿透力驱散睡意。

难眠的夏夜，这优美的夜色，使我想起祖辈描述家乡坳背村风光的《霞坳四景》。其一是《庐山春翠》："庐山秀耸曲江边，黛色晴烟混接天。自是春光关不住，因风吹上翠微巅。"其二是《璧水秋波》："万事劳形百感侵，偷闲何处涤尘襟。秋来璧水波光净，一鉴天开悟道心。"其三是《江边古木》："轮囷古木绕晴川，树影泉光趣万千。识得其中清意味，少盘桓处便神仙。"其四是《渡口横舟》："渡头春涨绿波皱，来往纷纷竞问津。我羡青溪垂钓客，夕阳静坐数行人。"

家乡坳背村靠山面水，后山因形似"葫芦"，故称为"庐山"。源自闽西的梅潭河，经过无数条水系源源不断的补充，如绶带一般，环绕着坳背村蜿蜒而去。四首诗围绕着高耸秀丽的庐山春色，如明镜般透彻心扉的激滟秋水，河边古道旁充满禅意的古木树影，还有阅尽匆匆过客的木船渡口，展现了古人在贫乏的农耕之余充满诗意的"悟道心"和神仙般的快乐。诗的作者是我们村里黄姓开基祖乐庄公之孙黄宫榜。按照村里宗族辈分推断，他作这组诗大概在150年前。传说诗文当时勒刻在石碑上，此碑于20世纪60年代遗失。几经周折，裔孙育杭在十年前从河对面的村里找到此碑，经修缮后立于村道万福亭旁，既对这祖辈留下的珍贵文物进行了保护，又寄托了对先祖的追思。

不管什么季节，每次徜徉在坳背村，行走在乡村小道、田头、河畔，有惬意和欣悦，也有岁月中物换景移的感喟。最勾起记忆的当数稻田。春耕后，稻田里嫩绿的禾苗一行行一列列齐整地排在那一垄垄方块状的田里，踏过积淀着软泥的田埂，看着倒映在水面的小禾苗向远方延伸，绿色绒毯渐次与周边的水圳、小径和远山融为一体。时序变化中，禾苗长高，抽穗、开花、灌浆，变成沉甸甸的金黄色稻穗。收割时节，脚踏打谷机的轰鸣声中，收成的稻谷被挑到晒谷坪晾晒。收割后的稻田显得空寂，留在田里的小截稻茬带点老态与沧桑，依然齐整地与山水相融成景。稻草自然成为耕牛的饲料，稻茬会被犁进田泥化作有机肥。秋收后，村民们会把稻田犁翻一遍，撒上紫云英种子。待到春天，那田野上布满紫云英的绿叶和新开出的粉紫色小花，则又是一番令人陶醉的田园景观。

自从村里进驻了蜜柚种植专业户后，村里靠近山谷比较偏远的稻田和山麓荒地被统一租赁，种上了蜜柚。村中心地带上下两大片开阔平坦的农田，只剩下小部分由留守村民耕种水稻，其余或开挖成鱼塘，或辟为菜园，还有些则种上木薯、甘蔗、果树等经济作物，也还有一些农田杂草丛生，丢荒一隅。昔日的稻田农耕景象，而今变得芜杂。

记忆中的旧时光，村里生产队的一个高音喇叭传递着资讯，伴随着山村日出日落；偶然前来的电影队放映的电影，冲散了乡村夜晚的雾霭，留下难忘的光与影。鸡鸭欢叫，圈栏的肥猪闷头进食。夕阳下，牧羊人赶着回村的山羊，与从容踱步走在乡间鹅卵石小路的耕牛牧童殊途同归。而上蹿下跳的狗从黄昏到夜晚，就不曾闲着。农家生活场景就是这样子慢悠悠地进行着。春种秋收，炊烟袅袅，五谷丰登，六畜兴旺，劳动的人们欢声笑语荡漾在河流山谷。每年春节，家家户户的鞭炮声，以及顽童们捡鞭炮、捉迷藏的嬉闹声往往把小山村推上热闹的巅峰。

著名社会学家费孝通先生说过，乡村是建立在泥土上的，乡村人就像土里长出的植物一样。这也意味着不管随着社会的变迁，他们去到了哪里，其根还在故乡的土壤里。曾经人气鼎盛的坳背村，如今祖父一辈所剩无几，父辈也为数不多，而同辈大部分外出或选择到县城居住，常年在村里居住的老少已剩不多。但是，每年到了春节，村里又会热闹起来。回乡过年的人不会忘记在辞旧迎新的时刻到村里拜祖，并到村口万福宫祈福，表达崇敬和虔诚。香烛纸帛的燃烧和烟花爆竹的鸣响自然令小村增添节庆气氛。清明的春祭和中秋的秋祭，山峦间此起彼伏的烟火，也昭示着这个村庄生生不息的传承。但是平日，村里是相对空荡的、寂静的。

坳背村还保留着几大幢老祖宗迁居到此时先后修建的客家围屋，门户和厅堂完整地保留着。这些土木结构的房屋，是经不起岁月风雨侵蚀的。梁桁腐朽或瓦顶破损了，通常会做适当检修，维持原状。近30多年间，陆续有村里人在宅基地建起了混凝土结构的新房子，但大都不是拆旧建新。新屋多为那种中西结合的独栋楼房，也有依着客家老式民居风格而建的，平日大多不住，权作一种根脉纪念。老房子得以保留，大概是因为多为宗房共有物业，也可能有留下屋场和记忆的考虑。有外地人进村开展豆腐制品加工或借住，村里人会免费提供，都知道屋要有人住、有人打理才不易破败的道理。进城务工的青壮年一般选择到五公里开外的县城居住，其后代也跟着尽早接受城区的较好教育。留守在村里的老一辈，绝大多数已是花甲以上，略有体力的会依农耕节气种些聊以自给自足的稻谷、青菜和水果，也会养些鸡鸭、塘鱼，帮助外出的儿孙照看未及上学的幼童。

乡村是农耕文明的载体。中国传统的二十四节气，多数讲到了耕种活动与时令气候的关系，且是诗意般的凝结，每个词面背后都寓含着农业的场景，散发乡土的气息。因城镇化建设的持续推进，农耕的空间受到挤压，但通过业态的调整和重建以及文化的赓续，乡村也能在实现发展的同时"留住乡愁"。村落是有根系、有文脉的，体现在地缘、血缘上，也体现在实物的印证和文字的记载中。那些祠堂和老房子，那些参天古树，以及山上的块块墓碑，都在无声叙说村庄的往事。乡村教育、民俗和民间文艺等人文遗产仍发出精神能量，而一代一代的新人又不断创造着新的生活。坳背村是中国土地上千万个古老村庄之一，其田园牧歌式的辉煌在城镇化的浪潮兴起后，已然成为过去，但刻在石碑上《霞坳四景》的诗情画意，如同融入生命中的基因代代相传，保持着鲜活的韵味。

热爱并关注村庄，大概源于少年时期乡村生活的情结吧。这十来年间，每到一地，我总会去一些传统村落逛一逛。闽西山区连城的培田古村里，专为培训嫁入嫁出妇女的"容膝居"，寄托了对妇女提高修养和开阔眼界的期望。南宋皇族后裔在福建漳浦修建的村落赵家堡，保存着结婚与行丧戴孝均穿同一件纯白色"象头衣"的红白喜事习俗，提醒后人不忘孝亲敬祖。大埔百侯镇侯南古村各姓各房设立的大书斋、书房里、兰台书室等学堂、私塾、书院，其崇文重教的风气延续至今，难怪其保留完好的三十六条巷至今仍弥漫着翰林书香。潮汕平原的村落，最为突出的特点是极为考究的祠堂，其繁缛的敬拜日课和程序，表达了沿海众生对血脉传承的执着和对大自然神秘世界的膜拜。汕尾陆丰的石寨古村，郑重其事把"村礼""族礼"等村规，刻在石板上，置于最显眼处，以约束村民的生活行为，规范对堪舆建造和资源环境的公益维护。我熟悉的广东大埔乡村，每年都会按照约定俗成的"规矩"，开展"祚福""迎灯""迎仙姑""唱大戏"等民间家族礼教和乡间艺术交织在一起的民俗活动，实现族群道德教化和祈福迎祥等目的。

更为重要的是，在国家擘画乡村全面振兴新蓝图的进程中，传统的人文要素和自然资源被发掘出来，运用市场观念进行的开发为乡村发展注入新动能。大埔西河镇的北塘村，对村中 20 多座元、明、清、民国时期的客家民居进行全面修缮，建成颇具特色的融侨领与洋务运动、法治文化、红色文化、茶米古道为一体的乡村旅游风景。枫朗镇西岩山区，依托种茶、制茶传统，把古村落打造成茶文化特色村，实现农业生产与乡村旅游的完美结合。

青山依依、绿水悠悠。到了喜欢怀旧的年龄，会深深怀想村子里那些残留记忆中的旧时光景，也会欢喜推陈出新的景观更迭。既怀念各个阶段的那份静谧，也欣赏不同时期的喧闹。在对传承的期待中，更希望看到城镇化进程中的创新和拓展。不觉间，会衍生淡淡的失落感和或多或少的惆怅，但我坚信，文化根脉的延续不会因村庄的容颜变化而冲淡。

每个古村庄都是一部历史。珍爱这承载文化基因的活化石，最大限度地保护、挖掘村庄里的文化，其意义非同小可。古村庄连接文明的世代传承、连接现实的持续发展、连接古往今来永不消逝的自然与人文相交融的存在。

2016 年 7 月写于罗湖蔡屋围

2021 年 2 月改于宝城

可以造就的莒村

就像好朋友并不是第一眼就能够认准的一样，对古老村庄的认知，同样需要久经时日。

这个阴雨寒冷的壬寅春节，从老家坳背村出发，驱车约 10 公里，便到了大埔县湖寮镇东北郊的莒村。下海在广州经商的老友学锋兄，花甲之年在村宅基地建了一幢新房。分享之际，老兄指着离新居近百米的祖居裕昆堂告诉我，五年前经家族合力修缮，祖居焕然一新。这座已有 180 年历史的客家三堂结构围屋，典雅庄重，气势雄浑，勾起我不少温暖记忆。

20 世纪 80 年代中期，与同在县委工作的学锋兄认识。有些场景还依稀记得，与同龄玩伴一起在莒村学校水泥乒乓球台上鏖战，难舍难分。还有为扑克牌争输赢，热火朝天。曾结伴从莒村沿山路骑单车到西河镇寻访修道之人。投宿莒村，最难忘的是学锋兄母亲在柴火灶上做的早餐——牛肉煮米粉。学锋兄祖屋裕昆堂梁柱上生动传神的吉祥图案和二十四孝故事木雕，以及精致的天井鹅卵石拼图和泥塑灰雕，使我大开眼界。

粗略回想，在莒村认识并熟悉的人还不少，既有曾共读一校，后来跻身政界的老同事，也有颇有业绩的企业家。我认识从这里走出去的报业和文化界精英，也结识这里的民间术士。认识村里乐于传授养生之道的耄耋之人，近几年也目睹了后起之秀的成长风采。我的两位恩师何其严、陈经业就是莒村人。在大埔从事新闻工作时期，每每从县城湖寮出发往茶阳途经莒村路段时，都会向公路旁著名作家杜埃所建的笔形建筑准庐行注目礼，虽不认识这位广东省委宣传部老领导，但心怀敬佩。

然而，眼前的莒村，却是那么陌生。

穿村而过的两条公路平坦宽敞，不再是记忆中的泥沙土路，连接到户的乡间小道清一色做了硬化。莒溪两岸筑起了石坎，梯级蓄水坝的水面倒映着青山、白云、民居、村容美景。溪畔道路边布置着文化广场、休闲长廊、健身器械、凉亭景观、特色路灯，连同壮美的莒村石制门牌坊、同济桥上的功德长廊、多姿多彩的树木花草，构成全新的面貌。当年莒村道路泥泞坑洼、河岸崩塌、杂草丛生、禽畜乱窜的破旧、脏乱印象，荡然无存。

与新建的别墅、楼房新景致相映衬的是仍然在耕种的稻田、菜地与经营的鱼塘，还有就是顽强地保存下来的客家民居。依山而筑、溪圳环绕，从明清时期保存至今的古建筑，格调高雅、气宇非凡。其精心的环境布局、精致的雕梁画栋、精巧的功能设计，时隔数百年，仍展示着莒村先祖从长计议的考量和智慧。被列为省级文物保护单位的延庆堂，以及被列为梅州市历史建筑、被县里授予特色民居的裕昆堂、南山聚秀、州司马第、绍业堂、绍德堂、承启堂、中宪第、恺公祠等风采依旧。莒村保存完整的客家古民居多达 86 座，这在纯客家村落中并不多见，也鲜为人知。

莒村的新景致、新面貌里，因保留了其古朴、宁静的底色，而显得灵动、富有深厚人文内蕴。若有心与村里人交谈，关注村民 2016 年创办的微信公众号里海量的新闻资讯和诗文，会惊喜地发现，莒村还有许多生动的维度。

一个村庄，拥有养正学校、培英学校两所百年老校。办有《骥风报》《培声报》两份报纸，其中《骥风报》创刊已逾百年。一本由退休老教师陈克招编著的，长达 81 万字的《莒村史话》，可令读者拍案称奇。村里还打造了村史馆、农耕文化展览馆。建起了大礼堂，绘制了千米文化画廊。除有老人会等组织，还拥有历史悠久的莒村剧社、锣鼓舞狮队、太极拳等社团。村里每年春节举办的篮球比赛，坚持了 80 年之久。从 2018 年开始，每年在大年初一下午举办由村民自编自演的迎春文艺晚会。许多看上去习以为常的文化活动，饱含着村民的人文情怀。而同时，莒村人逢年过节遵循旧时礼俗，到庵寺、民间信仰点敬神祈福，正月里热闹非凡地迎灯赏灯，依节令开展农耕，冬至酿制娘酒……完整保存着由古至今传承下来的风俗。在建屋兴业、安葬先人的重要时刻，免不了要按民间道术，讲究风水堪舆。

平日里，村里通常是寂静的。每当有节庆活动或红白喜事时，平静会被打破。最热闹的当数每年春节了，出门在外的人大都会想方设法回乡团聚。每当夜色降临，村里的文化广场上，掀起舞蹈热浪。莒溪水面看上去平静，但游动的鹅鸭、鱼群和飞舞的水鸟，与水坝旁轮动的水车，奏响阵阵和谐欢歌。村里保存着的五口千年古井，又如静默的老人，守望着莒村千百年的云卷云舒。

新与旧交织，雅与俗共存，动与静相融。莒村在这里徐徐展示其独具魅力的画卷。

到过莒村的人都知道，莒村是四面环山的小盆地。村东面是广东、福建交界处的飞天马山大山脉，崇山峻岭间的山谷，为下游的莒村带来充沛的水源，逐步形成莒溪。据发现的新石器晚期文化遗址和发掘的磨光石斧文物考证，早在4000多年前，已有马坝人在莒溪流域聚居的痕迹。至东晋义熙九年（413年），大埔建置为义招县，莒村有了第一个村名：乾洲乡。这里渐渐成为迁居至此的客家人生产、生活的乐土。隋大业年间，义招改为万川县，又将莒村改称为"富村党"。明嘉靖年间，万川县改名为大埔。莒村西南有一马山，古人称好马为骥，以山为名称骥村。因骥字谐音莒字，当时大埔县统一地名时，便把骥村更名为莒村沿用至今。由此推算，莒村自建置始已有1600多年历史。南迁至此的有陈、何、汪、李、温、黄、廖、罗、曹、邬、丘、刘、曾、赖、徐、钟、赵、张等18个姓氏的客家家族。

客家族群从中原带来了生产技术和传统文化，与原生族人相互交融，开始了农业耕种、养殖，也有了陶盆、碗等粗陶的生产。随之而来的是民俗初步形成，村落也渐次构建。在千年的演化中，村落曾遭遇多次洪灾、地震、大火、匪患灾难，地形地貌也因河道改变而发生巨大变化。而中华传统文化在古村落盘根错节地生根发芽，如莒溪之水浸润着莒村，形成了不可磨灭的特质。

崇文重教，是客家族群传承文脉的根本。长期以来，莒村作为古县城的近邻，村民除自耕自食外，源源不断向县城供应农副产品。居于乡野的莒村先祖们没有忘记"唯读唯耕""复宗功而启后诗书"的祖训，唐宋以来民间自发读书成风。到了元初，曹姓人开创的诺谷遗书斋，成为有志科场拼搏者的习文地、练兵场，形成"童稚耄老求知者，学无长老达为尊"的乐不思返敬学风气。明朝以来，何姓族人开辟咀华轩，陈姓族人办起顺公书室，而且有专供自家儿子读书的荆师等。这些家庭、家族教读场所，后来逐渐转为接纳全村学子的开放型场地。明代以后还发展武学群练，甚至还有专事珠算、堪舆、裁缝、铜铁等技艺传教场所。到了清末，莒村有了接纳男女孩童共读的学堂，成为村里两所百年学校的前身。

各姓氏的族谱，均有隆师重教、善教善育、义方训子、教读传家的叙事记载。对读书取得功名的突出人士，勒石竖碑予以张表。从古到今，村中行伍将军、商贾巨富、府官邑令层出不穷，近代出现了航天、制糖、文物、筝师等方面的杰出专家，教授、特级教师大有人在，中国史上首位蹦床奥运冠军也出自这里。早年远渡重洋的侨胞中还出现了几位侨领。甘于乡村生活的经营能人、参与乡村治理的"乡绅""贤能"也不乏其人。这方水土，人才辈出是必然的。

记得是在1988年的一天，在大埔县委从事新闻工作的我同时接待了来自光明日报社的何东平、来自新华社广东分社的张开机。交谈间，何东平说我们俩的名字"启键、开机"是具有现代意味的对联，我为其才思敏锐暗自啧叹。1993年秋，我带领深圳宝安区通讯员队伍到北京学习，时为光明日报总编室主任的何东平接待了我们，介绍光明日报信息化采编系统，令我们叹为观止。此后，每当赴京出差，我都会拜访他，屡屡得到周至的接待。随着了解的深入，我越发敬佩热情、谦逊、澄澈的何东平，由衷为他先后获任光明日报编委、副总编、总编辑而自豪。

在一本名为《湖寮春秋》的乡土文集里，我看到了何东平献给养正母校百年校庆的文章《我爱养正，挫折成诗》。他在文中回忆了1970年14岁初中毕业后因祖父"成分高"未被推荐上高中的经历。当时，他据理力争为何不看成绩而被列于百分之九十以上的推荐升学率之外，未果。回到茔村扛锄挑桶务农一年后，才经养正学校推荐上了高中。毕业后，他先后留校、回乡务农、在养正学校当代课教师。1977年他参加首次高考落榜。次年再上考场，终于如愿被中山大学录取。毕业后被光明日报社选中，开始梦寐以求的新闻生涯。当他被拒上高中时，当他快熬不过艰苦的农活时，当他复习备考瘦成36公斤时，他警醒、振奋并暗下决心：要用一生来证明，我是可造就的人，能够为国家做点事。

事实证明了一切，也证明了茔村非同凡响的人文造化。

茔村人身上还有一个特质，是善于接受新事物，也乐于吃苦拼搏。清初东南沿海解禁后，村里有不少人走出山门，陆续泛舟出海到南洋谋生。旅居国外，得益于家乡的学养，多才多艺的茔村人行商、从教、油漆、作画、从医，在各种行业均得心应手，成为佼佼者。据悉，莒村在册人口3000多人，而海外侨胞不下5000人。

　　莒村的校舍、乡间逾百座大小桥梁及所有的凉亭、道路，在二十世纪八九十年代，都留下了热心侨胞捐资的芳名。而近十多年，外出乡贤对村里奖教、敬老、文化及环境改造、优化的贡献，是一浪高过一浪。村中心有座同济桥，是100年前村里人捐资兴建的。而今，村里人把同济桥修建成150米长、大气堂皇的"功德长廊"，在其上表彰热心公益事业的人士。莒村的仁善文化有着深厚渊源。客家人与原生族人的相融及与自然灾难做斗争的过程中，生发了世代相传的友爱和睦、帮贫济困、感恩为怀的风尚。清乾隆年间，莒村人何天宝，生平"标古冢，掩孤骸"，手种路树十里，寿终时被县旌表为"齿德儒宗"，至今传为美谈。

　　翻阅厚重的《莒村史话》，我发现一个特别之处，是对妇女的尊重和母德的弘扬。莒村妇女在"五尾"操劳、人情迎送、敬拜祭奠等方面，对子女言传身教，年幼子女入眠前的床头教育更是绝佳的启蒙。莒村妇女带子垦荒、督儿学文的兴家之道，贤事夫君、孝侍翁姑的贡献，息事宁人、淑以和睦的作为，勤俭持家、擅长保健的能耐，恪守妇道、松操同贞的坚持等等，"妇人家"的真善美品格和良知德性，纷纷被族谱所记载。据考，上了民国县志的莒村佳妇就有十多位。在妇女被轻视的旧社会，妇女在家庭、宗族和社会上的功绩得到认同，不能不说这是一种文明觉醒。

　　学锋兄在母亲邹莲英95岁高龄逝世后，动情地追忆先母，认为母亲是其家族的"顶梁柱"。他说，其父亲是县农委干部，根本无暇顾及他们兄弟姐妹几人的学习生活，也无从照顾祖辈老人。母亲在乡下辛勤操劳一个大家庭的生产、生活。母亲虽然没怎么读书，但通情达理，其谆谆教诲，一直是他从军、当村干部、从政、经商等人生历程的指南。何东平在养正母校的纪念文章中，也先后两次提到了当时是生产队长的"莲叔姆"的鼓励和支持。莒村有首山歌："良家妇道多珍贵，言少温存格自高。妇心宽阔容万物，户内平和福定多。"歌谣唱出了对妇道的崇敬。

　　世纪更迭，景物兴替。莒村今天溪缠玉带、小桥流水，有着祥和温馨的田园光景。这与逾千年来莒村祖祖辈辈锲而不舍地探索自然奥秘是分不开的。地处周际大山的汇水区域，常常洪水泛滥。翻看史志，莒村在北宋及清中期均遭遇过几次特大洪灾，致使山体崩塌、田园尽毁、颗粒无收。熟知水患的莒村人掌握水为害的根源和水对农耕的益处，修建河道，建成了日渐完整的排水、蓄水、灌溉体系。村里人巧妙地利用水利资源，曾开采瓷土资源生产日常陶瓷，兴办米粉加工、制酒等工厂。近些年，莒村人调整业态，致力于绿色耕种，发展蜜柚、烤烟、葡萄、花卉等的种植。在村里人看来，保护家园生态环境与文化传承同样重要。他们逐一治理山间水土流失和崩岗，自觉开展节能减排、垃圾分类。就像客家人擅长利用山中植物调理身体一样，莒村人道法自然打造人文兴盛的秀美古村。

也许大埔古县城太过绚丽，郊区莒村名声不算大。它直到第七批次，才获得广东省古村落称号。重教、开拓、向善，还有尊重妇女、敬畏自然，这些客家山区司空见惯的品质内涵，使得这个平凡的小村不断地自我造化，也随时随地拥有自我惊喜。

当年莒村那个初中生，执拗地亮出了"我是可以造就的"信条，一定是有其根源的。北京大学著名教授楼宇烈将从教60多年的经历浓缩为四句话："教之以爱，育之以礼，启之以智，导之以行。"我觉得，莒村以其千年的修炼造就了深厚的人文，教育、启导每一位后来者，自觉而自律地安身立命，坚定而坚持地奋发有为。

看上去简朴，但不乏艰涩，因为莒村不容易读懂。繁华的县城之外，莒村随时会以其广博、静谧接纳每一个有兴致的人。也许，感受着、体味着，会突然发现造就与被造就之间并无障碍，两者是自然而然的共同体。

炊烟袅袅的村庄，活色生香。每一个平凡日子，都应该可以造就。

2022 年 3 月 2 日

于前海双界河畔

又是一年柚花开

春分时节，坳背村弥漫着浓郁的柚子花香。这无形无色的清香有着穿透力，进入肺腑令人产生醺然之意。

从浓绿而葱茏的叶片中探出来的一簇簇柚子花，未开时是椭圆形花苞，绽放后四片花瓣向外卷曲，优雅地陪护着布满黄色花粉的花蕊和淡绿的花柱。一串串小花把漫山遍野的柚园濡染出浓厚的春天气息，展现出蓬勃的生长力量。

这里是大埔山区的一个小村庄。柚树是20世纪80年代中期从毗邻的福建平和县引种的琯溪蜜柚，据说曾是清朝贡品。不知从何时起，稻田和荒坡地大片大片地种上了柚树，先是白肉柚，后来又出了红柚。一个几百年来以种植水稻为主的纯农耕自然村，从此拥有生长万棵柚树的柚园。村里仅剩十余亩农田还种水稻，此时，水田尚未莳上禾苗，平静如镜的水面倒映着柚树和山峦景色，唤起春耕秋收的回忆。

坳背村名字的由来，已无从考证，估计与地形有关。大埔县城湖寮城东的黎家坪行政村最东面，被称为婆太顶的大山岭背面山坳，就是梅潭河围着的坳背村。祖辈曾留下几首描写坳背村景色的诗，其中一首为《江边古木》："轮困古木绕晴川，树影泉光趣万千。识得其中清意味，少盘桓处便神仙。"村里曾经是有大树的。20世纪70年代初，来了不少人锯下许多硕大松树，截成一段一段的，用独轮"鸡公车"运送到河边，垒成方阵，分批绑在一起经梅潭河运走。听说是输送到汕头做火柴。此后，坳背山上树木越来越少，就连小灌木都被砍下用作燃料。庆幸这些年封山育林和农村普遍使用燃气，山上植被日渐茂密，飞鸟和豪猪、黄猄等野兽也多了起来，生态有了极大改观。梅潭河下游修建水电站大坝，河水蓄积了起来，在村前形成湖泊，感觉不到水的流动，水面深邃、宁静。

这里是我儿时成长的地方。从柚花景色回过头来，脚步踩在鹅卵石铺的路面上，去看看曾经炊烟缭绕、热气腾腾的老房子，不失为一种自我聊天的好方式。尽管这些土木结构的瓦房显得沉寂，但透过时空的维度，仿佛与曾经的生活场景侃侃而谈。体量最大的老屋是围屋，在带点坡度的地方面河而建，门坪离河堤仅几米远。中心堂屋两旁有两排横屋，与门楼构成一个方形的核心围合，被十余间房子呈"U"字形围着。房屋基础是由细小河石垒的，均已批灰的墙是用当地土砖砌的，门框用的是烧制青砖。由于年久失修，斑驳漫漶的墙面叠积着不少屋漏渍痕和浓黑苔点。杂草从屋檐下细石铺的地面蹿出来，把那长满铁锈的门锁和饱受风雨侵蚀的房门衬托得异常沧桑。这个围屋，鼎盛时期有十余户几十人居住。

村里供销社小卖部，曾是最热闹的地方，村里人买点咸盐、鱼露、肥皂、火柴等日用品，都往这里跑。这里也成为干完体力活后村里人喝点散装白酒、抽烟、聊天的地方。读初中的假期里，我喜欢在这凑热闹，似懂非懂地听人天南地北地吹牛。有一次，拿起一本被撕掉一大半用来包扎咸鱼、菜脯的书看，竟然入迷了，鼓起勇气借来，连夜看完了书里讲述的刘备三顾茅庐的三国故事，还挺有感悟地把诸葛亮那副"淡泊以明志，宁静而致远"对联用毛笔写在房间墙上。

村里有一个叫保管室的地方，一排房子分别用作生产队粮仓和农具房，前面有个用来晒谷的水泥坪。这里曾是小伙伴们玩用钢珠滑轮制作的三轮车、二轮车的地方，如今这记忆中的"游乐场"早已被新楼房取代。

探访老祠堂后面虎叔的家，可以勾起不少儿时的回忆。那时，除夕夜小伙伴们奔跑在家家户户门前，去捡燃爆后遗留的炮仗。虎叔家里放的鞭炮是村里最大串的，在那个以分为单位用钱的年代，他家花10元买鞭炮，取"光中去，暗中来"的好意头。虎叔老伴去世后，小儿子和孙辈到县城谋生去了，他与以摩托载客为生的大儿子住在这里。他每天上午十点多乘儿子摩托车到五六公里外的县城滨江公园，悠哉玩至下午四五点钟返回。近几年村里打锣鼓庆新春，找不到年轻一点的人打鼓，89岁高龄的虎叔只好一直坚持打下来。他本来并不高，被岁月缩减了身高后站在大鼓面前更显瘦小。他眼窝凹陷，掉牙后嘴唇内陷，短发未全白但左下颌痣里长出的一撮毛倒是雪白的。然而，面容光洁的虎叔并不显老。他的鼓点有力且节奏鲜明，不时用鼓棒指挥打钹打锣的年轻男女。他神态认真地吆喝着晚辈来学打鼓，但没人响应，也许大伙都觉得他能永远打下去。

村里要到节日才会热闹。留守在村里的仅 30 余人，基本为老年人，许多村民选择到县城或更远的地方谋生与居住了。春、秋两季回乡，多为了追思先人；春节回乡，寻根情结多些。自每年义写春联的老叔公故去后，大家都习惯买印刷体对联来贴，不管有没有人住，用格式化的红色春联装饰老屋或新建的房子，寄托对这片故土"天增岁月人增寿"的期望。

偶然见到儿时玩伴，谈起儿时经历，当然会眉飞色舞。在河里学狗爬式游泳谁差点儿淹坏，过年捡来的鞭炮炸牛屎躲闪不及被溅得满面牛粪，河边用蚯蚓放夜钓常常钓起"猪麻锯"……一代代在这里成长的人渐渐衰老，而记忆却依然那么鲜活。

新建的环城公路从河对岸沿山而过，远行的道路肯定更便捷。小山村从来没有停止变化，就像生活总会有新的安放，而生命也从来没有停止衰老。偶尔想起虎叔的鼓点，不觉心生一丝惆怅，这鼓点每年还会定时响起吗？

春天里，柚子花开，赏心悦目。秋天时，柚子结果，充实甜美。坳背村的蜜柚，将带着这片乡土的味道，销往远地；而远走的人们，总惦念着要回到家乡。一年又一年，每一个年轮，都会有新的期盼。

2019 年 8 月 6 日

于观澜河畔

一滴敢报江海信

恬静怡然的坳背

时光总在节气间穿梭。进入冬至，客家娘酒的酿造仿佛把大埔县城东部大山岭背面山坳里的坳背村，推进了过年的节奏，忙与闲纷繁地交错着。

冬季属农闲时节，临近过年的五六天里，村里人便不约而同地忙碌起来。田头地尾的农活要拾掇，房舍庭院、渠沟需清扫、疏浚，桌凳家具、厨房餐具、窗帘被褥也得进行全面清洗。与一年的收成、得失无关，荡除杂芜、脏乱、污秽，以整洁、清爽的面貌，在首尾相接的日子里，顺应天时、驱邪祛恶、祈求新年如意吉祥，早已是溶于血脉中的文化习俗。

留在村里居住的大部分是上了年纪的人。不管是在县城就业、居住的村民，还是远走异乡谋生、求学的游子，心心念念想着回乡过年。坳背不仅有老人倒计时的盼望，更有涌上心头、割舍不断的根脉牵挂。归乡的步履也随着春节的临近而频密。

就当下丰富的物质生活而言，都会觉得要啥有啥，天天都在"过年"似的。以往，村里过年要用米粉浆掺红糖、酒糟水，经一夜发酵后倒入瓷杯，入锅蒸透，做成表面开裂如花、状似笑脸的"发粄"。甚至用"笑"的程度来预兆新年运程，祈祷家运兴旺发达、甜美如意。而现在，靠小苏打发酵的速成发粄，以及忆子粄、甜粄、笋粄等往昔过年的必备食品，城镇街市一年四季都有供应，并可快递到村。就连"劏"（杀）鸡杀鸭这类挺考验人耐心的家务，也可在街市找到档口帮忙。年轻一代会叮嘱长辈不用那么操劳，但习惯劳作的年长者，还是会尽力地按传统的程序操办着"年货"，仿佛什么都去市场买，就会使本已越发变淡的"年味"，变得与平日没什么两样。因此，要以自己生产制作的丰富年色料来表达丰衣足食的富足和欢喜。忙碌，大体就是过年的姿态和仪式。

春联的张贴，算是有闲情逸致的环节。若干年前，村里会写字的老一辈或读书回来的学生，喜欢挥毫书写洋溢喜气的文字。但近几年，大家都习惯春节前到年货市场里去挑选。每家每户会结合家里一年来的情况选择对联，大厅、侧厅、围屋大堂两侧墙体上的，尺寸、文字不同，但都字字珠玑。养殖猪羊牛的还会选"六畜兴旺"横眉在圈舍贴上。顺着、倒着的"福"字贴在厨房中、土灶上，彰显祈福心态。贴春联大都在除夕上午，讲究的还会根据老黄历选择时辰以图吉利。张挂灯笼，也是必不可少的。灯笼通常是一年一换。新式的灯笼运用了LED装饰，红彤彤、亮闪闪，还会变幻旋转，看上去有些许俗气，但也传达一种千年传承的对光明、红旺、财丁的期盼吧。

除夕上午家家户户拜神祭祖，当为一年里最为虔诚庄重的环节。早上起来，人们会到村口的民间信仰点万福宫"还神"，大概去年的此时曾许过愿，或祈过福，敬奉香烛牲礼的同时，免不了又要为到来的新年祈祷。每家每户的门前或庭院，拜神牲礼果品已摆上案台，点烛焚香，斟茶倒酒，口中念念有词，虔诚地敬神祈福。接着又把另外一套祭品摆在祖宗神龛或正堂前，敦亲祀祖，盘点汇报一年里家中安康和喜事，也会敬祈祖上一如既往地庇佑。

每年除夕，住在县城里的梓叔肯定是会回坳背村的。打扫屋舍、张贴春联、祭祝祈年完毕后，打开门庭、厨房的灯，再返回县城居住。有位堂兄，十多年前就已随子女在深圳居住了。前几年女儿女婿在县城买了电梯楼房给他们夫妇居住。除夕上午回到自己四十年前修建的房屋举行他认为最重要的辞旧迎新仪式，每年都无例外。这座土砖、木梁、灰瓦构筑的房子里，摆放着当年在坳背农耕时的犁耙辘轴、锄头镰刀，还有农闲时间干木匠活用的锯、刨、凿、尺、墨斗等工具。这些曾浸满他汗水的劳动工具，锋刃已布满尘锈。每次回到家里，他都要打量一番，勾起温暖而愉悦的回忆，也会向儿孙喋喋不休地述说农耕往事。

年夜饭通常比较早开始，在盥洗、换上新衣后，一家人合坐团聚。晚辈给长辈夹菜孝敬，长辈拣菜给正在长身体的孩子，叮嘱要多尝尝这手艺、口味。享用菜肴、汤水和交流间，其乐融融，天伦尽享。辛苦的当然是当家人，一家吃喝完毕还得忙于收拾好"年年有余"的剩菜，打扫餐厨。长辈给年少幼儿派压岁钱，青壮年向长辈封利市，互道祝颂，依序进行。守夜的方式，有看春晚的，有打牌的，有饮茶品酒的，也有习惯早寝的，还有沉浸在手机互动中的。守到午夜零时，打开家门，燃放鞭炮烟花迎春接福。二十世纪六七十年代出生的人，每次说起过年，最热闹的当数捡鞭炮了。少年时期物质贫乏，过年也没什么可玩的，年三十晚上朝着鞭炮响起的方向奔跑，一拥而上抢捡未燃爆的零散炮仗。这些纸炮遗留的引信大多很短，用火柴引爆牛屎墩，浑身"挂彩"也是常有的事。当然，对新一代人来说这些过年的玩法只是一种遥远的传说了。

春节的早上，打开大门的声声鞭炮，伴着彩云升腾，农历新年第一天充满希望的好心情油然而生。自公元前104年汉武帝钦定实施《太初历》之后，2000余年来，神州大地赋予农历大年初一极为丰富的文化内涵。由古至今，坳背村人把这一天看得异常神圣，亲人间见面互祝新年，避讳不吉利的言行，连扫地倒垃圾也是不被允许的。傍晚时分，远处隐约传来锣鼓声，那是村民们自发组织的锣鼓队要到各家各户拜年。先从村口万福宫开始，挨户进行。每到一家门前，主人会以烟花爆竹相迎。锣鼓队会在厅堂中心停顿，众鼓手把节奏加快、力度加大，一时屋内锣鼓喧天。

村里的锣鼓班组虽没有唢呐伴奏，但大鼓和大锣、慢锣、小手锣、钹、镲等铜制打击乐器配置齐全。十余人组成方阵走走停停，在鼓点节拍的指挥下，或如大江奔流般粗犷豪放，或如喷薄而出的旭日光芒四射，或如春风杨柳似的灵动逸致。跟着队伍行进的人逐步比鼓手多，多数是县城或外地回来的青少年，噪声虽大，并不影响交流热情。平日里，哪怕是同龄、同学、同宗，相互之间受时空限制，失于经营的关系，日渐疏淡。而锣鼓拜年营造了欢乐盛宴，拉近男女老少的亲情、友情、乡情，每个人都在一元复始的日子里实现温暖的连接。不像长辈们以往同住一村有许多了解机会，外出打拼的人，珍惜这样的回乡团拜，以短暂而简洁的交谈拉近距离。每年相似而重复的场景，信息交换和情感交流，让彼此感到社会和人生的丰富。

坳背村最鼎盛时期是二十世纪七八十年代，居住有300余人。而现在，平常在村里住的也就是30余人。过年了，不比大村庄会有多姿多彩、热闹非凡的文体、家族活动。从正月初二到元宵节，外嫁女回娘家、走亲访友、赏灯等活动还是一以贯之地在村里掀起阵阵热浪。对于从这里走出去的人来说，执着而郑重地要回到这片土地度过这么祥和的时刻，该是因为这里有独特的牵挂和磁场吧。

春节袅袅的硝烟刚退，坳背村便又恢复了往常的平静。二十四节气默默地在小山村开始新一轮的循序渐进，蛰伏在血脉里的农耕记忆便被唤醒。

从长辈的口吻和现实的感受可知，坳背人祖辈是崇尚勤劳的。"辛苦做，快活食"，土气的俗语道出了勤奋付出的根本。好吃懒做的人，在村里无立身之地。

自从用牛犁田耙田的重活被机耕取代，耕田似乎轻松了一些。许多地方在平整稻田水面后，为图省事，把秧抛撒在田中任其生长。而坳背人最传统，赤脚在水田里，身躯九十度弓着，左手持一捆秧，右手拈取数根蘸过肥料的秧苗，插入水下田泥中。田里秧苗横竖对齐，间距均匀。莳完三行，双脚后移。每莳一禾，都像在向大地膜拜、致敬。在见过的劳作场面中，我认为这是最美的姿态。

春节的闲暇里，与村里兄弟梓叔谈耕田也饶有味道。村里仍在种田的有十余人，最年轻的已近花甲，年长的已逾八旬。近年来县镇鼓励复耕复种，续种的水田逐年有所增加。一位同宗老兄弟说，过去耕田时村里人常为浇灌用水闹矛盾，随着外出的人增多，水田出现撂荒，看着就觉可惜。现在大部分都种上了农作物。耕田就像鸡肋，食之无味，弃之可惜。他说，一亩一年种两季，收成稻谷按市价换算每月也就 200 元的劳动所得。若到县城找杂工做，每天工钱就有 150 元。话虽这么说，过完年已 71 岁的这位老兄表示，只要还能干，田还会种下去的。外出的儿孙吃自家种的米，特别有味，谷糠还可满足饲养家禽的需求。我觉得，他们乐得躬耕，有耕种带来的满足和快乐，更有对这片耕地无法割舍的情结。

坳背村的变化总是悄无声息的。梅潭河曾经洪水泛滥，自从下游兴建水电站，拦河水坝又加高之后，河水平静如镜。泥泞蜿蜒的村道，在 2004 年硬底化后又几经裁弯改直，越来越宽阔平顺。没有大拆大建，村里人精心地呵护着这里的山水草木。老旧的瓦房大多经过修缮，保持原有的纯朴气质。宅基地上陆续新建的十余栋房屋，传递着推陈出新的乡村活力。垃圾有人清运不再四处散落，还有了污水处理装置。夜晚时刻，环绕着村庄的梅潭河水面，倒映着两岸的路灯。田畴传来小虫鸣奏的交响。村前那座高山天际线映衬着县城的微光，隔开了喧嚣，使山坳里的村庄显得僻静。

村里古人留下的文字并不多。从祖辈写的四首吟咏坳背"四景"的诗句，可以看出自古至今坳背是个宁静的地方。《璧水秋波》里的一句"秋来璧水波光净，一鉴天开悟道心"，表达在梅潭河边参禅静思。《渡口横舟》里的"我羡青溪垂钓客，夕阳静坐数行人"，以及《江边古木》里的"识得其中清意味，少盘桓处便神仙"，抒写了在贫困艰苦、"万事劳形"的农耕之余寄情山水的淡雅和乐观。

城镇化的大潮产生了巨大的虹吸效应。人们在城市为生活奔走，但不会忘记村里的温馨记忆。乡村看上去显得有些凋零、寂寥，但不缺乏生机，因为根脉依然在这里静谧地起承转合。正如庄子所说的"天地有大美而不言"，节气物候在坳背风姿绰约地显现自然之美。客家人尊崇的自然人文，也将在这里世代相传，生生不息。

寂静的山水适合习静。世事纷繁，这里平和安恬。看日出日落，炊烟缥缈，撒网垂钓，光阴如梅潭河水轻缓流逝。田头地垄挥汗劳作，长者增寿，幼少成长，如期而来的收获、积淀令人欣喜。疲惫之时，注目静默山岳，内心坦然。焦躁袭来，看看潋滟碧波，心生愉悦。

静静的坳背，从每个春天开始，以娴雅清逸传递时代的幸福气息。涤尘的空气、恬淡的云彩、醉人的波光、养眼的绿意，浩荡地浸润有价值、有尊严的人间烟火。

2022 年 3 月 21 日

于前海双界河畔

围屋里的小作坊

这个叫坳背的小村庄不大，低处是梅潭河的碧波，高处是层峦叠嶂的翠微。平坦的地方是稻田、鱼塘、果园或菜地。房屋高低错落，新建的混凝土琉璃瓦新房子看不出有什么特点，倒是那白墙灰瓦的客家老屋，保留着质朴而凝重的容貌。

村里现存有围龙屋、下山虎、锁头屋、双堂双横屋等形式多样的客家民居。有些房屋已有近两百年历史。近几十年间，村里出门在外的、迁居城镇的、建了新房的大多不在老房子居住，但依然会对房屋进行检修维护。此村的围屋是客家地区最常见的围龙屋。围屋的中间部位是双堂两横结构的堂屋，其后方是小石铺就的半月形顺坡花台。沿半月形花台弓状环簇的房间，与堂屋左右两侧齐整对称修建的两横房间连成一体，呈"U"字形环抱着正中堂屋。围屋正前方的大门，连同两端对称的小侧门门楼顶上的瓦间长了些杂草，门侧青砖也有些残缺，但仍然可以看出昔日宏伟壮观的居住规模。围屋后侧两边留有门、巷，通往两旁石径。围屋外的裙墙与地面铺着相同的鹅卵石，经风雨打磨，圆润而光亮。

房屋要有人住才好，村里人都明白这浅显简朴的道理。每当有前来耕山、打工的人借住，屋主都几乎是拱手相助。从2005年开始，来自梅潭河上游的阿读，经亲戚介绍，借用围屋一侧几个房间和厨房、小厅，办起了豆腐干生产小作坊。

那时，刚过而立之年的阿读在枫朗镇黄沙坑从事豆腐干生产已有10多年。其村里不少人祖祖辈辈从事豆腐干生产，有悠久历史，也在客家乡村小有名气。他从小耳濡目染，对这行手艺也算是情有独钟。后来，其弟也做豆腐干，家族作坊场地局促影响生产，他便把家里有限的场地让给弟弟经营，与妻子一起到20公里外的梅潭河边，另起炉灶重操旧业。没想到，在此一干就是17年。

客家人从中原地区辗转南迁过程中，养成了每到陌生之地吃豆腐以防水土不服的习惯。豆腐成为不可或缺的食品，还发明了酿豆腐、豆腐干、腐竹等多种豆制食品。豆腐干的品种繁多，在大埔山区要数黄沙坑的五香豆腐干最负盛名。相传300多年前，世代以豆腐为生的黄沙坑先祖，一次将卖剩的豆腐放在锅里烤，略干后试着放了些五香粉进去，没想到出锅时味道醇厚、浓香扑鼻。后来又请教当地中医，反复尝试，辅以由多种香料、药材粉末制成的五香粉和食盐配料，制作出的豆腐干质地坚韧，并有甘、咸、香、鲜等特色风味。生产黄沙坑豆腐干除了要选取优质黄豆做原料，还对生产用水水质和生产环境有相应要求。经世代改良，固化了黄豆泡洗、去壳、磨浆、研浆、煮浆、打花、压浆、剪裁、晒干、加香、上黄、包装等10多道工序。大埔生产的豆腐干曾获评广东省名牌优质产品，被列入县级非物质文化遗产名录。不少侨胞和外出人士甚至把豆腐干列为乡土特产礼品。

进入围屋之初，阿读先是对年久失修的地板、墙面进行清洁、装修，安装了水电设施，添置了一系列制作工具。豆腐干的生产，看上去是简易粗陋的农产品加工，但因为是食品，其品质的把控是不容疏忽大意的。为了避免头发污染产品，阿读干脆长期剃光头。采购回来了优质黄豆，必须经过三个小时的清洗、浸泡才投入生产。

市场对产品质量的要求，构成压力倒逼着生产效率的提升。最初，打磨出来的豆浆需人工淘洗才能把豆腐渣弃除，现在高速运转的打浆机已可把浆渣一次分离，减少了人力也提高了效率。煮豆浆最初用的是柴灶和大铁锅，后来改进工艺，采用烧柴锅炉产生蒸气，用蒸气在大桶内把豆浆烧开焖熟。这个环节仅需五分钟，大大缩短了煮浆时间。虽然身在偏僻的小村埋头干活，阿读还是不断搜集信息跟上市场节奏。

豆腐干的生产，既粗又细。一勺勺经过打花后的絮状豆腐花，盛在用木板做垫、不锈钢方框固定四周的棉纱布里。10多个木格板一层层地叠在一起。然后放进千斤顶压铸机，以上压下顶的方法，用力把豆腐花里的水分压出纱布外，形成大块的豆腐干半成品。这弃水的力气活之后，又要经过剪裁、打卤、晾晒等多个精细环节。无论是出大力的活，还是轻拿细放的手工，都是不断进行的重复劳作，直至每道工序完毕。阿读生产出的方形豆腐干约巴掌大，视工序不同分为硬、软、厚三种。最后，他负责把加工好的豆腐干装进食品袋，交由公司做质检和真空包装，分别以三个豆腐干品牌推向市场。

"做豆腐干，就是要肯出力，也不能怕麻烦。"阿读对眼前为公司加工生产豆腐干的生意还是挺知足的。每次公司发出要货的指令，他都会全力以赴。如果是中午开工，那么活要干到次日凌晨五六点钟。若午夜 12 点开工则常常要到第二天下午 4 点多才能收工。通常一个流程，视加工豆腐干的软硬、厚薄和一次加工黄豆的数量，所需时间在 14 至 18 个小时。若其老婆能抽空帮忙，则时间会缩减近半。乡村夜晚，万籁俱寂，围屋周边杂草间传来虫鸣，偶有老鼠在瓦梁间窜行的声响。夏天，阿读光着膀子，不停不歇地操作；冬夜，则要忍受拂过瓦面的凛冽寒风。饿了扒几口老婆从家里打来的菜饭，以慰饥肠。晌午的困顿、凌晨的瞌睡来袭，他只能到一旁抽支烟解乏。每次完成制作流程，累得连蚊子叮咬都懒得驱赶。

不管是哪一种劳作，是脑力还是体力的，都要有艰辛的付出，才会获得相应收获。忙忙碌碌、重重复复，每个辛勤的日常，都值得致敬。

豆腐干生产作坊是在室内，但一片片豆腐干要放在竹架上晾干，这必然会受天气影响。阿读为把控每批产品的质量，把生产原料——黄豆的量控制为 150 斤和 200 斤两个档，豆腐干产出量为 1200 块和 1600 块。200 斤黄豆的产出量，通常由夫妇俩共同完成，除去黄豆、食品袋等成本，每个人可得 300 元加工费。若是单独操作，每批次只能用上 150 斤黄豆，可得加工费 400 元。每个月，最多生产 15 批次。豆腐渣有养殖专业户上门回收，所得款项刚好可抵扣买柴的费用。

长期体力劳作，身材不高的阿读练就了发达的肌肉。他说："做这行赚不到钱，只能过生活。"在他看来，与一些在建筑工地做泥水、木工的人相比，他的活虽不用晒太阳，但时间太长，不习惯熬夜的人是干不了的。他的老婆除了会来帮手做豆腐干，还在城郊市场租了个档口卖些豆制品，并在一公司找了份月收入 2000 多元的环卫清洁工作。一家人早几年在城郊买了一套商品房。最令他开心的是，到这里以后生了一个儿子，已有 11 岁，在读小学。因此，他认定这个村子是福地，终于圆了他的一个梦想。

当然，阿读也还有其他梦想。现在生产豆腐干已有全自动生产设备，需投资约 5 万元。待挣够买得起设备的钱，肯定用不着那么辛苦了。长期与豆腐打交道，人显得年轻。五年前已当了外公的阿读根本看不出年近半百。没有皱纹、不见斑点的脸上，小眼睛闪着专注而坚定的亮光。他还是希望，市场越来越好，品牌长期存续，这份虽苦也还过得去的活能够长久做下去。

几年前，又有异乡人找到村里，在另一座老屋办起了白酒加工厂，用柴灶的蒸气蒸馏生产高浓度的米酒。每当袅袅炊烟升起，豆香、米香、酒香便会在村子里弥漫开来。用村里的水、柴加工制造商品，无疑给过于寂寥的小村带来了生动的烟火气。

一个古旧村庄，会因少人居住而破落、荒芜。但只要还有人愿意在这片土地上耕种、生产，为诚实的劳动而自豪、为艰辛的付出而自足，便永远不失生机。

2022 年 9 月 16 日

于观澜河畔

平和意境坑尾村

坐落在崇山峻岭间的客家村庄，往往呈现出令人愉悦的景象。

阴那山东西两边有两座寺庙，西边的是梅县的灵光寺，东边的则是大埔的万福寺。阴那山海拔 1298 米，山顶五峰连峙，状如火焰，形若仙掌，名为五指峰。长年被风雨剥蚀，山峰石英质山体形成突兀陡峭、嶙峋险峻之山势。万福寺位于五指峰下方山麓海拔 600 米高处。其所在的坑尾村地盘从西向东，在两边逶迤山脉的环拥中，由高到低沿着山岗平缓地分布着。村里的主干道从万福寺始，一边可盘旋抵达山背梅县的雁洋镇，一边蜿蜒曲折可以到达山脚下的中村、下村等地。

众多山脉间的水流汇聚成清冽如雪的小溪，沿着高低不平的山岗湍湍而流，落差大的地方则成瀑布，流向那口村潺潺进入梅江。客家人通常把此类不大的山溪叫"坑"。按理说，这里是溪水的源头，不知为何地名却叫"坑尾"。

据悉，古时候阴那山下的乡村叫"阴那坑"。百年前，乡绅联名建议将阴那坑更名"英雅坑"，以区别阴那山在梅县那边的地名。获得批准后，英雅历经变迁逐渐成为乡镇建制，拥有坑尾、中村、下村、那口、水兴、水口、桃石共 7 个村。2003 年，英雅镇行政区划变化，成建制并入大麻镇。但在乡野间，"英豪振奋，雅气昌明""英气聚名山，雅言遵圣教"等名联，使"英雅"这个名字所赋予的文化认同依然存在。

每个客家村庄，都是一部客家人迁居、繁衍、发展的历史。有史料记载，从隋唐始，阴那山下便有族群居住，但并无姓氏文字记录。及至元明清时期，从闽、赣辗转迁徙进入的客家人，在这里开创了人文蔚起的客家文化。坑尾村管屋完整保存了相当数量的清式民居。被列为重点保护特色民居的如光裕居（绍业堂）、绳祖居、儒林第（敦仁堂）、书香第（世昌堂）等，都刻录着管氏始祖择居此方山水后，耕读传家、崇文重教的史实。坑尾村里的民居都是依山而建，其朝向、格局、结构、工艺大都保留着明清时期的传统风格，土木结构、青砖灰瓦、石灰白墙。受山地限制，道路窄逼、门坪狭小，但都错落有致、舒适自然。

客家先祖先后抵达大埔后，并不影响各姓氏宗族在坑尾依山而居、和睦相处。全村邓、管、涂、严、黄、陈、古、刘、罗、赖、谢等11个姓氏，分别居住在19个自然村。可以想象，数百年来，村里人日出而作在层层梯田，日入而息有袅袅炊烟，会是怎样的世外桃源情景。

坑尾各族姓都会有专门修建或祖居转为的祠堂。其墙上、门楹或族谱里所倡扬的家风，都凝聚着中华传统文明。细心解读，不难发现，其诸多家规家训内涵中都有"和"的意味。管姓：气忌躁，言忌夸，才忌傲，学忌骄，胆忌暴，人忌妒，尚俭朴，尚忍让，等等。邓姓：恭顺和睦，不可逞凶斗殴，污伤大义。古姓：和家友邻。刘姓：睦宗族，和乡里，明礼让。严姓：处事泰安，家庭团结。涂姓：养性兼修善，宽容百事欢。尊老扶弱幼，邻里要和爱。赖姓：容人当让，诸事多忍。谢姓：和邻里，安本业。罗姓：和乐相融。黄姓：睦族和邻，以理为上。陈姓：毋听谗言而伤和气，等等。从中不难看出，坑尾人以和为贵，传承弘扬"和"文化。

坑尾村多为山岗陡坡，鲜有大块平坦耕地，从古至今开垦出来的梯田，多有沙石。谢姓的一位老生产队长说，以前开垦土地，要带簸箕把土中的石砾筛除才可种植庄稼。村里人不管是建房造屋，还是垦荒耕种，尽可能不破坏山体，与自然界保持高度的和谐。

长期的山居生活，村里人在与自然相融共生中掌握了医食同源的道理。苦斋是粗生易长的一种野菜，既可煮熟食用亦可晒干煲汤，其性味略带寒苦，但具有清热、祛湿、解毒等功效，成为坑尾人居家调理的膳食佳品。村里特有的石皮、石花、石菱、牛卵红、红菇、地斩头、石参根、通气藤、观音串、金樱子等"山货"，可滋阴、安神、消炎、散瘀、降压、祛湿、健胃、消暑、平肝、补肾等。根据四季节令和身体状况，将其烹饪、煲汤、配料作为药膳，调和身体，保持阴阳五行平衡，达到养生、祛病、健身的目的。

以耕求生存，以读谋发展，这是客家人大迁徙和在客居地开疆拓土形成的价值追求和人文理念。山居生活条件艰苦，必须自强和勤奋，而不放弃读书才能传承文明、奋斗进取。管屋有一对夫妇，生育了 8 个子女，在二十世纪五六十年代，生活异常拮据。但夫妇俩从小教育孩子，读书才有出路。他们反复强调，不论是儿是女，只要想读书，再穷再苦都创造条件。有个女儿连年参加高考，他们除了鼓励而无任何怨言。真的不想再读了，也不会数落。正是这种平和、达观的态度，造就了子女的修为和幸福。夫妇俩安享晚年，高寿善终。村里类似"宁可卖屎缸迹也要缴子女读书"的例证，早已成为历史和美谈。但客家人执着追求而不冒进、刻苦求索而不勉为其难的发展观，都是代代相传的。

到过客家地区的人普遍会留下客家人热情好客的印象。有学者认为，迁居到南方异乡的中原人，把儒学中庸之道和道家的不争学说带到了客居地，并以特有的宽厚谦和与原住民友好相处。久而久之便形成谦冲自牧的性格特征。坑尾村老一辈人的记忆中，村民邻里间因农田浇灌而争水源，因琐碎矛盾而争吵或因小利益而争执等事情时有发生，但都能得到妥善化解，极少积怨生仇。村里人谦让包容、家庭和睦以及尊老爱幼、扶贫济困、乐善好施蔚然成风。

崎岖险峻的一方水土，养育出的人却是特别温和的。坑尾人说话的语调通常是温婉而柔和的，行为举止也是从容不迫的。一位 92 岁的老阿婆，曾历经中年丧夫、晚年痛失两子的磨难打击，其坦然的脸上看不出苦难，依然坚持在田头地尾力所能及地种植蔬果，过着清淡、安详的晚年生活。"不戚戚于贫贱，不汲汲于富贵"，这大概就是坑尾人平心静气、知足常乐的写照。

有人说，坑尾村是养生福地，是"世界长寿乡"大埔一个名不虚传的"长寿村"。此话不假。据悉，这个有 1500 多人的村庄，60 岁、80 岁、90 岁和百岁以上的老人占比均远高于全县水平。稍作分析，我发现坑尾人有这么几个特点：心绪平和不躁、处世平和不争、谋求平和不急、饮食平和不乱、自然平和不破。平和，大概就是坑尾人长寿的秘诀。既讲究身与心的和谐，也注重为人处世、奋斗打拼的和顺，更顾及与自然环境的平衡调和。

不平和的事端在现实中时有发生。有因小事大动干戈而酿成人间惨剧的；有为利益相争僵持不下而两败俱伤的；有莽撞而为、急于求成而适得其反的；有暴饮暴食而生病毙命的；还有破坏生态而饱尝其害的。凡此种种，令人警醒。

一滴敢报江海信

大千世界总会给人带来诸多难题，人生道路不可能一路顺畅，有些纷争难免让人激愤难抑，有些境遇难免令人不能平静。若能冷静面对、客观思忖、合理化解，终归和中得福、延祉增祥。

迈进新时代的坑尾村，整洁干净，井然有序，被冠名为"文明村"。新建的民居和客家老屋，与因地制宜打造的小景点、梯田间的花草相映成趣。村里沿主路修建了3处观景台，欣赏景色的人流和夜晚广场舞的节拍，为山谷间增添许多生机。

行走在坑尾村，我想起家乡在阴那山麓的叶剑英元帅的一句诗："会当再奋十年斗，归读阴那梅水滨。"我想，讲求耕读传家的坑尾村仿佛是一本博大精深的古书，既开卷有益，又百读不厌。

平和是生活哲学，是生存智慧。

平和就是一种修行，一种能力，更是一种福气。

2021 年 10 月 11 日

于前海双界河畔

第四章

真情纪实

新闻历练形成的对真实性的追求，体现在写景状物力求精确的表达，叙事和表意尽可能用平实的语言。用心体察，精心磨炼，字里行间突破陈词滥调的框框，凸显个性化的表述和新意。我实地勘探寻访、检索求证，真实地兴发、真实地记述，凝就带着现场感的纪实文本。

仰之弥高人境庐

"世界客都"梅州境内，有两座百年客家民居，屋名均为"人境庐"。

一座位于大埔县城西南方的双坑村，是晚清维新思想家和外交家、首任驻日本国公使何如璋的故居。一座是位于梅州市东郊的清末著名爱国诗人、杰出的政治家和外交家黄遵宪的故居。两座"人境庐"分别建于1881年、1883年，相差仅两年。两者有着许多相同、相似、相通和令人称道的地方。

怀着崇敬之心，我寻访了何如璋的人境庐。从大埔县城驱车6公里，驶过正扩建的坑洼村道，跨过横在蜿蜒清溪上的拱桥，便是双坑田心村。正值小暑时节，稻田中青黄色的稻穗露出成熟丰满的气韵。沿着半月形池塘边翠竹浓荫下的泥路，在夏日葳蕤的杂草间找到了虚掩着的人境庐入口。

这是一座依山面水的客家府第式建筑，白墙黑瓦、土木结构。近有"双溪映月"美景，远有"霞岭寻梅"相映，身临其境，顿觉清幽，仿若世外桃源。门楼、两侧厢房和厅堂、天井构成"回"字形。厅堂墙上张贴着何如璋的生平故事图文。摄于1878年驻日公使馆的照片是何如璋与黄遵宪等人的合影，与黄遵宪纪念馆展陈的是同一张照片，只是这张因受潮而有点泛黄变形。与何如璋曾孙何慎赞交谈间，偶有几只满身绒毛的小鸡小鸭从侧厅蹒跚而入。天井边长着一株遒劲的黄皮树，远高过屋顶的树冠上长满黄皮果。

"人境庐"三个隶书字历经风霜，尽管与两旁绘图配饰图案一样有点斑驳，但显得异常庄重。红纸黑字的对联显然是过年时贴的，"人伦惟旧，境遇常新"八个字意蕴深远，不知是否每年都贴这副对联，祈祷新年境遇焕然一新。

相距80多公里，在梅州周溪即将流入梅江的小溪唇畔，黄遵宪的人境庐保留了土墙砖木、瓦顶门楼等客家民居特点，是园林式书斋建筑。它占地仅 500 平方米，由厅堂、七字廊、五步楼、无壁楼、十步阁、卧虹桥、息亭、鱼池、假山、花圃等组成。整个建筑错落有致、高低相衬、疏密得宜，因此无拥挤壅蔽之感。二楼高处的无壁楼是书房，四周通透，视野广阔，可以一览庭院内黄遵宪手植的梅兰竹菊，还可眺望江河之水、重山远景。凉亭上的对联"有三分水、四分竹、添七分明月，从五步楼、十步阁、望百步长江"，与庭院内外黄遵宪自撰的众多对联相映成趣，表达主人的磊落襟怀和高雅情操。

何如璋与黄遵宪结缘，据记载是在清同治年间的 1874 年。其时，黄遵宪以拔贡生在京应廷试不中，留在在京供职的父亲身边，结识了已科登进士，在翰林院担任庶吉士、散馆授职编修的何如璋。何不仅欣赏他的文辞之才，更看重其乃"忧时感事，颇具境界"之人。其后，黄遵宪在 1876 年考中举人。次年，受清朝派遣，黄遵宪以参赞身份，随同首任驻日公使何如璋派驻日本，共同成为中日两国正式邦交的开创者。

驻日本期间，他们积极推动中日友好交流的同时，敏锐地察觉到日本侵略扩张的图谋，迭奏清廷争公理、抗强权，并增设横滨、神户、长崎三处领事馆，不负国人期望。何如璋深入考察民情政俗，撰写《使东述略》，主张效仿明治维新谋求强国之道，并启发、支持、鼓励助手黄遵宪潜心分析研究日本国情。黄遵宪撰写的《日本国志》是第一部全面、系统介绍西方先进理念和日本明治维新经验的综合性巨著，这为他参与、推进戊戌变法运动奠定了思想理论基础，黄遵宪因此被誉为"近代变法先驱"。

何如璋回国后出任福建船政大臣，主管马尾造船厂期间，敏感地意识到法舰泊聚马江入侵意图，上奏清廷出兵防御，无奈不被接受，船厂遭袭后他却因此被主和派的清廷革职谪戍至张家口宣化上谷三年。时运及此，他并未衰志，悉心研究古代政治家管仲经邦治国理论，著作颇丰，为世称道。后受聘为韩山书院讲席至终年。而维新变法失败后，黄遵宪遭革职回到梅州故乡，过着表面恬静的家居生活，但仍然关心时事，常与梁启超通信讨论国事，并在家中悬挂《时局图》，忧心国家被列强吞噬。他写下"寸寸山河寸寸金，侉离分裂力谁任。杜鹃再拜忧天泪，精卫无穷填海心"，抒发满腔爱国情怀。

作为读书人，何如璋与黄遵宪都有着早年苦读、晚年重教的经历。何如璋13岁辍学，每天带着书去放牛，一次看书入神，牛把田里禾苗吃得七零八落，这田主又素与其家不和，他挨了一顿狠打。其堂姑父陈芙初获知此事，接其至家中读书。何如璋在11年间从秀才、举人一直到高中进士。他仕途间隙返乡，为小时候读书之地文昌阁题写了横批为"仰之弥高"的对联，还在旁边一巨石上写了"小有洞天"四字。对村里私塾书斋"日新书屋"和"耕经别墅"关爱有加，鼓励乡村尊师重教，弘扬传统文化。何如璋次子何寿朋在光绪二十三年（1897年）中进士，这是明朝万历年间出了"父子进士"之后300年，大埔出现的第二例"父子进士"。何如璋病卒于潮州韩山书院讲席任上，黄遵宪作挽联致悼恩师："心事向谁论，岂料竟随流水去；平生知己泪，为公滴到九泉多。"

黄遵宪早年因战乱而举家避难到大埔三河墟、潮州城。虽家道中落，但他立志苦读，历经了乡试、廷试四次落榜后中了举人。因遭奏劾在湘时参与维新变法运动，黄遵宪晚年归隐乡里闲居，生命最后七年是在人境庐度过的。他归乡时，所携十万多卷旧籍新书，均放置在人境庐这个书斋中，供乡人阅读。他殚精竭虑倡导国民教育，邀请乡贤设立嘉应兴学会所，筹资兴办东山初级师范学堂，还在家里开设物理、生物、医学等成人培训课堂，为梅州兴学育才树立了风范。他以民族灾难和民间疾苦为题材，写下了大量古体诗歌，倡扬"我手写我口，古岂能拘牵"，并编撰幼儿诗歌教材，被尊称为"诗界革命一代宗师"。

何如璋与黄遵宪均敬仰陶渊明，出使日本时，他们取"结庐在人境，而无车马喧"的诗意，约定回乡后各自兴建一座"人境庐"，并请日本书法家大域成濑温分别用隶书、楷书题匾。黄遵宪特别提议在何如璋屋名的隶书"人"字的"捺"上加三点，以显示何如璋在年龄、学位和职衔三者均居其上之意。后来，何如璋的人境庐被列为市、县文物保护单位，黄遵宪的人境庐经修缮设置为"黄遵宪纪念馆"，已被列为全国重点文物保护单位。

两座人境庐的主人均已作古逾百年，但他们对后世的影响依然存在。前来参观的后人在此驻足，透过历史云烟领略他们昔日的风采。他们的远见卓识，他们的学问文

章，他们的家国情怀，他们对个人晦显置之度外的高风亮节，还有对这片耕读传家故
园的眷恋和彼此的深情厚谊，依然使得人境庐熠熠生辉，至今令人仰之弥高。

2018 年 7 月 13 日写于成都

2021 年 11 月 1 日改于新安

从来不需要想起

　　大凡关注酒的人，都知道中国有百年品牌张裕葡萄酒。但很多人并不知道，这个设在山东烟台的国际著名葡萄酒业集团的创始人张弼士，是粤东山区大埔县人。

　　张弼士，号肇燮，字弼士，1841 年出生于大埔西河镇黄堂村一个叫车轮坪的小山村（今车轮村）。在其 75 年的人生中，涉足商业、垦殖、工业、金融、海运、铁路、医药等多种行业，获取巨额财富，被誉为"中国的洛克菲勒"。一百年过去，他在马来西亚和国内山东烟台、广州、中山大学、香港大学等留下的产业和物业不计其数。而家乡车轮坪已被列入省级文物保护单位的光禄第客家围屋，对他而言有着非同一般的意义。因为这里是他的起点，也是他的终点。

　　寻访车轮坪，穿过蜿蜒的山间公路，望见一片宽阔的田野。沿着田间的道路走近一座被漳溪河环绕、群山环抱的宏大围堡式建筑，这就是张弼士在 1905 年，其 64 岁时兴建的光禄第。

　　张弼士生前身后被授予的职务和荣誉非常多。曾出任清廷驻槟榔屿领事、新加坡总领事、闽广农公路矿大臣，授官为太仆寺卿、光禄大夫，获头品顶戴。在 1910 年后，出任全国商务联合会会长、总统府顾问等。光禄第为一座土木结构的三堂四横一围的围龙屋，占地与建筑面积均超 4000 平方米。主体建筑沿中轴线分为上堂、中厅、下厅三部分，为"抬梁式"和"穿斗式"混合结构，布局严谨，主次分明，对称协调。整座建筑设有 18 个厅、13 个天井、99 间房，建筑工艺精良、绘雕并举，中厅两旁斗拱有穿凿鎏金的琴棋书画、飞禽走兽。房屋左右有花园、书斋，屋旁的花台后面，临近漳溪河还建有可供船舶停靠的码头。这座客家民居承袭了中原生人与祖灵共居一屋的古老风俗，其上堂核心位置安放了张氏先祖神主牌位。张弼士后人也把张弼士的遗像及其夫人的芳名陈列堂上，这与河对面山上张弼士的坟墓遥相对应。遵照张弼士生前"死葬家山"的遗嘱，张弼士逝世后，从南洋移柩回归故里安葬，途经新加坡、中国香港时，英荷政府下半旗志哀，港督躬亲凭吊。从韩江溯流而上，两岸民众杀牲设祭。孙中山特派代表敬献花圈和挽联"美酒荣获金奖，飘香万国；怪杰赢得人心，流芳千古"。

车轮坪民风是那么淳朴，不管是张弼士玄孙后裔，还是以张姓为主的乡亲，对张弼士的故事都能如数家珍，娓娓道来。张弼士的父亲是清道光初年秀才，靠当塾师和乡村郎中维持生计。张弼士在四兄弟中排行第三，仅读三年私塾便辍学，从事农耕和给竹篾匠帮工。他农闲时帮姐夫牧牛，一次因向别人学唱山歌，一不留神所放的牛把邻家农田一丘田禾苗吃光了。这邻家与姐夫素有纠纷，姐夫赔偿损失后打了张弼士并遣送他回家，狠骂道："死人尚能守住四块棺材板，你一头牛都守不住，连死人都不如！"张弼士赌气道："火要烧着，人要奚落，将来我发财，看你怎么办！"姐夫更气了："咸鱼会翻身？如果你发财，我灯笼倒吊过来挂！"张弼士常借山歌抒怀："满山竹子背虾虾，莫笑穷人戴笠麻；慢得几年天地转，洋布伞子有得擎。满山树子笔笔直，莫笑穷人无饭食；慢得几年天地转，饭炊端出任你食。"山歌唱出少年心，饱尝贫困之苦的张弼士靠着"拧起眉毛做赢人"的志气，刚过17岁便恳求"水客"带他"过番"，在当时荷属印尼雅加达开启了"一条裤带过番邦"的背井离乡生涯。

初到印尼，弱小的张弼士靠帮工打杂糊口，5年后父亲去世，他连回家守孝的盘缠都凑不齐，只好把积攒的50银圆寄回家办丧事。他靠吃苦耐劳，靠勤奋打拼，赢得赏识，赢得创业发展机遇，终于成为海外华侨中的首富。他衣锦还乡时，当年羞辱他的姐夫无地自容，表示不食言要"灯笼倒挂"。张弼士劝阻之际，反而是感谢姐夫当年的鞭策激励。他对家乡困苦之人更是接济有加。

张弼士从商业起步，又从垦殖业成功拓展中构建了多元经营模式。他练就非凡的经营能力的同时，也坚定了人生志向。一次，他要从雅加达去新加坡开展商务，同行4人仅随行的德籍医生购得头等舱船票，两地只有德航轮船，且规定中国人只许坐经济舱。他怒撕船票，随即与人联手购买4艘轮船开通两地航线，并以半价优惠迫使德航放弃歧视条款。此事至今在南洋侨胞中传为美谈。

因经营的成功和乐善好施的品德，张弼士在海外侨胞中享有崇高的威望，清廷器

一滴敢报江海信

重他并委以重任。他发挥侨领和驻外使节作用，又不断地把产业向祖国转移。他借助清廷封予的职务品级，上奏清廷对外招徕外洋华商，对内实施《振兴商务条议》，其发展粤闽农工路矿的12项奏请建议极大地促进了实业兴邦的开展。在外交使节的宴会上，张弼士听闻法国领事说起用烟台产的葡萄酿制的白兰地品质不亚于法国的，便深入烟台考察，于1894年在烟台大举种植葡萄兴办葡萄酒厂，成就了今天的国际葡萄酒城。他被称为"中国葡萄酒之父"与"振兴中华实业先驱"都是恰如其分的。

张弼士大志与生俱来，大爱深藏于心。"生为中华民族，当效力于中华民众"，这是他常说的一句话。1887年，黄河决口成灾，他募捐百万两白银赈灾。辛亥革命爆发后，他发动爱国华侨捐巨款支持孙中山。在晚年，他不顾年迈体衰，率领中国工商界实业家考察团远涉重洋，历时两个月遍游美国重大商埠，取得重大合作成果。

鸦片战争后，国门被打开，不少客家男人离乡赴海外谋生。当年，张弼士要离开车轮坪，需走山路步行数十公里到县城茶阳乘船沿汀江、韩江到汕头出海。张氏后裔仍能清晰讲述：张弼士频频叩别父亲，数数回顾，不忍遽行，趑趄岗边，双目遥望，自辰至午……他父亲曾与人说："看此子远游流露真情，断非将来腾达于外，不回顾家国者。"这或许是对张弼士家国情结的有力解读。

漳溪河的水日夜流淌，流进汀江，又汇入韩江，最终融入大海。每一滴水都折射出客家人从中原出发，在由北至南的历次迁徙中形成的奋发图强的志气和知恩图报的情怀。这种志气和情怀已深深地融入血液中、植入骨髓里，从来不需要想起，永远也不会忘记。

2018 年 11 月 28 日

于埃及开罗

蜈蚣山的见证

岭南山区，古人常常根据山峦形状给山命名。大埔县北部的茶阳镇与闽西龙岩市永定区交界的崇山峻岭间，有座蜈蚣山。此山名不见经传，但这里名为敬爱堂的客家古屋，至今为人所称道。

秋日午后的阳光静静地洒在山野间，泛着和煦的绿色光亮。进入茶阳镇花窗村，驱车沿着蜿蜒的山路爬坡，来到山坡地上一个叫仁厚村的自然村庄。这里既有传统的土木砖瓦结构的客家房舍，也有不少新建的别墅式民房。远远望见，山顶蓝色天际线下，茂盛的树林掩盖着呈条状延伸的山脉。敬爱堂便坐落在山脉下方半山坡上的路坎之上。这座一正两堂四横的客家府邸，占地约1600平方米。从两旁蹲有石狮的青石台阶回旋而上，转入砌有围墙且露天的三道石门槛和三个门坪，才抵达飞檐斗拱、麻石筑制的外门楼，从这里进入主屋门前的门坪。站在正大门，目光越过门坪前齐目的照墙，前瞻宽阔，远处的山峦状如笔架，隐似笔锋。进入大门后，迈过铺着小石块、长满细密野草青苔的天井，进入用木柱、拱门、屏风装饰的下堂。经连接这里的走廊可通往两侧的横屋。墙体及雕梁画栋上的颜色略有斑驳，依然可见往昔的精致。匾额高悬"敬爱堂"木匾，其堂联"寿延松鹤仁风厚德千秋颂，山显蜈蚣敬祖爱宗万代传"，把村名、山名、屋名均巧妙嵌入其中。

村里族人介绍此屋的口吻也是充满敬爱的。用几个"奇"字让这栋客家老屋披上了神秘的色彩。有说其设置多道不同向势大门及屋内布局众多小房间，是为追求与宇宙星宿相应，以祈天人合一的意象。此构想恐怕只有450年前建屋始祖才最清楚了。至于屋顶瓦面从未留一片树叶，每年都有几天初升阳光直射至上厅形成"蜈蚣吐珠"景象，晴朗夜空可见屋后有光环，这些景观可以从自然地理现象找到答案吧。

敬爱堂门坪竖着五根石旗杆，状若石笔，直指苍穹。这是古代为表彰科举、品

一滴敢报江海信

级功名而勒石纪念的华表式设施，多为朝廷敕立。石柱上仍可见"儒林郎""翰林院""国子监"等字样。地面还残留着几块不见石旗杆的底座夹石。族人说，多时曾有20多杆。此屋先祖的功绩族谱里应有详细记载。门前的不锈钢牌标明，敬爱堂是邹鲁故居，已被政府列作省文物予以保护。

记得是在1996年5月游黄山时，在鳌鱼峰顶那块有着宽大表面的巨石上，见到摩崖石刻"大块文章"四字。一米见方的大字笔锋刚劲、古朴浑厚。这是邹鲁1937年游黄山时题写，令游人惊叹大自然在黄山的神奇造化。点睛之笔，也让自然与人文完美融合。

作为一直追随孙中山，且鉴证了孙中山遗嘱的国民党元老，邹鲁在教育事业上的建树至今令人缅怀。

从8岁在茶阳镇私塾接受启蒙教育开始，邹鲁先后师从饶、彭、张三位塾师。邹鲁原名为邹澄生，因自觉天资鲁钝事业进步迟缓，为警示自己，改为"鲁"。塾师饶先生问他是否以孔孟"自况"，他以"鲁钝"从实取名回答，深得先生认可，并被寄予厚望。母亲去世后，因家境困顿，邹鲁决定辍学一年做事。当时的塾师张先生免收他学费，在张先生盛情鼓励下，邹鲁走出大埔到韩山书院读书，开始了食不果腹的苦读生涯。19岁那年，已接受近代先进思想的邹鲁听闻大埔家乡创办了学堂，便回乡应试就读，但该学堂除算学、英文外，依旧只有背书、默书、写字的课程设置，使他大失所望。他便萌生了为国家强盛而办学的想法，并获得一同学兄长捐助的四块钱做学校开办费。茶阳客家古镇有着深厚的尊师重教的社会基础，邹鲁筹办学校得到多方支持，于1904年成功筹办了拥有逾百名学生的乐群中学。这所大埔最早开办的中学，便是大埔中学的前身。邹鲁不但设置课程、编撰课本，还承担了大量的授课任务。从此，与教育结下了终生情缘。

年轻的心总是不甘囿于一方的。22岁这一年，邹鲁决定到广州求学。这想法获得了乡亲的支持，其父甚至把在茶阳的住房典押筹资。就是在省城广州，邹鲁一边就读广东法政学堂，一边又筹建了潮嘉师范学堂。人民日报出版社出版的《邹鲁自述》里，邹鲁有这么一句话："自从四块钱办成了乐群中学，一百多块钱创立了潮嘉师范，我真觉得世上并无难事。"正是少年壮志凌云，邹鲁当时办学拿出了从家里带来读书的钱，也得到了广州有识之士的大力襄助，还被丘逢甲先生收为学生。

邹鲁的教育情怀一直被孙中山看好。1923年11月孙中山同意邹鲁辞去广东省财政厅厅长一职，任命他为广东高等师范学校校长。其后数月，又要邹鲁把国立广东高等师范、法政大学和农业专门学校三校合并，组建国立广东大学，并担任校长。此校就是后来的国立中山大学，邹鲁成为中山大学首任校长。《邹鲁自述》中，有相当多篇幅是讲述教育的。从创办的几所学校到创办国立中山大学，从阐明其教育主张的教育改革计划到参加世界大学会议、世界教育会议的国际交流，以及在中大先后任校长11年、因病四辞校长的告白，无不流露出邹鲁对教育事业的拳拳之心。

筹建大学肯定特别操心。中山大学建校之初困难重重。他曾对学生说，为了筹款，除了没有叫人爸爸和向人叩头之外，可以说一切都已做到。其焦头烂额、呕心沥血可见一斑。在纪念石牌校区落成庆典上，他曾赋诗："蓝缕筚路启山林，寸寸山林尽化金。树木树人兼树谷，规模远托百年心。"时隔百年，邹鲁当年立志做教育"大块文章"的"百年心"依然令人肃然起敬。

从邹鲁对家世和幼年的叙述可以看出，邹鲁从小生活在良好的家庭教育氛围中。其父在县城茶阳开裁缝店，因入不敷出还要兼营小本生意。其母则每天忙于挑水做饭洗涤、喂养牲畜、上山割柴草、种植蔬菜、缝补衣服等事务。虽然从小在城镇居住，但境况与在农村耕田无大差异。一有空闲，其母便带其到附近孔庙玩耍，还会给他讲些圣贤豪杰的故事。渐渐地，邹鲁深感孔庙的庄严伟大，神志为之安宁，也加深了对"耕读不仕"和"读书敦品"祖训的理解。

在邹鲁幼小的记忆中，父母的言行留下了深刻的烙印。当时的茶阳古镇常遇洪灾，房子被冲毁，邹父并无忧怨，借贷翻修房屋，为邹鲁营造学习环境。裁缝店每有伙计或工人前来收账款，邹父总是诚恳相待，宁愿自家靠每天少吃一顿或两顿的"橄榄餐""春杵餐"度日，也尽可能兑现诺言。家里常有父亲乡村的亲朋好友前来，母亲宁可自己挨饿，也要设法款待客人。为他人着想的处世方式，使邹鲁终生受益匪浅。

有一次，邹鲁与邻居玩，物件被毁，便向刚回到家的母亲哭诉，要母亲谴责邻儿。哪料母亲抱着邹鲁大哭，在邹鲁莫名之际，慢慢说："我望儿读书立志，务其大者远者，不期乃竟与人争此细故，岂我所望于儿的吗？"邹鲁受此感动，从此出入谨慎，

一滴敢报江海信

不与他人做无谓的游戏。在邹鲁的印象中，母亲从不与人谈论是非，遇到有人说长道短，总会回避以免结怨。母亲总是有话慢慢说，从不动心气。他母亲常说："若是疾言厉色，给儿子学了，出到社会，受累不浅。"

在物质贫乏的年代，客家父母倾其所有支持子女读书是很普遍的。每当孩子从私塾放学归来，邹鲁父母均会询问功课情况，常把辛苦积攒的几文钱买东西作为奖励。邹鲁《追忆我的慈母》一文记叙，邹母期望儿子读书的目的，并非要高官厚禄，而是成为一个敦品的好人，做到"有几分际遇，独善其身，兼善天下"。父母虽然要求他勤奋读书，却并不要他做书呆子。八九岁时，邹鲁便要帮助家里买菜煮饭。逢年过节或祭祀、喜庆等事，都要邹鲁帮忙准备。修理房屋、种菜饲畜，也要他参与。即使帮了倒忙，也不加责备。这些，让幼年的邹鲁"一切细故，从小便会"。邹鲁回想起来，孔子"吾少也贱，故多能鄙事"的家庭教养，使他终身受益，让他从客家之子成长为对中国近现代教育作出杰出贡献的教育家。

茶阳古镇有一座建于清末的"椿森第"，是邹鲁为纪念父母，在"邹寿庐"旧居原址所建。百年来，寄托着一位教育家对父母的深情。我认为，邹鲁情系教育的一生，与其父母既有"孝悌勤俭，耕读传家"的方略规范，又有"教子义方，严慈相济"的家教原则，还有"以身作则，相机而教"的家教方法紧密关联。从中我也看到，把做人作为"立德树人"教育根本的中华民族传统家教文化，至今仍有深远的现实意义。

那天在敬爱堂参观，见古屋后山坡地上栽种了许多柚子树。树上结满金灿灿的柚子，在蜈蚣山风围林的绿树映衬下，耀眼辉煌。蜈蚣山见证了邹鲁的成才，也见证了家教的养成。我想，那柚树就像客家先祖留下的种子，每个年轮，周而复始，都会苒苒其华，累累其果。

2022 年 4 月 6 日

于观澜河畔

无足轻重的用心

记得 20 世纪 70 年代末，家乡通往大埔县城必经的梅潭河上，建起了一座钢筋水泥构筑的大桥。从此，村里的人们告别了架在河沙上的木桥，洪涝时节靠渡口横舟摆渡的情形不再。行走在宽阔的大桥上，我年少的心难以掩饰那股惊奇与激动。这座桥，是侨胞田家炳捐资兴建的。此后，他在各地捐建了 120 多座通车桥梁。

30 多年间，田家炳从 1984 年在大埔捐建第一所完全中学——田家炳中学开始，在祖国大江南北捐建了 300 多所学校。田先生在 2000 年亚洲金融危机时期，为了兑现捐助江南大学等 20 多所学校的承诺，毅然卖掉住了 37 年的香港花园别墅，而租住在 130 平方米的公寓房，其秉德为善的襟怀和品行，令人感动。他被称为"百校之父"，获授香港最高荣耀"大紫荆勋章"。紫金山天文台还将 2886 号小行星命名为"田家炳星"。一切荣誉，实至名归。

我家乡一位热心公益事业的企业家邓先生，多次在香港拜访田家炳先生。他说，家炳先生把八成以上个人财富悉数移交给其创立的慈善机构田家炳基金会，是大爱。但他日常生活细节中表现出来的勤俭、朴素，同样彰显出慈善大爱的情怀。他说，每次在家炳先生租住的老旧公寓与慈善老人交谈都感触良多，自己纵有多少财富，修养气度和精神境界都永远无法企及家炳先生。

不久前有幸看了香港电视台前几年对田家炳先生的专访。年逾九旬的家炳先生精神矍铄。记者描述他做善事一掷千金，甚至变卖自住别墅也在所不惜，但他平日里极为节俭，可以为一块小小的肥皂花心思，每次出差都会自己带肥皂，坚持不使用酒店提供的一次性肥皂。对于记者的好奇提问，田家炳先生这样回答："才用了一点点就丢掉了，觉得太浪费了。自己带肥皂有什么困难？就是带多一个小盒子，自己能做到的，为什么不帮别人省一点呢？"

小小肥皂，举手之劳，体现出田家炳先生在生活细节上的善心。我想，田家炳做慈善的大爱，不就是由他无数看似平淡无奇而又极为细微的用心构成的吗？这样的用心，无足轻重，却弥足珍贵。

有道是："世上无难事，只怕有心人。"在我的体验中，一旦不用心，就会一事无成。本来是一次很好的沟通交流，有的人心思却用在时不时的"刷屏"中，交流往往言不及义，或是注意力任由其他事情分散，动辄打断别人话题，未及倾听就一门心思表达己见，浪费了有效交流的良机。有些事情，本应当做深思熟虑的策划筹谋，有的人往往按捺不住虚浮马虎的心态草率盲动，以致遭遇挫败。有些简单易行的"善小"之事，往往因为缺乏持之以恒的耐心而停止。凡此种种，实无所用心。

互联网带来了极为丰富繁杂的资讯，已不可避免地把人的注意力和心思碎片化了。当下人们在呼唤"工匠精神"，其实也是在重新聚集起人们洞察入微的观察力、及时准确的判断力、精益求精的执行力。用心，就是身心的虔敬，就是意念的专注，就是心思的缜密。

两千多年前，孔圣人就在《论语·阳货》中发出慨叹："饱食终日，无所用心，难矣哉！"不用心，肯定是什么都难的。我觉得，用心就是一个人最重要的天赋，也是人生最重要的修炼。但愿"用心就能做好"成为一生的信条。

2016 年 6 月 11 日

于观澜河畔

一颗星的光源

　　千里韩江，浩渺壮阔。韩江边有一个依山傍水的村庄叫银滩。这里是香港著名慈善家、企业家田家炳先生的故乡。

　　田家炳逝世后，大埔县政府历时两年多，把原玉瑚中学校址改建为田家炳纪念馆。所需逾千万元资金，悉由崇拜田家炳的企业家捐助。占地近 4000 平方米的纪念馆，用"客家之子""明心立志""鸿业远图""高风懿德""华夏星光""遗爱千秋"等八个部分，全方位展示了田家炳传奇的一生。

　　玉瑚中学在银滩村的一个小山岗上。有"百校之父"美誉的田家炳生前捐建的大学、中学、小学、幼儿园共计 320 多所，与 160 多所以田家炳命名的中学不同，玉瑚中学是以其先父田玉瑚名字命名的。始建于 1985 年的玉瑚中学，因高陂镇学区划分变化，至 2016 年校舍闲置。在中学旧址建纪念馆，是高陂镇和银滩村众乡亲共同的愿望。玉瑚中学建校之初，乡贤作《田公玉瑚传略》，勒碑于校园内，颂扬田玉瑚先生热心公益、济贫恤孤、铺桥筑路、轻财重义、德隆望尊，广受乡民钦敬的事迹。文中还提到，玉瑚先生对田家炳"虽爱如掌珠，但督教綦严，每以古圣贤忠孝气节事迹、立身处世格言作为课题，身教言传，日夕灌输"。

　　《我的幸福人生》一书，是田家炳在 94 岁时所写的自传。该书共九章，其中第二章为"父亲教诲，受用终生"。此章从"父爱无边，亲执教鞭""循循善诱，寓教于爱""耳提面授，己立立人""言传身教，造福乡亲""终生策励，不忘父恩"五方面回忆了先父以身作则、悉心栽培的往事。田家炳 1919 年出生时，其父已 48 岁。老年得子的田父欣喜之余，把无边的父爱细化在日常生活中。给他取名"家炳"，就是希望他继承先贤遗志，再创伟绩，造福百姓，彪炳百代。在河口经营广泰兴商铺的田父，常常把田家炳带在身边，用待人接物的言行影响他。并用田母勤劳、节俭、贤淑的行为，教育他明白"孝亲之身，不如孝亲之心"。父亲用诚恳、坦白、婉转的言辞，让他懂得了许多做人的道理。要去大麻读初中时，父亲叮嘱他"读书志在圣贤，为官心有君国""要敦品励学，做个德才兼备的好学生""宁可实而不华，不可华而不实"，最使他难忘的是父亲要他背诵朱柏庐的《治家格言》，援引先贤故事加以辅导，用心地让他学懂弄通，加强品格修为。直到99岁临终前的几年时间，田家炳依然能够只字不漏地流畅背出524字的《治家格言》。

"有今天的小小成就，完全是受我父亲的影响。我每天都没有忘记他的教训。今天我尽了最大绵力来为社会做一点事，我想他在天之灵也应该是很高兴的。"在一个访谈视频中，已年届九秩的田家炳缅怀先父，情真意切，泪盈于睫。

当年田家炳以聪慧天资、优异成绩深受老师宠爱之际，田父却在其16岁这一年溘然长逝。叔父及兄长都力主田家炳继续求学至大学毕业，但他却体恤母亲难处，放弃学业，继承父亲留下来的广泰兴小生意和砖瓦窑厂。他亲力亲为，从改进窑内受热方式开始，提高产品质量，生意越做越好，为日后从商打下坚实基础。18岁那年，他告别母亲远赴越南开展瓷土经销获利。又因战乱到印度尼西亚拓荒创业，兴办工厂生产橡胶、塑料薄膜，取得巨大成功。经受多年战乱和印尼排华政策困扰，田家炳认定：终归会回到祖国怀抱的香港是其投资兴业的宝地。他于1958年放弃印尼的产业，先后在香港屯门、元朗购置土地，兴办塑胶、人造革制造业，成为香港"人造革大王"。1992年起，又先后在东莞、广州扩充建厂，不断取得成功。

商场考验人的智慧，更历练人的品格。自16岁步入社会经商，田家炳首先得益于一个"勤"字。正在长身体的少年，哪会没点懒逸？"黎明即起，洒扫庭除，要内外整洁"的家训萦绕于心，他知道，每一天都必须行动起来。拜访客户、考察调查、分析研判、技术创新、市场拓展，都必须心到力到。1982年，他创立纯公益的田家炳基金会，开创了第二事业——慈善事业。基金会形成了孝悌、尊重、关爱、诚信、责任感、坚毅"六品"核心品德教育体系，凝聚了田家炳的心血。做慈善，他保持了经商创业养成的勤奋品格。早在定居香港，事业刚起步的1959年，田家炳便参加了香港医疗、养老、青少年服务等慈善机构，后来又到台湾奖教掖学、捐资兴校。

改革开放之初，田家炳的捐资从家乡大埔的教育、医疗、桥梁、文体等事业开始，铺开到全国各地，项目多、涉及面广。他秉持"钱到人到，更要心到"的原则。常常到国内捐建项目现场，挑近项目处住，行程紧凑高效。直至92岁高龄，才不再辗转奔走。纪念馆里展示了一份田家炳对捐建学校的运动场、停车场、卫生间、楼梯门窗设置以及通风采光等方面的设计修改意见，从端庄工整的字迹中可感受到他的良苦用心。

许多接触过田家炳的人，都会为田家炳谦恭诚挚的待人接物态度所感染。平和而坦诚，礼貌而周至，凡事替别人着想，他把先父对其"宁可实而不华，不可华而不实"的为人要求一以贯之地坚持下来。起初，田家炳捐助项目并不以其名字冠名，后经主办方再三要求，他也觉得使用自己名字既会增加主办方责任感，又可起带动引领作用，便同意了。他常说："善欲人见，不是真善。"每每获得荣誉，他会因"华"超过了"实"而自觉有愧，却之不恭，汗颜惶悚。自称"一尘老人"的田家炳书写了中国教育史上的慈善奇迹。他不图名利捐助教育的行动，纯真质朴，胜过千言万语，感天动地。

一位大埔县老领导在香港拜访田家炳时，问起为何要卖掉九龙塘居住了37年的别墅。亚洲金融风暴影响到田家炳企业的经营，2001年他将卖房所得5600万元全部捐出，缓解了资金困难，兑现了捐资内地办学的承诺。年逾八旬的老夫妇，租住在130平方米的公寓，由有房变无房，不介意被别人知道是"无壳蜗牛"。田家炳当时的回答并未完全释疑。田家炳在自传中道出了另一个原因："我当时想，五六千万元的利息每月就达40万元，即每晚等于用去了1.33万元，实在太浪费了。捐作建校用途，无论经济效益和精神享受都比自住好。"其实，他卖掉的不仅是别墅。因其资助的大学、中学众多，金额至巨，受捐单位虽体谅并接受捐款分三年到位，但他仍深感不安。2005年，田家炳把面积为13万余平方米、租金收入全部用作慈善用途的"田氏广场"出售，实现捐资承诺和追加教育捐资。看到一幢幢壮观的教学大楼，听到万千学子琅琅悦耳读书声，他"满怀快慰"。

有其父必有其子。田家炳子女回忆小时候移居香港后，不管居所大小，家里都住满亲戚朋友甚至外国留学生。父亲支持慈善的热心、仗义疏财的豪气，深深烙在子女幼小的心灵。田家炳成立公益基金会，把公司的大部分资产转入由社会机构管理的基金会，并出售资产捐助教育事业，都得到子女和家人的一致理解和全力支持。"留财予子孙，不如积德于后人"，田家炳的慈善之心，激励着其九名子女自强不息、知书识礼、谦恭友善，全家上下充满爱心，保持欢乐气氛。一生以先父"己立立人"告诫自己并将其作为行为准则的田家炳，获国学大师饶宗颐题赠"积善之家"时，对子女们的成长幸福感到异常欣慰。他说："这点比我在财富上的成就更具意义。"

若从高空往下看，客家围楼形状的田家炳纪念馆像一个人的心脏造型。纪念馆声光电运作和络绎不绝的参观人流，又仿佛是心脏的脉动和血流。怀着崇敬的心前来，必然会带走满满的启迪和感动。99 年书写的"幸福人生"，使人敬佩、令人欢欣，更是让人精神得到鼓励、心田得到滋润的"祝福人生"。

离纪念馆数百米的背头山东麓，错落有致的客家村舍间，有座拱辰楼，这是田家炳祖居。据称，取名拱辰楼，是取"拱璧连城价，辰辉万户春"之意。田父曾对田家炳说，祖上希望后裔做出一番事业，不仅要孝敬父母，更要荫泽民众，辰辉万户。中国科学院紫金山天文台，为表彰田家炳爱国爱乡、对教育慈善事业作出的贡献，于 1994 年 3 月 26 日，将该台发现的 2886 号小行星命名为"田家炳星"。客家之子，由此名标霄汉，并被赞为"云上之人"。

将近一个世纪前，出身于书香门第的田家炳，因家庭变故辍学从商。他铭记先父从小的家规家训教育，深知教育对个人成长及事业的重要性。他奉献一生的财富，聚焦教育、捐资师范、资助大学。他反复说的"中国的希望在教育"，至今回响在千万学子心间。

一位客家之子，把自己的百岁人生，活成了璀璨银河的一颗星。这颗星，从韩江之滨的银滩升起，带着跨越时空的中华文明之光，凝聚着美善的力量，闪闪发亮，照耀人间。

2022 年 10 月 14 日

于观澜河畔

事理看破胆气壮

沿着族谱记载，追寻先祖足迹。穿过武夷山脉由暗红色沙砾岩构成的山地丘陵，我来到福建省邵武市和平镇坎头村一个叫上井的小村庄。

踏着鹅卵石和青石板铺就的门坪，怀着崇敬的心情进入"黄氏峭公祠"。这个古朴端庄的砖木四合院式天井院，正堂供着黄氏列祖、太上祖和黄峭及其3位夫人、21个儿子的灵牌。行过牲果香仪，细细端详先祖黄峭（871—953年，后裔俗称峭山公）塑像，仿佛时空穿越，千年前的历史场面浮现眼前。

早在唐朝中叶，峭公的曾祖黄惟淡为避战乱，从河南光州固始出发，千里迢迢来到福建邵武，其孙黄锡成为和平镇黄氏开基祖，峭公即为黄锡长子。时值唐末昭宗时期，朝廷权争不休、地方权臣割据，又逢天灾，流寇为患，峭公聚合乡邻自卫安民有功，因此举及之后战功深受唐大将军陇西郡王李克用赏识，从千户长、千户侯开始，官至工部侍郎。天祐元年间，朝廷奸臣篡权乱政，峭公毅然于36岁之际辞官隐居，回到和平。他创办和平书院，兴学育才。耕读传家40多年间，峭公潜心研究形成了融古典哲学和古典医学为一体的《黄氏圈论》。

峭公生前娶有三妻（上官氏、吴氏、郑氏），各生育7子，共有21子。951年，峭公八十寿辰之际，膝下已有21个儿子、193个孙子、384个曾孙，他在寿宴上当着宗族姻亲宣布了让众亲大惊失色的决定：3位夫人，各留长子以侍晨昏，其余18子每户配马一匹、家谱一份和各约一升的瓜子金（碎金）资财一份，信马所至，随止择留。峭公特授《遣子诗》为念："信马登程往异方，任寻胜地振纲常；足离此境非吾境，身在他乡即故乡。早暮莫忘亲嘱咐，春秋须荐祖蒸尝；漫云富贵由天定，三七男儿当自强。"众儿多有不解为父之意，峭公则以古人"多寿则多忧，多男则多惧"自比，并用"燕雀倚堂而殆，鹪鹩巢林而安"为例，鼓励儿子们外出闯荡开拓，并谆谆教诲："尔等兄弟，他日相逢，彼以礼施，此以礼报，频来而不拒，久间而不疏……尔等兄弟可卜吉日登程，言无多嘱。"儿子们别无选择，只能择日登程。诸子择居他乡后先后回乡省亲，两年后，峭公无疾而终，享年82岁。

无法想象，当初已是耄耋之年、需要儿孙照料的老父送别18个儿子，各人携家带眷起程离乡是怎样壮观的场景，但我可以肯定这个"信马由缰"的遣子壮举背后，峭公有着悟透事理、湛然澄明的心境。在当时封建社会道德体系里，比峭公早出生1400多年的孔子主张"父母在，不远游"，这古训一直是人们的行为规则，峭公遣子行动突破了"养儿防老"、孝老敬亲的礼制藩篱。农耕社会，呈几何级数增长的人口对土地和生产力构成压力，尽管如此，人们不到万不得已是不会背井离乡的，更何况峭公遣子之时，其子大部分已步入中老年"落叶归根"的年龄，峭公这一举动无疑突破了"故土难离"的观念藩篱。从母系社会进入父系社会，男丁多一直是家族兴盛的标志，拳多力大，人多势众，峭公遣散子孙，无疑突破了族群聚居的习俗藩篱。这种突破，体现了其超人的睿智、胆略和气魄。

据有关人口统计学专家结合黄氏族谱和黄峭后裔在海内外的分布情况分析，峭公遣子后的1000多年，家族繁衍达1200万人。一代接一代，峭公后裔在异地他乡打拼创业，迁徙的足迹遍布大江南北、海内海外。以福建、广东、广西、江西居多，远及云南、贵州、四川、重庆、湖南、湖北、江苏、浙江、山东、海南、辽宁等地，还有港澳台地区和泰国、新加坡、马来西亚、印尼等东南亚国家及欧美各国。峭公后裔客居自立、开疆拓土的繁衍生存常态，创造了族群进化和文化融合意义上的距离优化机遇。居住地域和通婚圈的不断扩大，为种族基因获得远缘多样性交流优势，也融合和发扬了各客居地的地理人文。广东有几个客家地区的县有"黄半县"之说。有资料显示，黄姓是台湾三大姓之一，144万黄姓人口中，有60万是黄峭后裔。自1993年开始，旅台黄峭后裔越海寻根，每年均组团到邵武祭祖。新加坡和马来西亚的黄姓华侨和家族在金融、实业等方面占有重要分量，也产生了一批政要人物。峭公在天之灵，谅必想象不出当初他的"遣子壮举"造就了千年不息、绵延至今的宗族传承。

走过田野，沿山径而上，我来到黄家山林拜谒峭公墓地。在肃穆古朴的陵园入口，建有工艺考究的三拱石碑坊。据当地族长介绍，这是来自广西北流的黄嘉柏与其4个儿子捐资 60 万元，在峭公 1140 年诞辰之际（2011 年）兴建的。黄嘉柏在解放前曾挑红薯到广东境内卖，不料生了重病，且不多的钱已花完，流落乡村以乞讨为生。一天刚好讨饭到一黄姓人家，这家人问他姓名，他报称姓黄，又问他是否知道《认祖诗》（《遣子诗》的别称），他背了长辈从小就教会的八句诗，这家人立即称他为自家兄弟，不但设宴请他、供他安心养病，还送盘缠助他返乡。改革开放后，其 4 个儿子兴办企业致富，他念念不忘峭公诗对后世裔孙认祖认亲的文化影响，决定立碑报恩。

站在峭公墓地，背靠茂盛山林，前瞻叠嶂青山，我想，峭公供后世传承的不仅仅是血脉基因和宗族谱牒。当时的遣子诗，目前在各地有认祖诗、上马诗、辞乡诗、省亲诗、密码诗、外八句等多种叫法，其八句诗也有十多种版本，如"信马"与"骏马"，"立纲常"与"振纲常"，"身在他乡"与"日久他乡"，"亲嘱咐"与"亲命语"，"祖蒸尝"与"祖宗香"，"当自强"与"总炽煜"等等，词句不尽相同，但表达的诗意是高度一致的。不管是汉族、壮族、瑶族或其他民族，不论所讲的是普通话、闽南话、潮汕话、粤语、客家话或其他方言，念出这八句诗者，彼此都会互认同祖同宗，亲热如故。此诗成为穿越千古的宗族相认的"密码"，也成为好男儿志在四方、不忘祖训、开拓进取、自强不息的励志箴言和代代相传的文化符号。随谱牒流传下来的还有 21 首《训子诗》，里面涉及教导儿孙孝敬、读书、勤俭、戒赌、谦虚、宽厚、守信、安分、规矩、修身等 21 种品行习惯的训诫，体现了涵养清正家风的良苦用心。

黄峭并未以经天纬地之业载入皇皇史册，但其传导的家训家规至今仍绽放出鲜活的生命力，为后世所追慕。在当今社会，不仅仅黄氏后人在演绎变革的实践，也不仅仅黄氏宗族在倡导融突和合、天下大同，峭公构建的家族文化已融入进取与发展的时代大潮。峭公领航了一个家族的千年奋发，他的思想智慧不仅仅属于黄氏族人，也是我们中华民族的宝贵文化遗产。

"早暮莫忘亲嘱咐"，千年前的亲命语依然在心中回响。

2017 年 12 月 12 日

于观澜河畔

一滴敢报江海信

青山遮不住

隆兄是位性情中人，他不经意间讲起的家事，令人心绪久久难以平静。

隆兄老家位于穿行在粤东崇山峻岭的梅江边。他的父母先后生过八个孩子，但成活成人的仅四人：他和一个姐姐、两个妹妹。他其中一个妹妹生于 1968 年，刚出生父母就发现其先天残疾。先是发现没有肛门，心急如焚的父母抱着哭闹不止的妹妹到医院进行手术治疗。由于手术不到位，人造肛门经常堵塞，父母只能经常为妹妹抠掏粪便，直到三岁时，才正常起来。不怕脏臭的父母，后来又发现妹妹四肢和腰脊畸形、瘫软无力。父母四处求医，医院给出了先天残疾的结论。

日子如梅江水日夜东逝。隆兄的父母依靠参与农耕生产获取的微薄收入，供子女上学，抚养着一个头脑清醒而没有任何生活自理能力的女儿。每天晚上，父母轮流起来为妹妹擦屎倒尿。妹妹日渐成长，父母又用竹子为其特制了座椅，平日在近处干农活时还带上妹妹，冬日里常常抬到户外晒太阳。20 世纪 80 年代初的一天，一对外地来的流浪乞讨夫妇在隆兄家门口看到了瘫坐在竹椅上的妹妹，缠着要花 2 万元买走已经 10 多岁的孩子，并再三承诺会照顾好她。父母断然拒绝了他们的要求。在年收入达 1 万元即被称为"万元户""暴发户"的那个年代，2 万元可是很大一笔钱财。隆兄父母很清楚，乞丐买了去，肯定会把她当作街头乞讨的道具和"摇钱树"。

在隆兄看来，妹妹除了生活不能自理外，其他功能与常人无异，甚至有超人的感知能力。每当他回老家把车远远停在村口，妹妹竟然可以率先感知是哥哥回来了。2015 年，妹妹因感冒引发了肺气肿重症，情况危殆。隆兄通过努力安排妹妹进了当地最好的医院，并连夜从深圳赶回照看。全家花了很大一笔积蓄，终于从死神的魔掌中把妹妹抢了回来。同住 ICU 的病友们看在眼里，深深为隆兄家人对残疾的病患如此执着的关爱所感动。直至 2009 年，隆兄才说服父母，为妹妹请了保姆，让日渐吃力的老人从日常照料中解脱出来。

这个长达50年的传奇故事还在梅江边的小山村延续着，但鲜为人知。同村有一位在报社任职的宗亲曾提议派记者采访隆兄家庭，均被其父母婉拒了。

是什么力量造就了这对客家夫妇如此强大的心灵？孩子降生即意味着上天赋予了亲情，而其残疾的身体，更需要非同一般的关爱和照顾。一路走来，他们肯定曾承受物质的贫乏，甚至忍饥受饿，但也无法动摇他们呵护柔弱生命的心志。他们没有把残疾儿当作心理和生活负担，而是积极乐观地克服了一切困难，甚至窒塞各种享乐的欲念，这是多么难能可贵的品德修为啊。

老父亲老母亲用半个世纪的时光，将天地万物一体之仁爱大德倾注给残弱的生命个体，用朴实的善念构筑着和善的家庭文化，也为乡村邻里塑造了道德标杆，默默地敦风化俗。在这个家里，子女对父母的感恩和孝敬中多了一种崇敬情愫。当地众多乡亲也从两位老人的行为中汲取慈爱典范的力量。

隆兄告诉我，直至耄耋之年的今天，两位老人仍然把已到知天命之年的女儿的日常生活和感受挂在心头，细心关注着、精心呵护着。不离不弃、无怨无悔、从不间断的坚守与坚持，闪耀着人性的光芒。这种光芒，青山遮不住，辉映四时。这种仁爱，如梅江之水，源远流长。

2018 年 1 月

于观澜河畔

只有付出的慈爱

一对耄耋之年的客家夫妇，50 年照料患有重度小儿麻痹症的女儿的故事，经我的一篇纪实散文《青山遮不住》传播开后，媒体转来有关部门授予这个家庭荣誉称号的想法，我写此文前与隆兄有约定，不用真实姓名、不写具体地址，所以我没有满足有关部门的要求。我想，这对老父母 50 年来的坚守，只想过付出，绝不肯以此获取任何荣誉。青山遮不住人性光芒，就让我们遵从主人翁的内心吧。

但我还是牵挂着。

尽管散文见报后，众多点赞和留言很感人，我还是觉得文中所述只是隆兄所讲，而我没有直观感受。同事阿东与我交流时一再表示，此事不能就此打住，应当再发掘。10 年前这家人便婉拒了当地记者的采访，这次我凭着隆兄父子的信任，重新拿起荒疏了 20 年的采访笔，采写这没有新闻要素的人和事。

在梅江边的普通小山庄，我找到了一座普通的客家围屋。拨打座机电话，铃声从嵌在厚厚土墙中的木窗飘出。转眼间，刚放下电话的隆兄老父亲便出现在侧门，老人用客家话热情地打招呼。在围屋厢房中间厅堂，老父亲与老母亲礼数周至地请我喝工夫茶，请我尝他们种植的龙眼。

两位老人均已白发苍苍，言谈举止从容自然。出生于 1930 年的老父亲 3 岁时丧父、母亲改嫁，12 岁那年养母又去世，他失去了唯一的亲人。从此，仅读了三年书的他乞讨要饭、替人放牛、在船上做杂工、在海南岛垦荒，尝尽风餐露宿的流浪滋味。新中国成立后，在家乡务农，历任生产队干部、大队党支部书记和大队长，50 岁以后在镇办水厂担任支部书记直至退休。从其宽阔的额头看不出曾经的沧桑，倒是那长而厚的耳郭、内守的眼神、深沟般的法令纹和实足的中气，显示出长寿之相。出生于 1936 年的老母亲，同样有着艰苦的童年，出生后被卖了两次，历经虐待而顽强生长。两个从小孤苦无依的人结合，意味着他们要比一般人承受更大的生活负担。

老父母从1957年开始先后有过八个孩子，1968年女儿出生前，夫妇俩已生育了六个子女，但先后有三个夭亡。这个一出生就有许多问题的孩子，先是被发现如针眼大的肛门仅可以渗出一丁点胎粪，夫妇俩赶紧抱着哭闹不止的女儿到医院做了人工肛门手术。其后夫妇俩发现女儿四肢无法正常舒展，手指脚趾弯曲畸形，长至七八个月以后无法像正常的孩子打坐，更无法站立。一民间医生看了后，劝夫妇俩放弃这个先天严重残疾的可怜儿。两年后，夫妇俩又生了一个女儿，怀孕期间，做母亲的因患乳腺癌还做了一边乳房切除手术。但是，这最小的女儿长到3岁那年因误食一种有毒的植物"鬼番茄"，患肠炎而病亡。时隔40多年，老父母对此事依然唏嘘不已。

二十世纪六七十年代，物质匮乏，老父母靠参加农活挣取微薄的收入维持着一家的生活。子女在成长的过程中也体谅父母的艰辛，从小就分担家务和自留地里的农活。老母亲回忆当时的生活情形，每天早上四点多就要起床，开始许许多多没完没了的琐碎家务，白天要下地里干活，晚上又接着操劳于灶头锅尾。老父亲虽然是生产队干部、大队干部，但也一样要参与粗重的农活和家务，就这样，六口之家艰难度日又不乏憧憬。

子女的成长当然让父母感到欣慰，最让老父亲放心不下而又必须悉心照料的是先天残疾的女儿。人造肛门手术不到位，经常堵塞，夫妇俩每天为女儿抠掏积在肛门的粪便，坚持了三年直至女儿能够正常排泄。因为腰椎和臀部畸形，她无法正常坐立，他们用竹子特制带着痰盂可供坐便的座椅，白天还带着去参加农活以便照看。随着女儿体重的增加，每晚两三次抱女儿上厕所的事由母亲转交到了父亲手上。一日三餐，当父母的由一口一口喂饭到训练女儿用变形的手进食。天热时每天洗澡，天凉时每天擦身。耐心地启发女儿不健全的语言系统，慢慢实现交流。一年365天的生活细节考验着为人父母的耐心和意志。

一对流浪乞讨夫妇20世纪80年代初到村里要饭，看到瘫坐着的残疾女儿，表示愿意花2万元买去并承诺照顾好她。老父母当时断然拒绝，他们用客家俗语表示，哪怕是瘸腿"黄鸡崽"他们也要养大，更何况是自己所生的骨肉。是啊，他们怎么会忍心让女儿沦落街头以乞讨为生呢？一直到2009年，接近80岁的老父亲在儿女的一再

一滴敢报江海信

坚持下，才在乡里请了一位保姆协助照顾。两个女儿和一个儿子在深圳工作生活，老父母除了偶尔到深圳探望外，拒绝了儿女们安排他们外出旅游的请求，他们内心怎么也放不下家里的苦命女儿。他们从来不向儿女提出任何生活上的要求，在他们看来，只要子女健康、平安、家庭和睦，他们就知足、就幸福、就开心。

父母和兄姐的爱，让残疾女儿感受着亲情的温暖。我与她交谈，她虽然因筋肌收缩只能趴在床上，但会用简短客家语说"父母好""哥哥姐姐好"，眼神平静而满足。1997年梅江洪水暴发，水淹进了房间，快漫至床沿时，母亲把她抱至桌上，她拼命大叫要母亲请别人来救，幸好水没再涨，慢慢退去。在父母看来，女儿先天残疾，但求生的意识特别强，平时吃东西很注意，再好的饭菜或水果，她都控制自己不多吃，生怕坏了肠胃。她甚至养成了超强的感知和记忆力，可以远远感知从深圳回来到了村口的哥哥姐姐，可以记住每次来看望她的亲戚乡里。上了40岁后的10年，她肌体功能衰退，尤其是因长期侧卧压迫使右肺基本丧失功能，连续五年均因肺炎住进医院抢救治疗。有一次因为来不及送市医院而住在镇医院，她嚷嚷着要去市医院。她强烈的求生意愿和家人的不离不弃、执着关爱，创造了此类病症患者生存超50年的生命奇迹。

在两个小时的交流中，我深深被两位老人的坦诚所感动。一般人会认为，家里摊上一位重度残疾者，全家人的幸福就无从谈起了，但他们从不这样想，也从不抱怨、从不嫌弃，更不觉得这是多大的负担，也不觉得是多困难的事情。坦然面对和接受，使这个多灾多难的家庭洋溢着温馨。他们再三强调，女儿不是自己想那样的，既然是先天的，他们有责任抚养她。虽然她不能像其他子女一样，会读书求学、自食其力、成家立业、生儿育女，能够给父母带来成长的希望、快乐和尽孝的慰藉，但是，作为父母，他们在一天，就要养她一天。这种义务，与生命同在。老父母现分别已届88周岁、82周岁高龄，他们已清楚地交代过三个儿女，他们老去之后，一定要照顾好妹妹。

道别这对老父母，离开那周边有六棵龙眼树的客家老围屋，我给远在深圳的隆兄发了一条微信：老父母，只有付出的慈爱，超凡绝尘，感天动地。

2018年8月
于观澜河畔

舞动的英歌

温暖如春的丙申年初冬时节，深圳福田下沙村迎来了世界黄氏宗亲恳亲盛会。来自"一带一路"诸国和国内众省区市黄氏宗亲代表数万，共尝被评为省级非物质文化遗产的"下沙大盆菜"，共赏由龙腾狮舞、祭祖仪式、宗亲祠堂祭祀等乡土文化活动构成的文化大餐。

当长达108米的下沙金龙以磅礴之势盘旋舞动时，全场人感受到了民俗传承的浩荡之气。而来自普宁的宗亲献上的南山英歌舞，更把盛会推上了高潮。对我来说，英歌舞并不陌生。早在1988年参与广东艺术节采访时，便观赏了潮阳两英镇的永丰英歌舞。时隔28年，回想那英歌舞的一幕幕，仍有荡气回肠之感。

紧凑的鼓点配合着梁山泊英雄好汉队列的出场。最前面的是舞动着花环蛇的"耍蛇者"时迁，他蛇行鼠步，穿梭腾跃，把队列引导为长蛇挺进、双龙出海、四虎并驱、粉蝶采花、孔雀开屏等艺术图形。两列队伍中，左队领头的是挂黑须脸谱的李逵，右队领头的是挂红须脸谱的杨志，二槌三槌是林冲或和尚打扮的鲁智深、武松，以及九纹龙史进、猎户解珍和女装的孙二娘、顾大嫂等人物。队伍的组成通常是36人或72人，最大规模的可达108人。队伍中有三分之二的人，双手各持一支约一尺长的木棒，踩着节奏舞动。另外三分之一的队员则手拿小棒槌打鼓起舞，助威前行。在舞蹈队伍的开合变化中，锣鼓点、海螺号和间或的吆喝声在舞场荡响，主旋律是队员手中两根棒槌敲击的"梆梆梆"声，左敲右敲、上敲下敲、胯下敲背后敲，一招一式整齐划一、铿锵刚劲。矫健而齐整的舞步伴随着舞者灵动的运槌动作、指法，连同粗犷迅猛的身姿，构成情绪激昂、豪迈威武、强壮奔放的场景。

英歌舞通常分前棚、中棚与后棚。前棚以棒槌敲击的队列舞蹈为主，中棚和后棚则以民间说唱技艺和武术表演为主。尽管英歌舞的来历有"秧歌说"，有"傩舞说"，

一滴敢报江海信

还有"及时雨说"，但其主要表达的内容取自《水浒传》中的故事，其舞蹈演绎梁山泊好汉化装卖艺、以武力营救卢俊义和宋江等情节。据悉，英歌舞在潮汕地区已有500年的传承，且形成了不同流派和风格。英歌舞以广场舞蹈的形态，成为当地民间节庆活动的内容，被赋予了驱邪恶、求吉祥的意义，而其口传身教的传承方式也锻造了群众强身健体的文化载体。自20世纪80年代英歌舞首次进京演出，这民间艺术越发绽放光彩。陆丰甲子镇英歌舞2011年获得国家非物质文化遗产认证，登上了大雅之堂。

舞蹈起源于人类最原始的肢体劳作。手的拍打和脚的行踏，以及重复而有规律的节奏，为部落与族群带来了群体共同感应的效果。在纷繁众多的交谊、时尚等各式舞蹈中，民间的广场舞因其根植传统民俗而得以不断延续。如广泛流传于国内各地用作驱鬼、祈福、祭祀或娱乐的傩舞，至今仍在城乡受到追捧，成为节庆保留节目。而舞龙、舞狮、舞麒麟是再平常、频繁不过的演出节目了。日本有一种极为独特的民间舞蹈——舞踏，借助踢踏舞的节奏，以极为骇人的怪异舞台扮相和动作表现人的衰老、衰残和临死状态，以勾起观众对"向死而生"的认识，恐怖之舞同样得以认同和流传。现在，最普遍、最流行的莫过于城市现代广场舞了。不论是晨曦初绽还是夜幕降临之时，在社区、广场，都可以看到民众欢快跳起舞蹈，这场景折射出小康生活的幸福与愉悦。

思索间，耳边仍回响着英歌舞的鼓点与木槌声。舞者以南拳中大战马的架势舞动，快速变化的身影仿佛幻化成流动的火龙，弥漫着血肉之躯散发出来的一股股激情。协同的步伐、齐整的身姿、激昂的节律，形成雷霆般猛烈的态势，昭示着团队的热力。英歌舞，仿佛从远古洪荒飞驰而来的列车，承载着民族的人文血脉，舞动着精诚团结的旗帜，展现出势不可当的铁血气概。

人类不可能没有舞蹈，每个人其实都是一个舞者。令人羡慕的英歌舞者，洒脱豪迈，没有表演者的包袱，不存杂念也不感孤独。真希望像英歌舞者那样，激情飞扬，循着生命的律动，踩着意念的鼓点，彰显梦想的价值，舞就人生的华章。

2016 年 12 月 30 日

于福田新洲

海滩淘金者

百安村前的海滩上，有着柔软的米色细沙。秋日午后的阳光洒在沙滩上，光亮灼眼；洒在海面上，波光粼粼。蕴积着巨大能量的海浪，一阵阵袭上沙滩，抖落水花又悄然退去。大海的律动，在沙滩形成一条略微向海倾斜的濡湿沙道。与岸边干沙有着深浅不一的脚印不同，湿沙平坦柔实，零星分布着小贝壳和石砾。

海水与沙滩交汇处，蠕动着一高一矮两个身影。他们正手持器械在沙中寻觅着什么。右手下臂绑着一根长杆，与杆垂直的凸起的把手上连着一个小方形仪器。仪器一侧有一条细线连接头上遮阳帽外的耳蜗机，另一条线则连接杆底椭圆形镂空塑料盘。他们贴着沙面左右摆动塑料盘，一旦停顿，便说明仪器有反应，下方可能有金属物。随即用左脚把左手持着的不锈钢漏斗踩入经停处。拔出漏斗时也带出一斗沙，躬身用穿着透水布鞋的脚在沙上翻动，果然发现了一个易拉罐金属拉环。

有好奇心的人还不少。"你这是在找什么？""能找到金子吗？""这样好玩吗？"他们并不理会别人的发问，只是埋头忙碌着。不一会儿，一根锈蚀的铁钉从沙中被找出，一截电缆线被拔了出来，一个有着锋利不规则边沿的金属罐底被探获。还有锈迹斑驳的牙线随身铁盒、手电筒及烂手机等含金属的杂物陆续浮出沙面。小件的，被塞进裤兜里，难带的被扔到岸边沙滩，他们说海滩管理者会把这些当垃圾收走的。

攀谈中得知，两位三十出头的小伙子是上午驾车从惠东县来到海丰县鲘门这边的。两人都在同一家装修公司打工。矮个儿男是水电工，湖南人，今已在惠东定居；高个儿男是来自湛江的油漆工。几个月前，见朋友在惠东海边用仪器在沙滩中探测金属，便尝试跟着玩，没想到而今已上瘾。工闲时间都往海边跑，现在巽寮湾、大亚湾的海滩都走遍了，便拓展到红海湾这边。

矮个儿男话不多，手脚并用地探寻着，也有一句没一句地答话。他说，他们玩这个跟人家钓鱼一样，都是贪好玩。与钓鱼的静守不同，他们是在运动中进行，但在未知的境地得到收获，这种乐趣又是类同的。而且行进在水里沙中，消耗的体力还蛮大的，运动锻炼的效果很好。

这时，一个中年壮汉用带着浓重潮汕口音的普通话，对走在前面的高个儿男说："阿弟，前面救生塔边的沙滩，两个多月前的暑假里有人掉了一条金项链，看看能否找回来。"高个儿男停下手中的活，友好地笑笑说："要找回掉进海沙的金链，那要碰运气了。我朋友曾探到一枚金耳环，那是极为罕见的。"说完，又按原节奏慢慢往前推进。

走走停停的一个多小时，他们走到一个伸向海边巨石的廊桥后折返。这一次，他们涉水较深，海水没过膝盖甚至到了腰间。水中的行进更慢，发现目标先固定探测器，然后腾出右手费劲地在水中搅动左手提起来的沙，待沙漏入水中才能发现金属。

涨涨退退的潮汐，冲刷着海岸；来来去去的人流，也装点着海边的世相百态。清晨，一位头发花白的老者，随身携带小音箱播放着20世纪80年代的电子音乐《海潮》，在沙滩上跑得甚欢。远处海面隐约露出几个脑袋，后面还拖着一个救生圈，那是趁管理人员未上班而下海的晨泳者。夜晚，连着廊桥在海礁上建起的一个两三百平方米的平台上，广场舞的喧嚣与垂钓者的静默形成鲜明对比。近处的海水里，有人推着自带发动机的推车来回走动，发出"突突突"的声响，那是当地渔民在沙中捞取沙白。多姿多彩的海滩，满足人们多种多样的爱好。

晨昏的海边，我未能再遇见那两位海滩边淘取金属的年轻人。也许，他们此刻正奔忙在职业生涯中，为生存和发展而奋斗。我的思绪也从他们的小众爱好延展开来。

物质日益丰富的当今社会，为人们消磨闲暇时光、寄托闲情逸致提供了多样化的选择。有人钓到鱼后马上又放生。有人养宠物、种植植物，以怡养性情、培养爱心。只爱跑步、徒步，或只喜欢冥想、发呆的也大有人在。爱在网上敲电子木鱼、云上玩歌舞，看上去是打发时间、抵御孤独的活动，也有着不给别人添麻烦、不增添社会负担的慰藉。

操弄逾万元一套的金属探测器，当然是解决生活温饱后的玩法。要探测到有财富价值的金子，有如大海捞针的稀缺梦想。对着变幻莫测的海岸沙滩，寻获污染海水的重金属、沙中割脚的利物，净化大海、保护环境，看似排解寂寞，实则是在利他；看似无聊，实则有趣。即时满足的获得感，寄托着探寻的快乐，其中滋味，想必当事人才能真切体会。于我而言，伴着浪花，踏沙而行，见证了小众的淘金者，对人的兴趣爱好有了新认知，如同拾获一枚弥足珍贵的小贝壳。

海沙中一件件废旧金属被捞起，我仿佛看见，金属的锈迹间，闪着一丝丝善意的光泽。

2022 年 11 月 21 日

于前海双界河畔

万里归心来时路

远在马来西亚沙捞越古晋的90岁老人昆伯,今年仲秋时节,又进行了一次跨越重洋的旅程。他在儿孙陪同下,从古晋乘车到沙捞越机场,飞到吉隆坡转机,跨越南海抵达香港,再过口岸来到深圳与接应的侄亲一起回到粤东大埔县百侯镇东山村。整个行程长达4300多公里。

又一年回到故乡小山村,他与亲戚们一起为先祖和母亲扫墓,并举行祭祀仪式,还到宗祠等场所祈福。再叫来乡里乡亲,到祖屋芝兰轩喝茶、吃饭、聊天交流,叙说浓浓的乡情。

因与昆伯侄儿是朋友,我近年来先后见过他几次。昆伯染过的头发梳理齐整,脸上看不到老人斑,八字眉下的双眼显得和蔼、慈祥,嘴角总漾着开心而乐观的笑容。见到故乡亲友,他会递上带回的一小包胡椒粉和一小瓶驱风油。令我印象深刻的是,第一次见面,耄耋之年的昆伯递给我一张名片,告诉我他的地址电话,邀请我至古晋做客。

从交谈中我得知,昆伯第一次回国是1984年。他从罗湖口岸入境后,一家人坐汽车一路颠簸劳顿长达15小时后回到故乡。他以前是和妻子一起携部分儿女回乡,老伴前几年去世后,儿女们结伴轮流陪他回来,孙辈亦同行。这一坚持就长达35年,从不间断。我粗略计算了一下,昆伯每次往返的路程达8600公里,累计已达30万公里,相当于绕地球七圈多。

聊天中回忆自己出南洋的经历,1929年出生的昆伯用了"难以置信"一词。他还很小的时候,父亲就"过番"(出国谋生)了。日本侵占马来西亚后,父亲几年无音信,更不幸的是被飞机误炸丧生。那时,他仅12岁,寡母带着一家七口过着食不果腹的日子,常常食糠粄、啃树根,穷得连煤油灯都点不起。他靠打点小工断续读书。日本投降、南洋通邮后，经做"水客"的宗亲帮助，1947 年，他与祖母获准去南洋投奔叔父。他们从百侯浮桥头乘船沿梅潭河来到三河坝，转乘韩江的客船抵汕头，折腾一个多月后才乘上船。在海上漂泊的日子是异常艰苦的，中途不时有人病亡，被绑上铁板丢到南海，令人惊恐万分。经七天七夜海上航行到达新加坡，住了三天检疫仓后，又乘船一天多才来到古晋，终于见到了离别多年的叔父。

在古晋，他做过中文老师，当过布庄学徒、进出口业务报关员，还挤时间补习考取当地初级文凭。凭着打工积攒的经验和小本钱，他于 1955 年独立经商，往返于新加坡与古晋做布匹、服装生意，后又陆续做起了中国大陆（内地）、台湾、香港的针织品、帆布书包、菊花茶等贸易，事业渐入佳境。条件稍好，他为草草安葬于五哩山的父亲修建了坟墓。他深知当时国内生活清苦，便每每寄钱给在家乡的母亲、叔叔和兄弟、子侄。每当收到昆伯来信，亲人便聚在一起，一字一句地念信。那字字句句饱含牵挂与真情，念信情景至今仍使国内亲人感到温暖。

昆伯养育了四男一女，孩子们很争气，都大学毕业，三儿子还获得美国医学博士学位，儿女如今都过得幸福美满。昆伯重视教育，尤其在客家话和母语的传承上，要求孩子们从小在家里一定讲客家话，并学会使用中文。他还定期资助国内有心求学的侄子读大学。

他常常怀念儿时挑粪、耕田、种菜、担泥、挑沙所走过的崎岖村道，20 世纪 80 年代初，便汇款回乡修建村道。那一沙一石，筑就了昆伯的思乡之路。他捐款为村里安装电灯，捐助母校百侯中学……每次从故乡返回古晋，他都会与儿孙和亲友一起分享回乡所见所闻，诉说着自己故土难离的乡情、乡愁、乡恋。

在 35 年返乡的历程中，他还收获了意外的惊喜。他每每走过罗湖桥，便感觉到一股股日新月异的发展热浪。他认定深圳这个地方一定有前途，便用自己的一些积蓄在此购置物业，还动员子侄参与，算起来先后买了 30 多套商品房和店铺。现在这些房产已成为一笔可观的财富。今年国庆节，适逢新中国 70 周年华诞，他在家乡从头至尾观看了国庆庆祝活动现场直播，并告诉没回来的子孙，一定要看国庆的新闻报道。全家人都为祖国倍感自豪。

大埔是著名侨乡，有着数十万之巨的侨胞。大多数侨胞离乡背井赴海外闯世界、谋生存，都走过曲折而漫长的道路。尽管离乡时家乡还很贫困落后，但没有人会嫌弃自己的故土。他们在海外注重中华优良传统的教育，把客家话、饮食和习俗都传给下一代。中国改革开放后，回乡寻根问祖的侨胞不断增多，其间发生了许许多多的寻亲故事、家书故事，聚散离合，感人至深。

怀着对家乡的反哺报恩之心，归国侨胞致力于公益，造福乡亲。他们最热心的就是筑桥修路、捐助教育卫生事业。据悉，大埔大多数公路、乡道和桥梁都有侨胞捐资的贡献，大多数学校、医院都凝聚着侨胞的公益心。正如田家炳先生回乡时所赋骊歌："祖宗庐墓，游子心悬。桑梓善业，应尽仔肩。尚期吾辈，互相策鞭。"

昆伯是芸芸侨胞中朴实、平凡的一员，他没有豪言壮语，但不乏拳拳赤诚；他没有承诺，但他一直在坚持。年复一年，我期望，万里归心之路，已是五代同堂的昆伯和他的后裔们能够永远走下去。

2019 年 10 月 18 日

于梅潭河畔

第五章

寻道探幽

走进大自然，驻足观察、体验，我顺从内心，以山的方式与森林对视，以水的情怀与泥土拥抱，对自然满怀敬意，身心产生无法言喻的快乐之感。流连于古城古村，探寻历史与现实的况味。把自然生态和人文美景，存于心间，品识韵味，在笔端流淌探幽寻道的实景真情。

又到丰溪看翠竹

再次踏进丰溪林场，已相隔 30 年。

沿溪而入，记忆中溪边用石灰泡竹子制土纸的许多小作坊见不到了，土墙灰瓦的房子明显少了，在稍微平整的山麓，用混凝土钢筋材料建筑的楼房星罗棋布。山边起伏相连的是铺着鹅卵石的田埂和大小不规则的农田。从那一垄垄冒出的紫云英小花，便可知农田还在耕种。

位于大埔北部的丰溪林场是广东省自然保护区建制。场部办公大楼自然取代了记忆中的平房，前面不知何时建起的人造湖里，澄碧的水面倒映着周边绿色的山体。我见到了许多纯朴的、憨厚的、热诚的面孔，而 30 年前我极为崇拜的老场长，据说早些年已羽化在青山绿水间。物是人非，平添些许惆怅。

记得 1986 年的春天，我随在大埔县委办公室任新闻秘书的同事和《梅江报》(今《梅州日报》) 编辑到丰溪林场采风，深为老场长放弃回县城工作的机会，不改初衷、扎根林场，以及构建信息化监控系统打造现代林场的壮志所感动，凭着文学青年的冲动和激情，以此为题材连夜写了一篇题为《竹魂》的散文。此文不但发表在《梅江报》的"梅花"文学版，还获得了该报当年举办的"文明之花"征文比赛三等奖，奖金 40 元。一个在机关里极为封闭地从事特殊工作的文学爱好者，从邮电局领到报社寄来的接近一个月工资的"文学"奖金，那种愉悦和欢欣是无法形容的。请大院里年轻的伙计们吃饭是免不了的热闹分享，我还用其余的钱请村里做木匠的同宗兄弟，用老祖母留下的木材制作了一个书橱，以解决宿舍里日益凌乱的书籍摆放问题。获奖散文不仅仅改善了文学青年与书的关系，还在第二年，让我从特殊工作岗位走向叫"通讯组"的机关新闻岗位，从此开始了以文字为生的职业生涯。

驱车抵达位于丰溪林场最高处的丰村小村庄。村口见一溪流，水量充裕、清澈明亮，且带着欢快的哗哗声。这些溪水应该是从几座竹山中流淌下来汇聚而成的。于是，我离开人群沿溪而上走进了竹林。

记忆中、梦境中的竹林，依然显得那样清逸。举目望去，齐刷刷是如青玉色的竹节和随微风摇曳的竹叶。缓缓的斜坡、淡淡的枯竹叶旁，可以看到被锄头挖过的错落有致的小土坑。在路边整理柴草的村民告诉我，那是去年冬天挖冬笋留下的。冬笋因为长在竹根泥土的表层，即使长势再好也必须挖除。冬笋长出地表后无法吸收足够的水分和养分，便会长成瘦小畸形的小竹子，绝对无法成材。而春笋却不同，在春笋破土之后，要根据竹林的林相做出取舍，挖掉多余的，保留适当的，通过"间伐"来营造竹林共同生长的空间。

村民还告诉我，现在正值清明时节，经过寒冬和初春，竹子已借助发展的根系在周边土地里汲取了足够的养分能量。留下来的春笋迎来"清明争出，谷雨争高"的关键机遇期。笋芽在清明节气如果不能尽快破土而出，就只能烂在泥土中。竹笋破土后如果不能挺拔争高，在竹林上方争得足够的阳光，就可能萎缩在林里而无出头之日。村民不经意的言语，不正闪烁着人生取舍有道和择机而行的哲理吗？

沿着山路蹒跚而上想看看山泉水的源头。低处的泉水舒缓而流，明镜般的水面下是金黄色的细沙。再往上走，溪流从嶙峋的山石间急促冲下，清脆的水声萦绕在竹林间。掬一捧清冽的山泉水，洗刷被汗水浸润的脸庞和头发，清爽、润滑之感瞬间布满饱经沧桑的老脸和枯涩的华发。

此刻，思维如经过山溪水洗涤过一般，尤为清晰而明朗。竹的节节攀升，让我感到重复的意志和力量；外在的线性流露和内在空间表达，让我想到生命的阳刚之气和阴柔之美。记得那篇散文最后道出的是"竹魂"：未出土时先有节，及凌云处尚虚心。30年过去，从二十出头到五十好几，平添了许多慨叹和感悟。岁月在生命中难免积淀疲倦的懈怠，甚至浮现自满的情绪；放弃了一些坚守，也错失了许多机遇；少了穿越石缝的锐气，多了得过且过的圆融。此刻，我觉得，文学青年时期"人贵有志"的抱负、"有志者事竟成"的信念是多么珍贵。

置身于生生不息、长盛不衰的竹林，我体会到，竹的坚韧挺拔、竹的气节操守、竹的虚怀若谷所昭示的生命理念和人生品格，不就是老子《道德经》所阐述的"慎终如始，则无败事"吗？一以贯之地保持最初那份谦虚、那种进取、那股执着，便可持续地成长在不败之境。

看翠竹，阅人生。

2016 年 4 月 12 日

于观澜河畔

茶山寻芳

生长在山区，自然对大山有种膜拜感。

模糊的记忆中，曾经到西岩山采访茶叶生产，也曾沿着蜿蜒山道上过西竺寺、看过"七星石"、爬上山顶"仙人桥"巨石。在这个庚子年的酷暑，我寻得闲暇，决定到西岩山走走。

从大埔县城出发，沿着梅潭河溯源而上，行进20余公里，便到了枫朗镇。乡村振兴建设已把印象中的凌乱扫除，镇村道路修理得还算顺畅，农村房舍新旧融合，客家民居与欧式别墅各得其所，有种欣欣向荣之感。盘山公路明显比以往宽了，还铺上了沥青路面，虽然路弯坡陡，车辆翻山越岭并不显吃力。

岗头村是上山下村的小村庄。有一条特别弯曲的山路，沿路而上，两边呈梯状垒着石坎，新旧不一的村民房屋就依山而建在石坎上方平坦一点的地方。村庄背后的高岗上，高耸入云的是茂密的"风水林"，远远望去可见那里长着不少原生状态的大树。村里瓦房居多，也有不少是混凝土框架结构的二三层小楼房。

在挂着"佬魏道"招牌的一栋两层半水泥结构的房子里，约100平方米的一楼，依次摆放着摇青、揉捻、烘焙、复烤等半自动制茶机器，其中茶叶摇青机是以金属外框固定，用竹篾编织而成，晾茶的簸箕也是用竹篾编的。虽没见到现场制茶，但空气中依然残留着淡淡茶叶和竹木芳香。

漫步岗头村，可感受到浓郁的茶叶气息。随处可见新旧房子，房前屋后的零星空地上都种着高矮不一的茶树。在低矮的瓦房可见到不少烘焙茶叶的柴灶，从其熏黑的灶面可想象这里忙碌制茶的情景。门外或楼顶墙体张挂着"茶叶加工厂"和茶业公司名号，茶叶门店、茶吧以及茶主题民宿，林林总总不少于50家。

沿着石阶拾级而上，穿过一片竹林，眼前豁然开朗处，便是南坪。一层比一层高的茶园，茂密地生长着茶树。一垄垄的茶树一米多高，树冠整齐划一，如同被修剪过一般，细看枝叶间，并无栽剪的痕迹，有些还挂着碧绿的茶果。在其下方可以看到，小茶树遒劲地屹立在黄色的泥土里，苍老的枝干间布满绒状的细碎苔藓。已过了采茶季节，留在稀疏有致的茶树上的茶叶，叶色深绿，有些呈椭圆形、披针形，条索弯曲，叶缘平，锯齿疏密不一，叶片平滑质脆。

南坪山头，视野极为开阔。脚下是一层层茶圃，远处可见一座座山。茶园是带状的，顺着山势，从半山腰往上环绕着直至山顶。山的顶端，形状像硕大的紫砂茶壶、茶杯，这真是纯粹的茶叶世界。点缀在南坪茶叶园圃间有不少知识类的茶叶简介小牌匾，既标明茶叶的原产地，也介绍茶叶的特征。原产地为西岩山脉的黄旦茶，色泽润亮金黄、香气优雅鲜爽，略带桂花香，素有"未尝天真味，先闻透天香"之誉；小叶乌龙，汤色褐绿乌润，含蜜桃味，香气古朴醇厚；梅占茶香浓扑鼻，具有兰花香；还有奇兰，茶汤橙红亮澈，入口清爽；水仙茶色则绿中透黄，香气清高幽远。至于引种到这里的大乌叶鸭屎香、白叶单枞、杏仁香、桂花香、八仙等品种茶叶，也因生长在这高山云雾环境中，而具香气清雅、耐冲泡、韵味浓等品格。

从南坪往南，绕过盘山的山脊路，见到嵌在几座连在一起的山之间的水库，这便是西岩山崇顶湖。碧绿的水面倒映着茶山轮廓，晴朗的天色经水波折射，又使湖边的树木和茶山灵动起来。湖边茶厂的"先春亭"凉亭和连廊景观分布其间，使游人仿佛进入仙境一般。

见有来客，茶厂老赖显出山里人特有的热情，连忙招呼大家进大堂喝茶。大埔山区泡茶所用的瓷茶壶和小瓷杯与潮汕地区工夫茶茶具类似，但不限定三个杯子，做完泡茶的一系列"功夫"后，一人一小杯。老赖告诉我，这是夏季产的新茶，数量少，但耐冲泡。茶杯里，玛瑙色的茶汤泛着光泽，入口有股甘醇的清香，饮后爽滑回甘。此时，空气中飘着一股淡淡的清香，老赖告诉我，茶厂正在对新茶进行烘焙。怀着好奇，我提议到车间看看。

穿过摆满手工制茶器具的车间，远远感到一股股香气迎面而来，不禁叹道：真香啊。不自觉地要扩展胸腔，让空气填满肺部。那清香仿佛有穿透力一般，浸入肌肤骨骼，舌齿间津液涌动，两腋习习生风。这感觉，就像一个戒烟多年的人突然来到烟厂闻到烤烟丝的味道，全身心产生一种莫名的兴奋，一种难以形容的陶醉状态。老赖说，若是生产旺季，香味比这还要浓得多。

车间极为宽敞，摆放着大型全自动或半自动的杀青、揉捻、烘烤设备。来到一个圆形的手工烘烤设备前，打开后，发现里面一层层的竹制簸箕上铺着褐黄色的茶叶。原来，香气是从这些看上去枯干、扭曲的叶片间透出来的。老赖说，这些高香茶，从茶叶采摘到制作，一系列的过程都是手工完成的。他说，他们茶厂分春、秋、雪片、暑、夏五个采摘季，采茶分自动、半自动、全手工三种方式，制茶则根据每个季节、不同品种，采用不同方式进行。茶叶是有品性的，制茶务必根据茶的特性把握每个环节的急与缓、重与轻、粗与细，形成不同的茶品。

谈起茶经，老赖停不住话题。这位个子不高、长得敦实的汉子，其老家大王坑村有世代种茶的历史。初中毕业后，他自认为有品茶天赋，也有兴趣，便投身茶叶经销。大概是 1988 年至 1992 年间，他主要把大埔生产的高山茶销往潮汕地区。1992 年后，回到家乡成立茶业公司，收茶、制茶、销茶。20 多年的茶商经历，使他"瘾"劲大发，他觉得长久保证茶叶品质还是要从最根本的种茶着手。于是，2009 年，他把历年的积累毅然用于收购、运营西岩山崠顶湖周边两个大型茶场，目前已拥有 1760 亩自种茶园。他还把多年总结的"茶经"传授给乡亲，带动周边茶农形成了万亩的种茶规模。

"高山云雾出名茶"，长期在同样产茶的潮汕一带经销茶叶，老赖对大埔茶叶生产得出了这么一个自认为绝对正确的认知。事实上，大埔曾获得"中国名茶之乡""中国最美茶乡""中国茶叶十大转型升级示范县"等称号，大埔乌龙茶还被农业部（今农业农村部）认定为国家地理标志登记保护农产品。第三届广东茶叶产业大会也曾在大埔召开。在主峰海拔为 1256 米的西岩山脉的崇山峻岭间，常年云雾缭绕，温差较大，空气富含负氧离子，呈弱碱性，土壤富含硒元素，加上茶农坚持有机种植，这些因素保证了大埔茶高品质出产、多品种共荣。大埔打造了高标准种植、新工艺加工、大数据管理、联农合作增收等全产业链条体系，还办起了横跨湖寮、枫朗、大东、高陂、桃源五镇，面积达 7 万多亩，集茶文化、茶观光、茶科普、茶体验于一体的现代农业园区。

走出厂区，已近晌午时分，老赖见我对西岩山茶叶独具韵味的清香、甘醇仍饶有

一滴敢报江海信

兴趣，欲言又止，却仍道出了其制茶的"秘籍"。他说，茶叶在大自然中吸收山川日月灵气、雨雾精华，会形成多酚、色素、多糖、皂素等多种有益健康物质。但要产生芳香，就要讲究方法了。茶的品种固然重要，手工分拣采摘恰当尺寸的叶片和手掌搓揉必不可少，关键还是要掌握采摘时机。要选择晴朗的天气，在中午1点至下午3点半间采茶。此时，叶片已散尽了夜间积聚的露水，还经过了光合作用，茶叶芳香物质经制作才能够最大限度地释放。

阴那山森林公园山麓，有一个叫坑尾的大埔小山村。算起来我认识村里的伟元已近30年。他一直以种养、卖猪肉为生。近几年已随儿子在深圳居住。每年春秋两季，他必回村里，从自家80多棵新老茶树采摘茶青，用10多岁就从父亲那里学得的杀青、炒茶功夫制作绿茶。自产20多斤茶除自用，分享给亲友，还会存留储藏少许。他说，新茶可以清热祛湿，老茶可以润肺止咳。与他家邻近的桃石石涧村，农家制作的"石涧茶"，渐成规模，形成品牌，销路颇佳，绿叶变"金叶"，成就了一方村民致富梦。

据县志记载，唐末大埔已产茶。至明代经汕头商埠流通海外，"有云雾茶销南洋各埠""大麻阴那山皆产茶，品尚不恶可饮"。大埔族群里，"有时间来食茶"是最常见的日常用语。"食茶"应已包含品茶、闲聊、沟通交流、事务探讨等多重含义，饮茶与吃饭一样必不可少。2019年6月，大埔获评第8个"世界长寿乡"。学者调查认定，大埔长寿成因除人居环境、民风人文等诸多因素，还与"德食和饮"的药膳养生不无关系。其中茶叶作为饮品兼具消食、降脂、解毒防病、生津利尿乃至防癌、抗衰老等功效，还可消除疲劳，愉悦身心。"何止于米，相期以茶"，人们期许长寿。在客居山区的悠悠岁月里，想必客家人早已悟透了茶叶蕴含的阴阳五行养生原理。据说，百岁老人都嗜茶。

记得多年前的一次茶叙，一老朋友问我近期喝什么茶，我说还是爱喝大埔西岩山的茶。曾经也一起分享家乡茶的老友摇头叹道：还喝大埔茶，太落后了。他"倚老卖老"地说，曾经红旺的台湾冻顶人参乌龙茶、铁观音，已淡出他们这些老茶客的视线，乌龙岩茶、绿茶、红茶、花茶只能是个性化口味，现在最热门的是普洱。这位老兄一口气说出了大益、老班章、冰岛以及名贵的天价水蓝印、大红印、红标宋聘、蓝标宋聘、88青等新树老树、新茶老茶普洱的名字。我也知道，在一些社区还出现了"斗茶"

族群，甚至有人到云南等原产地收集新普洱，囤积、陈化，期望升值，也收藏着对未来日子越来越好的期盼。

经过品咂，我对陈年老茶似乎也有了些许认识，在那或深或浅的茶色中，多少知道了樟香、药香、米香、桂香等陈香味。但是，就个人志趣而言，我更欣赏高山清香茶。从史料可知，从"神农尝百草，日遇七十二毒，得茶而解之"开始，茶叶经历过祭品、菜食、药用、高级饮料阶段，直至成为被普遍接受的饮品。茶已从生活中的饮品上升到文化意义的茶道，被赋予了民俗、礼仪、哲学等文化内涵，甚至上升到禅修意味。

作为生活必需品，茶已成为日常。宋人在《大观茶论》中提出过"致清导和"的观点，朱熹把茶视为中和清俭的象征，主张"以茶修德、以茶明伦、以茶寓理，不重虚华"的理学观念。现代东南亚茶道兴盛的国度里，在茶道中也都倡导传递祥和、清净、敬爱的价值观。20年前，一位商界朋友跟我说：喝酒可以赚钱，在你来我往的碰杯干杯中联络感情，在醉醺醺的状态下做成生意，而喝茶越喝越清醒，算得太清做不成生意。时过境迁，这位朋友说，现在没有人再在酒场中拼身体做生意了。他如今已渐渐成为一个茶迷，在没日没夜的茶饮中修炼、养生，生意越做越大。

说起来简单，茶叶不过是一片片经历发芽、生长，经过人类采摘、加工制作的树叶子。嫩绿肥厚的叶片，变成干瘪、瘦小、黑寂的枯叶，似乎失去了芳华生机。但是，经过"天、地、人"的巧妙结合，饱受磨砺的茶叶，遇到烧开的水又活了起来，带着大自然山谷、溪涧、雨露、阳光的信息，在水中舒展开来，在恬静中散发着缕缕馨香。茶是零落的青叶，更是叶的灵魂，是天人合一的精髓。

多么羡慕这样的情景：在山岭间，汲泉煮水，烹茶饷客；人在草木间，慢啜细品一抹清香。

2020年12月30日

于双界河畔

猛志固常在

已届寒露时节，山峦间笼罩着薄雾。沿着石台阶缓缓往上前行，静止的空气开始有了凉风的感觉，野草间的露珠早已从裤子下渗进汗湿的躯体。一呼一吸，一步一趋，靠着务必登顶的意念拾级攀登。

记得第一次登上阴那山是在 1993 年春节的一个下午。山顶薄霜漫漫、冰凌裹翠。站在山顶嶙峋的山石上，斜阳中的蓝天是那么令人陶醉。已不记得当时上山和下山的艰辛困苦，但相隔 24 年再次访问这座山，潜意识还是有些畏难的。言已出，约已定，毅然决然还是在凌晨 6 时如约抵达大埔万福寺后山，开始了这次阴那山行。

阴那山位于莲花山脉东北部，高耸入云，人称粤东群山之祖。山的东南面为大埔县大麻镇，另一面则是梅州市梅县区雁洋镇。唐代高僧惭愧祖师在前山和后山结茅修行，分别成就了大埔境内的万福寺、梅县境内的灵光寺。梅县雁洋镇曾投资开发阴那山，修建了登山公路，驱车可至主峰附近大石坪。而大埔这边，则保留了原始的登山古道。

登山道比原来平顺了许多，看得出曾经多次修缮的痕迹。山麓的这片竹林显得异常静谧，偶有鸟鸣在竹叶间滑过。拂晓时分的天色映衬着黛青的竹节，这无数的竹节间泛着充满生机的白光。越往高处，原生态的高大树木少了，由山石构成的景致渐次浮现。由三处乌黑的突兀石堆构成的"乌猪三阵"、小溪边如猴子远眺颔首的"顽石点头"、绝壁间凌空飞架的两处石桥"牛颈仙桥"和"仙人石桥"等等，每一处景观都添加了民间传说或想象色彩。路边不时看到荒废的土屋、石洞遗迹和凉亭，大概是当年僧人苦修的岁月留痕。

行进间不时惊动正在树下腐叶间觅食的山鸟，机灵的山鸟扑腾而飞。抬着越发沉重的双腿往上挪，汗珠从额头发际往下滑，湿透的T恤衫粘在身上。路边大山石下有许多大小木棍，据说支一根就腰腿不痛。此时，我停顿下来也尝试以山石支撑一下躯体，看看能否缓解腰腿渐次加重的酸痛。粗重的喘息伴着粗重的步履，继续挑战越来越陡的山径。眼光不时留意路边岩石间涌出的山泉，因为所带的水在山下便已消耗殆尽，真体会到"渴时一滴如甘露"的意味。下了决心，没有给自己打退堂鼓的理由，终于坚持到了山坳的大石坪。此时，不少前一晚在山上露宿看日出的行者正回到营地整理帐篷。

再登3824级"九九云梯"石阶，抵达阴那山海拔1298米的五指峰主峰玉皇顶。近处奇峰集聚，插入云霄，周边山峦次第向远方舒展开来。在初升的阳光照耀中，山峦以峰脊为界，一边明媚苍翠，一边则黛色迷蒙，正如杜甫诗描写的"造化钟神秀，阴阳割昏晓"。再远处，可看到山间坐落的一些村庄和隐约呈现的城镇剪影。更远处，山峰融合在白茫茫的云雾中。古人曾在这儿留下"五指峰巅极目舒，白云深处望三州"的诗句，此时，放眼四顾已看不清远处云雾中的梅州、潮州、汀州，看得见的是由清晰到朦胧的山水与云雾的融合，山脉与城乡的交汇。

回望来时路，上山的路径早已隐藏在山谷沟壑间。从原路返回，我清楚，下山不比上山易，那将更加考验身体的耐受能力。谈不上有多大的难度，也说不上有多艰险，但近四个小时的登山旅程，仿佛进行了一次灵魂的磨炼。

也许是生长在粤东山区的缘故，我一直以来对山有种特殊的情感，也对登山运动尤为关注。每每追寻能够登顶世界14座8000米以上山峰和七大洲最高峰的勇士，羡慕他们登顶的足迹和豪迈的体验，敬佩他们为实现人生梦想锲而不舍的执着。掐指算算，所登过的泰山、衡山、恒山、武当山、罗浮山、峨眉山等千米以上的山，都是借助汽车或空中缆车至临近山峰处再攀爬的，过后未能留下太多特别的感受。而徒步上下阴那山，切实让自己体验了攀登之乐。

渐行渐远的过程，是对大自然和自身逐渐加深了解的过程，从中感受高山的厚重大度、自然的神工造化，也成为提高认知水准的行动实践。我觉得，这是一种智、仁、勇的心志砥砺，是积极乐观的人格锻造，也是因上精进、果上随缘的境界提升。少一点借口多一点行动、少一点犹豫多一点果敢、少一点颟顸多一点睿智，青云之志不就在那巅峰吗？

　　阴那山，我向往的山，使我初心不变、猛志常在的山。

2017 年 11 月写于宝安

2021 年 11 月改于龙华

南方有嘉木

体验过熙熙攘攘的西湖白昼和声光电构筑的《西湖印象》，看过雷峰塔的夕照，也曾怀想这里曾经敲响的南屏晚钟，然而，在我看来，杭州西湖的早晨更有独特的魅力。

晨曦渐次驱散湖面的薄雾，新开的莲花闪着纯净清晖。从白堤到苏堤，从北山街到孤山路，三五成群的绝大多数是晨练的老年人。打太极拳、下棋、喝茶、看报，静守在湖边拍摄水鸟，凑在一起用吴语方言聊天和在树荫下跳广场舞，这场景偶尔会被一两个青年人晨跑的步伐打破。年迈之人，松弛的眼睑裹着闲逸的目光，举手投足间的舒缓显示着肌肉的衰退，少睡多醒之下皮肤日渐积淀了斑点。然而，他们显然享受着这晨光，晨练的动作也似在把时间挽留。西湖岸边的樟树、柳树仿佛是一位位老人静静地欣赏着湖光潋滟，柳树甚至从石缝里把紫红色的根须伸进湖中抚动着清波。有着 2000 多年历史的古老西湖，其清晨属于杭州的老年人。

据有关资料显示，2016 年杭州 60 岁以上的老年人口占总人口数的五分之一，80 岁以上高龄老人又占老年人口的近五分之一，不仅老龄化程度高，还有着高龄化明显的特征。在全球人口老龄化愈演愈烈的现今社会，像杭州这样的老城市老龄化问题尤为突出。清朝著名诗人袁枚是杭州人，辞官隐居后养老居所名为"随园"，自称"随园老人"，享 82 岁善终。万科地产在杭州良渚文化遗址附近兴建了一个养老社区，就以"随园嘉树"为名，大概是取其悠然自在的养老心境吧。这个号称国内首个集中式养老公寓项目的养老社区，按年龄阶段分成活力长者社区和高龄老人颐养中心，有着针对老年人日常生活需求、精神文化需求、配套服务需求的诸多设计考量和细节打造，堪称高端养老地产模式里程碑。社会的共同关注必然会衍生出更多更广泛的养老领域。

老龄化问题是世界性的。已把老龄化视为现代危机的日本，2018 年初启用了首批养老机器人"护工"。这看似冷漠的供养方式，折射出日本老年人口严重过剩而又"少子化"的困境。1958年和1983年由不同导演执导的电影《楢山节考》，讲述了日本古代信州一个贫困山村的故事，女主角阿玲婆与丈夫死别后与儿孙们住在一起并操持着家族。她69岁仍有一口好牙，在粮食匮乏的村里，这对年纪大的人而言是一种羞耻，她用石臼砸残了牙齿，以节省食物让家里人不至饿死。村里有个习俗，凡是到了70岁的老人必须去参拜楢山。她由儿子背进楢山，在所谓的参拜中被舍弃在山里等死，以供奉山神。物质丰富的现代，楢山式悲剧当然不可能重演，但近代探究老年人生存状况的文艺作品层出不穷，表达了老无所依的尴尬、孤独终老的恐惧和衰弱中的倔强奋进，形成了强烈的社会警示。

每个正常的生命都会经历幼年、成熟、衰老的过程。生命的衰老无法回避，很可怕，也很无奈。在梅州农村，我看过孤寡老人进敬老院的情形，也见过儿女成群的老人选择顽强独居而孤寂凄凉的晚境。在城市里，透过晨昏的广场舞，我或多或少知道每个有老人的家庭里和谐的节奏与不协调的音符。但不管生活故事里对长者有怎样又敬又厌的纠结，存在着怎样世态炎凉的"啃老"行为，我坚信，有违"反哺之义"的行径绝不会构成社会主流。中华民族从古至今继承发扬的优秀传统文化核心是孝。诚如孟子所言"人人亲其亲，长其长"，孝文化产生于家庭，作为处理人伦关系的道德观念，普及于社会，升华为对国家的忠与爱。尊老孝亲，必然成为代代相传的世道人心。

智能化推进着老有所养、老有所医的进程。我们国家已颁布了智慧健康养老产业发展行动计划，各地充分运用信息化手段和互联网技术构建养老服务体系。对于随子女异地而居的"老漂族"，其社保、就医等也受到关注。建立关爱机制，为空巢、留守、高龄、失独老年人提供心理辅导与精神慰藉也在社会公益活动中成为一种新常态。可以预见，在我们这个社会会形成老有所依的良好生态环境。

曹操写于1800多年前的《龟虽寿》诗句"神龟虽寿，犹有竟时；腾蛇乘雾，终为土灰"，道出了面对衰老、死亡该有的坦然态度。其"盈缩之期，不但在天；养怡之福，可得永年"的诗意，表达了调养身心、益寿延年的养生养老态度。构成生命肌体的细胞不断地生长，也不断地老化，可见，抗衰老是一辈子的事。怎样实现身体机能与心理心态的平衡，保持气血畅顺与心志通达，这都是养老益寿必需的修炼。

综上所述，我觉得养老靠的是三态：世态、生态、心态。良好的道德风尚和社会、自然环境下，老年人可用好心态活出新精彩。思绪翻飞下，眼前仍是西湖美景，是绿树清波旁老人们生动的神态和身影。

有人把品茶之道比作养生之道。茶叶种类林林总总，喝茶的方式也千千万万。茶圣陆羽《茶经》有云："南方有嘉木，其叶有真香。"那树木的叶片，浮沉于水中，要品出其火功、滋味、韵味，真要有宁静、悠然的心态，才能于怡然自得中品出其木本的芳香。养老，不正需要这样吗？

2018 年 6 月 26 日

于前海前沿

培田再遇老校长

有幸再次来到福建连城，更为有幸的是相隔 19 年又在培田古村见到退休老校长吴美熙。

上一次，是新千年一个秋日，驱车探访宁化石壁客家祖地，返程时从地图上看到了培田古村，便顺道去看看。村道坑洼、泥泞，问路见一挑着箩筐的汉子，报称培田人，便请其上车带路。这位村民不无自豪地介绍，培田村人都是元末开基祖吴八四所传，这里背靠卧虎山，水口"龟蛇交合"，是风水宝地。他自谦文化不高，把培田小学退休校长吴美熙介绍给我们。

老校长当时未满花甲，因身体情况提前退休，虽头染霜雪，但眉宇开阔、神清气爽。他带着我们穿行在鹅卵石铺就的路面，如数家珍地介绍培田村的前世今生。他受乡贤委托收集民居资料已有多年，因此，他的讲解穿越 600 多年时空，微观细节丝丝入扣、情景交融。其时，连城县刚开始对培田古村的保护与开发。

再次见面，并不显陌生。只是老校长看上去神态有了许多沧桑之感，操作加微信好友的手有点颤抖。没有老人斑的红润脸庞反衬着雪白的头发，灼灼眼光依然那么诚挚，缓缓叙说依然那么动情。跟随老校长，我们细细品味这个拥有 30 余幢高堂华屋、21 座古祠、6 所书院、2 道跨街牌坊，以及千米古街的古村落。

已被列为全国重点文物保护单位的培田民居，每幢建筑都蕴含着动人的历史故事。曾经贫困潦倒的吴昌同励志创业，成为一方富儒，他不忘乡里，乐善好施。父子耗时 11 年兴建的继述堂为九厅十八井客家民居，占地 6900 平方米，有房 108 间。这种建筑，既有中原宗族府第庭院风格，又符合南方地理人文特点，讲究中轴对称，厅、井布局先后有序，居所集纳政、经、居、教、祠功能。培田村里双善堂、双灼堂、馥轩公祠等，都是规模宏大的九厅十八井庭院，从中可以看出培田古人建房"以壮立威"祈求宗族发展壮大的理念。

培田民居的精致也是值得称道的。虽多为土木结构，但都设计精巧、施工精细。用三合土夯实的墙体，再配以青砖黛瓦，形成朴素而齐整的外观风格。精雕细刻的栋梁和门窗，鹅卵石铺就的门庭和天井，以及墙画、泥塑、门当等装饰，构成一幅幅精美画卷。

观赏赞叹工艺之余，我觉得这里存留的逾千块横匾和许许多多的对联更让人觉得文化传承之精深。民居里所有显眼的门楣、门榜、厅堂、梁柱都会赋以横匾和楹联。这些文字弘扬孝道、倡导耕读传家、劝谕人心向善、引导勤俭创业，既弥漫着书卷气息，又焕发奋进正能量。据说，培田村最鼎盛时期，"十户一校"，目前尚有保存完整的南山书院、紫阳书院等6所。培田的古人，就是把家办成学校，让每一个成员在居所中受到道德礼仪、家训族规的教育。现存的牌匾中有"青锁储英""辟雍拔俊"，其"青锁""辟雍"就是古代学校的别称。科举时代，仅有400多户的培田村就产生了238名秀才、举人、进士，真正获得七品以上官衔的有19人。绝大部分学有所成者成为村里的"储英"，他们或为儒商发展乡村经济，或为乡贤参与乡村治理。由此，可找到培田村居文明兴盛的注脚。

记忆经过19年岁月淘洗，我对培田印象最深的当数容膝居了。我提议老校长再带我去看看。经过修整的容膝居一改当年残旧景象，墙上的横幅——"可谈风月"和"庭来竹友心胸阔，门对松冈眼界宽"依然显眼，家训、家法和族规还书写在两壁，这是清咸丰年间创办的宗族妇女学校。族规要求，所有未出阁的闺女和嫁来的妇女，都要到这个小居室接受文化、伦理、礼仪、阃范、女红、烹饪培训。培田人早已在这里冲破了"女子无才便是德"的封建教条，表达了对女性的希冀，更通过"风月"的交流、素养的修炼塑造大气通达的母亲，甚至还通过坐姿助产的椅凳体现对女性的关爱。

老校长告诉我，还有一处在清咸丰年间修建的房屋叫拯婴社，是村里一众村民自觉开荒种粮、募集捐款建立起来的。拯婴社对生女无力抚养、捡获被弃女婴以及领养女婴的均予以补助。此善举，挑战了封建社会重男轻女的陋俗，彰显了男女平等的文明理念。

继述堂的门楣上，写着依稀可辨的四个字：培兰植桂。老校长津津乐道，说这不能浅显地理解为养花种树。他说，在这里，兰是指女性，桂是指男性，其主人是想告诫子孙，对子女不但要生育，更要培养成才。把兰放在桂之前，突显女性的重要。在人的一生中，母亲就是第一位老师。四个斑驳的字，仿佛穿越时空，在源源不断向后来人展示母仪教育。

培田村有一条与千米古街相随的水圳，水流清冽。古时候，这条街是官道，也设有驿站。而今，车水马龙的盛况已不复存在。村里有一半居民已搬到新房居住，古村在静谧中迎来络绎不绝的游客。就像潺潺的水圳润泽着村落，老校长娓娓道来的话语滋养着来访者的心田。

徜徉其间，我真觉得培田就是一所大学校。校长造就了学校，学校成就了校长。

告别这所学校，告别老校长。一个童颜鹤发的身影融在古村落那片生机勃勃的荷塘柳影中。

2019 年 9 月 4 日

于观澜河畔

祥瑞满山人不老

相逢在美丽的山水间，挺惬意的。

暮秋时节，从深圳出发准备回家乡坳背村看看，车过河源，想起一位老兄多次提起瑞山值得一去。一番联系沟通后，决定去看看。对于大埔的山水，我算是熟悉的。尤其是在三年多的新闻采访生涯，足迹遍布乡镇及村落。曾在 20 世纪 80 年代末从银江镇驾着摩托车，走过那条崎岖的泥沙山路，来到位于大埔县西南端的洲瑞镇大坑采访陶瓷产业。30 多年过去，相对偏僻闭塞的洲瑞有了小有名气的瑞山，也许会有故事。

下了高速公路，从银江镇往洲瑞镇，依然只能是绕山而行，但道路宽敞平坦。坐落在山间的田垄和客乡房舍，慢慢淹没在黄昏的雾霭之中。越过山坡，豁然开阔的群山间，湖水浸漫着山麓，也倒映着黛色山峦和星星点点的路灯。

初识阿发，并不觉得陌生。洪亮而有穿透力稍高嗓门儿，带着客家人特有的热情与坦诚。浓眉下的眼神和敦厚脸庞上泛着的亮光，使这位年近五秩的汉子，显得精气神十足，浑身洋溢着活力。创业的拼搏与艰辛，开发瑞山的初心和梦想，对大自然的理解和体会，在他不经任何修饰的娓娓道来中，倾囊而出。

茶聊间，路上的疲惫顿觉消散，便决定投宿瑞山展开深入体验。晚饭后，绕着琴湖边的小路漫步，借着路边微弱的灯光，可以看到，开阔的湖面，没有风，也没有涟漪。偶然可以看到游动的鱼群。大概是负氧离子特别充足吧，置身山与湖之间，不禁做深呼吸，吸进肺腑的空气，带着山体释放出来的一丝丝碱味，也夹带着山间草木散发的清香。趁机用力地呼气，仿佛可以呼出五脏六腑间的焦虑、惆怅和无奈一般。舒坦、酣畅的感觉，透彻心扉。步履和呼吸声，丝毫不会影响黑暗中沉默屹立的山体，不妨碍小虫子依然在树木花草间发出清幽的和鸣。远处传来山泉水冲击山石的声音，走近时，发现别致地垒叠在一起的石头缝间，有几尾小鱼在水花间欢快地往上游动。

据悉，瑞山负氧离子含量常年保持在每立方厘米 2.7 万个左右，这在全省都极为罕见。负氧离子含量是生态环境的重要指标之一，也是"安吉幸福指数"评价体系中客观指标的一部分。负氧离子含量每立方厘米大于 2100 个时，便具有了治疗和康复功能。

意犹未尽间，决定沿着登山道去看日出。凌晨 5 点半的瑞山，薄雾笼罩，电瓶车缓缓爬行在弯弯山路上，山风阵阵，清爽宜人。在向东的高岗上，下车攀登未经开挖的山径，爬上硕大无比的黑褐色山石，静待日出。晨起的鸟儿有的飞舞在山谷间觅食，有的则在丛林中啁啾。远山轮廓渐次明晰，举目远眺，眼前如同一片绿色海洋，高低的山峦如同凝固的波浪。预计的日出时间已到，东方山边天际的云间只是比原先多了一些暖色，看来，太阳未能穿过厚重的云雾。

没看到日出，并不影响兴致。走走停停，来到大平山。左侧有山顶形似喇叭的喇叭山。前方还有九座山头，与旁边的凤凰山簇拥，被当地人神化为龙凤呈祥景观。再往前，远远可以看到层层山峦尽头，有一高峰，这便是粤东第一高峰铜鼓峰。巨大的山体，成为瑞山天然的屏障。

属于原始次生林的瑞山，保存着极为丰富的植被。乔木、灌木，以及各色草本植物，自由自在地分布在海拔 892 米主峰下的山间。因为种类繁多，山野间一年四季均有花期和挂果。此刻，金樱子长满刺的果子密布在藤状枝叶间，山茶果熟透绽开，竹橘子结满绿果，还有干枯后仍挂着的各类野果。园区里，专门根据《诗经》里记载的植物，种下棕树、车前草、橘树、枳树、紫薇等诸多植物，辟作"诗经园"。

山石多，也算是瑞山的一个特点。妙趣横生的"仙人聚会""凤归巢"，浑然天成的"龙抬头""虎望月""睡美人""千年神龟"，还有逼真的"中国地图""官帽石""金元宝""石棺"以及意味深长的悟道石。那"花溪叠水"一景，也是由自然流动的山溪水和层层叠叠的石坝构成。长达 20 公里的环山登山道两旁，不时可以看到别具匠心布置的石景，那是修筑山路时开挖所得。当时，阿发要求，所有山石不许敲碎破坏，全部就地取材堆叠成景。

转山而行回到出发时的山下路径，往上爬坡至山腰的大平台，那儿坐落着一座客家民居瑞福园。整座大屋坐北朝南，呈"一正四横"，正堂和厢房、横屋排列，背后是延绵的高山，前面有一口半圆形风水塘，前瞻面幛，群山环绕，视野开阔。主人把此屋打造为"孝文化园"。

说起行孝，阿发昨天的话语犹在耳畔。

20世纪80年代末，高中毕业后的阿发与许许多多怀揣梦想的年轻人一样，到广州、深圳等地闯世界。由不领一分钱薪酬的电焊、画廊作坊、瓷厂的学徒工做起，体会了打拼的艰辛。后来，觉得自己祖母和父母年事渐高需要照顾，不便出远门，便决定回到大埔老家打工，从事房屋装修。再后来，一亲戚借了4万元给他做创业资金，他由此迈上了创业的道路。开采石场、卖钢筋、做混凝土，甚至涉足房地产、到福建经营矿山。在做钢材生意刚有起色的1993年，他辛苦挣来的第一桶金被外省一客户骗去，追讨无门。面对挫折，他85岁的老奶奶对他说了一番话："你被人骗不全是坏事，可以得到教训，但你永远不要去骗人，要做一个堂堂正正的生意人。"经历了无数得失成败后，老奶奶的话他依然铭记在心。

事业做大后，阿发心心念念还是家乡的人和山山水水。每次回到家乡洲瑞嶂岸村，他都要去看望村里的老人。那是2009年的夏日，他爬到山上看望这里居住着的10多位老人，突然下起倾盆大雨。避雨时，他发现，农家房前屋后的雨水迅速聚集，汇成清澈透亮的小溪流。他想起多年前去云南丽江旅游，印象中最深刻的是玉龙雪山的雪水流进丽江古城，锦鲤在小溪里畅游的美景。家乡虽然没有雪水，但这里的水绝对是好的。每年宗亲来到这里扫墓祭祖，都不会带水来的，渴了就掬着喝山溪里的水。喝山里的水，从来没有人闹肚子，而且水质口感清甜、甘醇。守护这座山里的水，让更多人像享受丽江美景一样感受瑞山大自然魅力的构想，就这样萌生了。

他的想法首先不被公司的同事接受，更受到了家庭成员的坚决抵制。普遍的观点是，这样的穷乡僻壤，根本没有开发的价值，肯定是砸钱赔本的买卖。阿发根本不听劝阻，一如他的倔强脾气，义无反顾一门心思扎进了山里。不知经历过多少次带着干粮清晨出发，黄昏才下山返回。一次次翻山越岭测量、勘探，一次次请专家论证、研讨、规划。虽然离老家仅五公里，在最初的几年，他常常与工程技术人员吃住在简陋的工棚，饱受山野蚊虫的侵袭。他不惜卖掉了可开发的梅州城区和大埔县城的多块土地，转让了前景看好的矿山，甚至把多家子公司的盈利源源不断投到瑞山开发上。

认识阿发的人都说，他看上去粗犷，其实心细而慈。一次，后山有人在砍树，他

一滴敢报江海信

心痛不已，赶紧报警。后来知道那是别人租下来种了桉树，凭砍伐证而砍伐的。于是，他狠下心，花了几千万元"血本"逐步把那片山的承包管理权转了过来，以解除后患。三万多亩的山地，丛林沟壑，荆棘遍生，各类野生动物也活跃其间，保护原生态摆在瑞山首位。为此，阿发他们画了一条条"红线"，下了一道道"铁令"：绝不允许随意砍伐树木、破坏植被，不准捕杀任何野生动物，也不允许捕捉小溪山塘的鱼……

吉祥文化，是中国传统文化的重要组成部分，凝聚着中华民族伦理情感、生命意识、审美趣味与宗教情怀，源远流长，博大精深。而汉字"瑞"，基本释义就是吉祥。洲瑞镇地处山中盆地，古有"金盆乡"之称。长期以来，这里人以长寿见长，百岁人瑞偏多。瑞山以瑞为名，表现了人们对吉祥文化的推崇。园区建有长达150米的水上栈道，宛如镶在琴湖的古代吉祥物如意，名为"如意道"。从山上往下眺望，瑞山的酒店、康养设施便是以如意造型设计的。有人认为像山中蘑菇。现在更多人认为，更像碧玉般的三滴水，当地人甚至把此神化为观音菩萨洒落在瑞山的三滴仙水。

上善若水。好山出好水。大埔在2019年获评国际自然医学会"世界长寿乡"之际，富含多种有益微量元素、天然弱碱性的"瑞山天泉"面世。次年，仅向新型冠状病毒感染疫情防控一线，瑞山便捐出了30万件瑞山天泉。最近，权威科研和医疗机构已把瑞山天泉列入"母婴水"和医疗用水。经勘探，瑞山还发现了珍稀的可饮用温泉资源。获益最多的当数洲瑞的村民了，不但就业便利，周边村庄还办起了农家乐，经营客家美食、特产。瑞山农家米走俏，闲置的民居也被打造成为热门民宿。一条文旅融合、造福一方的产业链条逐渐形成。

瑞山闯出的一条路，在山里人看来是充满新意的，是一种极为大胆的创新。逾10亿元的投资，对一个大一些的项目来说，不算多。还有包括国际会议中心、康养研学基地等在规划之中。可以肯定的是，10年的投资，目前还根本谈不上经济效益回报。10年间，阿发不仅投入了大量的资金，放弃了不少经济回报可观的项目，还倾注了大量的时间、精力。他常说："每个人赤条条来、赤条条去。钱财生不带来死不带走。人总要有梦想，人生在世总要留下一些东西。"在瑞山日渐为世人认可之际，我看到这个创举背后，有令人崇敬的情怀资本支撑着。

"我要做一名合格的大自然搬运工"，这是阿发的口头禅。不惜倾注生命的力量，去呵护、守候一片山水，尽力去传承、弘扬大自然的馈赠。唤起更多人对生态的珍惜和保护，让人们共享山的高贵、水的甘醇、空气的纯净与美妙。让每个来瑞山的人，高高兴兴来，带着吉祥归，更健康、更长寿。这便是筑梦圆梦的祥瑞之境。

山不算高，但秀美而别致。这里的云天、山岚、湖光，还有溪流泉鸣、花香鸟语和人的心愿相融，散发祥和气息，足以令人养心、悟道，乐享生态之美、自然瑰宝。这真是天人合一的祥瑞之地。

《三国演义》第六十回有这么一句话："青山不老，绿水长存。他日事成，必当后报。"我想引用至此，对洲瑞的山水说：与青山绿水常在的，一定是那份不老的情怀。

2021 年 12 月 13 日

于前海前沿

一滴敢报江海信

行藏只此验天心

粤东山多且高，也不乏独具气质的景象。

海拔1559.5米的铜鼓峰（亦名铜鼓嶂），被认定为粤东第一高峰，也是莲花山脉的主要山峰之一。据《梅州史志》记载，莲花山脉是福建戴云山、博平岭在广东的延伸，自东北向西南沿梅州市大埔、梅县、丰顺、兴宁、五华等县至揭西、惠东、惠来、海丰等地。绵亘300余公里，有数十座千米高峰呈一字排列，构成粤东南脊梁和天然屏障。莲花山余脉一直延伸至深圳梧桐山、香港大雾山。山水连接，人文与自然相融。

铜鼓峰，位于丰顺县砂田镇铜山村铜锣湖自然村，其山峦毗邻大埔和梅县。已届谷雨时节，春末阳光明媚，取道大埔银江镇，从胜坑村驱车进入山间蜿蜒道路，一路攀升。先到海拔800多米的自然村。这里有十几座依山而建、一杠杠排列的杠式客家围屋，因像客家小孩"坐栏"，故名为"孩儿坐栏村"。只是听说因大部分村民下山居住，村里的孩儿学校早已停办。从开着的农家乐餐厅可知，旅游旺季村里有不少游客驻留。

继续上行，便到了铜鼓峰旅游度假村。这是半山腰一块宽阔的平坦之地，南边为渐次叠高的铜鼓峰，东、西、北三面均为山崖，面积约有千亩。除了宾馆、酒店、游客中心、购物商场外，还有布置着10余座蒙古包的露营大草地。中间的铜鼓天池，清澈的湖水倒映着远处的山峦景色，也形成了"天池佛影""佛眼拱桥"景观。周边的"铜鼓响石""天池佛迹""金龟望夫"等自然景观，与风车广场和直径38米的天池露营广场等设施相映成趣。

这里保存着一座被称为"中国海拔最高的客家围龙屋"的建筑。围屋的外墙仅有1米多高的石筑墙基，因上方的瓦顶残缺不全，墙基上方的土墙被雨水冲刷得参差不平。迈进还贴着"门迎百福""户纳千祥"红纸对联的大门，眼见残墙上凌乱斜靠着不少杉木屋梁，碎瓦满地。围龙屋的上堂有几只母鸡见来人，带着一群小鸡窜进旁边倒塌的房间里长出的草木丛中。围龙屋背靠铜鼓峰，坐西南向东北，为两堂四横一围龙土木砖瓦结构，屋前有口半月形池塘，周边有数十亩耕地。相传 300 多年前，王家祖先为避朝野纷争，选择在此安居，旺时曾住有 60 余人。王家后裔现大多迁居周边村镇，留守的几户在此种菜开餐厅服务游客。

据明清至民国间的史志记载，四五百年前此处曾有铜山寺，僧人医术高超，采集草药炼制膏丸，治病救人造福一方，后寺名改为"铜山佛国"。寺庙一度被战火所毁，后迁至山下胜坑村重建，改称"龙泉寺"。除寺庙残垣旧址外，山间人文史迹并不多。传说中的所谓山间土寇、贼匪和太平天国余部驻地，仅见诸史志文字。解放战争时期，铜鼓峰成为闽粤赣边纵队主要革命武装根据地，当地正在筹建"丰顺县铜鼓峰革命事迹馆"。

站在大平地仰望铜鼓峰，宏大的山体掩没在云雾中。眼前可见的登山路早早消失在山脊间。友人说，登山通常单程要 1 小时 20 分钟，所知最快的纪录是单程 40 分钟。我估算，此处与峰顶的海拔差距也就 500 米，两个小时来回应不成问题。虽说连日来行走过多，左膝关节隐隐发痛，我还是不想错过这次登山机会。征求同行友人意见，只有友人司机阿斌带了两瓶矿泉水，于上午 11 时许与我同行登山。

石径旁的泥土夹着不少沙砾。近处坡度较小的山间种着一垄垄小茶树。茶园周边新种的数十株红枫，颜色固然夺目，但远不如在灌木丛中绽放的映山红鲜艳。一路上，山野间看不到乔木。鲁萁、茅草为主的杂草中，偶有马甲藤盘缠其间，藤中带刺，鲜嫩的叶片与弯须摇曳着春意。再往上走，风开始大了。路旁一簇簇生长的吊钟花上，新长出红绿相间的叶片，紫红花铃掩在叶下，随山风舞动，发出沙沙的柔和响声，仿佛在倾力欢迎新人到访。

行进间，太阳穿过云层，照耀在山间，出发时的山腰大平地连同周边群山尽收眼底。环顾四周，绿意绵绵的山峦，就像无边无际的海，翻涌着巨浪，在天际与云海交融。

半小时过去，我浑身渗出汗水，见前方有一山岗，石径直通顶部，而右前还有石径绕山平行，心里暗忖，登上山顶后，往回时再走平路。哪知登上山顶，山后的下山步道，与平路相交。略微的登顶惊喜顿消，前方隐约还有类似又上又下的山岗，内心便坦然了。在这海拔约 1300 米的山际，领略了些许峰与谷的意趣。

山风更猛了，裹挟着雾从山体漫过山脊，耳畔似有一阵阵鞭炮燃放的脆响。见一路牌写着"登山自然要登顶，那里会有不一样的风景"，估计前方云雾中巨大的山体便是主峰了。又到了一个路口，路牌指示左边可抵步云亭，这明显是沿山脊登顶的。右边也可通向步云亭，还有仙人取宝、千年桂花树景点，但明显远些，要穿过山谷间的树林，才能从陡峭的山路往上走。我选择看上去难些的右道，并计划沿山脊道路下山。

山路是沿着山体一侧修建的，缓缓下行，进入山谷间的丛林。路边的树长得挺拔茂密，有些还交织在一起，树干密布着绒状的青苔。石缝间流出的水在低洼处积聚。山路时上时下，在一高处，抬头见前方突兀的几块石头立在巨石下，如同一个穿古装的人正吃力地从山体里搬出巨物。景点标明，仙人正在向石橱取宝，"金山银山，仙人正搬"。仙人在搬些什么，在此惟妙惟肖的巨石前尽管想象。

山谷的风小很多，但吹在身上透着阵阵寒意。温度已从山下的 23 摄氏度下降到 10 摄氏度左右。阿斌把登山视频配上亚东唱的《向往神鹰》，制成抖音视频在播放着。见我长袖已湿透，便把自己穿着的外套硬披在我身上，虽然明显偏小，但马上暖起来。在即将往上攀升的石阶拐点处，有一株从石间长出的桂花树。树干比周边树木大，表面凹凸粗糙长着褐色苔藓。背山边石壁的一面没有树枝，靠外的树干长着粗细不一的树枝，布满椭圆对生绿叶，遒劲古朴。据悉，此桂花树树龄已有 1100 年。

石台阶路面湿滑，陡峭而弯曲，路边有防护铁链。这段山路当数最艰难的。垂直往上抬着沉重的双腿，一步一步往上挪动。粗重地呼出肺腑间的浊气，又迫切地吸进山林间的清气。身体越发轻松，甚至心生愉悦。

靠近山顶，见大雾间有一座名为"步云台"的圆形三层建筑，周围是古铜色的圆形围栏。拍照时，竟然发现一山鸟闯进镜头。沿旋梯拾级而上到达顶层，一览这里风和云构成的白茫茫的世界。风吹动着衣襟，把围栏边挂着的一些红色幡带吹得飘飞舞动。头顶、四周和楼板之下全是风加持着的云，穿行而过。近处的风如小炮在耳际炸响，四周看不见的山间仿佛战鼓擂动，响彻云霄，这山呼海啸般的响声使人壮怀振奋。沿着围栏转圈，一圈两圈三圈，我要在此深刻感受从未有过的心灵涤荡。

景点介绍，在这个平阔而浑圆、形似鼓状的山顶往东百米外，有两座大山组合构成的"狮子回头"景观，极为传神。莫非大自然造化，连猛狮也为铜鼓峰的壮美回首？当然，还有斑斓的日出、秋日里极为纯净的蓝天，四季气候变化呈现的奇幻美景，同样需要亲临其境的人们发挥想象。而此刻，让大风冲散所有的遐想，让云雾带走杂沓的情绪。我渴望在此，修复身心，以了无挂碍的心境，亲近、感受、连接大自然。

下山时，步履轻快。阿斌告诉我，上山花了93分钟，而下山仅45分钟。午饭时刻，我与友人分享，仍沉醉在登山的快意中，体味着古人"下山人事一番新"的诗意。

自然界的隐显变化是客观存在的，而在每个人内心却会有不同的反映。正如南宋理学家张栻诗云："山间光景只常事，堪笑尘寰万种心。"是人的内心赋予风景丰富的感情色彩。客观上，山在那里，景物在那里，或奇崛或雄浑或秀丽，自然而然，并不需要人的悲悯或赞美，而是予人以平等的接纳。世事若云飞，山石自巍然。于我而言，登山除有对未知世界的探寻之乐、对山川美景的体验之乐，更在行走中排解琐念、净化心境，体会朱熹"行藏只此验天心"的纯粹之乐。

风不停，云不歇。铜鼓峰静默如初，日月星辰在此会有千变万化的风采呈现。每个人可如神仙般在山间获得取之不尽的宝藏。

2022 年 5 月 25 日

于前海双界河畔

一滴敢报江海信

灵岩有致可度化

　　游览瑞山时，听闻同在洲瑞镇境内有座唐代古寺灵岩寺。寺后的山原名麒麟山，后因寺改名为灵岩山。此山有何灵瑞之处？于是，我萌生前往探寻的意念。

　　从大埔县城出发，到灵岩寺有多种路径选择，里程都约60公里。走过高速、国道、省道后，都要经县道转入洲瑞镇南村的村道，然后经山间无名小道抵达灵岩寺。山麓一块雕着佛像的巨石前，坐落着两堂两横抬梁式客家民居般的建筑，这便是修缮后的灵岩寺。红墙裙、青砖墙、灰瓦顶、木桁梁，占地仅360平方米的寺庙主体古朴庄重。主殿上以及寺院右侧、左后侧的观音殿、文昌阁里祀奉的诸佛像纤尘不染、透着祥光。而古旧泛黄的老寺门石和禅室供奉的唐朝得道高僧惭愧祖师坐像，标示着寺院从唐朝至今的沧桑时空。

　　见寺中住持传贵法师还在引领信众上香、念经，进行"叠福"祈福活动，不便逗留，便决定到山上去看看。登山道位于寺的左侧，路旁一巨石突出显眼的立面上刻着"回头是岸"四字。据说，这是被清嘉庆帝赞为"岭南第一才子"的宋湘，从大埔经潮州赴京赶考，获悉韩江码头船已开走，羁留在灵岩寺时所题写。此后，宋湘四次参加会试，旋应殿试，终如愿中进士，被授予翰林院庶吉士。而此刻，我已无心钩沉辑佚于往昔典故，快步进入浓荫丛林。

　　逶迤弯绕的登山路修在大小山石间。树并不高大，看上去年代久远的树根与遍布山间的大小石块一样粗糙嶙峋。有些石块被树根与树干交织缠绕，融为一体，石头也显得充满生机。山麓石隙偶有挺拔的翠竹玉立其间。细看会发现，能与山石相处的多为锥树、海红豆、冬青、乌桕、松树、枫树、荷树、雅榕等生命力极强的树种。而菝葜、山菅、岗稔、芒萁、白花灯笼、石韦、海金沙、山蕨等零星小植物，也不遗余力地向阳而生。

山间的石表面粗粝地布满苔状乌斑，看似沉默，却给人带来极大想象空间。关于麒麟山名字的由来，当地人说此山远看像灵兽麒麟。这里还有个神话传说。相传当年潮州建湘子桥时，韩湘子使法把远方石头点化成乌猪，赶往潮州做建桥石材。哪知乌猪经过麒麟山时，太吵太脏，惊动了山里土地神，土地神学鸡叫唤醒全村的鸡一起打鸣，使韩湘子法力无法施展，乌猪变乌石堆在山中。

众多乌石，不知经过多久的打磨，被自然神工赋予了灵性一般，有了惟妙惟肖的形状。除了多见的乌猪状石，还有仙龟、蟾蜍、鳄鱼、鲨鱼、雄狮、老虎、豹子等动物状石，以及金元宝、试剑石、磨肚石、舟石、玉墨、墨砚、经书等物状石。更为生动的是，星罗棋布的乌石构成"金龟亲吻""金龟驼印""仙桃献寿""铜墙铁壁""石上莲花""古榕盘石"等奇妙景观。

沿石阶一路往上，山路辗转穿行在石与石错落相叠形成的石洞间。《大埔县志》有文字记载："灵岩寺，山间怪石巉岩，树木阴翳，风景别致。"其中一处石洞，不及一人高，但人可躬身进入，这里相传是历代先师坐禅之处。

半山处一名为"悬石禅室"的堆石景观令人惊叹。基础部分由几块约三至四米见方的齐整大石做支撑，顶部上方分三重堆叠着相对扁平的大石块。其中一板状石块突兀地向前伸出，如同一个极为厚重、带着斗拱的顶板，覆盖禅室上方，形成了一处三面是石约八平方米的石室。相传灵岩寺开山祖师在建寺之初，曾先后九次邀请唐朝得道高僧惭愧祖师前来示教，并在禅室坐持，每次九天共计八十一天。因此，从古至今禅室称作祖师殿，供奉着惭愧祖师像。禅室正中石壁竖刻着"南无阿弥陀佛"六个大字，前后两字为阴刻，中间四字为阳刻。与此对应的是石室入口处横刻着"如是观"三个大字。伫立石室良久，看不明白石室顶盖巨石的支撑点在何处，甚至觉得巨石左边的受力点太悬，石块随时会跌落。是什么魔力使石室经受千百年风雨岁月冲击而坚固如初？在这样危石压顶的空间修佛，该要有何等空净、无我的境界？只有山间偶然掠过的阵阵凉风吹响树木叶片的声音，悄然呢喃。

灵岩山海拔仅390米。山顶石多泥少，树木稀疏视野开阔。远处可眺望丰顺的铜鼓峰、韩江边的桃花峰等远山峰峦。近处可一览群山环抱的洲瑞盆地和南村全貌。这真是一个山环水绕、藏神聚气的宝地，不难理解洲瑞为何曾被称作"金盆乡"。

山顶一石刻着"天泉"两字,其下方两块重叠的巨石间有一罅隙,里面盛满清水。行人可经下方巨石来到此泉眼前,用一玻璃杯取水。下方出水口的石面洁净,泛着淡淡的紫红色光泽,如有生命一般。当地人介绍,泉眼水满自溢,通常是下午2点后便不再溢水。真不知这高处泉水从何而来。

沿寺后右侧山路下行时,兀然见一斜插入山体的巨石,微突的额头旁可见一眼,长长的鼻梁前端还有鼻孔和嘴,石旁的树仿若鬃毛,这分明就是一个马头,此石为"天马饮泉"。寺中从古至今的饮水,就是从镌有"孔道清泉"的石壁间引出的。相传建寺时找不到水源,是寺中和尚经七日七夜诵经作法,才从石中寻得常年不涸的泉水。清末大埔著名女诗人范荑香在灵岩寺留下一诗:"甘泉一带漫成湖,亲见名师异法呼。我亦清斋求度化,可能顽石点头无?"大自然的造化,留待清静的心境慢慢揣度。

观音殿旁的空地正在修建斋堂,旨在为信众提供食宿。传贵法师18岁在万福寺出家,已有36年。他做灵岩寺住持已12年。他说,寺里原来会对信众登记造册,后来便放开、随缘。若有信众要来参加每天早晚课颂和每月都有的圣诞法会,均提供便利。在他看来,佛门传播佛文化自有内在的神圣性。尽可能让信众通过内外兼修的礼佛而体验、感受佛教的文化智慧,是出家人弘法的本分。哪怕仅仅是慕名而来爬爬灵岩山,也就与灵岩寺结下佛缘。山与寺早已融为一体。

山还是这山,亿年依旧;寺还是这寺,千年仍在。登山进寺,总会有些收获。诚如一哲学教授所说,佛教有三重智慧:闻所成慧、思所成慧、修所成慧。作为凡夫俗众,我觉得,融入自然人文中,细心洞察、思虑明辨相对简单,要能够提升修炼、澄明心境、自我彻悟则并非易事。

我常常焦虑灵感枯竭,也不时为琐事烦扰。每每进入山野,仿佛那山间清泉能荡涤无谓的心灵障蔽,山石会告诉我:修戒修定必然会产生智慧。

2022年8月12日

于观澜河畔

飞天马山景物记

这个三伏天，暑热难熬，友人提议到山野中去寻点清凉。我想去飞天马山，友人说，山上就一个人工湖，没啥特别可看之处，如没去过，到山上走走也行。

南粤大地，粤东山多。而最具代表性的山区要数大埔县。有人细数，主峰在大埔境内海拔千米的高山有 20 多座。飞天马山位于西河镇，地处闽粤两省界址，海拔为 1080 米。从县城湖寮出发里程仅 30 公里，沿途陡峭的山路蜿蜒盘旋。路的两边，一边为层层叠叠矗立的山峦，另一边则是掩盖在树木杂草丛中深不见底的山溪。沿途的合溪、南丰、双门前、横溪等村庄零星坐落着客家民居和新式房屋。接近横溪村的路口，有一磜头村的路牌，指向飞天马山。

从废置的"培仁学校"转入，豁然见一小溪环绕着小村。稻田路边和溪畔山麓，混搭着错落有致的民居。逐层上攀的梯田上方，浓荫笼罩的山麓前建着一幢二层高的砖瓦结构客家民居，宁静的村庄仿佛守望着这片梯田和山峦。

终于来到友人所说的人工湖。三面茶山和一个横在山间的堤坝，拥抱着翠绿的湖面。宽阔的湖面不规则地依傍着凹凸的山体。清泉从一山谷潺潺漫过黄沙汇入湖中。微风拂过倒映着蓝天白云和茶山的水面，漾起柔和的涟漪。这村里人口中的"坪斜水库"，是 20 世纪农业学大寨时期，为解决人造梯田灌溉问题，在泉水丰沛处筑坝蓄水形成的。60 年过去，这座海拔达 700 多米的水库里的水早已不再做生产用水，倒成为下方村庄饮用水源，这里也形成妙趣天成的高山湖泊景观。

近湖的山麓由弯曲的道路连通。路边有一幢三层楼的半圆形建筑，里面摆放着茶叶制作工具。每当收茶季节，茶农从周边茶山采茶回来聚集时，弥漫着嫩绿茶叶清香的喧闹，会暂且打破山间的寂静。

远远望去，绿色的缎带一圈一圈地环绕着露出泥土底色的山坡。矮一点的山墩顶上也布满排列齐整的茶树。坡度大的山峰，则留着郁郁葱葱的原生态树木，茶山看起来宛如撑着硕大的绿伞。山腰间修筑了硬底化的机动车道。偶然可见几头灰色的水牛在茶树旁低头啃草，见有人行走会抬起头露出弯弯的牛角，睁着一对和善的双眼观望，其嘴仍不停地左右嚅动咀嚼。牛的大小不一，皮肤锃亮，浑圆壮硕，在天地间吮吸着光合作用产生的能量。未见马先看牛，颇有趣味。

这片山区，原来归属岩上镇，2004年岩上的行政建制被撤销，划归西河镇，依然保留石涵、乌石坪、岩下等众多与石有关的地名。密林深处有牛蹄石、风动石、金盎石、将军石、棺材石、女人石、出米石、蟾蜍石等形态逼真的天然奇石景观，未经打磨开发，深藏山间。村民老张小时候听老叔公说，曾经有古人无米下锅之际，备香烛到出米石膜拜，从石缝间捅得米粒，留下"神仙来米"的传说。

有两条山路可抵达飞天马山顶。一条位于山北侧与闽西龙岩市永定区湖山乡老虎石村交界处，要绕着爬12个山墩。因山路崎岖，且多有荆棘拦绊，行程通常要一两个小时。若沿着村里茶园间山道驱车到达穿风坳，则轻松许多，不足半小时便可登顶。山顶并无雄峻之处，只是一个长满茅草、二三百平方米的大草坪。据当地村民介绍，若是从远处山上看过来，会发现这里相连山体像一匹奔跑着的骏马，而山顶的草坪，就如同长满鬃毛的马头。

沿着平坦的草坪走一圈，山外近处是永定湖山乡的坑头、漳溪、老虎石等小村庄，那座秀美的天鹅崀亭亭玉立，风光尽显。而山的西北方远处，隐约还可以看到江西赣州安远、寻乌等地。此地正是：一步跨闽粤，放眼观三省。大埔境内，茶阳、西河、湖寮、百侯、枫朗、大东等镇村的城乡景色，山环水绕，婀娜多姿。向远处眺望，无数的山峰和山脉，仿佛构成无边无际的绿色海洋，那山间缭绕飘荡的云雾，恰似碧波漾起的白色浪花。

人们迷恋山川美景，总爱通过神话故事赋予其神秘色彩。当地人传说，几千年前天庭一位贪图人间山水美景的大神，化作一匹白马，在此间流连忘返。玉皇大帝诏令不回便嘱咐天神封杀脱缰野马。白马获悉后向东南方向的福建逃窜，未到福建地界便被追上正法，变成了此间的马形山。大概因山路不便，古往今来到此探寻自然风光之美的文人骚客并不多见，留下的人文史话乏善可陈。然而，千百年来选择在此崇山峻岭间安身立命的客家先民，依靠这方山水，传承着血脉、语言、风俗文化。山间丰富的水源汇聚成溪水，滋养着沿溪而下的湖寮莒村、长教村等众多传统文化村，人文蔚起的一方水土因山因水而生机盎然，世代不绝。

路边挂着一幅巨大的茶文化旅游规划图，上面标着 20 多个文旅景点项目。问当地村民，没人能说得明白文旅项目为何没能开发成功。但交谈间，对飞天马山入选 2021 年广东省森林康养基地还是挺高兴的，尤其对这里常年的负氧离子含量保持在每立方厘米 2.6 万个左右的指标不无自豪。据称，公司化运作和当地村民种植的茶园已有数千亩之巨，所种单丛、奇兰、黄枝香、大乌叶、金仙等优质品种的茶叶，一直广受消费者喜爱。一些茶客认准了这高山云雾里出的好茶。

我认识一位旅居海外的刘博士，因自己创立的上市公司在深圳，而大量业务在境外，这三年间因为疫情奔波在不时熔断的航线上，也饱尝了住隔离酒店的味道。他说，人生总会有许多无法抵达的地方，把酒店外的街景想象成自己想去而未去的风景，就不会感到寂寞了。他常常在隔离酒店封闭的狭小房间日行万步，并不觉得枯燥、无聊。而此番，我有机会登临飞天马山，沉溺其中，观察、感受着山上鲜活、生动、悠久的自然风光，是多么幸运而有趣。

自然界具有超大的格局和造化的神工，形成了许许多多气势磅礴、神奇秀丽的山川。举目可见天开地阔，思绪可以天马行空一般时时处处连接万千美景。有句话说得好：格局之上皆为景。置身山水间，需要不断放大视野、胸怀、气度、境界。

看山是山、看水是水，除此之外，还有什么？羡慕那匹马，流连在此间。平凡的漫游，或许可让心灵走得更远。

2022 年 8 月 24 日

于前海双界河畔

探幽寻道山水间

若有人问大埔的山水哪里值得多次前去探寻，我会不假思考地回答：丰溪林场。这里不仅有我在大埔县机关工作时，走出办公室置身那莽莽苍苍的竹林间，感悟翠竹品性的青春记忆，也有对自然界独特魅力的绵长品味。

早在 1958 年，大埔县便在闽粤交界、离当时的县城茶阳镇北端 25 公里处，创办了国营丰溪林场。此后，面积为 1060 公顷的林场于 1984 年被广东省立为省级自然保护区，为广东最早的自然保护区之一。生态公益林的培育和管理、野生动植物的保护，便成为这里的神圣使命。

进入林场的道路从通往福建永定的 235 国道拐入，山路蜿蜒沿溪而上，先后进入茶阳古村、大觉客家村落。道路两旁，茂密而静默的山林，潺潺的小靖河，一层层一垄垄的梯田和蔬菜地，以及炊烟袅袅的村庄，已构成世外桃源般的风景。带着森林草木清香的微风扑面而来，使人精神清爽。我观赏着眼前的一切景物，生怕错过每一个细节。

丰溪境内丰富的山泉千百年来在山谷间形成涧流，又汇聚成小溪。溪水漾着微波缓缓漫延，平坦处，但见溪水漫过黄沙，盘桓于山石、树根间，轻抚着岸边绿草、青苔。到了悬崖峭壁处，便会飞泻而下成为瀑布。林场场部南侧下方 500 米处，有两个深潭。上方的是圆形，下方的是鲤鱼状。溪流越过潭壁，沿约 1 米宽的石壁飞奔直下，在嶙峋的石头上溅起水花和水雾，飘洒在两侧树木杂草间。飞流在下方百米的幽幽深潭，再度溅起水花，水汽弥漫在深潭旁千年古树巨大的树冠间，仿若仙境。古往今来，传说曾有两位仙女在此沐浴，当地人称其仙女潭。至今，未经打造开发，"仙女"仍养在"深闺"。

场部有一个人工筑坝而成的湖。涧溪的水在此积蓄，湖面湛蓝，闪耀着神秘的光泽。从鹞子石至丰村自然村，溯溪而上，场里沿溪打造了一条 1500 米长的石砌简易栈道。溪水带着自上而下的能量，沿着山谷惬意流着，在悬崖处，形成大小 16 个瀑布群景观。其中鹞子石、公王潭两处瀑布有约百米落差，甚为壮观。行过石桥，驻足溪畔、凉亭远眺，远处山峰融入蓝天白云间；近处参天古木、盘根野藤牵系情感；还有要用心聆听的鸟鸣虫吟、小泉浅唱。溪边树枝挂着藤蔓，绿叶间水珠显得晶莹，枯藤上的水滴异常通透，仿佛全息地透视着山间原始生态景致，澄澈而闪亮。

大自然就像雕塑家，千千万万年间，每天一点一点地精雕细琢，在丰溪林场的山间留下了许多惟妙惟肖的杰作。一块高达 6 米、宽约 5 米的巨石，像一只展翅欲飞的老鹰，凝神四顾，守望着山间风光。还有酷似乌龟、眼镜蛇头的石头，以及鲤鱼石、牛郎石、织女石等逼真、生动的奇岩怪石。七里溪峡谷间，有一大块花岗岩石，石中镶嵌一段长约 1 米的树木纵剖面。据华南农业大学专家鉴定，木化石形成于早古生代末期加里东运动，在新生代以后造山运动和新构造运动中逐渐裸露山间。

七里溪，顾名思义是一条 7 公里长的山溪。溪水清冽，把大小褐色石块冲刷得光滑圆润。溪岸两山对峙形成幽深的峡谷。驱车驶过悬崖峭壁下险峻的山路，再沿溪而上攀至山顶，便可观赏到林场仅有的一片原始次生林。郁郁葱葱的阔叶林，古木参天，巨藤缠绕，林态雄浑，景象壮丽。这片原始次生林，与全场 4.8 万亩山林连成一体，拥有目前南亚热带向中亚热带过渡地区最完整且面积较大的常绿阔叶林，并被誉为"常绿阔叶林基因库"。目前记录到植物 2000 多种，其中有桫椤等国家一级保护野生植物，有濒临绝种的观光木、伯乐树、粘木等二级保护珍贵树种，以及一批罕见的观赏植物和丰富的珍稀中草药等。山间经常出没的有灵猫、猕猴、苏门羚、蟒蛇、虎纹蛙、白鹇等野生动物，也可见穿山甲、金钱豹、云豹等国家重点保护动物，据传还有过珍稀的华南虎踪迹。有记录的陆生脊椎动物多达 286 种。森林覆盖率达 98% 的山间，竭力保护着华南生物的多样性。

若要饱览丰溪的全景，最好是能攀登上林场东北角的鸡嫲嵊山。这里海拔 1100 米，周边有几座山秀峰倚天，高低错落。高处的山峰，树木苍翠欲滴，层次丰富，姿态万千。平缓处的山坡地浩浩荡荡整齐地密布着翠竹，山风不时在林海间掀起绿色的浪涛。大自然在连绵起伏的山峦，营造着异常清爽、宁静而又灵动的景观，令人内心荡漾着酥松、熏然的涟漪。

汇集丰溪境内涧溪水源的小靖河，是客家母亲河汀江的重要支流。丰溪林场辖区溪上、七里溪、上山三个村里，分布着 13 个自然村庄，都是典型的客家村落。海拔为 700 米的丰村地处众山屏护的小平原，环绕村庄的溪水在村口石拱桥前汇成一湖。山麓处随坡而筑的梯田围着 20 多栋土木结构的瓦房。4 座方形土围楼都有三层楼高，其楼上地板、楼梯、护栏、走廊、门窗、屏风等清一色是木制的，古朴别致，规模宏大。周边错落有致地分布着锁头式、杠式、四合院式等客家民居。客家先祖选此地安居，谅必恋上了此地山水以耕读传家吧。同样地，在山环水绕间，溪上村的小桥流水田园景象令人着迷，而隐藏在密林深处的麻竹头背、下畲子、富林、耀子石、坪华、上坪华、大坑、凹背、红窠、雅竹脚等小村落，修旧如旧，保存着不息的客家烟火。

清初古人在依山傍水的水口修建了清凉寺，历经多次重修仍然香火炽盛。如此静寂、清幽的山间，足以让每个人脚步放缓、思绪专注。笃行日课、还愿祈福，内心自会变得更安宁。这里的大自然，也仿佛有神性一般，每立方厘米的空气中常年保有 1.5 万至 3 万个负氧离子，让每个身临其境的人倍感"清凉"和纯净。

不懈发力，久久为功。自然保护彰显人类对大自然敬畏、爱护的同时，也获得了许许多多的回馈。丰溪林场自然保护区面积在 2002 年扩大了十倍，达 100 多平方公里，还先后被列为省级森林公园和森林生态旅游示范基地。

场里人在长期的实践中，早已深谙自然保护之道。山火对林木的伤害无疑是难以逆转的。对于防火的法条，员工早已烂熟于心。专业与业余的扑火队伍，体现着众志成城的护林防火意志。场里布置安装了大批红外线感应摄像装置，以期实现野生动植物"全方位、全覆盖"的系统监管。对于非法猎捕和采挖行为，更是严惩不贷。事关山居生活的垃圾处理，厕所、排污系统改造及危旧房、猪栏的拆除等，渐成共识，至今已自觉践行。森林特色登山道、长寿养生步道、瀑布观赏等六条科普路径的规划建设，既可使人在原始次森林、古树化石间探古寻幽，又可在峡谷瀑布、珍稀动物观赏中领略自然界的瑰奇魅力。

"爱食茶吗？食杯茶来吧。"每每见到丰溪林场的人，识与不识，都会被他们以茶礼相待。山里人的那份从内心释放出来的从容、舒坦掩藏不住。

自然界遵循其道法运行。过往千百年间，一代代人在这里应对自然的挑战，也成功地适应自然的多样性。在自然而然的相适相融中，心生喜爱和敬畏，相互需要与眷顾。不破坏、不伤害，人与自然生态中的一切生灵，保持自在、自如、自得的美妙状态。

2022 年 9 月 6 日

于观澜河畔

鲤城骑行记

秋天的古城，散发着厚重而清爽的迷人气息。投宿泉州市鲤城区的泉州酒店，第二天一早，我按捺不住对一个陌生城市的好奇，便在大街上走走看看。

不愧是以一座城市命名的酒店，坐拥核心，周边数百米有多个著名人文景点。从庄府巷出来，到了中山中路。一旁有著名的泉州府文庙，这片东南地区最大的文庙建筑群，规模宏大，是千年历史文化名城泉州的文脉所在。要走读府文庙的沧桑历史，需要大量时间。此刻，我更乐于漫步中山路上的市井街巷，去感受泉州的日常烟火。

置身南北贯通、长达2.5公里的中山路，有种被新与旧、动与静牵拉、裹挟的感觉。始建于千年前盛唐时期的泉州古老街区，和建于百年前的中山路新旧交错；国内保存最完整、最长的廊柱式连排骑楼古旧建筑群，与"洗脸嵌牙式"整修后呈现的崭新面貌互为融合。红砖白石与出砖入石建筑风格构成的暖红静态街面，与泉州人骑着电单车飞驰而过的动感状态相映照，具有热烈而豪放的温情美感。

我不禁加快了步伐。

泉山书社隽永的店招仍在，只是当年弘一法师在此印刷佛经的身影已随风而去，文房四宝的热销早已被不少新式文具店取代。四楼顶上硕大的"新华书店"四个字，至今仍可以勾起充满墨香的回忆。百年老店罗克照相馆与开在花巷的第三代罗新照相馆，留下无数美好的瞬间和对流金岁月的无限缅怀。南少林的武功史深藏在医武兼修、手法精湛的正骨医院，大上海理发厅手拉风扇退出了舞台而"顶头功夫"仍在施展。由陈盛明在祖屋建起的私立海疆学术资料馆，连同在陈光纯故居打造的泉州侨批馆，两者由私而公的奉献彰显了泉州侨乡人的公益情怀。

不知不觉走到了西街。小店铺琳琅满目地摆卖着饼、蒜蓉枝、寸枣、嫩饼、元宝酥、麻糍、花包、上元丸、糕点等各色古早味的传统食品，无须讨价还价，有的人连头盔都不取下，拎上选好的早点便骑车绝尘而去。西街自1300年前的唐朝便已"列屋成街"，几乎每个朝代都留下名人故居遗址。小西埕、裴巷、象峰巷、会通巷……一条条纵横交错的古街巷，连接着店铺、茶馆、古井、戏台、书院、宗祠，贯穿着历史积淀和继往开来的当下日常。

目光越过开元寺南门前方紫云屏照墙，祥和的蓝天白云一览无余。进入寺内，别有一番静穆。宏大庄严的大雄宝殿门侧石柱上，悬挂着的木制对联"此地古称佛国，满街都是圣人"，是南宋大理学家朱熹所撰，近代高僧弘一法师所写。1300多年前的唐垂拱二年（686年），泉州巨富黄守恭舍桑园建寺的千年传奇，在寺内留下檀樾祠等永久文物。寺东西两侧的双塔，与大雄宝殿呈"品"字布局。东塔为镇国塔，西塔为仁寿塔，均为八角五层仿木楼阁式石塔，其结构稳固、浮雕精美，是国内现存最高的宋代石塔，堪称石塔之王。

闻着桂花草木馨香，穿过仁寿塔旁小径，我从开元寺西大门走到新华北路。因上午还有任务，我急着赶回酒店，见门侧路边停着几辆三轮车，便上前询问，一位姓张的师傅答应送我过去。这是一辆单车左侧挂着两个座位拖斗的三轮车。坐在旁边座位上，张师傅轻扭手把下方电源钥匙，车便开动了，原来这是经电动改造后的三轮电单车。

三轮车匀速前行，电机轻微鸣响，耳伴街风猎猎，从西街拐入旧驿馆古街巷，左转到了古榕巷，又经井亭巷、花街抵达泉州酒店旁的壕沟墘。巷道宽窄不一，但行人与电单车行让有序，通行顺畅。巷道旁小店铺大小水盆里摆卖着各色鲜鱼和活鱼，卖鱼的妇女花白的头发盘到脑后绾成一个圆髻，一个带绿叶的大红或粉红塑料花束由一根白色筷子状的插条簪在发髻上。看着她们忙碌的身影，我好奇地问张师傅这是什么装束。他用不急不慢的口吻告诉我，她们是常年在内海捕捉、养殖鱼虾，再到市场摆卖海鲜的蟳埔女。现在的妇女越来越时髦，但她们还是穿着"大裾衫、宽筒裤"，保留古代"骨针安发"的"簪花围"习俗。

言谈间，我发现张师傅对这个地方特别了解，可以作为骑行鲤城的导游，便留了他的电话。并根据他的推荐介绍，按照我的时间许可，预约了第二、三天的骑行路线。

次日清晨，张师傅带着我融入机动车、电单车构成的车流中，我来到了晋江边的笋江公园。从防洪堤沿着湿漉漉的铁廊桥进入江边，此时滔滔入海的晋江潮水已退至低点，江水里有游泳者拨动的水浪，也倒映着两岸高楼构成的新兴城市天际线。沿着人行观光道行走，景观小品美不胜收。主广场上，有着17尊大型的拍胸舞石雕群和闽南古建筑风格的石结构牌坊，拙朴大气的工艺凝固着泉州的民俗风情。泉州的母亲河晋江注入泉州湾，进入台湾海峡。江海汇合，泉州依托发达的海上交通在宋元时期成为"东方第一大港"，使中国在当时率先形成西北内陆和东南海洋两大出口的全球开放格局，创造了海港贸易经济奇迹。

妈祖文化的发祥地在泉州，位于南门天后路一号的泉州天后宫，是海内外建筑规格最高、规模最大的祭祀妈祖的庙宇。其附近德济门遗址散落着体现世界各国宗教元素的众多石雕。涂门街上建于宋朝的关帝庙、阿拉伯穆斯林在中国创建的现存最古老的伊斯兰清净寺，还有分布在街巷的花桥慈济宫、真济仙姑宫等诸多民间信仰点，叙说着有"世界宗教博物馆"美誉的泉州对来自中原与海外多元文化的兼容并蓄。

有点浮光掠影的感觉。但跟着张师傅的指引，既观赏了泉州宋代城市建设文物标志——顺济桥、市舶司、南外宗正司遗址，也快速地浏览了近代南国建成百货、九间百货、侨光影剧院以及历代华侨遗下的形形色色红砖大厝、保存着众多姓氏的宗祠家庙。颇为熟悉游客需求的张师傅，还会推荐我去华侨博物馆、闽台缘博物馆、非遗文化遗产馆，津津乐道介绍金鱼巷夜市和众多菜肴。他喃喃道："我们这里的面线糊、烧肉粽、蚵仔煎、鱼卷很好吃，还有芋头饼、炸紫菜、炸菜头粿等小吃也很有味道。"是啊，在鲤城街巷角落，有不少老字号美食店，不仅可品读历史文化和风土人情，还能尝到中原风味、海鲜特色与海外饮食相交融的独一无二的闽南美味。

我去景点，张师傅便站在车旁悠然吸着烟，见我走近，迅速掐灭烟头塞进车旁挂着的小铁罐。张师傅个头清瘦，显得精干，看不出已有五十好几，20世纪90年代初20多岁的他从老家福清跟随父亲来到泉州骑车拉客，一干就是30年。在这个城市与来自莆田的妻子结婚，生育了四个子女，两个大女儿已出嫁，他已当了外公，尚有一子一女在读小学、初中。据他说，10多年前，他骑车和妻子做清洁工的收入连房租都交不起，房东便免收他的租金至今。现在，亲家帮他在市区买了一套房子，过不久一家人就可以住新房了。

说起他骑着的三轮车，话匣子打了开来。他说，这车比他年纪还大，是当年他爷爷在泉州骑车拉客留下的，后来他父亲到泉州"接班"用过一段时间，他到泉州后父亲便把这车交到他手中。除了连接车头、车座、脚踏的三脚架没变，其他都是多次修理更换过的。我仔细端详，发现车把下方单车三脚架前的竖轴上，尘垢斑驳间仍可看清凤凰车的铜黄标志，"凤凰"两字间有"上海自行车三厂"字样。二十世纪六七十年代，凤凰单车可是国人特别向往的日常交通工具啊。旁边的两个座位，是固定焊接在三角铁架上的，加上单车后座，一共可搭载三名乘客。电动机和电池装在座位下方隐秘处。锈迹已从陈旧脱落的油漆中透出来。客人坐在下方安有减震弹簧的竹垫上，尚有几许舒适。

从张师傅的口中我得知，原来泉州城里有1300多辆这种三轮单车，现在仅剩400多辆了。公交公司推出的九座电动车"小白"虽然也很方便，但无法像三轮车可游走于小街僻巷。问起为何每辆三轮车的顶檐和后面都挂着"龙氏锁业"的遮阳广告布，他说，每月可增加几十元的收入。刚开始载客时，每次收费一角五分，拼命干一天也就挣七八元。现在可好了，只要身体好、肯出街，每月七八千元的收入是有的。以前靠脚蹬，一天下来腿痛得睡不着，几年前加装了电动设备后，轻松多了。

话语间，能感受到张师傅对现状的满足。他还告诉我，鲤城有六七位行动不方便的老人，与他建立了长期合作关系，老人们有事出行，他都优先满足他们。仅上过七天小学的张师傅，因母亲过早病逝、父亲外出挣钱，兄妹几人从小与爷爷奶奶相依为命。他很能体恤老年人的困难，并以帮助他们为乐。当然，他还有很多快乐的理由。几乎每天都接触新的客人，以自己所知道的鲤城乃至泉州古城情况，给客人们讲讲故事、带带路，大家成为好朋友，那也是很开心的事情。他的三轮车的候客点被划定在开元寺，但接到客人后可根据客人需要自主选择路径。他觉得，这个活想干就干，很自由，不辛苦，很快乐。

在2021年7月第44届世界遗产大会上，泉州以"宋元中国的世界海洋商贸中心"通过评审成为中国第56项世界遗产。这个有着千年历史的东方巨港是海上丝绸之路的起点，是多元文化交融的历史文化名城。其入选世遗的22个遗产点，其中有8个位于鲤城区。古人因泉州古城轮廓似鲤鱼而给其留下一个"鲤鱼城"的名字，而今，古老鲤城带着千年的记忆与光环，也不落窠臼地跃上龙门了。

乘坐动车，离开泉州，一座有故事的城市渐渐远去。

一种颜色挥之不去。红色的砖瓦墙壁、红色的头饰，应季而至的火红刺桐，五行属火的南方海滨，弥漫着兴旺、吉庆的火红生活烟火。热爱红色的古城注定会永续旺盛。

一种声音萦绕于耳。闽南话的呢喃婉转，南音、高甲戏在茶肆间余音绕梁，文庙里每年祭孔的经典诵读影像，令人难忘。文庙文物管理处主任何振良说，自唐贞元八年（792年）至清光绪三十年（1904年）的1100多年间，泉州人参加科举考试中进士2454人，泉州成为"八闽形胜无双地，四海人文第一邦"。我的家乡梅州素有"文化之乡"美称，据悉，科举产生了283名进士，相比起来，我不禁对泉州"斯文圣境"的文风蔚起暗自称奇。

一个人和一辆旧单车，给我留下深刻印象。张师傅骑行在鲤城，他的车很旧，但他给客人带来了古城新感受。长满青苔的古巷青石很冷，他和无数泉州人的心很热。他行经范围很窄，却给人带来很宽很深的视野，让泉州走得更远。

鲤城，再见！再见，泉州！

2022年12月1日

于观澜河畔

第六章

岁月深处

文字浓缩生命中弥足珍贵的景象，铭刻人生无法重来的尘封岁月。字里行间，让时间静止，唤醒真实经历的年代记忆，追思感恩于怀的故人风采。在一个生活和历史变迁节奏加速的时代，温暖、美好的记忆安抚着惆怅焦虑，触发温故而知新的信念。内心宁静，充满勇气和力量。

遥远的青春

　　如果不是老师一再提起，35年前一起读初中的同学可能再也组织不起聚会。我们所读的初中，是以黎家坪小学为主体，附属在其上的初中（简称附中），且仅有初一、初二两个年级。1979年，同学们在这个学校初二"毕业"后，有的考到县重点中学、镇中学读初三，成为那个年代首批初中三年级的学生；有的就此告别读书生涯步入社会。

　　时间跨度太大，从少年、青年、壮年、中年，及至步入初始的老年；容颜变化太大，从当年嘴上无毛，到现在白发苍苍，岁月在脸上留下沧桑的皱纹和斑点。试图从彼此的眉眼间、容貌中、声音里回忆35年前的影子，有的找到了，有的只留下想象，或空空荡荡。

　　如果时光能倒流，该多好啊。

　　当年，来自梅潭河两岸深山里的同学，告别"生产队"复式班教学点，到黎家坪小学读初一。

　　那时候，懵懂而有趣。上学时，疾步在蜿蜒的山路，往往还伴着滚铁环的金属撞击声。偶尔还要掏出弹弓，招惹路边树木间的小鸟。放学后，撒欢而去，往往还要去到田埂割鱼草，到山上砍柴割鲁萁，或放牧耕牛。借着夕阳余光，在梅潭河边甩出挂上蚯蚓的夜钓……第二天清晨往往钓上来"猪麻锯"，这嘴馋易上钩的无鳞鱼头长嘴尖，稍不小心便会被隐藏在头背里的齿状小刺扎破手指。回忆起来，似乎手指还隐隐有被锯齿刺痛的感觉。除了夜钓，课余时间里，梅潭河还是游玩的好去处，玩水仗、学"狗爬式"游泳、用土炮炸鱼险象环生，好在没出过什么意外。

　　每个孩子大概都有拥有汽车的梦想。较小的时候，从水田挖得黏质土，砸成土坯，揉捏成客车模型，玩得不亦乐乎。那年结束在湖南衡阳耒阳花石坳的随军生活，离别时欧阳海小学一同学送给我三个滑轮。这滑轮，带点"工业文明"的味道，改写了当时少年同学玩伴只会用木轮子制作独轮"鸡公车"的历史。找来木板，一端钉上装着两个滑轮的木棍，另一端则凿开一个稍粗的木棍可穿过的孔，木棍底部钉上装着一个滑轮的小木板，木棍穿孔而上，顶端再钉上一块横着的小木板，用来把控前轮的方向。玩伴坐在滑轮车上，另一玩伴助跑使劲一推，滑轮车就如脱缰的骏马在当时的生产队晒谷坪驰骋起来。玩伴还常常会在助推的同时，顺势趴在驾车者背上，搭乘顺风车。

一段时间后，一个滑轮经不起高频次滑行爆裂了。便又突发奇想，制作滑轮单车。先用木板钉一个方形木架，再把一根碗口粗的木棍一头镂一小口安装滑轮，用从村里的县办农业中学偷偷取来的、原用作固定木窗的四个铁扣件，两两相对分别拧进木棍和木架，然后用一根铁丝穿过铁扣件，可以左右转动的木棍便与木架连在一起，最后在木棍顶上安一把手，把另一滑轮装在木架另一端底部，滑轮单车便大功告成。用双脚做动力，伴着金属与水泥地板的摩擦声，少年们疯狂玩耍的欢笑声响彻村里每个角落。

上山给学校厨房砍柴、采松果和砍糖蔗，这些勤工俭学的野趣，时至今天也不会随岁月远去而淡忘。

学校有个硕大的柴灶，叠加的蒸笼里放着同学们各自带来的装着米和水的饭钵，一锅蒸熟。烧的柴，也是同学们上山砍伐的。劈柴倒是比上山砍柴难些。那些大小不一的松树、枫树，被锯成一截截的，先要晒几天，然后放在枕木上劈开。初学劈柴，往往位置和力度把握不准。斧头太靠近身体，柴梗易弹起伤着自己，太远又往往伤着握斧柄的手。如果枕着的位置曾经长过树枝，则要尽可能避开，因为木柴里面粘连着，实在避不开，则要多劈几次。劈开的柴块经暴晒后易燃，熊熊烈火会点亮炉膛。

周边山区的同学中午都在学校吃午餐，早上上学时带米带菜。米由学校统一蒸成钵仔饭，青菜是装在瓷杯里的。下午放学，走路时放进塑料网兜的空瓷杯叮当作响。为免此烦琐，后来干脆不带菜，中午在学校旁边的供销社买五分钱"鱼露"淋在白饭里，三下五除二，狼吞虎咽吃完，以充分享受中午的美妙时光。

中午，学校要求趴在桌子上午睡。有位从高年级留级而与我同班的同学，总以为自己年长一岁，身体结实，中午时常拽我衣尾，约我到供销社旁的牛棚下"腌腌子"

（摔跤）。这老兄低估了我，我曾经在四川、湖南部队大院生活，有着来自五湖四海的儿时玩伴。扭抱、绊腿、挑起、跪撑，几个回合下来，这老兄没少尝稻秆下面牛屎、牛尿的味道。同学间的打打闹闹是免不了的，刚从武侠小说、武打电影里学两招就要比武，拳脚相交还不算，甚至还用上了"点穴"等武林"高招"。

记得有一次，午休时间几个不安分的同学躲过值日生检查，跨过梅潭河的木桥，去湖寮老街逛荡，回来时赶不及而迟到了。这当然惹怒了老师。他厉声呵斥，要我这个当班长的写检讨。第二天，怒火未熄的老师又在班会上严厉批评，把我骂得脸变红变黑变白，还说我检讨书错字连篇，称中午上街去买牙膏，把"膏"写成"骨"字，变成"买牙骨"。35年过去，这个细节想起来还觉得脸红耳赤。

有次劳动课，我"不小心"掉到营盘下的一口池塘里，当下便以打赌方式把其他几个同学"忽悠"下水开展"狗爬式"游泳比赛。此情况很快被"顺风耳"的好事同学传到老师那里，免不了又要被训斥。骂完，老师想起我还没交钱买《新华字典》，说，不想读书了吗？为什么不买？出不起一元钱我给你。第二天，我赶紧交钱买了人生中的第一本工具书。事后回想，我们知道，老师们家境都是挺窘迫的，微薄的"公办""民办"教师工资要养育身在农村的父母、儿女，但他们无怨无悔，专心致志，严格严厉地在课内课外倾注着他们对教书育人的热爱。时隔30多年，老师们当年的谆谆教导还回响耳边。那一句句厉声责骂，承载着老师们的良苦用心，一直温暖着、影响着、激励着我们。

当朦胧意识到"学好数理化，走遍天下都不怕"的道理时，已到了开始想读书的初二。夜晚在如豆的煤油灯照明下挑灯夜读，手掌往往沾满打蚊子留下的鲜血。倔强的少年，熬夜苦读，以致面黄肌瘦，衣带渐宽。学校和当时的公社开始组织数学竞赛等各类活动。有同学的亲戚从外地寄来数学竞赛辅导资料，大伙儿把书本拆分为几份互相交换着学习。课余活动已逐步由"比武"转向学习交流，往日的野孩子开始收心读书，比学赶帮、争先恐后。

那时候，衣服满是补丁，但我们没有忧虑。那时候，物质很贫乏，但我们充满好奇。那时候，身体还在成长，但我们充满探索和实践的兴趣，也不乏时时刻刻的自我修正。

岁月可以磨灭许多事物，但无法磨灭美好的记忆。尽管黎家坪小学的名字和建制早已数次变更，但校址还在，那方留下许多成长记忆的土地还在。不必多问，是留守在本乡本土，还是远走广州、深圳、惠州、佛山，乃至湖北、福建；也不必在意30多年人生的得与失、悲与欢，能够获得彼此共鸣的是动手实操的乐趣、嬉玩竞技的欢快，当然还有曾经难以愈合的手上、膝盖上的伤疤。

青春期的顽劣、躁动一晃而过。老师当年"恨铁不成钢"的眼神，依然浮在眼前；同学间曾经的勉励和祝福，仍萦绕于心。尽管疏于联络，见面时的微笑纯真而安宁。

青春是多么美好。现在，青春又是多么遥远。青春的容颜不再，青春的体魄已衰。抛开几许惆怅烦恼，保持多点向往和勇气，我们依然要负重前行。

2014 年 3 月 29 日

于梅潭河畔

人生能得几清明

晨曦、薄雾,穿行在泥泞的山路。一夜的春雨,把漫山遍野的绿叶洗刷得透出亮光,清洁而明净。错落有致的柚子树肃立在山坡上,一串串点缀在其枝叶间的白色花朵散发出阵阵清香。那攀缘着生长的金樱子,长着扁弯刺的小枝头也同样开着洁白的花,在绿叶间格外显眼。山中洋溢着各种树木花草的味道,温润而清新,直抵肺腑。

又是一年清明时,乘着浩荡的春风,来到祖母坟前祭祀。坟茔周边杂草的铲除和墓碑的填写早在几天前就由堂兄弟完成。在墓碑前的供台上,摆上按客家风俗精心准备的牲礼、茶酒、饭粄、水果等供品,然后点烛烧香。同时给后土龙神和前朝福德老人墓(墓地修建时周边发现的无主坟,进行重新安葬所修)敬香烛。然后上茶、敬酒、奉祭品。家乡的习俗是先四次跪拜,接着才诵读祭文。

祭祀的仪式大体遵循乡村历代传承下来的章法,而祭文也是参照多年前老叔公健在时所授古文体拟写的格式。以前用毛笔誊写在红纸上,现在用打印机打印在粉红色的纸上。竖排,从右到左。先禀告祭祀时间,再告知前来或未到坟堂祭拜的亲属名字,接着念"谨以牲礼酒果、香烛纸帛之仪,敢昭告于显祖妣勤操孺人杨双墓前言曰"。

祭祀正文用四言体诗写成,"梅潭河水,源远流长。追慕祖母,夙夜难忘。仰维祖德,奕世流芳……"读着祭文,思绪万千。平日里常常追忆的祖母杨双,音容仿佛浮现在眼前。

祖母出生于1906年,农历丙午马年。她儿时就从出生地百侯镇侯南村来到湖寮镇黎家坪坳背这个小山村,成为童养媳。祖母在20世纪70年代曾带着两个孙子跟着从军的女婿一家,作为随军家属先后到四川绵阳、湖南耒阳生活五年多。在耄耋之年的最后十年,随女儿女婿在大埔县城生活。除了这两个时期,她一直劳作、生活在坳背村。因此,她在离开乡村生活期间一直惦念着叶落归根,要回坳背村。也正如所愿,她去世后安眠在家乡的山上。

从出生到初中毕业后在梅州师范学校求学，长达16年时间里，我从来没有离开过祖母。而今，祖母离开人世已有多年，直至今日，我仍无法习惯这样的离别，以致每年除夕的家祭和清明墓祭，我内心仍久久无法平静。因此，在祭文的字里行间，寄托着无限的追思。

祖母杨双，勤俭刻苦。与许许多多客家妇女一样，祖母一生勤劳，操劳在田头圳尾、灶头锅尾。20世纪70年代末已年逾古稀，为了弥补口粮不足她还坚持要在河边沙滩开荒种番薯、花生。年近80岁的时候，还执意要自己挑水做饭。祖母平时话不多，但勤奋劳作的习惯在儿孙面前树立了楷模。

祖母的克己精神也是令我们感怀不已的。为了儿孙读书，她勒紧腰带、省吃俭用。在那个粮食异常匮乏的年代，最令我难忘的是早餐的"一粥三吃"。早餐煮的粥，先捞起一碗，饭粒较多的、稠一些的粥给作为长孙的我吃，因为我要步行到4公里外的村小附中读书，再捞一碗相对稀一些的，给近处读书的次孙吃，到最后祖母喝的肯定是剩下的粥汤了。可她上午还要进行强体力劳动啊。这只是留在记忆中的一个小细节，但这个细节一直让我刻骨铭心，每想起此事，我都心潮澎湃。如果有人问我，对什么颜色最有感觉，我会毫不犹豫回答是蓝色。在我印象中，祖母一直穿着土林蓝布料做的、右边用布纽扣固定的大襟衫，湿了又干的蓝色衣襟衣背常常布满白色的盐霜，蓝得特别显眼。不管是生前还是身后，祖母那操劳的身影一直在影响着我。我曾经发誓，一定要努力，一定要奋斗，创造美好人生，不辜负祖母的养育和期待。

祖母杨双，敦厚善良。祖母为人特别真诚，乐善好施，谦和待人。在家庭内部，祖母对儿子和女儿一个样，对儿媳和女婿一个样，对孙子和外孙一个样，从来没有偏爱之心。这种胸怀和坦诚至今被裔孙津津乐道。在与村里人相处中，她一直是以慈悲为怀，从来不争不吵，忍让包容。因此，她以特有的平和赢得了家庭亲人和乡里梓叔的尊重。记得下葬那天，全村几乎所有能走动的人都自发地送她到那入土为安的地方。

祖母杨双，品格刚强。也许是秉承了客家人南迁饱经沧桑而形成的意志品格，祖母在挫折面前表现得异常坚强。祖母在经受了中年丧夫的打击后，又在65岁这一年痛失唯一的儿子，遭遇了巨大不幸，但都坚强地挺过来了。祖母深信自己不能倒下，还

一滴敢报江海信

有不满 7 岁和 2 岁的两个孙子要照顾抚育，还有晚年人生的篇章要续写。老祖母不屈不挠的坚强和执着，一直影响着我们。

祖母杨双，眼光远长。祖母从小没读过书，在我印象中，她仅认得自己的名字。但目不识丁的老祖母却特别注重儿孙的教育。20 世纪 50 年代初，祖母和祖父上山砍柴，挑柴到湖寮老街卖，供儿子到湖北武汉就读中南同济医学院（今华中科技大学同济医学院）。在那异常艰苦的时期，家里实在拿不出钱交女儿学费，但当女儿表明宁愿穿旧衣服过年也要读书的决心时，她毅然决然挨家挨户借钱，供女儿上学。在我幼年有这么一幕。读初中时，我对祖母说："同学都笑我穿的衣服补丁太多。"祖母喃喃地安抚道："衣衫破旧不要怕，就怕不干净；着烂衫不要紧，读书识（客家话：成绩好）才不会被人看衰。"儿孙外出求学工作，祖母叮嘱的话就是："要身体好、学习好、工作好。"祖母是从旧社会走过来的，但她的思想从来都不落伍。

祖母杨双，洁净分明。祖母一生爱干净，坚持做到"三不、两勤"：不吃未经煮熟的食物、不吃药、不吃零食，勤洗手、勤梳头。为了取得洁净的饮用水，70 多岁了，还凌晨 5 点多起床，来到村头山溪上游挑她认为最干净的水，这无疑表明她非常热爱干净的生活，对健康尤为重视。这也许是她的长寿之道吧。祖母爱整洁，家居场所收拾得井井有条，不染一尘。祖母还有一个特点是头脑清醒、事理分明。阐述事情表达道理，丝丝入扣，逻辑极强，直至 92 岁无疾而终前的弥留之际，分辨人和物都非常清晰。

山风吹拂墓前，我恭敬地诵读祭文。文末写道："追本思源，数典不忘。荐此精诚，高奉心香。修心积德，励志图强。遵循大道，科学发展。心想事成，福寿安康。敬请，后土之神，福德老人，合食尚飨。"念毕，再添茶添酒。再次四跪四拜后，焚烧纸宝。青烟和纸灰腾空而起，爆竹也应声响彻山野。

拜祭完祖母后，顺着山路，我还要"薄陈牲礼"踊登祖父和父亲的坟堂。

清明时节，慎终追远，已成为我这 20 多年来每年不可或缺的规定修为，且乐此不疲。近处草长花开，暗香浮动，远眺山峦连绵，青葱无际。山鹰和蝴蝶渐飞渐远，愿它们带上我对先辈的思念。

又是一年清明时，祭奠逝者，也为生者祈福。缅怀先人，也是让来者珍惜。清明的春风，抚慰着虔诚的赤子情怀。清明的春雨，洗涤着后人感恩的心灵。

人生能得几清明？

清明，令人清醒的时节。缅怀先人，使我们更清楚作为后继者的责任和使命，传承发展、成就理想。

清明，令人明达的时节。寄托追思，但不沉迷于过往，也不停滞在今日，珍惜生命、超越自我。

2014 年 4 月 9 日

于观澜河畔

梅潭河月色

　　悠悠梅潭河发源于福建平和县葛竹山，在大埔三河坝与梅江、汀江汇成韩江，千里波涛由此汇合流向大海。梅潭河在家乡坳背这个小村庄，绕着小山村呈"S"形蜿蜒而流。

　　20世纪70年代，村的下游修筑水电站大坝，那清澈见沙的水和沙滩早已消失，取而代之的是深邃而宁静的深水。坳背村离县城仅4公里，因有一座如伞状的大岭阻隔，成了山坳后的村庄，我想这大概就是村名的来历吧。坳背村又分上下两个自然村，我的家乡是在下游，又称下坳村。200多年前，老祖宗从葵坑村移居至此，将下坳这名称文化为霞坳，曾有"霞坳四景"的描述。清晨，太阳从东边的山头洒下万丈霞光令村里的一草一木看上去生机勃勃。傍晚时分，晚霞从西北边伞岭那边飘出来，给山坳后面的村子染上了诗意的色彩，炊烟袅袅，鸡鸣狗吠，河水和田野因飞霞的变幻而迷蒙绚丽。

　　到了月夜，小山村沐浴在清光里，神秘而祥和。水面如明镜般静寂地倒映着一轮皓月；山峦起伏围合着小村，如水墨国画一般；稻田如绒毯顺着田埂舒展开来；圳水不停歇地流淌着，偶尔发出轻微的响声。河对面公路上汽车飞驰而去的声音哪能划得破小村的静谧？而夜鸟不时从林间发出悠长的咏叹。

　　这样的月夜，对我而言，还有位非常值得缅怀的人物。儿时，借着月色除了与少年玩伴在木柴、稻草堆后玩捉迷藏，还经常会围着老叔公，听他讲故事。老叔公名德藻，字慎文。叔公从《三国演义》《水浒传》讲到《封神演义》，从近代的家乡杰出人物张弼士讲到罗卓英，仿佛对人间世事、天文地理无所不知。接受过"私塾"教育的叔公，一定是个很好学的人。年轻时当过乡村教师，虽然此后一直务农，但对读书自有领悟。叔公教育我们，读书学习在于一个勤字，一定要多读多写多练，中午不宜用脑，但可以拿练字当作休息。叔公教育我们一定要谦虚谨慎，任何时候不要"看衰人"（瞧不起别人）。叔公还教育我们要有骨气，为家族争光，要"扭起眉毛做赢人"。

我从长辈的口中得知，叔公在二十世纪六七十年代曾因在新中国成立前当过"保长"，吃了不少苦。尽管他在当年短暂的"保长"生涯中并没有任何恶行，却在历次运动中挨批被整，受到种种凌辱，常常被惩罚做最苦最累的体力活，有次因修"幸福圳"劳累过度，吐血昏倒。但叔公从来没有对批他整他的人心怀怨恨。记得20世纪80年代末的一年中秋，与叔公在其客家瓦房前晒谷坪，一边品着糯米酒，一边赏月。他深邃的目光如月一般温和，说话间不时捋捋略微翘起的长下巴上面稀疏的山羊胡子。当讲到以前狠毒地批他整他的几个人先后离世，他感叹人生苦短，也感慨"横肠吊肚"心地歹毒的人大都结局不佳。其实，对那些批斗他的人，他都不计前嫌，在他们困难时或发生变故时，他都会力所能及地伸出援助之手予以支持帮助。没有过不去的坎，都是梓叔乡亲，何必心存怨恨？叔公常常这样自言自语。

少年时期在乡村生活，我对农村的人情冷暖和世故还是深有体会的。可能跟生活在山区有关，视野和眼界受山地制囿，尽管山里人很纯朴，但遇事心胸偏狭喜爱计较也是常有的，见不得人好的嫉妒心也是存在的。但是，叔公却显得很超脱。他从不与人争执，也从未听说与谁生了嫌隙，更不会眼红任何人。每当农闲时节，他会扛着锄头检修村里通往县城的山间小道，补坑洼、修桥面，乐此不疲。2005年，村里的泥路要进行硬底化建设，叔公率先响应捐出1000元修路，这可是他辛辛苦苦不知饲养了多少鸡鸭挣的钱。更为难得的是，这年年底，年届88岁已卧病在床的叔公，应村民的请求为修路而建的纪念凉亭题字，他挣扎着起来用毛笔挥下"万福亭"三个字。两个月后，叔公溘然长逝，这题字也就成为其留给世人的最后墨宝。

叔公信奉"耕读传家"的理念。他一直创造条件鼓励后辈读书奋进。他把"一粥一饭，当思来处不易；半丝半缕，恒念物力维艰"的朱子治家格言写作窗户楹联以警示家人勤俭持家。每年春节，为村里人义写春联是他的拿手好戏。每当春祭秋祭，他都会按古时格式拟写祭祀祝文，尊崇古礼拜祭。记得1998年元旦前夕，我的祖母去世时，他在灵堂前撰写挽联：回忆幼年时绕膝相依亲如母，难知今日事心中悲泪慰嫂灵。对比他大11岁、带他长大的嫂子的感恩之情跃然纸上。

一滴敢报江海信

不管是白天还是月夜，每当经过村里水口旁的万福宫，我都会驻足或回望，因为万福宫门联上方，有叔公经修改并用毛笔题写在上面的长联：今日之东明日之西青山叠叠绿水茫茫走未尽天涯海角填未满欲海情潭智兮周瑜力兮项羽赤壁乌江徒烦恼且把寸心思前想后人生如何观世界，这条路来那条路往光阴冉冉古道悠悠扯不住黑发朱颜带不去金银财宝贵也子仪富也石崇汾阳金谷总成空愿散些财积德立功为人莫学守钱奴。我曾上网查对，嘉庆十年（1805 年）宋湘赴京任职翰林途经广东南雄茶歇，有感于过客匆匆，在茶亭壁题过类似长联。叔公写于万福宫时，根据自己的感想做了修改，把长联得过且过的原意改为劝人修善积德，把原联中饮酒行乐改为达观看世界。已无从考证其甲子年（1984 年）为万福宫题字的想法，可以肯定的是此后 20 余年，叔公在青山叠叠的坳背村、在绿水茫茫的梅潭河畔无忧无虑地看到了美好世界，也安享了晚年如意生活。

在宁静的月夜怀念叔公，他的思想依然如一轮秋月洒在梅潭河畔，叔公当年的谆谆教诲依然如梅潭河水润泽着心田。记得下坳村黄氏开基老祖乐庄公之孙黄宫榜所作《霞坳四景》四首诗中有一首《璧水秋波》："万事劳形百感侵，偷闲何处涤尘襟。秋来璧水波光净，一鉴天开悟道心。"何为悟道？在叔公那里，就是向善、好学、勤耕和宽厚、达观吧。

这甲午年的中秋时刻，在深圳前海边上赏月，我的思绪"链接"回故乡的梅潭河与明月。那满月如明镜，挂在苍穹也映在河中，照过前人与今人，照过往昔及此时，照过千山和万水，也照着梅潭河千里入海。

此时，皓魄当空，映在梅潭河里的那轮明月，依然洗涤尘襟，开悟道心。

2014 年 9 月 8 日中秋夜

于前海前沿

贫困记忆

乡村生活总会有许多令人回味的故事。大凡上了点年纪的人，对贫困的回忆，总会是有滋有味的。尽管这些话题对于其晚辈来说，耳朵听出了"茧"，但老一辈人还会不厌其烦地讲下去。

出生于20世纪50年代初的阿惠姑，至今无法忘记童年时遭遇困难时期的经历。碗里的粥汤总是那么稀，看不到米粒，喝完粥还意犹未尽地吮舔碗壁。一次，干完农活回到家门口的父亲，看到她与姐妹饿得直哭，连苍蝇粘在泪脸上都没力气赶开，不禁泪水纵横。祖母让出自己那份粥，整天用莜麦菜揉搓成团咽下充饥，没能度过那年冬天，水肿而死。生产队大饭堂里，洗碗钵洗出来的零星饭粒、蒸红薯锅底带有糖分的炊汤水，往往是厨房里面几个人的"专属福利"。村里人无以复加地抵抗着饥肠辘辘的感觉，饿得头昏眼花、有气无力、面如菜色。六十年过去，阿惠姑回想当年那一股股袭来的饥饿感，齿颊间隐若仍会涌出津液，忍不住要吞吞口水。

很多人没挨过饿，也就没法体会食不果腹的滋味。当然，也无法想象"衣不遮体"的困窘。阿惠姑姐妹多，父母只会在每年过年前买布匹到裁缝店给她们做新衣。平时衣服无法替换时，只能是白天穿、晚上洗，第二天继续穿。衣袖比较容易破损，新衣穿到夏秋天时，便剪裁成短袖来穿了。衣裤上补丁叠补丁是常有的，补到后来，往往就成为深浅不一的杂色"花衣"。弟妹穿哥姐穿过的衣裤，在那个年代很常见。那时，有双鞋穿可是奢侈的。上山下地干活，基本都是赤脚，有时候被脚下石块绊一下踢出血，只能在路边摘些布惊叶嚼一下敷在伤口止血，还得继续前行。阿惠姑的老父亲脚掌曾被水田里的尖利木条刺伤，直到木条从脓肿的脚背烂出才愈合。其堂侄的脚一次被泥中铁钉扎伤，伤口处有条"红线"延伸到腿根，腹股沟肿了很久才消退。村里有户人家，在上海当兵的亲戚给了一双旧的帆布女兵鞋，家里几姐妹轮流穿了几年，直

一滴敢报江海信

至鞋的胶底断裂，雨天泥沙渗进鞋内，依然不舍得丢弃。后来用烧红的火钳，在裂痕处烫粘塑胶，继续穿。

直到20世纪80年代初，我家乡坳背村的居住条件仍相当简陋。一家几口蜗居在一间小房子生活是普遍现象。实在住不下就安排人爬到低矮的木阁楼住，每到溽热的夏天，那会是什么滋味？稍微大一点的男孩便不愿再挤了，到房间稍多的伙伴家借住。偶然，一人得了疥疮便互相感染，只能搽硫磺治疗这种奇痒无比的皮肤病。村里人把厕所叫"屎缸"，这是一种土砖垒起来的瓦房，粪坑上搭有木板做的蹲位。如厕者要提防着不被下方蠕动着蛆虫的粪水溅到，完事后往往是没有那种粗糙的土黄草纸可用的，只能用放置于一旁的篾片聊以自净。

物质极为贫乏的年代，亲情与乡情的互助成为几代人无法磨灭的温情记忆。那时，只要谁家有华侨，便会令人羡慕。"番客"们从国外寄回或带回的布料、猪油、糖果、黄豆等，足以成为家族里相当一段时间令人兴奋的话题。这种关爱，当然借着物品的传递也激发出乡亲改变贫穷面貌的力量。

客家山村生活的孩子，读书与农活、家务从来都是必须兼顾的。有的孩子上学还要遵家长所嘱，带上畚箕，以便放学途中捡点狗屎牛屎放到菜地做肥料。节假日上山砍柴、割鲁萁、扒"松毛"做燃料，给家畜鱼塘割草做饲料是再平常不过的。农忙时节帮助家里犁田莳田、锄地种植，那也是很自然的。

一次，我与一位留学回国创业的刘博士交谈说起对故乡的记忆。他在20世纪70年代恢复高考后考取中山大学，后又被保送至美国留学。回忆起高中毕业后四年的务农经历，最使他难忘的是，春夏两季莳田前，把水稻秧苗拔出来后，要用手给成捆的苗入肥，因初学力度把握不准，用手一捏，那粪肥溅得满头满脸，难堪之至。农闲时节，他没有荒废时间，把"老三届"的书都借来看，成功实现了大学梦想。

摆脱穷困并非易事。在客家山区，最为主张的出路是读书。大埔高陂至今仍流传着一位退休厅官的故事，话说其当年家境极贫，一次是饿坏了，一次是感冒高烧，两次均因不省人事被送到医院太平房，其亲戚不甘，在其侧放了碗粥。他终于挺过来了，靠那碗粥活了过来。醒来后，他发愤读书，他的信念是读书才有饱饭吃，终于梦想成真。在大埔山区，真有不少值得称颂的励志往事。有些父母宁可自己挨饿受冻，也要叫儿女读书，卖省下来的米谷、卖山上砍的木柴、卖舍不得吃的牲禽凑学费……

我的记忆中有这么一幕。读初中时，我对奶奶说：同学都笑我穿的衣服补丁太多。目不识丁的奶奶喃喃地说："衣衫破旧不要怕，就怕不干净；着烂衫不要紧，读书识（客家话：成绩好）才不会被人看衰。"

客家古人在历次的南迁中，客居地相对偏远，因此也是相对贫穷的。不管是宗牒祠堂，还是山歌俗语，都有不忘本、要感恩的祖训烙印。不经受彻骨贫寒，哪懂得梅花芳香。每每勾起不堪的困苦记忆，都会是一次心灵的磨炼。可以没有经历，但不可以忘却。耐心地、静静地倾听往事的诉说，能丰富生命的记忆，也让我们更懂得珍惜、奋发。

2020 年 2 月 16 日

于前海前沿

那年那月中师生

程江在渡江津下方汇入滔滔梅江。从渡江津逆流而上，沿着梅州城区往广州的 205 国道走到一个叫锭子桥的地方，穿过夹在田垄间的小路，便是被稻田和水圳包围着的幽静校园。

这是我的母校——梅州师范学校，一段芳华岁月永远定格的地方。

有一个话题在长达 40 年间会不经意重提：为什么要报考中等师范？话题应从 1980 年的春夏之间说起。那时已恢复高考 3 年，各地均高度重视教育。同时，却发现乡村小学师资极为匮乏。决策层决定从初三毕业生中招收中等师范学生，毕业后到城乡小学任教，以解燃眉之急。据说，广东省是从这年中考实施此政策的。

清楚地记得，那个中考后的暑假在坳背村山野间玩得正欢的少年，接到了乡邮员送来的被梅县师范学校（后改为"梅州师范学校"）录取的通知书，那股兴奋、那种憧憬是何等美妙，仿佛就在那一刻成熟起来。后来得知，同在大埔县的同届同学有 43 人成为同样幸运的人，梅州市从梅县、大埔、丰顺、平远、蕉岭等县的初中生中招录了 200 多名中等师范学生。

当时，梅州师范上一届招录的是参加高考的高中毕业生，填报志愿自然没法限制，而我们这一届是首次从初三毕业生中招生，且预计竞争激烈。所以在填报志愿前要求考生必须填第一志愿，中师生必须在中考优秀生中录取。因此，当年仅十五六岁的少男少女，无一例外地是凭着中考填报的梅州师范第一志愿而进入校园的。在 1980 年 9 月 1 日开学后，那一颗颗非常单纯的心，在大会小会里接受着老师们灌输的"安教乐教"专业思想。至于当初是因为想尽快跳出农门"脱谷壳"，从农村人口转为公办教师"非农"人口；还是想着读师范包伙食费，且可尽早出来工作减轻家庭负担，实现"割早禾"；或者就是想当老师等，从进入学校后就已不重要了。

我们的老师当然称得上是人师之师。数理化的课堂里，老师们想方设法在枯燥的逻辑推演中把课上得深入浅出，让人回味不已；生物、文选、政治、英语等课程，虽然没有高考压力因素，但老师们从来没有敷衍任何一堂课。教育学、心理学和美术、音乐、体育等课程，因为涉及"一专多能"的未来职业方向，老师们授课时表达出的点拨功力自是不菲。上了语文基础课后，讲客家话、潮州话的同学普通话水平就开始不"普通"了。粉笔、毛笔、钢笔的"三字"练习，事关从教的基础技能，老师没少下功夫督查。学业并不轻松，同学也不敢偷懒，相反，对要掌握的"金刚钻"或认准的发展方向，下的钻研功夫更为认真、刻苦。事后我们得知，当时站在我们讲台上的大部分是毕业于北京师范大学、中山大学、华南师范大学的老师，其中有 3 位还是副校长。我们的数学老师就是副校长，他只带一根粉笔上课，讲代数的时候要画一个圆，只见他手持粉笔在黑板上迅速移动，一个大大的圆就呈现在黑板上，精准度不禁令人称奇。他说，当老师的功夫在课外，练习徒手画圆可节省时间用于讲课。心理学老师上课更是早已摸透了学生求知若渴的心理，调动着课堂气氛……

学校对早晚自习时间的安排是雷打不动的。音乐课刚传授曲谱知识，就要求同学们利用早自习的时间走上讲台轮流教同学唱歌。这样的要求，对我们这些青涩而腼腆的小哥真有赶鸭子上架的感觉。记得那是一个周日的午后，我翻看着不知从哪儿借来的《中国青年》杂志，发现其封三页有一首名为《北国之春》的歌，便夸张地打着拍子，生硬地在嘴里嘀咕着歌曲旋律，觉得挺好听。于是，一遍、两遍、三遍地练，竟然可以轻轻地哼唱了。禁不住拍了下大腿，我终于有歌可教唱了。于是找来未经裁剪的大开白纸，用红毛笔写曲谱，用黑墨水填歌词，登台完成了人生首次教人唱歌的经历，内心不禁一阵欢喜。经此历练，在人前的羞怯感似乎消退了许多。

面对一群凭优异成绩考入的学生，我觉得，梅州师范的老师最大的特点还是生怕自己的学生不够优秀。明明知道自己的学生以后的职业方向就是小学老师，但教数学的老师还是要对那么几位数学爱好者"开小灶"，鼓励其成为数学家。其他课的老师，也希望自己的学生能成为文学、美术、音乐等方面出类拔萃的人。在全面发展的总要求下，纷纷要求学生拥有突出的一技之长，无一例外地都要掌握多种技能。

音乐老师颇有艺术家风度，充满激情。他不但让学生教唱歌曲，还要求学生每人

一滴敢报江海信

务必掌握一种乐器。这对经济拮据的学生，或从小生活在贫困山区缺乏艺术熏陶的学生来说，无疑颇具挑战。一时间，宿舍内外、校园周边，经常响起二胡、笛子、风琴等各种乐器的声音。我也在梅城买了把二胡，请教老师如何运用左手虎口在千斤位置持住琴杆，如何运用手指定弦、切弦，确定音调位置，然后拉动涂了松香的琴弓摩擦琴弦，按弦与运弓相互配合，让旋律从琴筒中奏响。为了增强演奏效果，还学会揉弦、颤指，拉出点颤音、滑音的意思。那年暑假，带着二胡回到坳背村，迫不及待地想在老祖母面前露一手。拉着拉着，祖母说："这'割鸡'的声音有什么好听？"祖母这样评价，我虽有点失望，权作她不懂。但在当晚，几个年轻人在村口老井打水上来冲凉后，在那混着稻花香的夜风中，我拉起了刚学的《军港之夜》旋律，在场的一位从广州读书回来的表兄竟然跟着和唱起来，拉到起劲时指尖加了些颤音表达"海浪、海风"的声音，那美妙的学有所得的感觉至今记忆犹新。

自己只有半桶水，怎能给学生一桶水？这是老师们常常用来强调"术业有专攻"的口头禅，也寄寓着学生今后能"传道授业解惑"为"师者"的最浅显的道理。在我看来，师范学校的老师们都希望学生桶里的水比自己多，时时处处想方设法让学生多学多练。他们也深知，这些初中上来的学生可塑性和接受能力特别强，在教与学的实践互动中，他们也更有成就感。尽可能多地培养学生的兴趣爱好，老师们可谓用心良苦。我原来是位数学爱好者，所有学科中就数语文最差，可老师看了我写的一篇稚气十足的作文后，要我多看多写，培养文学爱好。在老师的启发下，我慢慢养成阅读文学作品的兴趣。一个周末步行到程江街凭印有学号的学生证领取家里寄来的10元生活费，不经意走进了新华书店的营业点，发现了一套4本装的小说《基督山伯爵》，很快看得入迷，临近书店打烊，咬咬牙花4元钱把这套书买了下来。当时的4元，足以改善一个月的伙食，安慰辘辘饥肠。买书当然也抵御了对阅读的饥渴。

当时的中师生不用交学费，吃住全由学校负责。据说每月有十八九元的生活补助，基本上补到了伙食费之中。因此，同学们的零花钱靠家里寄，通常每月有5元至10元，有些家境困难的就不定期寄钱。这些零花钱除了购买必需的小文具外，大部分男同学用来保障靠正常供餐填不饱的肚子。早餐排队打粉、面、粥，午餐和晚餐打了菜后到指定餐桌取饭，米饭统一蒸好在铝格子里，先由厨房师傅用铝板勺划成八块，每人用铝勺取出自己那份。迟到的同学，只能吃到被铝勺左右夹攻过的最薄的那一块。老师食堂窗口常有饭菜可供不够吃的同学选择，先到先得，数量不多。学校周边也没有商店供应食物。澡堂边有校园内唯一的小卖部，生意不错，每当晚自习后，有莲藕汤、小笼包供应。交一毛钱或三两粮票可以得到半搪瓷饭盆汤水，里面有几块藕，上面漂浮些油星。寒冷的夜晚有热气腾腾的藕汤相随，美妙之至。

我们的宿舍并非新建的标准化房间，而是民国时期中西合璧的二层楼民居，据说是国民党原陆军上将刘志陆被没收的府第。走廊是水泥铺的，顶上分布着若干个采光瓦，白天日光可以从采光瓦照进这间摆了 15 张双层床的大房间。房间里住了 29 名同学，上铺的同学从用作攀爬的木坎跳到木地板上，房间一阵震响，楼板下方宿舍的同学免不了一阵惊吓。每个人都挂个蚊帐，便有了相对独立的空间。有一张上铺是空的，上面摆了几个煤油炉，课余时间有同学在其上煮点面条、米粥充饥，空气中自然常常弥漫着未燃尽的煤油烟气。晚修后 10 点前后和周末的话题交流是比较多的。初学乐器的互相观摩比试是常有的。记得一位同学与我交流课外书阅读心得，他买的书扉页正好有这么一副联句：奇文共欣赏，疑义相与析。看罢彼此不禁会心一笑。相互间借书、借钱、借煤气炉和食品，分享热水瓶里的开水等是最自然不过的事了。

最为难堪的是阴雨天或回南天，洗过的衣服无处晾晒，只能挂在上铺之间拉起的绳子上，若还滴着水，那狭窄的过道便积水潮湿。因此，同学间交叉患感冒、交叉患湿疹癣疥也是常有的事。印象中，没有任何人抱怨这里的居住条件。课室自然是通风敞亮，校园的球场与校外的田埂、程江河，为晨昏散步提供了好去处。周日，步行或借辆单车经渡江津到梅城一逛，看看城里人的市井生活，也给单纯的校园生活带来愉悦。

学习音乐，使得校园自娱自乐的生活丰富起来。那几首定时播放的歌曲《绒花》《乡恋》《我们的生活充满阳光》以及笛子独奏《丰收曲》等乐章，一直伴着勤奋而好学、单纯而充实的中师生活。不知从什么时候起，二楼宿舍端头露台上，周末时间摆放着一台不时闪着雪花点的电视机，播放日本电视连续剧《姿三四郎》，周末时常常站着或踮着脚跟远远地追剧，为那夹杂着爱情故事的剧情所表现出来的执着、拼搏、隐忍的柔道尚武精神所打动。那首跌宕起伏、感染力极强的主题曲，也在年轻的心海激起波澜。也就在此时，中国女排首次夺得世界冠军、张海迪的励志故事等，极大地激发起同学们靠双手、靠奋斗创造美好人生的激情。

花季少年，一切都是那么美好，心中偶然会漾起令人脸红耳赤的朦胧恋情，但学校明文规定不许谈情说爱，正在成长的身体也理会不了那青涩而懵懂的春潮。记得我邻床担任体育委员的同学，有一天兴致大发，跳到我床上，拍拍我的胸脯，很郑重地说，你是"鸡胸"，还没资格谈恋爱。这话当然很刺激我，"鸡胸"是客家话形容的一种胸椎骨向前凸出的畸形胸。我当场回怼他。事后也反观自己，瘦小的肩膀，了无肌肉、看得见肋骨的胸腔，真的是营养不良、尚未发育的样子。此后，我也关注自己的形体，毕业后从教的两年里，捡来4块红砖，用报纸和铁丝绑成两个"哑铃"，每天进行扩胸运动。多年后见到此兄，反诘他：我哪里是"鸡胸"？一阵欢笑。

少年心事当拏云。同学们心思波动最大的时候应该在上三年级时，此时，同届读高中的同学读到高二就毕业参加高考，初中时与自己成绩相当或还差距较大的同学纷纷被名牌大学录取，这些消息无疑对敏感的同学构成冲击。而且我们这一届，原来说可选部分同学保送上大学，后来也成了一句空话。内心会有些许无奈，但还是会理性面对现实。特别是最后一学期进入小学实习阶段，当把自己平日所学运用到课堂的实践中，为人师的职业崇高感和学有所成的获得感也油然而生。

哼着《年轻朋友来相会》的曲调走出校园，带着丝丝留恋，也带着不知会被如何安排的迷茫，回到所在县度过那个苦夏。收到一纸干部报到通知书，连同相应的户口、粮食关系之后，绝大多数同学被安排在乡镇及村里的小学任教，也有少数因当地实际需要而踏上初中讲台。我曾到一个镇的偏僻建制村（当时叫"大队"）看望一个同学，他与一个带点残疾的老师共同负责有近百名学生的一所学校，两个老师以"复式"教学的方式，轮番教语文与数学。白天非常繁忙，还要担心教室瓦片掉下砸到学生，晚上要防止蚊虫袭击，在这个简陋的校园里，他一干就是5年，直至这个学校被兼并至镇里的小学。回忆那段岁月，这位老兄挺宽慰的是走出梅州师范后的"专业思想"没有丢，每每进入教学角色，便会忽略环境和际遇。看到他一脸憔悴、疲惫，我知道他处于身心透支状态。但只要一讲到教学与学生，他读书时的那股专注与固执并存、敏锐与腼腆同在的憨态又呈现出来。他可是当年镇里的中考状元啊。

不久前见到担任县教育局局长的同学，问起当时一起从大埔县到梅州师范读书的同学的情况。他告诉我，当时的 43 人当中，约有七成仍在教师岗位，其中七八成担任了学校行政职务，除了少数女同学已退休，大多数还在教书。

　　走出梅州师范校门后，他们其实都很努力。很清楚自己全日制中专学历起点偏低，因此在工作中从高从严要求，印证自己曾经的优秀。在学历提升上也生怕落伍，参与继续教育尤为认真、用功。可能很平凡，但不平庸；可能很艰难，却从不气馁；说不上"创造奇迹"，但肯定做到了"城市乡村处处增光辉"。那是无怨无悔的选择，那是舍我其谁的责任。两个 20 年过去，他们依然是"挺胸膛、笑扬眉"，要证明自己是 80 年代最为优秀的"新一辈"。

　　到了 20 世纪 90 年代末，教育体制变化，不再招中师生。但是，在漫长的时光里，这样的一群人，被时代所选择，以他们坚韧的努力，填补了基层教育事业的空缺，做出了特殊的贡献。现在都已年过五旬，临近退休，但依然在岗位上发挥着不可忽略的光和热。

　　此刻，我突然想到一句话，献给 80 年代中师生：因为优秀，所以担当。

2020 年 5 月 7 日

于前海前沿

没有你哪有我

当心律、血压再次显示为一条直线，生命复苏科技再也无能为力，医生满脸无奈地摇头，在 ICU 里，我知道，抚养我长大、与我相依相伴 40 多年的姑父，已驾鹤西去，从此阴阳相隔。时间定格在 2014 年 1 月 14 日 20 时 40 分。轻轻地呼唤，姑父却紧闭着双眼，再也不会给我们泛出慈祥的光芒，永远定型的嘴角依然宁静安详，只是再也不像往常发出和蔼的叮嘱。

我的姑父，精神风范长存的父亲。

姑父 80 年的人生轨迹，相当一部分是从他对往事的回忆，从他的同事朋友口中获知，而对许许多多的生活细节，我们兄弟的感受却是真真切切的。

姑父黄育杭，出生在大埔县城湖寮镇东边附近一个叫坳背的贫困山村。姑父幼年失去了亲生母亲。作为尚有 5 个弟弟的家中长子，他小学毕业后辍学，主动参与农耕，想方设法帮助父母维持大家庭生计。在 20 世纪 50 年代，他应征入伍。在高炮部队，他参加了抗美援越等 18 场战斗，成为国家忠实的战士。他经历枪林弹雨和炮火的洗礼，成长为中国人民解放军基层指挥作战员。60 年代末 70 年代初，他作为军队干部被国防科工委选调支持国家重点项目建设，驻守在四川绵阳，后来又调到湖南衡阳部队。在参加对越自卫反击战之后，1979 年姑父结束了 26 年军旅生涯转业回到了家乡工作，先后在大埔三河公社、县公安局、县民政局、县工商局担任领导。他常说，他是放牛娃出身，是党和人民抚育他成长，无论如何都要心怀感恩，报效祖国和人民。因此，他不管是在什么岗位，都表现出强烈的事业心和责任感，用心尽责，勤勉务实。他为人公道正派、廉洁奉公，体现了领导干部的高尚情操，给人留下非常好的口碑，也给我们兄弟树立了良好的精神风范。

我的姑父，品德永在的父亲。

从物质条件极为贫乏的年代走过来，姑父对贫穷是深有体会的。到了改革开放后物质日渐丰富的年代，姑父一直保持艰苦朴素的生活习惯，能省则省，减少对社会和他人的负担。姑父有句口头禅："求人不如求己。"他在简朴的生活中尽最大可能解决问题，尽最大可能不给别人添麻烦。表现在严以律己上，简直可以用"眼睛里容不得沙子"来形容。姑父在位时，对有些登门造访者留在客厅的烟酒、土产等礼物，他会一改平常待人接物的温和态度，不留情面地拒绝，有时拒绝不了，出现粗声大气地拒绝的情形。甚至有时让我们协助找到当事人住处奉还。姑父有严厉的一面，也有极为宽厚的一面。据姑父生前同事说，他是一位体恤下属，能满怀善意替别人着想而又乐于帮助同事成长进步的好领导。他做公益事业也是很大方的。狭窄坑洼的村道要拓宽和硬底化，他从微薄的退休金中捐出 1 万元，并积极发动子侄捐资支持村道建设。对有困难的乡亲和贫困山区失学儿童，他都慷慨捐助，关怀备至。

姑父保持着在部队形成的"革命乐观主义"人生态度，不怕困难、自信开朗。十年前动了一次大手术，更增添了他注重锻炼、养身健体的动力。但这次，病得太重了。2012 年 10 月，中山大学常务副校长汪建平教授等著名肿瘤专家专门前来为他做了大手术后，他一直保持着乐观的心态。我们对着还不知道真实病情的他强颜欢笑，却一次次被他的豁达所感动。他实在太坚强了，大手术后的 15 个月里，他忍着病痛，没有呻吟；他与病魔抗争着，从不放弃。他说，比起牺牲的战友，自己幸福多了。他是多么热爱那有限的生命，他是多么热爱妻贤子孝的美好人生，他是多么热爱欣欣向荣的祖国和这充满爱的社会。但是现在，他只能留下品德供我们永远追思。

我的姑父，恩重如山的父亲。

20 世纪 70 年代初，我的生身之父去世时我未满 7 岁，弟弟才 1 岁半。记得那是端午节的前夕，送葬的崎岖山路上，还不知道痛苦的我竟还要好奇地采摘路边青色的酸果玩耍。面对两个孤苦伶仃的侄子和近古稀之年的岳母，当时远在四川绵阳工作的姑父二话不说主动承诺挑起养育重担。姑父与姑姑组织了一个由两个儿子、两个侄子和老岳母构成的 7 口之家。

清楚记得姑父从四川回来接我们的情形。1972 年农历中元节后，全家告别坳背村，前一天住在大埔县城的东风旅馆，第二天在大埔汽车站乘坐汽车前往福建龙岩。当时不取道广州，是担心祖母年事已高承受不了赴穗的长途奔波。到了龙岩住下来后，姑父还带着我去火车站托运大大小小的木制家具和行李。一家人从龙岩出发，乘坐多日火车抵达上海后寄宿在上海的姑父亲戚家中约半个月。在这里，还要经过一番折腾，接收与转运家具、行李，然后坐火车从上海赴四川成都。快到成都终点站时，列车上乘客已很少，这特殊的家庭受到列车乘务员的关注，三个幼小的弟弟仅 2 至 3 岁，年纪非常接近，列车乘务员一开始是好奇地询问，当他们得知眼前的年轻军官带着这个特殊家庭从广东到四川生活的壮举时，无不由衷地对姑父表示赞叹、佩服。到达成都后，姑父负责接运粗重的家具、行李，我尚可以帮着提拿小件行李，3 个弟弟只能由祖母和姑姑手牵、背驮了。全家人挤上装满家具行李的解放牌敞篷货车，终于来到绵阳江油县（今江油市）与梓潼县接壤的小镇驻地。从大埔到江油，行程历时 1 个多月。

随军生活异常艰苦，到了江油后姑姑依然从事教师工作，姑父与姑姑两个人微薄的工资收入支撑 7 口之家生活，确实不容易。不管是在四川绵阳江油还是在湖南衡阳、耒阳部队军属大院里，我从小喜欢跟着姑父做家务。小些的时候，开始尝试洗自己的衣服，大些的时候，用一大一小的水桶挑水浇菜，在菜地旁挖土坑沤植物肥。再后来，帮着劈柴和做蜂窝煤。姑父也鼓励我力所能及地参与家务，让我感受劳动的滋味。生火做饭时，看我不知怎么点着柴或煤，便用客家谚语"人爱灵通，火爱窿空"告诉我，炉火要通风才烧得旺。在成长的岁月里，姑父的关怀总是无微不至。我们工作取得成绩时，他会给予热情鼓励；遇到困难时，他不遗余力地支持。他就这样一路走来，搀扶着我们兄弟走过平川、跨过坎坷，成长、成熟、进步。可以说，仅有小学学历的姑父，在务农、在部队、在地方工作的实践中，从来没有停止学习与修炼，他的教导朴素而中肯。他常说，开动脑筋才能解决难题，千斤担众人挑，"兄弟同心，其利断金"，统筹协调效率高，诚实守信是做人根本，艰苦奋斗是好传统，做人要有骨气不可有傲气……这些平实的话语在他不经意的表达中，谆谆教诲着我们。他使我懂得，作为一个男人，应该拥有敢于担当的执着、不畏艰辛的勇气、慈爱仁义的情怀和乐于奉献的境界。姑父含辛茹苦抚养长大的 4 个男儿先后在深圳成家立业，成为对社会有用的人，这与姑父言传身教是分不开的。

台湾电影《搭错车》主题曲《酒干倘卖无》，有这么一段歌词：

多么熟悉的声音，

陪我多少年风和雨，

从来不需要想起，

永远也不会忘记。

没有天哪有地，

没有地哪有家，

没有家哪有你，

没有你哪有我。

假如你不曾养育我，

给我温暖的生活；

假如你不曾保护我，

我的命运将会是什么？

是你抚养我长大，

陪我说第一句话，

是你给我一个家，

让我与你共同拥有它。

每次听到这首歌，我都会禁不住流下眼泪。电影的情节也使我感同身受。那句"没有你哪有我"的歌词，其实是我蕴藏已久的心声。姑父一直把我们兄弟视同亲生，我们兄弟俩一直享受着浓浓的父爱。这份爱，如山之厚、如山之重、如山之大。纵有千言万语也无法表达令人形销骨立的丧父悲痛。但我清楚，姑父如山的父爱，已绵绵不绝地流淌在我们的血液里，根植在灵魂里，镶嵌在细胞的基因中，那份从未远去的父爱，我们永远怀念、永远追思、永远铭记。

2014 年 1 月 18 日写于新安

2020 年 6 月 18 日改于新安

知恩图报

连续七个夜晚，我挑灯夜战，为逝世半年多的姑父黄育杭做题为《永远的怀念》的生平录像剪影和纪念画册。想尽办法，几兄弟分工合作，找出了1994年以来有录像的十几项内容视频资料，刻录制作成光碟。从数百张照片里精挑细选了70多张时间跨度60年、有深刻含义的照片，又整理姑父生前的诗词，分章节成体系地编辑成册。

赶在姑父新坟建成之日完成这两件事，一是让敬仰姑父的亲朋通过视听和阅读进一步追思其品德业绩，二是借此表达我们对老父亲的感恩情怀。尽管我不知道姑父在天之灵是否能感受到这份孝心，但这样做，可让我难以平静的心情得到抚慰。

在20世纪那异常贫困的年代，姑父用微薄的军人工资和姑姑一起供养岳母和两个孤苦无依的年幼外甥，这需要多么宽广的胸怀和担当啊！姑父把我们兄弟俩视同己出，抚养长大，这养育之恩，恩重如山。姑父所成就的这段佳话绝对是难能可贵的。而对他拉扯大的四兄弟来说，这是刻骨铭心、至高无上的爱。

2012年10月，发现姑父患病，我们兄弟忍着焦虑，四处奔忙，求医问药，可以说是竭尽全力。姑父很坚强，从未呻吟，也没有流露疼痛的表情，但还是没有熬过病魔的折磨，在抗争了15个月后羽化成仙了，留给我们永远的怀念。我们还能为姑父做些什么呢？姑父永远逝去的是身体，而永恒存在的是精神。我们只能在姑父的新坟前祭拜，看那袅袅香烟随风而起，如绵绵不绝的思念，只能暗下决心传承和发扬姑父遗留给我们的精神财富。

回忆姑父生前的点滴，内心不禁生出一种遗憾的感觉。姑父没有临终遗言，即使在他渐感体力不支之际，一如他平时的风格，不会提出任何个人需求。而我们实在也不忍心问，生怕带着离别意味的话语会触动抗争疾病而疲惫的心。同时，也不免心生内疚。一直想着多陪伴，可往往是在加完班匆匆赶回的夜晚，或是被事务挤压的周末才来到他身旁。姑父很理解，从来就是一句话：好男儿要以事业为重。而我，的确还有着许许多多的缺失和疏漏。

每当我力所能及地为姑父做些事情、表达心意时，他每每用"滴水之恩，涌泉相报"做评，并于 2002 年 7 月 26 日写下"昔日养育如水滴，今朝涌泉报恩怀"的诗句。他把 40 多年来全身心付出的博大父爱，形容成"水滴"。我想，他付出那份父爱时，绝对没有想到有朝一日要得到回报。而我的些微的报答，又何曾有"涌泉"呢？现在，姑父连让我回报恩情的机会都已收回，带到另外的世界去了……

默默翻着刚做成的纪念画册，我想到了更多。

羊有跪乳之恩，鸟有反哺之情。动物界尚且如此。古今中外，感恩是人类社会的共同特性。扪心自问，自己做到知恩图报了吗？自赤条条来到这个世界，有恩于我的人太多了，从父母到有养育之恩的姑父母，从家人、兄弟姐妹到父老乡亲，从老师、同学到新老领导、新老同事、新老朋友，时时刻刻、随时随地给我以关心支持，让我感激不尽。还有经历过的每个工作平台体现的组织厚爱，以及我们的国家、社会，乃至自然界的阳光、空气、水、土地等为我们生存、成长、发展所提供的条件和环境，都令我心存感激。我还要感谢命运，让我能健康而快乐地想着如何知恩图报。

姑父一生清朗，生活俭朴。他抚育子侄含辛茹苦，不求回报，但冀望后人都成才成器，勤勉工作，感恩并贡献于社会。他的事迹，他的目光，一直是无形的鞭策。

我也曾分析过一些常常怨天尤人的人，发现这类人有一个共同的特点，就是习惯于索取而疏于付出，总以为自己遭遇不公，心生怨气，对获得的关心关爱毫无感动。还有一类是忘恩负义的人，他们天生患了健忘症，无视其收获、成功和存在的点点滴滴都离不开他人的帮助和客观环境的扶持，俨然以为一切都是理所当然的，忘了本也就失去了做人的根基和底线。

记得一位朋友在微信评论里说过一句话：感恩是人生进步的能量。是啊，感恩，不仅仅是美德、修为，感恩就是一种如泉涌般的力量，滔滔不绝。感恩发自内心，会使人从狭隘的境地里走出来，积极、乐观而充满激情地发挥各种能量，最大努力地去报答家人、亲友、师长，报效单位、社会、祖国……

生活需要感恩的心，还需要行动的力。常怀感恩易，践行报恩难。知恩图报，关乎知行合一。

2014 年 7 月 29 日

于厦深高铁

我的老师何其严

每当谈起"严"的话题，我常常会想起初中时的老师何其严。

许多记忆早已被岁月烟雨淹没，而少年时期记住的事往往愈发真切。

那是1977年9月，我在村里小学附设的初中成为初一学生。新学期伊始，中等微胖身材、梳着三七分"文装"头、带着同学们忙前忙后整理教室及周边环境的，便是我们的班主任、语文科老师何其严。

名如其人，何其严老师讲课时表情正如他名字中那个"严"字，不苟言笑，严肃庄重。讲到兴起，偶尔会晃动头颅，但是鼻翼两侧的法令线显得冷峻，透出不容置疑的信号。他一笔一画工整地用白粉笔写在黑板上的正楷字体，也毫无疑问地表示他严谨而认真的态度。话不多，但给学生滴水不漏的感觉。

当时，教育部决定恢复中断了十年的高考制度，教育质量提升的压力也传导到了粤东偏远的黎家坪小山村。从其严老师口中得知，当时有"学好数理化，走遍天下都不怕"的口头禅，但作为语文老师，他鼓励同学们钻研"数理化"，同时强调语文是学习的核心基础。不少同学来自各自然村的教学点，水平参差不齐。因此，他精准地运用好课堂时间，还鼓舞同学们利用课余时间补习，补齐小学阶段落下的功课。他列举"凿壁偷光""头悬梁锥刺股"等名人苦读的故事教育我们，使我们领悟"吃得苦中苦，方为人上人"的道理。他谆谆教诲我们要克服贪玩、慵懒等诸多毛病，惜时如金，挤出更多时间读书。

其严老师"骂人"之严在学校里是出了名的。哪个同学如果上课走神开小差、违反纪律，被他发现，肯定要站起来被骂；哪个同学如果连作业都忘做了，交不上来，自然也要站起来说明原因并挨骂。他骂学生，直奔主题，并会从被骂的现象中引申出学习态度不严肃等更多深层次问题。他还会提示，今天把你骂得脸发红、发黑、发白，

一滴敢报江海信

是为了避免日后因为不认真读书而丢脸。批评人时，他洪亮的嗓门儿特别大，中气十足，骂声响彻校园，我甚至感到教室梁桁上的瓦片间掉下一些灰尘来。那种"恨铁不成钢"的批评声发自内心，以致他全身抖动，蓬松头发直往上颤抖。对一些因时间观念不强而迟到的学生，他一开始会骂，后来再发生这种情况，便是罚站了。该背的课文背不出，写的作业字迹不工整，留堂罚抄写是家常便饭。老师严格执罚、严厉要求的种种表情，调皮些的同学多年后还会模仿，一阵嘻哈后，那种对老师"又爱又恨"的心情毕现。

与课堂上的严厉相反，课后把学生叫到与教室隔一个走廊的办公室兼居室交谈，老师的表情和语气却是温和的。修改作业发现大的错误，他会叫学生到办公室当面指出，并指明努力方向。有学生因家庭情况想退学，他会叫学生到办公室，不厌其烦地做思想工作，使其放弃辍学念头。与上课时精气神十足的风格不同，偶然从老师办公室门前走过，看到老师斜靠在藤椅上，满脸疲态。听说，老师有严重的哮喘病和高血压。

若干年后，同学们在结束了学生生涯步入社会，有了实践经验，也在为人师表或为人父母之际，蓦然回首，发现其严老师当年为师之严，一直在影响着我们的言语与行为、学思与践悟。试图寻找老师共话师生之情，得知老师退休后仍被其故乡莒村的养正学校返聘，其后又参与编辑乡情刊物《培声》，为海外华侨传递乡讯乡音。后来，还加入关心下一代青少年委员会，参加教师"传帮带"活动，帮助青年教师成长。他一直如蜡烛放射出缕缕光和热。在退休后的第九年，因心力衰竭去世。

其严老师的相关生平，我是从其儿子何跃贤口中得知的。何跃贤大学毕业后，"子承父业"成为一名中学数学老师。他告诉我，出生于20世纪30年代的其严老师，因兄长考取华南师范大学，家庭无法承担其继续读书的费用，于1950年初中肄业后参加工作，成为一名小学老师。在儿子眼中，父亲异常威严。他说："小时候，我四姐弟与邻居发生矛盾时，父亲是先呵斥我们，总是说我们不对，让对方先顺顺气，事后再讲道理。即使是对方明显无理，父亲也要求我们让让对方。"在许多村里人看来，他的父亲中庸而又迂腐，家里吃饭，永远必须是全家人到齐后才能动筷子；听到邻居打骂孩子，父亲总会说"上家打子，下家听乖"，让子女从中汲取教训。那时物质极为贫乏，一个月吃不上一次猪肉，父亲总是把瘦肉分给儿女，自己只留一点肥肉，以身作则让子女们从小懂得礼让。家里老式客家民居厅堂里，张挂着的"循理""处善""传家孝友天伦乐，处世谦和地步宽"等联句，便是老父亲传承给儿孙们不变的"金句"。

纯粹的执教生涯，口碑可能只留在学生中，但其严老师被抽调参加过两次农村专项工作，至今仍有人在追忆。百侯镇上下段村老杨曾找到何跃贤表达其家人对其严老师的追思。其严老师曾被组织派往山势陡峭、路途险峻的上下段村参加农村工作，自带口粮与菜干到农家搭伙就餐，同吃、同住、同劳动。他发现村里一杨姓农户一家12口挤住在2间即将倒塌的茅草房，便积极张罗帮其申请建房手续，组织村民邻里用以工换工、不花钱的方式为杨家建起了房屋。这家人后来生活逐渐改善，但念念不忘当年"严同志"的扶助，得知其严老师已故，便找到其儿子表达感恩之情。

有道是"严师出高徒""严父出孝子"。其严老师的"严"，是其性情体现，也见其良苦用心。他的"严"成了岁月中的精神记忆，久久滋养着我们的成长。

"严"，用于表达处世态度、事态程度和事物密度等，是最为平常的形容词。一个社会有无严明的法规，一个组织有无严格的纪律，一个企业有无严密的经营方略，一个家庭有无严谨的生活秩序，一个人有无严肃的自我约束等等，都可以用严与宽来形容。严，其实应该成为日常工作与生活中最为常规的把控尺度。

在我的人生历练中，我真实感到，曾经有这么一位以严为名的老师是非常幸运的。怀念恩师，常常使我觉得，要敬畏、恪守法规纪律的严，才能防微杜渐、抵制诱惑、守住底线，约束各种膨胀的欲望。有严师的要求固然重要，同时我认为，生活中，自己对自己严才是真正的严。严以修身，才能在不断的省悟中教育、完善自己。严以律己，才能戒除不良品性，把握人生方向，在刻苦自励中，立于不败之地。

诚如我们学习汽车驾驶，在经过严格的训练后，马上觉得前路宽敞起来。在严与宽的思辨中，自律而自新，励志而图强，形成心境澄明、矫健致远的素养。

以严为师，终身受用。

2020 年 9 月 28 日

于观澜河畔

岁月中有痛

那一天，终于解决了拇指上的一个问题。

农历丙申春季，周末的清晨，在阳台疏导堵塞的洗衣机排水口时，手指被利物刺伤。只见拇指右侧前端靠指甲约半厘米处鲜血直往外涌，疼痛难受。我突然想起，多年前阳台上曾有一玻璃瓶摔碎，较大的碎片扫掉后，剩下不起眼的碎屑扫进了出水口，手指肯定是被那些玻璃碎屑刺伤了。对创口进行碘伏消毒并包扎后，伤口很快结痂，几天后就愈合了，但还须小心翼翼、不能用劲。因为稍微用点力，拇指被刺伤处便会隐隐作痛。这是一种被针尖轻轻刺了一下的感觉。我常常端详右拇指，没有看到刺痛处有任何异样，甚至连指纹都没有因伤而改变。后来闲聊间咨询略有医学知识的人，有人建议去拍个片子查看一下，或者动个小小手术排查一下。我却迟迟没有行动，就这样一直拖着，也一直忍着。

总是有痛感，我进一步判断这拇指里肯定有残留物。真应该安排时间早点切开个小口检查一下。我知道，大凡有异物，肌体会产生排异形成包膜。渐渐地，拇指受伤处周边形成了老茧状的硬皮。那天，我用指甲钳拨弄着拇指新增的茧皮，发现剪开处冒出一滴血状液体，赶紧用手指挤压，见一透明条状物，便用左手指轻轻将其捏出来。原来是它！这是一块长约半厘米的玻璃碎屑。至此，困扰了我长达 3 年的小痛楚终于解除，心中快意油然而生。

"肉中刺"拔除后，曾与老朋友阿凡分享交流。善于联想的这位老兄给我讲起了他的一件小事。20 世纪 80 年代初，他在湖南老家读中学时，同学风闻教物理的美女老师元旦后要结婚，不知哪位青春躁动的同学弄了一个恶作剧，以他的名义并模仿他的笔迹在一课桌板上写下一段表达对女老师爱恋与不舍的暧昧话，女老师获知后痛哭。班主任介入调查，认定是他写的，这让他无地自容。虽然此事没有公开处理，但是，阿凡的学生鉴定还是有了"思想欠健康"一句评语。他无从申辩，内心埋下了一股怨气。时过境迁，每当想起被冤枉之事，他的内心还是会隐隐作痛。他曾想过找那位老师，告诉她那不是他所为，但老师音信杳然。前几年，他证实了当年恶作剧的制造者就是曾经很要好的一位同学，也在深圳见到了当年的老师，相逢一笑，长达30年的误会释然。

人心都是肉长的。其实，在生活里，在成长的岁月里，在人际交往中，我们的心灵往往并没有坚强的护卫，不经意间就会受伤。小小的刺痛也许事出偶然，也许来自误会，但隐之于心、伤之于情，并不那么容易抚平。消除精神上的痛需要机缘，也在于修炼。

还有一种情形，也是容易成为"心中刺"的，是语言伤害。正所谓"良言一句三冬暖，恶语伤人六月寒"。我曾写过一篇关于"中国葡萄酒之父"张裕的小文章，其中有一个细节：张裕少年时因家贫辍学为姐夫家放牛，不留神牛把邻居田里禾苗吃光了，姐夫打他并骂道："死人尚能守住四块棺材板，你一头牛都守不住，连死人都不如！"张裕赌气顶了几句："火要烧着，人要奚落，将来我发财，看你怎么办！"姐夫更气："咸鱼会翻身？如果你发财，我灯笼倒吊过来挂！"但刻薄的诅咒，没有把张裕骂倒，反而激起了他奋发图强的志气。后来张裕远渡重洋创业，取得巨大成功，成为著名实业家和侨领。对于曾经的语言伤害，他选择了原谅并感恩当年姐夫给的语言刺激。

我很清楚，拇指里的玻璃屑久久未得到处理是自己拖延造成的。正因为是隐隐的刺痛，才能忍耐并久拖不决。其实，精神上也是如此。有的人受伤后犹如久雨不晴，不见阳光，似乎变得没有自我疗救的紧迫感和勇气。都有过被他人言语刺痛的经历，应对的方式或选择怼回，或选择原谅和遗忘，难辨对错。我想，张裕被辱骂后，没有被激怒、被击倒，反而是迅速拔出"心中刺"，将"恶语"之痛转化为一股动力，以"拧起眉毛做赢人"的气概修炼了强大的心理力量。他属于世之强者！

肉中刺好拔，心中刺难除。岁月中总是有伤痛，不清除难免积痛成疾，造成心

一滴敢报江海信

灵的扭曲和倾斜，甚至成为心理阴影。不管是误会中生成的怨恨，还是恶语造成的伤痛，都应当在感悟中化解、在释放中消融。这样，心灵才会迈向舒畅、敞亮、超脱的坦途。

2019 年 5 月 16 日
于前海前沿

考试进入宝安县

偶然见到 20 世纪 90 年代初在宝安县工作的老同事，各自回忆当年考入县机关工作的经历，内心都会涌起温暖而美好的悸动。

深圳经济特区建立初期，长约 85 公里、高为 2.8 米的铁丝网，把深圳市分为"关内"的特区和"关外"的宝安县。随着国务院在 2010 年批准深圳经济特区版图扩至全市，影响特区"一体化"的特区检查站"二线关"渐次拆除，"关外"一词渐渐淡出人们记忆。于我而言，当初调入的是宝安县而不是特区的"深圳"，所持身份证少一个"T"字标志，要靠"边防证"或"优检证"才能进入特区。当初机缘巧合，选择进入宝安县的路径及细节，却未被岁月的风雨冲淡。

大概是在 1987 年夏天，梅州市新闻工作者协会组织到深圳、珠海采访，在大埔县委机关从事新闻报道工作不久的我获得了此次学习机会。我的任务是到大埔县印刷厂在宝安县布吉镇兴建的分厂，采写国营印刷厂走出"山门"拓展经营的新闻。行程匆匆，未对宝安县留下多少印象。

1988 年冬天，大学毕业后到新华社广东分社当记者的张开机回到老家采访，我接待和陪同。张开机谈起在深圳市下面的宝安县委办公室从事新闻秘书工作的阿拉，是在河源和平县长大的大埔高陂老乡，而且年龄与我相仿。他说，宝安县发展快、新闻多，还有令人向往的美丽海岸线。新闻秘书是当时广东省对各市县委机关新闻干部的统称，通常每个县只设一名，是县委办或宣传部的副科级配置。当时，带我入行的领导已成为县委办公室分管领导，仍兼任着新闻秘书。我的实际身份应是县委办公室的新闻干事，行政级别为股级。新闻工作考验着年轻的心，热爱且珍惜。

每年金秋时节，省委机关报《南方日报》召开的全省新闻秘书会议，是全省党委系统从事新闻工作、被美称为"编外记者"的特约通讯员特别向往的盛会。1989 年 10

一滴敢报江海信

月，我有幸第三次参加全省新闻秘书会，循着参会的房号，午休时分找到了来自宝安县的阿拉。用差异较大的客家话交谈不顺，我们迅速用普通话沟通。遇到找上门来的大埔老家同行，儒雅的阿拉热情而友好。交谈快结束时，我冒昧地问，宝安县还需要人吗？阿拉告诉我，宝安的县和镇都缺写材料的人，并答应帮我留意。

清晰地记得，1990年春节后那个春寒料峭的农历正月初九上午，老友学锋问我要不要去深圳走一走。此时，他经农委安排兴办纸袋厂，要去深圳采购生产用的纤维线。我不做思考地答应，请好假当天下午5点持学锋帮买的车票坐上了长途客车。抵深后住在寰宇酒店附近的武警红岭招待所。那几天，他忙着联系业务，我则来到宝安。经阿拉介绍，我见到了宝安县委办分管调研的副主任。急于表现的我向这位领导递上我几本厚厚的新闻作品剪报册。领导连忙打着拒绝的手势说："这些剪报只说明你写材料的过去，我不看，你自己放着。想来，必须在这里写5000字的文字材料，过了材料关才行。"

收回剪报本，也收缩了到外面闯一闯的信心。返回大埔，是在一个春雨霏霏的下午。学锋采购的物资运抵福田上步一简陋的客运站，要随同客车运回大埔。我便与学锋一道把那一箱箱沉重的纤维线扛到客车上。客车启动后，才发现外套上沾满尘土，汗湿的贴身内衣还在吸附肌体冒着的汗水。没有实质的联络成效，我还是感激学锋创造的说走就走的外出机会。回到山城，依旧是满怀感激与充满热爱地从事新闻采写，每天不忘往剪报本添加新作。

约两个月后的一天，突然接到邮政局给我的电报，原来是阿拉发的，要我"速带商调函出"。我连忙打电话联系阿拉，原来他打办公室电话没找到我，便用电报的方式通知我，要我到宝安考试：写材料。我说，干部商调函是一个很正式的拟调人事手续，有很多手续要批。似觉机会降临，忐忑地找分管领导、主要领导汇报思想，领导们都算理解支持。但表示，三年多前我离开机要保密科到新闻岗位，是县主要领导定的，现在想走肯定要主要领导同意。适逢县主要领导在市里开会，等了两天，在其回到县委大院宿舍当晚，我找到机会当面请示领导。领导抽着烟沉默了约两分钟，只说了几个字：一级级报上来。第二天我从组织部找来干部商调表，按要求填好后报到县委办公室。签名、盖章，一切顺利。接着又将商调表报县委组织部干部科。在走流程的几天，我天天跟进。终于在接到电报后第七天，拿到批准后的商调表。据说是那几年商调办得最快的一例。事后我总结，商调办得顺，除了领导关爱，还得益于两点：一是埋头苦干三年，没向组织提任何个人要求。二是及时跟进每个环节。

带着商调表来到宝安县，内心是不安的，因为对调动没有把握。当然，对当时在大埔的境况也还满意，面对未知境况，也没有太多的顾虑，坚信前行的道路会越来越宽阔。

宝安县委办主任和已见过的副主任见到我后，明确告诉我：完成一篇宝安县带项目扶贫南澳镇发展海产养殖的调研报告，必须有5000字。并安排一名调研室干部带我去南澳镇。

第二天一早，乘坐县委办到市取密件的机要车来到东门车站，很快就坐上了大巴车。因不时有乘客上下，车多路窄，车辆行进缓慢，抵达大鹏镇时，已近正午。大巴车卖票人叫我们下车后又让我们登上了一辆破败不堪的面包车，说10多分钟后就到南澳了。

刚到南澳，镇办公室郑主任便拉我们到一海鲜餐厅吃饭。陪我来的干部是郑主任熟悉的五华老乡，挺好沟通，饭后他先回宝安了。郑主任安排我在招待所住下，并交代我吃饭在镇政府食堂，还告诉我镇办公室资料员会提供所需材料。

当天下午，从镇办公室只找到了一份宝安县对南澳"带项目扶贫"的方案。除此之外，找不出想要的任何相关情况。随后，在镇农办、经发办和经济发展总公司找了一圈，依然没有一字半句关于项目的材料。在缺乏新闻的大埔县，从事新闻工作几年，我树立了"每天找到新发现"的信条和形成"雁过留声"工作方法，即每到一处，都要有新发现、有新收获。这习惯在南澳也挺管用，一个下午的沟通采访后，虽未获得关键素材，但弄清了全镇经济社会情况和农业、渔业、贫困村庄人口分布等情况。

在此之前，我从未写过调研报告，见诸报端的工作成果大部分是"火柴盒""豆腐块"大小的消息，偶发新闻通讯，长的也就一两千字。平时采访中，调研报告倒是接触过一些，对格式章法只有大体的了解。对于宝安县委办给的调研课题，当时感觉是调研时机尚未成熟，因为这一举措才进行半年多，缺乏可供总结的经验素材。我也明白，交不出材料，那份商调表就会作废。

一滴敢报江海信

经软磨硬泡，农办的人答应带我去有项目的村里走一走。连续两天，坐着农办的本田125摩托车，穿行在东涌、西涌、东山、水头沙等村落，向村干部、养殖户了解养殖项目情况。海边布满小螺壳的石头缝间，第一次看到长得像刺猬的海胆，听说刚放苗不久，就收到来自日本的订单。与鲍鱼养殖场的静默形成反差的是网箱养鱼场。浮在海面上的网箱呈方块排列，见有人前来，从看护棚蹿出来的狗凶狠地吠着，网箱里的石斑鱼、鲈鱼、黄鳍鲷、金鲳鱼等各种鱼被惊扰，上下来回生猛游动起来。从养殖的品种、数量，到经济成本的核算，还有市场前景的预测等等，我快速地记录着，也顺势引导养殖户就这前所未有的扶贫创举谈感受和体会，也请村干部们大胆提意见建议。

南澳位于深圳东部大鹏半岛最南端，这里三面环海，海水湛蓝。晚饭后沿南澳街外渔港海岸线散步，听着阵阵海涛，近有渔船灯火与海面波光交辉。约两海里外香港平洲岛如泊驻的舰艇。远处还有远洋巨轮慢慢驶出视线，消失在海天空蒙边际。旅居此处，美景当前，心怀惬意，但搜索枯肠为文的焦虑时隐时现。适逢县里换届，镇里人心浮动，多次约镇领导交谈未果，于第四天回到了宝安县城。

在宝安县城一区的县委西园招待所租了三人房的一个床位住下来。当时肯定是为了省钱才不单租一间房，未料里面住着两位从广西到这边跑运输的常住客。我向他们道明，我要用写字台写点东西，他们都友好地表示支持。我很快进入拟写调研材料提纲、谋篇布局的状态。至于他们俩抽着水烟聊天、听收音机发出的些小声响，我已全然不顾。也以不饿为由婉拒了他们在房间用电饭煲做的饭和菜。就这样，一篇反映宝安县在南澳镇开展带项目扶贫的基本情况、做法经验、主要成效和问题建议的材料，在300字一页的格子稿纸上慢慢形成。饿了，便走路到五区大排档吃点炒河粉，还买回了烤面包之类的包点以充饥。

新闻工作是讲时效的，以往写新闻稿，我形成了拟好标题和导语后，不打草稿的习惯，写错了就揉稿纸重写。而这次，我不仅在稿纸上写初稿，还在上面反复理顺篇章和语法，连细小的标点符号都不放过。经两天的埋头苦干，18页5200余字的材料终于大功告成。第二天适逢星期一，我一早便去交稿，分管副主任接过稿件翻了几翻便说，你可以先回去了。

我并没有急着回去，而是坐中巴来到银湖，在上一年西南政法学院（今西南政法大学）毕业后分配到市劳教所工作的弟弟的宿舍休息了两天。第三天，我按捺不住打电话给阿拉，阿拉问了情况后告诉我，那份调研材料已被删改成 2000 多字，以县委办的《情况反映》下发了。我带着一份尚余油墨芳香的"答卷"，也带着阿拉"调动应该没太大问题"的判断，回到了熟悉的山城。

转眼到了五月初夏，静等一个多月没消息，我随县委办送人到深圳的"顺风车"又来到宝安县。阿拉告诉我，县里正在进行换届，领导都没心思，耐心等等吧。回到大埔，县委办分管领导转达了主要领导的意见，调不了就别走了，留下来当文化局或广电局副局长，还说，其中一个局长年纪很大了。我说，既然商调了我还是再等等消息。几天后，县委统战部台办的负责人找我，告诉我中央人民广播电台在梅州市各县区招调客家话节目文字记者，要符合大专毕业、30 岁以下、有 2 年以上新闻工作经历、未婚四个条件，问我想不想去。当晚，住在同排宿舍、省直单位到县里挂职的两位领导获悉，极力鼓励我积极参与。对我来说，这当然是梦寐以求的机遇。第二天，迅速按要求报送了相关材料。

流火七月，学锋问我要不要随车去深圳。习惯于"跟进"事务的我，二话没说便与他再次踏上"谋职"之路。这次遇到了贵人，拿到了调档函，意味着工作调动迈进了关键一步。贵人还叮嘱，干部档案不能自带。我把调档函交给了组织部干部科。

人事工作有其特有的规律和程序，我明白。继续着忙碌、充实而时时带点成就感的新闻采写，还协助领导推进了县新闻工作者协会的组建等工作，担任协会秘书长，第一次在名片上印上了带"长"的职务。9 月初接到经"挂号信"寄至的调令，要求办齐行政、组织、户口关系手续和粮油关系手续后，到宝安县委办公室报到。人生新赛道，由此铺就。

到宝安县报到是在 9 月 5 日，我的工作安排在县委办调研室。约两周后，大埔台办来电说，中央人民广播电台派人到大埔县委看我的干部档案，知道我调到宝安县工作后，问我还愿不愿意到那边工作，如果愿意，他们可以到宝安县来调档。学锋、阿拉建议"既来之则安之"。我内心也珍惜靠文字考试获得的工作机会，也觉得以自己中师生为起点的函授大专学历和基层实践，更适合在基层工作。

1992 年，宝安县撤县建区，分为宝安区、龙岗区，我留在宝安区委办公室从事新闻工作。在区委办统筹下组建新闻信息科，成了专职新闻采写、通联的"新闻官"。连续三年被《南方日报》评为全省"十佳"新闻秘书。1996 年 3 月，由报社的通讯员变成宝安日报社首任总编辑，转而成为新闻单位的文字工作者。

　　《历史的跨越》是我 1997 年经海天出版社（今深圳出版社）出版的新闻作品集，书中收集了宝安建区以来，我在三年多时间采写的有代表性的 123 篇新闻作品。时任南方日报社社长的范以锦恩师在序言中勉励我在新闻事业上不断跨越。

　　从靠考试进入宝安县，我在宝安接受了许多场工作和人生的考试。每一次考试，我都会告诫自己，不能辜负考试得来的事业平台和这片催人奋进的热土。感恩也仿佛形成一股不断超越自我的力量。

2022 年 11 月 11 日

于观澜河畔

第七章

我思我在

迷茫之后的顿悟，存疑中的认知觉醒，使感知、体察事物的好奇的心获得新发现。如何把控情绪泥泞、掌握快慢平衡、踩准节奏规律，离不开用心思辨。用谦卑点亮心灯，用感恩激励自我，复盘人生经历总会获益良多。长寿老人的养怡之道，想赢不怕输的胜负之道，保持洁净的断舍之道，离不开日常生活的哲思。

百忍成金

梅潭河，自东向西而流。河畔，百侯镇披着中国历史文化名镇的盛装，焕发着其独特的人文魅力。

深秋时节，带着对传统文化的探寻，徜徉在百侯巷巷都一样的三十六巷，感受其不一样的建筑人文风采。这里120多座保存完好的明清古民居，多为"学而优则仕"的家院宅第，因而，"挑夫"出身的杨协强所建"百忍楼"及其子孙所建"继志堂"显得十分独特。

生于清朝康熙年间的杨协强，自幼孤苦无依，借住在祖祠一角，靠挑担为生。某年除夕日，宗亲梓叔到祖祠拜祖，见其在檐边烧火做饭，烟熏火燎影响祠堂，一怒之下踢翻其炉灶。他强忍凌辱，拿起扁担弃家出走。后遇熟人收留，以挑茶油卖度日。一日他挑油到一凉亭歇脚，拾到一金质水烟斗，便在原地等失主。过了好长一段时间，见一人慌慌张张返回寻找东西，并诈称丢失铜烟斗，失主是生怕拾获者见金生贪、不还失物。杨协强几经询问细节，经确认后奉还金烟斗。失主是一富商，惊喜之际见其忠厚老实，遂资助其经营代理茶油收购。杨协强从此走上经商之道，积累资本，后又开烟厂，生意兴隆，发达后建起百忍楼，以楼名寄托"百忍全家福，家和万事兴"寓意。

百忍楼传下来的故事令人深思。"挑夫"杨协强在受辱之际，没有把扁担变成武器扫向那条踢掉其年夜饭的冲动大腿，此为一忍。明知捡到金烟斗可获"意外"之财，却忍住贪念，完璧归赵，此为二忍。在此后的茶油、烟草营销生涯中，他不知经历了多少强忍隐忍之事，并从忍耐中获得人生真谛，在300年时间里衍生出一个数千人的旺族。

孔子在2000多年前，就有"百行之本，忍之为上""小不忍则乱大谋"等流行至今的论断。元朝著名学者吴亮、许名奎梳理浩繁的典故，结合精练评析而编写的《忍经》，是一部寓意深刻、济世劝好的修身佳作。

忍，作为动词表述的是忍耐、忍受之意，但可延伸出抑制、把控等许多内涵。在我粗浅的人生认知中，觉得"忍"起码包含五方面的维度。

情绪之忍。当遭受无理蛮横的怒骂苛责之时，怒不可遏是常态。但也就在此时，燃烧的怒火可能引发极端冲动行为以致后果不堪设想。因此，情绪的把控显得异常重要，冷静地压制、化解怒气、怨气，理性地处理问题，自然就可能化干戈为玉帛。

欲念之忍。传说古人把贪财者称为饕，贪吃者称为餮，尧舜把饕餮作为四凶之一除去，说明远古时期人们对不良品性的扬弃。人有七情六欲无可厚非，但当有些欲望和喜好发展为一种不良嗜好之时，如刹不了车，任其泛滥，就有可能产生遗恨终生的后果。如嗜酒、好赌等，忍不住就是祸害。

处世之忍。人与人的相处最难的莫过于隐忍包容。缺点、缺失、缺憾人皆有之，就看彼此相处，能否以和为贵：少些责备多些劝导、少些粗暴多些温柔、少些索取多些付出。或者保持一颗平常心：不怨天尤人、不傲慢自恃、不自命不凡。当一个人能够多一些换位思考、自我省察、宽容忍让、谦逊待人，就会减少许许多多不必要的摩擦和矛盾，进而与人互济互补、友好协调、和衷共济，达到"致中和"的境界。

意志之忍。顺风顺水之时，自是豪情万丈。身处逆境便考验人的坚忍和定力。困难重重之际，有无迎难而上的信心和勇气？艰难险阻面前，能否克服惰性，锲而不舍，百折不挠？山崩于前虎啸于后，能否咬紧牙关，以气吞山河之势挺过去？挺得住就是坚忍，熬过难关非懦夫，跨过坎坷成强者。

心态之忍。人们常说，心态决定命运。胸怀气度是宽宏大量还是狭隘偏执，个性特征是宁静务实还是急躁虚浮，思想境界是豁达自守还是骄奢淫逸，这些都表现出一个人是否能有效把控心态。心态调整不好，就容易偏激、膨胀、懈怠，甚至恣意放纵、为非作歹。心态之忍，事关自省、自励、自律；谨戒从事，维系着人生幸福的方向和目标。

当然，在个人的修炼中，推崇倡导"忍"，绝不是没有做人底线、没有做事原则、没有道德操守的忍气吞声。

一滴敢报江海信

忍，心字头上一把刀，让人谦恭敬畏。修身立德要忍，平安生存要忍，经济营谋要忍，突破困境要忍，成就大业要忍。往往，不得不忍。

忍者，定有大智，必有大勇，更有大福。

2013 年 10 月 26 日

于前海前沿

凌波仙子

乡下农村，年味十足。

甲午马年正月初一夜，曾在大埔县湖寮岭背岗上一起教书的同事好友来做客。一围台一共坐了 16 人，上了 20 多个菜，素多荤少，大部分是刚从旁边菜园摘来的青菜，莜麦菜、菠菜、桂菜、芹菜、大蒜、苞菜、油菜、菜花，还有调味的香菜、葱等，青菜特受欢迎，不少还双份甚至三份上。举箸相庆，意气风发。席间，石兄点评了我于元旦前写的一篇小文章《我不知道》里面的一句关于养生的话：试想，整天迷恋"声色犬马"、沉湎"酒池肉林"，内心充满怨怒嫉恨、意乱情迷，本性受到蒙蔽，生命充满硬伤，能长久吗？石兄说，很久没听说"酒池肉林"这个词，在注重修心养性的当下，此词刺眼但令人憬然有悟。

生活的思维方式和行为方式已悄然发生变化，崇尚健康、简单、朴实或已成为主流。不再像以往疲于奔命迎来送往，不再连轴转跑饭局做"酒池肉林"式的山吃海饮，不再有那么多繁文缛节的拘囿。过年了，让心灵放松，让心态平和，让心情平静，聆听除旧岁的爆竹声、品味春联的寓意，也闻闻那水仙漾出的阵阵清香，其乐融融。

欣赏水仙花，真是春节的一大乐事。大概是青年时期养成的习惯吧，一直以来，无论是在老家谋生还是后来出门在外，过年都要供养水仙。今年清养的五盆水仙，长势尤为喜人。

水仙花属石蒜科，是多年生草本植物，鳞茎生得像洋葱、大蒜，元朝时称为"雅蒜"，宋代时称"天葱"，还有诸如凌波仙子、金盏、银台、俪兰、雅客、女星等美妙的名字。作为中国十大名花之一，千百年来成为年花，走遍大江南北，甚至远渡重洋，传播情谊，誉满全球。

在我看来，这水仙花的特质在于一个"清"字。

清纯的品格：水仙不需土壤，只要清水供养即可。其根如银丝，纤尘不染；其叶，碧绿葱翠，婀娜多姿。

清丽的气质：水仙有青白色的花瓣，黄色的花萼中间有形如盏状的金色花冠，可谓玉台金盏，高雅秀美。

清香的气息：水仙花开，散发着馥郁芬芳，这样的馨香，带着春天的温润，沁人心脾，撩人心魄。

水仙，开在辞旧迎新的春天里，开在人们对新春的憧憬中。水仙的花期约莫半个月，其带给人间的清香却是久远的，给人带来启发和思考。

那种无诉无求的清高，简单质朴，超凡脱俗。

那种生机盎然的清正，绿、白、黄色彩分明，简洁澄净。

那种令人沉醉的清新，淡雅幽远，充满力量。

宋代诗人黄庭坚有首诗作《王充道送水仙花五十枝》："凌波仙子生尘袜，水上轻盈步微月。是谁招此断肠魂，种作寒花寄愁绝。含香体素欲倾城，山矾是弟梅是兄。坐对真成被花恼，出门一笑大江横。"这首诗，借助水仙花之美，描述凄婉断肠、多愁善感的思绪，赏花而陡生惆怅烦恼，可能寄托了诗人当时一种特有的情愫。

今天，欣赏水仙的清艳，让我产生的是对自然界的感激、对美好事物的向往、对生活的热爱和激情。水仙毕竟是养在室内的草本植物，不经风雨历练，娇嫩而脆弱。但是，水仙蛰伏着动人魂魄的力量。观赏水仙的清美，融入这无影无踪无形无色的清香之中，身与心仿佛萌生出春天的脉动，焕发出一股破茧而出的生机。

那就走出大门、走出自我吧！永夜之后、平野之外，自有蓝天丽日、大江东去！

2014 年 2 月 10 日

于前海前沿

洁净之道

又是一个秋风送爽的黄金周。远离舟车的劳顿、闹市的喧嚣和人流的熙攘，静静地在家中庆祝新中国 65 周年华诞，并在整理居室中享受着整洁的乐趣。

书房自是首先要整理的。桌面上文稿、书本、未及剪辑的报纸和各类文具杂乱成堆。各类物品，包括从老家来的蜜柚、茶叶、有机大米、茶油、花生油、杂粮之类的食品，逐渐迫近了电脑主机、扫描仪和红酒柜等的空间，如此乱七八糟的书房早已成了"五味杂陈"的杂物房。按必要物品与非必要物品、常用与不常用、易于使用与放回原处几个类别，丢弃一批、整理分类、收纳归拢、分类放置，花了大半天时间，才让书房井然有序。尽管大汗淋漓，但内心酣畅至极。

露台花园也到了非整理不可的时候。记得春天里，移走了菩提树、金花树、琵琶榕三棵树。但花池里留下的金银花、牵牛花和番薯苗仿佛吸足了养分，长得飞快，藤蔓夹着杂草起舞，使花园变得杂乱无章、纠缠不清。大剪刀、锯子和体力配合，清理了大堆草本、木本植物。整个露台马上变得疏朗而整洁。

我生性喜欢条理通达，但常常因杂乱烦恼。办公室、书房和车里，稍不整理，便会杂物狼藉，也常常为找资料、找物品而翻箱倒柜，枉费了不少时间做无谓的忙乱。物品随手而放、不习惯整理收纳，看上去是生活小节，却也常常左右着情绪，让我饱受不善整理、丢三落四之苦。

不久前在香港书店看到几本日本人写的关于整理的书。山下英子的《断舍离》，讲的是断舍离整理哲学，断是断绝不需要的东西，舍是舍弃多余的废物，离是脱离对物品的执念。金子由纪子《不持有的生活》，试图通过养成减少、收拾、不增加三个习惯，过上轻松清爽的生活。吉川永里子的《聪明懒人这样整理收纳！》，则是通过漫画插图的方式以 307 个整理秘诀，告诉人们如何摆脱杂乱的屋子而获得生活的愉快和事业的成功。翻阅这些译本，我回想起 10 年前去日本考察留下的印象：干净。在日本，餐厅可以说是异常简洁而精致的，他们对任何细节都一丝不苟，让每个地方都纤尘不染。从北海道的温泉酒店到札幌、仙台的海边景点，从东京的街巷到箱根的田野溪河，从新干线交通平台到丰田汽车的展场，其干净整洁程度简直就是无可挑剔。据说，广岛亚运会开幕式结束，几十万日本人退场后，体育馆没有发现一张废纸。日本的干净整洁令人瞠目结舌。

洁净绝非偶然。洁净应是一种习惯的养成和理念的追求。就拿企业的生产经营来说吧，日本人发明了一种改善生产现场、实行文明生产的管理方法：5S 运动。5S 运动通过整理、整顿、清扫、清洁、素养这五个环节，提高工作效率，拒绝脏乱，防止失误和工伤，保证产品质量并形成追求完美的创新精神。坚持严格的现场整洁管理，这大概也是日本企业生产经营保持其核心竞争力的原因之一吧。

爱干净应是人类共同的天性。现在，我们的农村也开始讲究村容村貌了，乡村逐渐建起垃圾屋，由专业队伍清运垃圾，还逐步修建排污系统，昔日垃圾遍地、污水横流的状况得到有效改善。最近，我参观了新建成开学的深圳龙华玉龙学校，发现该校专门开设了整理教育课程，印制了上、中、下三册教材，其从小培育学生整理、收纳能力和习惯的教育目的是非常明确的。说实话，如果有机会我真希望能够参加整理培训，补上这从小到老缺失的一课。

在我的感觉中，生活如同生产一样适用 5S 运动，甚至精神空间也需要 5S 运动，同样需要"断舍离"，需要收纳和扬弃，以达到洁净之境。过去的成绩、成就和付出、奉献，不能成为今日自恃和自满的理由，老是念念不忘就会成为前行的心理累赘。曾经的嫉恨、沮丧和惶惑、哀愁，也应该及时"归零"，否则心间有太多的情绪阻滞，也就无法专心专注创新生活。对物质的迷恋、对名利的执守也是应当超脱的，精神如果被无穷的欲念所牵制，心灵也就无法清净、澄明。

洁净的行为习惯，于生活，是快乐根源。

洁净的理念追求，于事业，是创新法宝。

洁净的精神素养，于人生，是幸福之道。

2014 年 10 月 3 日

于前海前沿

谦卑是一盏灯

股票市场总是那么令人惊心动魄、荡气回肠。若干时段里，曾经见面除股票没其他话题的几位朋友，现在开始对股票讳莫如深了。他们也曾经捕捉到猛料，追涨、补仓，每个交易日都有可观收获。然后"不失时机"地以杠杆方式借资扩投，孤注一掷。对不如法炮制的人，他们甚至以告知某股票又涨停进行揶揄。那信心爆棚的情形，现在还浮在眼前。如今，无语了——"一夜回到解放前"。股市的狂泄，使曾经的暴富化为零，甚至背上了负资产。

转眼间，曾经追涨赚取数字大钱时"衫尾会割人"的霸气侧漏的豪横、印堂鼻翼发亮的发财气色不见了。股市的波峰浪谷、市场的诡异莫测、人心的五味杂陈，在股市的所谓震荡、拉升、走低、盘整中昭然若揭。喧嚣过后市场恢复平静，此刻，我想到一个词：谦卑。倘若当初能对市场未知趋势保持多一些冷静，在未弄懂市场规律前多一些理智和克制，在所谓的"财富逼人"的大势面前不贪大求多、谦卑地放低行事格调，或许伤害不至于那么刻骨铭心。

不可否认，谦卑从古至今，一直是一种难能可贵的修炼。战国时期，被赵王封为上卿的名相蔺相如，面对武将廉颇因不服气而表现出来的咄咄逼人的侮辱，谦卑为怀，以忍辱、避让的方式化解矛盾，维护"将相和，卫家园"的稳定大局，留下"负荆请罪"的千古名典。英国著名物理学家牛顿发现了万有引力定律和三大运动定律，在当时的巨大成就下，他说自己在博大深奥的科学面前，只是在岸边捡石头的小孩子。对未知世界的探索，牛顿保持着谦卑。

湖南长沙岳麓山下的岳麓书院，其门联为：惟楚有材，于斯为盛。此联毫不掩饰地道出了湖湘才俊的踌躇满志。游客看到学子们意气风发之际，在攀登岳麓山必经之路上，还可以见到一个名为"自卑亭"的凉亭。从狂傲自诩到"登高必自卑"的两种境界，坦露出在学问求索过程中志存高远而又谦逊谨慎的心迹。

诚如苏格拉底所言，承认无知，乃是开启智慧的大门。在未知世界里，人作为个体，目之所及、思之所达毕竟十分有限，有些认知只是沧海一粟。因此，在"为学"中千万不能满足于已知的东西，要在探索的道路上永远保持谦虚的心态。在创业的过程中，在人生的旅途中，往往也是虚怀若谷者能够行稳致远。

谦卑，绝非讨好、趋附、畏缩，而是不亢不卑的隐忍和大善盈胸的宽厚。现实中有许许多多活生生的例子。盛气凌人的尖刻对骂，可能引发互殴酿成惨剧；得理不饶人的刻薄态度永远是人际关系的硬伤；目无法纪、有恃无恐的狂妄自大终究逃不过法网制裁。

谦卑，不是自馁、自弃和懦弱，也不是无原则的妥协，而是绵里藏针的自持、外柔内刚的坚守。谦卑表达的虔诚，是对信仰的那份执着和坚持；谦卑表达的恭敬，是对真理和大道的赤诚追求；谦卑透出的警醒，是蔼然的淡泊和自省的活力。

在我们这个充满自信的大时代，谦卑仿佛是一盏忽明忽暗的灯。被自信的阳光所掩盖时，希望谦卑的光能照亮心灵的一角；更希望在暗夜航行时，有谦卑的心灯为引领。

2015 年 11 月 20 日

于前海前沿

蹚过泥泞的心路

对于泥泞的记忆，大部分定格在少年儿童时代。尽管时日已远，泥泞的感觉依然鲜明。

那时候，乡村道路没有硬底化，每当雨后，泥泞的道路随处可见。房前屋后的道路，尽管铺上了大小鹅卵石，但石缝中的泥泞会常常粘在光脚板上挥之不去。通往田间的小路，淤泥中更是夹杂着牛粪牛尿和糜烂的植物，赤脚踩在这样的路上，挽高的裤子上也常常沾着泥浆。水田里的泥泞就更不用说了，插秧时，一脚深一脚浅移动的双腿，常常吸附着从泥水里冒出来的蚂蝗，需要拍打或拉扯才能让其回到田中。

古朴的乡村，泥泞伴着阴雨的气候，也伴着贫寒的寂寥。泥泞，也以若即若离的黏着力，羁绊着前行的步伐。乡村里的人们不断地蹚过水圳、小溪，让流淌的清水冲走脚板的泥泞，用井水冲刷粘在衣衫上的污垢。就是在这样的冲洗过程中，人们从远古走来，不断地弃除肮脏、腐臭、粗陋以及憔悴和疲惫。

如今，泥泞越来越少，逐渐淡出人们的视野，因为绝大多数的乡村道路采用水泥沙石硬底化、用沥青黑化了。泥泞中的耕作方式也改进了，犁田有了机耕，莳田变成抛秧。我们能淡忘记忆中的泥泞，但也常常能碰到一个现实感很强的比喻——情绪泥泞。看得见的泥泞在地上，看不见的泥泞在心里，它容易积淀，似乎难以逾越、不易克服。

谁都有迷茫的时候，特别是在得与失、对与错、取与舍的纠结中，往往可能造成思想如糨糊般胶着。此时，最可贵的选择是，以理性的思辨和澄明的心智，厘清思维，拔出双脚，迎难奋发，蹚过泥泞的心路。

在当今社会多元化的生活常态中，人的追求或欲望也变得多元。不可否认，有过多的祈求、心愿、想法本无可厚非，但若混入贪婪的泥淖，便会左右情绪了。有些人想着"贪大求多"，有些人想着"极速发展"，而往往忽视了在市场细分与竞合的大潮中，深耕细作与精益求精的重要。一些人"一山望着一山高"，总是在利益攀比中想着跳槽、企求转型，不去做知识、经验的积累和自我本领的修炼。还有人稍有奋斗成果便耽于奢靡的享乐，从此失去了人生的素洁清朗。佛教里就把色、声、香、味、触等五欲列为"贪"，定义为"贪、嗔、痴"三毒之一，认为它是烦恼根源。想得太多，往往无济于事；要得太多，可能一无所得。正如泥泞的道路，水干涸了，路也就好走了。要蹚过欲望的泥泞，就是要挤掉那过多的欲望水分。

情绪常常如泥泞围绕着人们。喜怒哀乐是人的常态心理，但有些情绪把控不好，危害就大了。有些人遇到稍有违逆自己心愿的人和事，便耿耿于怀，产生嗔怒怨恨，表现在发臭脾气，甚至恶语伤人、大动干戈。这样的心理泥泞，其危害于己于人于社会都是不言而喻的。要知道，泥泞除了纠缠、羁绊还有湿滑，情绪失控，一不留神就会滑倒甚至摔伤。

蹚过泥泞，需要跋涉的信念，需要磨砺的勇气，更需要理性、冷静的心境。蹚过泥泞，是刚强，是晴朗，是光明。

2015 年 11 月 26 日

于观澜河畔

安知鱼之乐

春夏之交，有幸走进一家知名企业在上海临港占地 1 平方公里的生产基地。

坐在我旁边的是公司高层管理人员，他自称职业经理。座谈会上，董事长介绍了他们的会议方式：每个工作日 7 点钟的早餐时刻以及 12 点钟午餐时间，北京总部要通过视频，与全国各生产基地、经营机构交流情况，布置工作。我问身旁这位总经理，这样的作息方式能坚持吗？他说，岂止是坚持，他晚上加班至 11 点钟是家常便饭。他还说，公司经营状况好，大家有成就感，即使工作强度大一些也心甘情愿，且非常开心。他说这些的时候，不算年轻的脸上泛着自豪的光泽。

企业的员工都能全身心地投入工作，怎能不成功呢？这家公司打破国人传统的"技术恐惧症"，坚持自主创新而崛起，成为全球最大的混凝土机械制造商，其泵车参与日本福岛核危机救援解决燃眉之急、起重机参与智利矿难抢救创造奇迹等案例，无不说明其在世界重型工程机械制造业中的分量。反过来说，企业的成功和荣光，也是员工自豪的底气。

这家公司构建了企业文化体系，企业使命、愿景、理念、伦理、信条等应有尽有。我特别感兴趣的倒是它的企业作风：疾慢如仇、追求卓越。我从中也就理解为什么管理层要七点钟开早餐会，中午还必须在视频状态中就餐。他们就是要最大限度地减少沟通的间隔，以最快速度、第一时间达成工作共识。早一点上班，晚一点下班，只争朝夕，每一个员工在企业的成长发展、价值创造中都是快乐的。

我认识的一位老乡是上市公司老板。他在"文革"后恢复高考时考取了中山大学，毕业后赴美国留学成为博士后研究员。凭雄厚的研发实力和对市场机遇的把握，他回国创业，并使企业居智能制造行业全球领先地位，且成功在国内上市。一次交谈中得知，自 20 世纪 80 年代离开大埔老家后，他就没有再回去过。他在深圳创业近 20

年，为何不回离深圳不足 500 公里的老家看看？他平静地告诉我，父母一直随其居住，家乡也没什么亲人，也确实太忙，虽然怀念家乡，但实在腾不出时间。是真的挤不出时间吗？我并不怎么认同。但可以肯定的是，他基本上把时间和精力都投入到企业的经营和发展中去了。他曾告诉我，连在航班上的时间他都是要利用起来工作。可以说，生活异常俭朴的他，基本上没有学习与工作之外的其余爱好。按他在上市公司所持的股份，他个人名下资产不少于 50 亿元。谈论企业外的事情他常耸耸肩摊摊手表示不甚了解，一旦说到与企业相关的情况，他可是眉飞色舞，兴致盎然。资产只是数字，不停不歇、专心致志地工作，才是他快乐的根本。

不只是企业，在许许多多的政府机关里，虽然比较少见 7 点钟开会的，但加班加点是再平常不过的事。"五加二，白加黑"不仅仅是顺口溜，也是不少公职人员的真实写照。每逢紧急任务，也需要"周六保证不休息、周日休息不保证""开足马力午夜狂奔"的劲头。是工作效率不高吗？非也。是肩负使命的紧迫感使然。而且有许多事，没有那么多的时间精力投入，往往弄不清楚、干不出名堂。每周工作一百多小时的乔布斯曾说："如果想做成任何一件有意义的事情，就得有真正一心一意走出隧道的那种精神。"

一位参与过深圳一机构筹建的朋友回忆，曾经有半年时间，面对繁多的工作，宵衣旰食，许多个夜晚加完班出来准备回家时，总要回头一望，只见整栋办公楼依然灯火通明。他说那时候他看到的不仅是灯光，还有快乐和希望。

现在媒体上、网络里、出版物中有海量的关于保持美好心情、修养身心的保健"心灵鸡汤"，启发受众养成健康的工作和生活方式，散发着积极的正能量。但怎样才能"开心工作、快乐生活"？每个人便有各自的把握和体验了。大千世界里，每个人都有自己表达快乐的方式。古人最高大上的忧乐观莫过于范仲淹的"先天下之忧而忧，后天下之乐而乐"了。鲁迅先生是乐于把别人喝咖啡的时间用于写作。现实中，懒惰的人以安逸为乐，守财奴以数钱为乐，奸佞之人以心计为乐；而慷慨之士以公益为乐，敬业之人以事业为乐……选择以何为乐，就会有什么样的"精气神"呈现。

人们常说知足常乐，是有看淡名利、减持欲望的特定语境的，相对于做人的心态而言吧。对于投身创业创新的人，知足的理念不能成为计较得失、裹足不前的借口。

创业创新的难题面前，庸常之人常常是按部就班、循规蹈矩地行事，"温情脉脉"、拖三拉四地"推进"，往往提不起精神也闯不过难关。没有"拼命三郎"的狠劲，不具有热情、激情、痴情，甚至陷入疯狂的物我两忘境地，谈何实现突破、走出"隧道"？

《庄子·秋水》记载了惠子与庄子的对话，用"子非鱼"朴素的比拟道出了"安知鱼之乐"的人生哲理。遵从内心真切感受，选择无怨无悔、乐此不疲地付出，或许就选择了快乐。

2016 年 3 月 26 日

于前海前沿

快慢之间

这个世界仿佛进入了"快"时代。"快"是数字时代的天然属性，信息技术带来时空变化，计算机和互联网没日没夜地运作，一直在给传播、交流加速，不断地对生产、制造提速。于是，工作节奏和生活节拍均快了起来，速度构成每个人的压力。

"快与慢"这一对时间、速度而言的矛盾，一直在相伴相随，此消彼长，左右着劳动与生活，影响着历史与现实。

记得几年前参加同事阿鹏的婚礼，有感于他33岁结婚，兴之所至，以"快与慢"为题做了一番发言。这发言的大意是，我见证了我的同事八度春秋的成长，总结了他"三快三慢"的特点。"三快"：一是思维快。头脑反应灵敏，思路清晰，领会工作意图特别快。闻弦歌知雅意。交代事情不需多费口舌，他都能敏锐而精准地把握要旨开展工作。二是出手快。干活手脚麻利，作风雷厉风行，从不强调客观困难，说干就干，利索交出满意答卷。三是进步快。从基层到机关从事文字材料写作，经过磨炼，思想、素质和职务都有较快的进步和提升。"三慢"：一是下班慢。尽管是"快刀手"，但要完成重要的文稿，在字里行间体现思想的脉络和智慧的火花，不精心打磨是不可能的。因此，从来没准时下班，熬更守夜成家常便饭。一个慢字，体现了"铁杵磨成针"的精益求精。二是享受慢。本来从事文字工作的人往往思想活跃，但对工作之外的事，他就显得木讷而滞后了，因为旅游度假之类的放松方式均被"五加二，白加黑"的常态挤占了，他热爱工作并选择了"苦行僧"式的生活方式。三是婚育慢。过了而立之年才张罗结婚成家之事，据说拍婚纱照因公事一拖再拖，直至婚礼举行之时都没完成，其慢由此可见一斑。我的同事，就是在这快慢之间演绎了其成长的对立统一哲学。

快与慢作为时间的概念，是相对立而存在的矛盾两极，却在大千世界以不同形式、不同状态、不同质量呈现。植物世界里，参天大树靠多年不断生长而成，小草却往往在一年间可完成其生命的轮回。速生的桉树只能提供细碎的纸浆纤维，而生长缓慢的红木却凭借数十年的修炼成就坚硬、高贵的质地。动物世界里，铁血的猛兽有其凶狠的速度，但年寿却远不及缓慢爬行的龟鳖。人类社会何尝不表现出快慢之差呢？飞刀利剑、南拳北腿可能不敌以柔克刚的太极拳。"立马行动"强调的是速度和效率，而"慢工出细活"要表达的是精致与完美。有些人一生只成一事，其执着的态度看似迂腐甚至落后，但"十年磨一剑"的专注与耐心是梦想成真的真谛；有些人却适合急章草就地做一些快速见效的事情。"牙尖嘴利"自是一种敏锐，但"讷于言"往往蕴含大智慧。

世事瞬息万变，纷纭而多彩。在有限的时间里，如何找到快与慢的平衡？在当今社会，快节奏地工作终究是无奈的选择，但伴随的激进、焦虑、烦躁往往造成"欲速则不达"的结果；而慵懒、散漫，往往又因为迟缓、拖拉、"慢半拍"而错失良机，一事无成。有的时候要有"快刀斩乱麻"的极速，有的时候要和缓又恰好切合事物发展本质。在快节奏的现代都市生活中，也需要"慢"的调节、"慢"的舒适。

霍金说："人类是唯一被时间束缚的动物。"在快速运转的滚滚潮流中，怀着对事业、对成功、对财富的执着，没有多少人会停下来。但从古至今，人们崇尚的养生定律又要求学会放松，把握节度，恬淡悠然。想从时间的桎梏中解脱出来，还需张弛有度、快慢有法。

中国古典文化中有"时中"的哲学概念。"时"即"四时"，代表自然而然的规律。"中"乃遵循客观规律的处世之道。人的活动需不违"时"，需适度而行，在"时中"实践，在"时中"启智。掌握当快则快、当慢则慢的节奏平衡，在快快慢慢之中找到巧妙的、生动的结合点，或许就是遵循大道、从容不迫。

2016 年 12 月 8 日

于前海前沿

等闲拈出便超然

人注定是要与植物相生相伴的。

12年前乔迁居所，友人送我多株小苗木种在东边花台上，其中特别不起眼的是那幼小的石榴树。不知不觉间，树苗长高了。石榴树的主枝干由灰绿变得斑驳，且布满结节。新长的枝干由暗红变为深绿，叶子由嫩红渐次变成碧绿。纤巧的叶间陆续蹿出星星点点的火红花蕾。花蕾如极小的葫芦，光润的顶部突然裂开，裂变为6片花萼。花萼慢慢展开，薄如蝉翼的艳红花瓣从花萼间伸展出来，露出米黄色的花蕊。那密密匝匝簇拥在一起的花丝肯定是与花冠下面的子房连通着的。蜜蜂和微风加快了花瓣的凋落，而花托之上花冠之下的果实部分却是日渐胀鼓起来，由椭圆变为浑圆，由鲜嫩的红色演变为锃亮的浅绿色。

当果子变红之时，收获的喜悦感油然而生。看着红彤彤、圆鼓鼓的石榴行将变形，实在忍不住便摘了果子品尝。剖开石榴，里面是满满的石榴籽，那由薄衣包裹着的淡红色、深红色的果实，晶莹透亮，却远不如市场上买的那么可口。初初入口，流出的是酸酸的果汁，再细咀嚼却有涩麻之感，满口酸涩的果渣令人泛恶欲吐。我由此明白，这石榴乃观赏性植物。便任由其在枝头从成熟到绽裂，如同破口大笑一般露出满口皓齿，也任由飞鸟盘旋啄食籽粒。友人来访，偏不信这压满枝头的石榴不能食用，不顾被枝叶间隐藏着的刺划破手指，从不同的枝头摘果，一一尝试后方得出不宜品食的结论。

平日里，我是把石榴当作植物来看的。以物观物久了，便把石榴也比拟为一个人了。石榴花开得鲜艳如火，70多年前被文学家郭沫若形容为"夏季的心脏"，但此花没有任何香味。与许多藤蔓类的瓜果植物相比，石榴树枝叶间是长着籇刺的。与经果农嫁接改良、裁剪控制的石榴树相比，这株石榴树自然地生长，一年四季均开花结果，

一滴敢报江海信

常常是花果同枝。远处航道的隆隆飞机声和夜晚飙车者轰鸣的马达，前海大工地日夜兼程的开发热浪和深南大道、宝安大道车流的喧嚣，均不影响石榴树的生长历程。在烈日下、在风雨中，其摇曳着生命的旗帜，经光合作用，吸足能量、吐故纳新，展示旺盛的生机。尽管花不芳香、果涩难食，但蜜蜂采其蜜、飞鸟恋其籽。在遵从本性、自然而然的每一个开花结果轮回中，石榴树仿佛是一个有着无限创造力的诗人，满怀对生命的热爱和激情。

从种植石榴到品赏石榴，精神层面的欲求境界上升到认知境界。当不再把石榴当作一种植物之时，精神又进入求善的境界。在日常的浇水施肥中，我默默地感受着大自然的力量，也从中体验着生命主体不受客观环境影响的尽情绽放。我看过不少传统民居，那里有以石榴为主题的屋顶、檐廊雕塑和木刻，可见古人早已用石榴寄托开枝散叶、传承发展的美好愿景。

闲来无事，不管是风清日朗的早晨，还是红霞弥漫的黄昏，抑或是星辰闪烁的夜晚，经常细细端详静态的石榴。但我知道，石榴并非静止的。石榴无声，却有着诗意的表达。怪不得从古至今，人们不断以石榴为题创作诗词、绘画。石榴已超出了水果的特性，满足着人的审美需求。

种上一株石榴树，如同玩味意象高远的古诗，又如聆听一曲内涵丰富的乐曲，内心或有一种超然的感觉，心灵不再拘囿于伦常事物，悠游于开阔自在的境地，宁静致远。生活，需要物的支撑，需要术与道的契合，更需要审美的意趣和诗意的境界。

2018 年 4 月 27 日

于前海前沿

自省自励的境界

许多事已随风而去，但在记忆的深处，似乎还留下模糊而浅淡的挨骂挨批的符号。

年少之时，因贪玩、骄傲、调皮而被长辈批评，甚至没少挨棍棒，遭受皮肉之苦。初出茅庐，工作方式欠佳，挨过长者骂。现在回想起来，每一次挨批的背后都寄托着长辈的良苦用心，自己也就在批评中不断成长。

随着年岁的增长，受批评的概率也还有。记得在一事业单位工作时，处理工作关系把握分寸失当，坚持己见过了头，以致引发矛盾，被打"小报告"上去，引起了上级领导不满。一次，领导横着脸、侧着头，边走边骂，我还得跟着试图辩解几句，领导从篮球场这边骂到另一边，早已拂袖而去，而我还沉浸在挨批中，脸发红，可能已转青，大脑一片空白，低头走时，差点儿撞上球场钢柱。也曾经因工作不到位，在夜深人静之时，被赏识自己的领导劈头盖脸地批评，电话那端，我感受到恨铁不成钢的怒火。在调处矛盾纠纷过程中也曾经成为众矢之的，被骂得一塌糊涂。日常生活中，也有来自亲戚朋友的各种不满，遭受一些不理解的埋怨，也遇到一些纠结对错、计较得失的责备，难免脸发红，甚至皮囊里渗出汗液。

相对于批评，人总是喜欢受肯定、得表扬。但是挨批受骂仿佛是一剂良药，在人生的各阶段能发挥很好的作用。有些批评起到了警示、警醒作用，使自己提高觉悟；有些批评使自己对事情做了反思，推动改过自新；有些批评则磨炼承受能力，让胸襟更宽广。挨批让人一时难受，但能使人成长、进步和提升。

与挨批的被动处境相反，批评别人则仿佛手握"戒尺"。在与企业界人士接触中，发现不少企业中盛行一种"骂"文化。从企业老板、总经理到部门主任、主管，乃至小拉长、组长，无不"骂行其道"。对不当的工作、生产行为，直面问题，一针见血地给予批评。在令人"胆战心惊"的骂声中，企业管理得井井有条，执行力非同凡响。

这些企业用批评的手段，树立权威，达到警示、训诫的效果，也实现了激励的目标。

当今社会，"打"的惩罚教训当然行不通，但批评还是管用的。如果把批评比作矛，那被批评方必然在心理上筑起盾牌。有时候，与其不痛不痒地指责、隔靴搔痒地追问或和风细雨地说教，还不如厉声呵斥、骂到痛处，这样能使人幡然醒悟、立行立改。批评固然有利于改进，但也要把握好"时、度、效"，如果太过急、太过分，或夹杂情绪宣泄，就可能会刺伤对方，造成伤害，使对方心生怨恨，甚至产生逆反心理。有道是"恶语伤人六月寒"。我觉得，批评别人要就事论事，纵使再有理，也不能揭伤疤、翻旧账、伤人格。

有些批评即使针尖对麦芒，但批在明处，知道矛盾和问题所在，直指改正错误的焦点和关键。只要有利于问题的解决，坦诚相待，在"红红脸、出出汗"中，也不会因此影响人际关系，双方甚至可能成为谏友、挚友。而有些批评来自暗处，被这种背地里的批评伤着了，还不知道怎么回事，那是不道德的"暗箭"，是应该唾弃的，是不可取的。

批评还有第三种情况：自我批评。

早在 2000 多年前的春秋时期，儒家思想便主张"吾日三省吾身"作为道德修炼。"静坐常思己过"等俗语也是世代相传，为人们所遵奉。晚清时期的曾国藩是恪守自省的典范。从曾国藩流传至今的著作可以看出，他从青年时期开始用楷书写日记。一天，好友批评他："怠慢，结交朋友不能长久，不能恭敬；自以为是，诗文固执己见；虚伪，对他人能做出几副面孔。"他记录下来并欣然接受，在日记中写道："直哉，吾友！吾日蹈大恶而不知矣！"他对直截了当的指责、批评，非但不恼怒，反而恭敬地当作有价值的药石，由衷庆幸。不间断地自我批评、自我反思，使他逐渐改掉了虚伪、浮夸、傲慢、自大、吸烟等不良脾性和习惯。他以斋室之名给日记冠名，如"求阙斋日记"：自求缺陷不满之处；"无慢室日记"：自警戒除怠慢之气；"绵绵穆穆之室日记"：在动静之间做到戒惧、谨独。曾国藩生命最后一天，日记中仍流露"苟活人间，惭悚何极"，仍在反省自己。

长达 30 多年的日复一日的自我检视、自我省察中，曾国藩批评自己的日常行为，检点自己的内心世界，使自己的道德修养日臻完善。他不怕别人的批评让自己脸红，也不畏惧深刻的反省让自己汗颜，他甚至通过给亲朋好友分享日记的方式更广泛地接受监督，增进修身悟道的修为，强化自律的品性，终于养成深受世人推崇的德行，成为一代大儒。他是将"他律"融于自律，又通过自省强化自律的典范。

被别人批评与批评别人都属于"他律"。"他律"时，是非曲直当然要明辨，"有则改之，无则加勉"。更重要的是，"他律"要靠自我省察实现自我革新。因此，内心的自省，灵魂的洗礼，应该是一辈子的功课。

不知从什么时候开始，在有了不计其数的挨骂与骂人的经历之后，我觉得静下心来，在临睡前、在晨起后，反思自己的言行、反思自己的认知、反思自己的欲念、反思自己的气度、反思自己的境界，是非常受用的日常。日积月累，便把自省自励当作座右铭。

在自我省察中，提升思辨获得正知；在自我检视中，传递与人为善的正念；在自我警醒中，形成修身立德的正行。在自省自励中，每天获得修正、提升、前行的动能。漫漫人生路上，愿以此与同人共勉。敬畏净言，聆听内心，自律自新。

2020 年 9 月 15 日

于观澜河畔

一滴敢报江海信

想赢不怕输

相约多时，终于在黄昏时刻开始了乒乓球比赛。还没怎么热身，便切入输赢主题，这注定是一场恶战。

虽然久未交锋，但常从球友那里获得彼此的信息。强哥一如他的认真风格，早早在球场边架起录像设备，我知道，那是因为他需要回放研究这场球赛。

他这次用的是横拍，红黑两面分别粘的是长胶与正胶。看清他的拍子后，我决定用快攻打法破解他的长胶之怪、正胶之沉。在台内就直接半拉半击抬打来球，用的是"咏春拳"的那种"寸劲"力量，球的冲击力虽不大，但因为起拍快，一时使他的横拍无所适从。第一局我赢得轻松。

强哥毕竟久经沙场。他改变了发球的策略，忽长忽短、忽左忽右的发球和猛劲推搓，使我无法判断其上旋下旋，也无法起拍拉球。推挡他用长胶搓过来的球，结果中招，球飘忽变形，无所适从。就这样，相持中我连败两局。

我于是采用快步退台、上升期击球的快攻策略。过程中，结合上下、长短、左右多变的发球、抢攻，交织着蛮不讲理不论什么球都强硬起板抬击的狠攻，形成了有效的旋风攻势。这种打法角度和落点不刁，但因为快，他的横拍一时无法适应这凌厉节奏。这次，我以大比分赢得后两局，决出胜负。

观战的球友们有话了。从交流中，我知道，强哥这次采用的是最近三四个月新学的横拍。我也明显觉得，他对横拍还有点生疏，远没发挥以往攻球的狠劲。在以往几年交战中，我是输多赢少的。这次比赛，强哥认为我赢在快和狠两个打法上，"天下武功，唯快不破"。而我认为强哥的利器是准和转，特别是他用正胶和长胶形成变幻莫测的旋球和突兀的下沉球，会使企盼稳打稳扎、相持制胜者吃尽苦头。他不断钻研新打法，真使我佩服不已。

已年届花甲的强哥刚从公务员岗位退休，他对乒乓球的挚爱是远近皆知的。他的拍子从直拍打到横拍，还用上了独特的"枪型拍"。右手打伤后又练左手打法，正胶、长胶、反胶，还有直拍横打和直拍反打等等。他曾带领团队参加各种比赛、擂台挑战，个人和团队均赢得不少业余组的高光荣誉。他曾告诉我，除了乒乓球，他没有其他业余爱好及任何不良嗜好，长期打乒乓球是他在几十年基层职业生涯中保持良好状态的法宝。端详强哥，一头浓密黑发，脸上没有色素沉淀的斑点，除了深长的法令线，干净的脸上看不出明显的皱纹。持之以恒的运动，确实使人年轻。

与许多抱着打乒乓球仅仅是出汗健身想法的爱好者不同，我的这帮球友是"比赛型"的。在球场上，不论年龄长幼，也无贵贱之分，打起来总想比高下、争输赢。而且没有人服输。若这次输了，约下次再比；若这次赢了，下次自觉接受挑战。也正是因为这样，相互切磋、相互磨砺，在比学赶帮超中，取长补短，相得益彰。

球友中，要算大刘、小刘的基本功扎实。他俩读书时，在业余体校和校队接受过专业训练。大刘左手抓拍，攻势凶猛，角度刁钻。因熟悉他的球路，每次与他对决，我用退半拍的推挡轻轻回应他的弧圈球，然后伺机用正手攻击，向他反手位抽杀。他还是常占上风，偶尔我也可赢。小刘年纪轻，凭借其扎实功底和敏捷反应，控球能力强，擅长高抛发球，拉出冲击力极强的大弧圈。我想赢不容易，但每局能缩小比分差距也挺好。比较而言，老法官阿洪的打法杀伤力大，他球路熟，相持与进攻分寸把握极为老练，尤其是他在反手位置，用正手直拍横打过来的球，往往打在对方反手的对角位边线，形成绝杀，球友们都叹服这位"不老松"。

"处心积虑"向我挑战的不乏其人。印象深刻的是小宋，在他面前，我虽然是长者，但他就是不服气我不太正规的"野路"打法。小时候我是在乡村学校水泥球台上开始打球的，球技也是无师自通，因此，往往不像正规训练过的人打得那么好看，但我觉得已形成的打法很实用，经教练指导匡正后也不断改良。小宋以为自己经高手指点，每次都信心爆棚向我挑战，但都铩羽而归。后来，他反思发现自己技法与实战之间存在着差距，便狠下苦功练球，并找高手训练对抗。果然，球技进步很快。这次，

一滴敢报江海信

他又向我挑战，用非常娴熟的横拍近台挡削、远抽近攻，我一时不适应，他很快以7比1遥遥领先。为扳回局势，我暗用侧下旋重球利器发球抢攻，打平后一路胶着相持到15平，最后找准机会突破，终以17比15赢得此局。但此后，小宋可能发现我并没有多少技术创新，以远台拉球克制我的近台快攻，连追多局，终于赢我。他赢得扎实，也让我惊叹后生可畏。

水平相当，但又互不服输、经常挑战的还有几位。在这个区域里，阿蒋以独创的正面长胶、反面反胶、两面倒板的怪球打法，常常赢得一些赛事的冠军。因为打得多，我熟悉他的球路，知道他用长胶推拱力量迅猛，还练得长胶起板拉球，并且还会反拍快打。与他打，我坚持抬打快攻、以快制胜，彼此输赢参半。但是，他"发烧"到了无以复加的地步，常常一个晚上打大几十场球，不时鏖战到午夜，甚至打到手腕肌腱拉伤。与他打，我只能限定场数，速战速决，如相持打多几场，以我的体力而言，必输无疑。与小曾、小袁这类孜孜以求的"痴迷"者对打，稍不留神，便会被他们新近练成的"神器"所伤。因此，有段时间我要保持状态，不得不去吃点"夜粥"，专门到球馆花钱请教练练球，保持状态，维系赢球的信心。

有些朋友好奇地疑问，又没有什么"上下"（奖罚），何必那么认真？智者常说，不要太在乎输赢，甚至要淡化求胜心，才不至于负担过重，活得太累。

我的球友，却是把"赢"当作信条和习惯的，他们绝非懈怠嬉戏之人。在这些品行背后，我看到的是责任与担当。通过输赢竞技，判断球技高低，以期认识自我；在"争斗"中，使自己保持胜不骄败不馁、不轻言放弃的拼搏韧性，增强自信，从而实现自我；运动中，偶然会流露"舍我其谁"的自矜，但更多的是在酣畅淋漓的铁血拼杀中，摒弃患得患失的保守、故步自封的狭隘，从而超越自我。正如苏东坡所言：胜固欣然，败亦可喜。

看重输赢，却仅执念于过程；计较得失，却全无世俗利禄羁绊。赢得起劲，输也坦然。每个竞技轮回，实现一次了断和舍弃，因为新的挑战在下一次。

小小乒乓球，轻盈而灵巧，如风一般忽闪灵动。每个日夜，不知伴随着多少生命的律动，更不知有多少人在快与慢、变与定、准与偏、强与弱、直与转中较量，在冷凝与激情变幻演绎中，体验输与赢的境界。

"想赢不怕输"，这些捕风的汉子留下一句话和一个个静止的乒乓球，像风一样，洒脱而去。

2020 年 10 月 25 日

于观澜河畔

云霞明灭或可睹

同样是夏天，五年前奥林匹克圣火首次在美洲大地燃烧。在动感的桑巴舞蹈狂欢节奏中，全世界聚焦巴西里约热内卢所在的这块 500 多年前从西班牙出发的航海探险家哥伦布发现的"新大陆"。

那个丙申猴年，仿佛注定是个发现之年。同样在那个激情的 8 月，英国科学家宣布发现了一颗离地球最近的适宜居住的行星。这颗被命名为"Proxima b"的行星，有着舒适的气温和能孕育生命的液态水。从此，人类观察太阳系以外的生命有了新的开始。

人们仿佛从来没有停止过对未知世界的探索。这一年，美国激光干涉引力波天文台（LIGO）科学家现场播放了人类首次直接探测到的由引力波转化成的"宇宙的声音"。近百年来，全球科学家一直没有放弃对引力波的探测，现在终于确切听到了宇宙的时空涟漪，听到了宇宙的穿越之响。这证明了爱因斯坦广义相对论的重要预言，更开启了探索宇宙奥秘的一扇前所未有的新窗口。这也许是唐朝诗人李白《梦游天姥吟留别》中描述的"云霞明灭或可睹"的境界。

五年过去，当我们把目光从太阳系外、宇宙的大尺度上收回时会发现，还是在2016 年，当时播下的几颗关于发现地球奥秘和太阳系内天体的"种子"，如今均已结出硕果。"奋斗者"号载人潜水器于当年立项，2020 年其连破中国载人深潜纪录，发现并带回了逾万米深处的西太平洋马里亚纳海沟底部的岩石、海水、生物等珍贵样品。当年开始的，还有中国火星探测任务。如今，"天问一号"探测器和"祝融号"火星车已顺利着陆火星，并开始巡视探测，去发现更多火星的生命活动信息，探索太空的千年"天问"迈出坚实步伐。

发现从来没有停止。袁隆平从水稻杂交育种中发现粮食增产、消除饥饿的希望，屠呦呦从传统的中草药中发现抗疟疾的青蒿素，科学家从石墨中发现世界上最薄最坚硬的"新材料之王"石墨烯，商家从互联网的运用中发现对传统模式具有颠覆性意义的商机。人类社会就是在这样反反复复地对存在的事物不懈地探寻、不断地发现中，取得一次次的突破，创造了一个又一个奇迹。

一位几年前获得博士学位的基层公务员告诉我，他业余时间参加了一些社团活动，在与社群的互动交往中，他获得基层实践和每两天看一本书所无法获得的发现和领悟。电商购物的便捷、诡异变幻的房价还有无时不在的微信交流传播，使得既有的知识储存和原有的思维轨迹受到激烈的震荡。如果不融入相对专业甚至跨界的社群交流，仅仅靠传统的阅读获取资讯，是无法跟上即时传播的互联网速度的。不及时发现、掌握新的知识，很快就会产生"身体被掏空"的感觉。曾经引以为荣的业余授课课件，也被互联网时代认知方式冲击得七零八落。

认知每天都在被刷新。有着近百年考古发掘历史的三星堆遗址，因为有了方舱发掘的全新模式和多学科协同的发掘手段，使蕴藏在地下 4800 多年的长江上游古蜀文明"历史密码"逐渐得到诠释。从 2020 年初开始的新型冠状病毒感染疫情防控，不断考量着人类对病毒传播、疫情防控应对的认知。每天都会有新的情况，每天都在发生变化，社会和自然给人类生活带来了挑战，也提供了无穷无尽的认知空间。

记得歌德讲过一句话：思考比了解更有趣，但远不及观察。在此语意中，了解侧重在对事物信息的获知，思考偏重于分析、推理和思辨，而观察则是在了解基础上的思考和在思考中的了解，是对真实的认知。因此，观察是探索真实世界的钥匙。

有个挺有趣的故事。达尔文小时候经常陪做医生的父亲去给人看病，遇到住在楼上的病人，其父因身高体胖，不便爬木板楼梯，便叫达尔文上楼观察病情。久而久之，达尔文养成独立观察事物的能力，并在观察中提升见识，探索生物发展规律，才有了革命性的《物种起源》，成为进化论的奠基人。中国古代先贤把"格物致知"作为认识论命题，穷究事物的原理来获得对事物的认知。后来，陆游在冬夜里的一首教子诗中提出"纸上得来终觉浅，绝知此事要躬行"。明确揭示书本中的知识终归是浅显的，要认识事物的本质原理，必须"躬行"才能有所发现。这与我们信奉的"实践出真知"是一脉相承的。

记得20世纪80年代有首特别喜欢的粤语歌曲《漫步人生路》，里面有句歌词："悲也好，喜也好，每天找到新发现。"后来从事新闻工作，我便把"每天找到新发现"几个字作为职业信条写在采访本的扉页，时时激励自己，每天满怀热爱出发，寻找新生事物，充满兴致地探寻表象背后的真相，彰显真知而成就理想。

　　人与人之间最大的差距，就在于对真相的认知。在海量的碎片化信息面前，每个时点都在考验对真实的把握。像孩子一样对未知保持兴趣、好奇和敏锐，又像智者一样不懈地观察和思考，厘清繁杂的表象，辨别真伪，探究事物本源和真谛。这或许是人生的一种修炼。

　　每天找到新发现。发现真知，感觉力量；发现价值，感知意义；发现美好，感受快乐。

2016 年 8 月 31 日写于新安

2021 年 8 月 5 日改于观湖

一步之遥

　　舞蹈与足球，一文一武，都考量足下功夫。南美洲拉普拉塔河那辽阔的大草原，为酷爱足球运动的阿根廷人提供了天然的训练场，培养出一支支足球劲旅，造就了许多大牌球星。而这个农产品丰美的地方，还孕育了一个艺术品牌。阿根廷是名副其实的探戈发源地。

　　从北半球飞抵南半球，来到季节相反，时差达 11 小时的阿根廷首都布宜诺斯艾利斯，已顾不上旅途的劳顿，迅速地走走看看。作为博卡青年竞技足球俱乐部主场的球场，坐落在静谧的拉普拉塔河畔。这个球场被马拉多纳称为"足球的圣殿"，上演过无数魔幻般的球赛。在此转一圈，我们只能看到其洋溢童话色彩的糖果盒造型，想象这里每每迸发出来的疯狂热浪。

　　漫步废弃的老港口街区，可从参差的楼房橱窗镶嵌着的足球明星造型和街旁小雕塑景观，感受到人们对足球的热爱。与凝固的体育竞技姿态相比，餐饮、商品店前一张张窄小的舞台上演出的一幕幕鲜活的探戈热舞，吸引着来客，使得这片古旧的街区生机勃发。当地华人告诉我，这个港口是拉普拉塔河支流巴拉纳河上的重要水路运输枢纽。阿根廷有"世界粮仓"的美称，其丰盛的农畜牧产品曾经由这里运往世界各地。19 世纪，西班牙籍的欧洲移民和非洲移民大量涌入阿根廷，移民、商人和海员水手在码头附近聚集。于是欧洲轻快的音乐、非洲热情的舞曲与拉美土著歌舞相互融合，形成了双人舞蹈探戈。当初也许只是人们借以排解旅途孤独或思乡情绪的草根舞，不承想后来演变为风靡世界的五大舞种之一，也成为阿根廷的文化名片。因此，去科隆大剧院观看探戈专场表演便成为了解阿根廷文化的首选。

　　无须悠长的报幕，舞台上的舞者直截了当地用舞蹈语言告知你探戈的一切。手风琴与小提琴尖锐而不刺耳的对位和声奏响，钢琴伴着贝斯鲜快明亮、曼妙婉转的节律。

舞者表情冷漠，头颈及肩膀也似有点僵硬，缓缓进入舞池。在时而悠扬、时而短促低沉的节奏中，前进与后退，横步与斜移，步履翩跹，张弛有度。走走停停的"蟹行猫步"，在明快的线条切变中，挥洒着沉稳与自信。交叉步、踢腿、勾腿，在婉转回旋中展露着缠绵与激情。舞步犹如被地板粘住的感觉，连同带点夸张的肢体缠绕，仿佛在诉说着欲拒还迎的心思。

冷静的舞步掩饰着重心的转移变化。在流畅的跳弓和轻松的拨弦旋律配合下，舞者垂直的上身向弯曲的腿和提起的脚跟传导着重量，表达前行的内敛、坚定、干练。随着钢琴在音乐高潮之际强有力的击键，仿佛是在下一个旋转前要深吸一口气，唯美的拧身转头伴着音乐戛然而止，舞姿瞬间停顿。优雅洒脱的舞步就此凝固定格。曲尽舞停，让人觉得还有一步没跳完，舞蹈还不够尽兴，留下永远只差一步的无限遐想。

科隆大剧院的舞台设计别出心裁。可以聚光双人在宽大的舞台起舞，还可观赏不同高度层次的一组组舞者的探戈演绎。高潮迭起时，还有在半空中橱窗里眼花缭乱的立体式群舞。就着温馨的舞曲，剧院提供有阿根廷牛肉和红酒的晚餐，以满足观众的需求。对于我等几位 20 世纪 60 年代出生，缺乏艺术涵养的老男人来说，口腹之欲带来的愉悦远胜过舞台上所谓的"精神盛宴"，就这样似懂非懂地欣赏着。当地懂点探戈的华人告诉我，阿根廷探戈"无冕之王"卡洛斯·加德尔于 1935 年创作了探戈舞曲《一步之遥》，此曲抑扬顿挫、刚柔并济、高贵典雅，是探戈舞曲的极致代表，为全世界乐迷所熟知，还成为多部著名影视作品里情爱歌舞表演的经典选段。

球场上经脉欲断的胶着、死去活来的绝杀，足球更多地表现在一步一脚间灵光闪现的奇迹。而探戈舞蹈，行进中的舞步往往被疏略，最令人回味的就是那结束时"还差一步"的停止。差那一步，似觉得有点遗憾，怅然若失。差那一步，欲动又停，欲止不息。就是差那么一步，实现了艺术的升华。

艺术总能直抵生活的底部真相。舞步欲退还进、快慢错落的变化和棱角分明、斩钉截铁的停止，彰显了舞蹈刚劲挺拔、潇洒豪放的韵味。生活的节奏也如探戈，往往是在动与静、快与慢、多与少之间迅速变化、回转。看上去冷淡的日常，往往有着执着的热切。步履放慢一点，该快的时候才快得起来。就像放下过多过杂的目标，追求和崇尚简约，会使人变得轻松、愉快。对不必要的欲念进行断舍离，会使生活更丰富、更充满想象。

人生亦如探戈舞步。有遵循音律，抑扬转合把握切变拐点的方向之步；有一念之间放弃或坚守，决定成败关键的坚持之步；有遵从内心的需要，在予与取之间做出明晰判断与选择的取舍之步；有"事了拂衣去"，不居功自傲、不贪恋功名利禄的知止之步。

一步很近，也很遥远。动而无动，静而无静；当动必动，该止则止。在静止中积淀，在激情中超越。

停顿或许就是新的开启。一步之遥，百步之始。

2013 年 8 月 13 日写于阿根廷

2022 年 5 月 2 日改于双界河畔

节奏的信徒

　　长期专注做一件事，必然会有心得与感悟。老朋友阿翰向我分享他 6 年来长跑的历练，如数家珍地道出了所得 40 枚马拉松奖牌背后的甘苦。

　　长期从事企业经营管理，阿翰殚精竭虑地付出心血，也在负重前行和无数应酬的觥筹交错中，疏忽了身体的打理。腹背丰隆、"三高"毕显，不足半百却老态颓现。一地产界的跑友哥们儿见状极力邀他加入跑友圈。多年不屑运动的他在跑友"不依不饶"的鼓励下，从 3 公里、5 公里开始练习，约半年竟跑完了半程马拉松。

　　起步阶段显然是艰辛的。摆臂、抬腿、跨步，酸楚、胀痛、气喘，还有坚持与放弃的内心纠结，身心经过各种考验。阿翰得益于初入跑界训练时掌握的要领，调整脚步频率和呼吸，也从跑友们呈现的跑态中汲取力量、调适内心，全神贯注地发挥体能，完成了每个自设的训练目标。更令人欣喜的是，他已养成了跑步的习惯，每周除了两天放空休息，工作日坚持跑 6 至 8 公里，周末跑 15 公里。书房里挂着数十枚跑马奖章，那是他跑过千年水利工程都江堰、上海黄浦江、北京天安门广场、香港"三隧三桥"、纽约世界最长悬索桥等各类马拉松赛事的纪念。他手机计步积累了 8300 公里的跑程。

　　坚持长跑不仅使所有体检指标恢复正常，阿翰还在跑友间的励志交流中变得越发积极乐观。而且，他觉得，与走马观花的旅行方式不同，用保有一定时速的脚步丈量世界，延展了生命的宽度。长跑不但使他淬炼了攻坚克难的自信心和坚韧不拔的意志力，还使他深度省察过往得失。他认为，人生就像一场马拉松，无论你跑得多快，超过多少人，最后会发现这根本无意义，因为总有人比你更快。很多人贪快，最终没能走得更远。他甚至深有感悟地说："跑得越慢，才能跑得越远。关键是要把握节奏、坚持不懈，成就更好的自己。"

　　现在一口气跑 6 公里，身体都没什么感觉。步伐和速度的意念早已融于身心。阿翰已在跑中悟道、得道。类似阿翰这样的跑友，我还认识好几个。小苏说几年坚持下来已经无跑不欢了，哮喘的老毛病也跑没了。勇哥曾跑伤过腿关节，但痴心不改，十年如一日，每天风雨无阻必跑 10 公里以上。

跑步常常是枯燥乏味的。身体行进在那寂寞的跑道，没有谁能相助，唯有调整身心，踩准向前的节奏，才不会迷失在茫茫地平线。作为一个球类和跑步的爱好者，我敬佩长跑者的坚强意志，更从他们出神入化感悟节奏、把握节奏的状态中获得启发。

节奏在舞蹈、音乐中就是核心和灵魂。大千世界，节奏的重要性普遍存在，不胜枚举。在我的体验中，乒乓球是一个以快为基本特征的球类运动。球的速度、力量及旋转，是技术与意志的体现。技术固然重要，但当实力相当时，比的就是场上攻守之间对每个球和每一局在节奏上的把握了。同样，麻将、扑克之类的娱乐项目，即使握着一手很顺、很大的好牌，若把握不住轻重缓急、先后的节奏，也可能输得一塌糊涂。

大自然中植物生长，一样是遵循节奏的。谁也无法改变植物的春生、夏长、秋收、冬藏，在一年四季二十四节气里的呈现。非洲有种尖毛草，6 个月才长一寸高，但是雨季来临时可以迅速长至 2 米。其实，在长那一寸的时间里，尖毛草形成了强大根系，只待丰沛的雨水来临。林间竹笋，之所以能迎来"清明争出，谷雨争高"的机遇期，是因蛰伏在泥里的几年时间里靠盘根错节的根须储足了能量。

生态的形成亦有其节奏。20 世纪 80 年代西部一个地方的开发者为逆转沙漠化，在干旱的沙丘上种了许多树，后因缺水大多数树枯死。后来总结教训，先从种草涵养底层水分、种植灌木改善生态做起，再种树获得成功。同样的道理，产业的业态形成，离不开小微企业循序渐进的培养，也需要技术、人才、市场、产业链的底层打造。缺乏产业基础，就难保长盛不衰。区域竞争力的养成靠的是长期努力锻造出的业态韧性。

办公的楼层不高，十年间我形成上下楼走步梯的习惯。本来是好的习惯，却被我两步、三步并作一步爬的节奏破坏了。直至膝盖反复隐隐作痛，才醒悟急步登梯与运动锻炼的初衷适得其反。每个年龄阶段，身体能接受的生活、锻炼、娱乐的节奏是不同的。若用力过猛、用时过长、频次过高、幅度过大，都有可能损伤身体。一位老中医分享他治病的节奏观。他说，一个身患多种慢病、身体虚弱的人，首先要稳住紧急病情，固本培元，不发生系统性的风险。然后，有针对性地分步骤、分疗程多元施治，才能达到预期的效果。

"心急吃不了热豆腐",古人用最直白的话语告诉后人凡事不能操之过急。苏东坡被贬黄州时曾作打油诗《猪肉颂》,其"待他自熟莫催他,火候足时他自美"的诗句,讲出了烹调美食时掌握火候节奏的心得。粤西有句白话:慢装担,快行路。道明了要保持顺利快行,出发前放慢节奏的必要性:以免落下东西,掂量负重的分量。湖南人说的"霸得蛮,更耐得烦",揭示了努力用功之时,切忌心浮气躁的道理。而"屎出才来挖粪缸"的客家土语,说出了人们常见的临时抱佛脚窘境。

节奏是规律。节奏不仅仅指速度的快与慢,还可以是心智上理性与感性的调适。谋事前,要有未雨绸缪的节奏;做事时,要懂得轻重缓急的节奏;重养生,要达到身心契合的节奏;成就事业,离不开把握时机、利用天地人和的节奏。在运动变化的世界中,时时处处闪烁着节奏的智慧。

爬楼梯时,告诫自己老腿已负重前行数十年,急不得;焦虑浮躁之际,告诉自己莽撞冒进无济于事,要耐烦;警省自己,讲节奏也不能成为懒惰与拖延的理由。不急不缓,恰当就好,做个节奏的信徒。

2014 年 11 月 16 日写于观澜河畔
2022 年 7 月 31 日改于双界河畔

于不疑处存疑

"我终于可以驾车独自出行了！"电话那头，老哥阿风掩饰不住内心的喜悦。

三年前，阿风莫名其妙不停地眨眼，导致开车经常追尾，连走路都会撞门撞墙，行走极为不便。此时，他病症消除，离开深圳远赴山东游玩，其快乐状态可以想象。同时，他也把治病的经历、感受和体会向我做了分享。

早已记不清发病的详细过程。一次，他爬山遇到暴雨，躲闪不及着凉感冒，还发起高烧。病好后，总觉得眼睛枯涩，睁眼困难，老是打瞌睡。一段时间后，便不由自主地眨眼睛。渐渐地，眨眼频次变密，眼睛闭上后再睁开时越发困难。开车常常追尾，只好耐心向被追尾的车主道歉并解释原因。平和些的被追尾的车主都劝他别开车了。蛮横的车主被追尾后，质疑其开车不专心，若非看到他不断眨眼，早就拳脚相加了。

带着全身核磁共振片子和 CT 片子，阿风踏上了寻医之旅。在深圳的治疗不见成效，他就跑到广州的大医院求诊，也未获预期效果。他只好辗转北京、上海等地，逐项排查施治。从眼科、神经内科的名医，到动眼神经、三叉神经、中医抽动障碍等的脑科专家，他生怕遗漏对症下药的治疗机会。不断地服药，也尝试用眼药水清洗、降低眼压等多种治疗手段。

带着对一次次治疗收效甚微的失望，他又慕名前往香港一著名医院求治。知名专家认为这是国际上已命名的"麦杰综合征"。于是他对症下药，每天遵医嘱服下大量的药品，治疗了约半年却未见效果。因担心药物对身体产生危害，他定期抽血检查，发现尿酸、肌酐、尿素氮渐行超标，显示肾功能受到伤害。当医生要增加治疗肾病的药时，他对副作用巨大的疗程生疑，停止了可能导致肾衰竭的治疗。

早在 20 多岁时，阿风便患过肺部疾病。38 岁时遗传性糖尿病发作，需长期服药。对患病有着深刻认识的阿风，坚信自己命不该绝。三年的求医经历，消耗了他大量的时间精力，也磨炼了他的意志。一次，朋友介绍他认识了一位从部队退休的老医生。详细听完阿风几年治疗经历后，老医生指着核磁共振片子中耳部位一个非常不起眼的光点告诉他，病因是中耳乳突突受病毒侵害引起发炎，造成局部神经受损。这可是之前的名医和权威机构未曾发现的病灶。

治疗过程异常痛苦，但阿风坚信老医生中西医结合施治的方案。老医生每天在其头部经络和身体其他穴位针灸，并经针孔注射促使神经生长的生物制品，激活其头部受侵的神经微循环系统。还辅以西医的输液、中医的艾灸。每天在身体上扎逾百枚钢针，阿风调侃自己成了刺猬。只是那特别长的针经头部穴位往里推进时，那种痛不欲生的感觉是刻骨铭心的。他只能忍着，以致浑身冒汗，牙齿把嘴唇都咬出血来。奇迹在半个月后出现了，几年间因神经坏死消失的抬头纹慢慢重现，眨眼的频率慢慢降低直至恢复正常。

作为一个旁观者，我无法体会阿风治病的焦虑和忍受的痛楚，但我佩服他从不放弃的坚持和对未知世界的探寻。看上去不容置疑的权威诊断，却与实际有着偏差。连针对性极强的诊治也"剑走偏锋"造成伤害。还是老医生洞察了病因，采用中医针灸经络和西药激活神经元的中西医结合手段治好了他的"疑难杂症"。他深有感触地说，是老医生的正确认知和正确施治救了他。

阿风于20世纪80年代初中毕业考入中等师范，成为恢复高考后第一批入读中专的中师生。毕业后，他先在贫困区（县）执教。后来考取省教育学院，完成生物专业学业后回到县政府机关工作。他算是个不甘寂寞的人，当机遇来临时，选择了下海从商，先后从事了金融、酒店、药品等多个行业，过上了小康生活。天生不愿受拘束的阿风，最终选择了他认为最公平、最自由，也最具挑战的证券业。没想到，步入证券业后他遭遇了人生"滑铁卢"，亏得一无所有，连自住的房子也卖掉还债。最穷时连坐公共汽车的钱都没有。两段婚姻也先后结束。

股市波涛曾使他跌至一无所有的谷底，也让他深悟其中的机遇与风险。凭借多年对境内外股市行情的钻研、分析和积累的认知，他找准机会，用借来的300万元创造了"咸鱼翻身"的财富奇迹。此后，他屡有斩获，先在海滨给父母买了套海景房，后又在中心区让自己居有其所。他还是专注于熟悉的证券业，也为一些投资界的朋友提供免费的咨询，输出"真知灼见"。闲暇时光相当充裕，他成为深圳大沙河生态长廊最勤快的漫步者。河道里那些觅食的鹭鸟，也常常成为他手机镜头里的卖萌者。

都是年近花甲之人，偶尔一起喝茶、散步时，他会毫不保留地谈起他的感悟。当然，谈得最多的是养生之道。他因过早患上糖尿病，认识到这种所谓"富贵病"的危害。在近20年的岁月里，他严于律己、规矩控糖，并力求血压、血脂、尿酸等健康指标正常，以免与高血糖的危害叠加。因为高度重视身体保养，最近几年阿风越发有着充满活力的体态和饱满的精神状态，看起来比实际年龄年轻10多岁。他认为，许多人的健康问题都可以找到根源，只是囿于认知的局限，未能找准病因和治疗方法。

没有实操就无法洞察商海里的人生百态。阿风说，他管理过酒店，很清楚要在采购环节把控成本、提高利润的道理。一次，他路过酒楼后面的洗碗区，发现一洗碗工正往大盆里倾倒洗洁精，连忙问为何这样浪费。经追查，原来，洗洁精供应商给予洗碗工"回扣"，激励洗碗工"多用"。他说，如果不发现这微小的细节，怎么会想到商业法则会在如此细小的环节放大人的贪念？

世界之大，无奇不有。市场里有许许多多的"富矿"，也有贻害无穷的"坑洞"。被称为"老股棍"的阿风，自认对股市的规律有深刻的认知。常常获利，也不时被套。他认为，万变不离其宗，价值变化时刻考量着人对市场的认知。往往最难把握的认知，还是自己本身。因为无法精准把握对客观事物的感知和缺乏足够的思辨、判断能力，他也常常要为自己的认知买单。

北宋著名思想家、理学家张载有句名言："于不疑处有疑，方是进矣。"逾千年前就断言：能在看似"不疑"之处发现问题，形成正确认知，才是真正的"长进"。法国著名哲学家笛卡儿也认为，他在怀疑时处于思考状态，是一个思考的存在者，也就是"我思故我在"。他说："怀疑是我寻求真理的方法，是为了得到标准的答案。"古人尚且能对贴上"不疑"标签的事物存疑，以认识事物的真相，今天在互联网形成的大潮里，更应当有存疑的体察和思辨以弃伪存真。

近日重温了《了凡四训》，对认知有了一些新的感想。明代袁了凡年少时遇到精通易学的孔老先生，为其卜算一生，并在二十岁前精准应验。当他被笃信的命数所捆绑，心如死灰之际，遇到栖霞山高僧云谷禅师点化，发誓广行善事、修为积德，最终证实命运并无定数的道理。袁了凡从切身经历讲起，以"立命之学"为开篇的训诫，恳切而真实地道明不要迷信，我命由我不由天的真理。时隔400多年，今日读来，仍受启发。

现实中总会有许多令人疑惑的事情。有人学了点易道，讲究风水，出门理发看宜忌，连接触人也看生肖冲合，迷信行径闹了不少笑话。网络里掺杂着许多假新闻和谣言，常常左右着听风就是雨的轻信之人，引发不假思考的是非判断。凭主观出发，不经深入调查研究，不弄清真相的决策，依然在影响团队或个体的行为方式。偏听偏信一些养生治病良方，以致痴迷成癖、延误良机，造成恶果使人追悔莫及的事时有发生。最难洞察当为人性，从古至今有着无数正反例证，证明要知己识人，均非易事。

存疑，绝非优柔寡断、杞人忧天的多疑。胡适先生曾提出，做学问要"不疑处有疑"，提炼出"大胆地假设，小心地求证"十字箴言。我想，存疑的假设、求证过程，就是扩大认知、深化认知、更新认知的过程，是求真务实、大胆创新的过程。

不曾见识、没有经历、未做探索，怎会有想得明、捋得清的认知？正如古人所言，不与井蛙聊海，不与夏虫谈冰。认知不同，连起码的沟通都无从谈起。不疑与存疑，决定着认知维度，决定着思想的高度和创新的力度。

阿风的经历，对他来说是无法复制的认知财富，于我而言，未尝不是一个获取真知的机会。怀着感恩，我献上祝福。

2022 年 11 月 5 日

于前海双界河畔

养怡之福得永年

有人邀请我参加一个老人的期颐午宴，我欣然赴约。百岁老人叫陈秋琴，是老同学阿海的外婆。说来也是一种缘分，22年前，我在宝城街头一餐厅偶遇阿海为其78岁的外婆过生日，还不请自来跑到包房向老人贺寿。

早在几个月前就听阿海说在筹办外婆生日，他专门到缅甸为老人订制了价值不菲的翡翠手镯。阿海兄弟姐妹从小是外婆带大。宴会上，老寿星由阿海兄弟姐妹搀扶着走上主席台接受众亲友道贺，合影留念。开席前，阿海声情并茂地给众人分享了老人的长寿经：外婆基因好，七兄妹都高寿，尚有三人健在；一直坚持信佛；生活简朴，爱喝粥茶，喜吃青菜鱼类；思想单纯，情感简单，26岁丈夫去世后，独自抚养女儿，与女儿、女婿和孙辈生活至今；热爱劳动，年轻时起早贪黑劳作，年迈后力所能及地做家务；心地善良，与人和睦相处；生命力强，90岁以前很少吃药，95岁时，昏迷住院三天三夜，醒来后自己拔掉针管"逃"离ICU。阿海分享了外婆的七点长寿经后，总结成四字：简单、善良。

活到一百岁，其实不简单。宴会结束，亲友得到了阿海一家给每人准备的纪念品：装着奶糖红枣的精致瓷罐和绣着"寿"字的红色毛巾。众人均珍惜这份带着美好愿望的礼物。

珍爱生命是人类的天性，人类社会无论是族群还是个体，从来没有停止过对健康、长寿的求索。封建社会帝王贵族不乏追寻长生不老之术者，秦始皇就曾遣徐福带童男童女赴海上寻找长寿仙丹。历朝历代均有道术泛滥，寻仙丹、服药石的现象。所谓的术士用重金属和矿物质烧炼"延年金丹"供痴迷者使用，史书记载着多位皇帝因服丹早亡的愚昧之事。现代社会，依然有人执着于寻找永生的方法。据记载，世界上一些超级富豪试图用低温科技延续生命：死后将身体或头部深度冷冻至−196℃，以期未来

200年内科学技术能使他们获得重生。目前有几家公司在全球开展此种服务，已有数百被冻结的人体和数千签约者。

长寿仿佛一个谜团，因此形成了许多试图破解它的理论学说，彼此间争论不休。在物理学时代，科学家曾以"能量守恒"理论阐述人的寿命，认为人一辈子消耗的能量有限，减少新陈代谢是长寿之道。这个结论很快被否定，因为生命能够不断从外界获取能量，且用进废退。此后有科学家研究认为生命衰老是细胞分裂过程中DNA复制产生少量误差的累积导致大量细胞死亡造成的。又有科学研究表明，细胞内的线粒体会产生大量具有氧化作用的自由基导致细胞功能丧失而致衰，形成了提升抗氧化功能以抵抗衰老的理论，抗氧化、抗衰老学说由此流行一时。

随着近百年来人们对基因认识的不断深化，科学界对人类寿命的研究进入新阶段。科学家发现细胞的寿命和染色体末端的端粒长度几乎成正比，但是后来又发现端粒理论过于简单，不足以解释衰老这个复杂的过程。此后，科学家又发现与寿命有关的DNA甲基化水平、载脂蛋白E2基因，以及其他与免疫、心血管和肿瘤相关的基因组，明确得出人的衰老是多基因复合调控综合形成的结论。基因伴随着生命的传承而存续，构成影响生命时间长短的内在因素。

我们这个古老的国度，早在春秋战国时期，就已出现了养生、益寿的经典著作。古人早已悟透了正常生命的期限，《黄帝内经》上卷《素问·上古天真论》有"尽终其天年，度百岁乃去"，《尚书·洪范》称"寿，百二十岁也"，这与西方学者认为人不患病，又未遭受外源性因素不良作用，则要到120岁才出现生理性死亡的论断惊人相似。人们无法改变基因密码和影响天年寿数的内在因素，只能从维护健康状况的主观和客观外部因素下功夫，以期益寿延年。

宇宙浩瀚，人生有限。面对代代相传的生命接力，古人曹操在《龟虽寿》中发出慨叹："盈缩之期，不但在天；养怡之福，可得永年。"在迟暮之年，曹操不悲观失望，仍保持着奋发有为的豪情和养怡延年的壮心。

摄养身心，颐养天年。注重养生修炼，可以说是中华民族传统文化瑰宝。古人用阴阳五行的理论和易、道、医合参的体系，铸造了《黄帝内经》《难经》《伤寒杂病论》《神农本草经》四大养生经典。从经络脉象、寒热温凉"四气"、酸苦甘辛咸"五味"，到四季和十二时辰养生，无不贯穿着古人"治未病"和辨证论治的保健智慧。人们常说：养生有道。结合所见所闻，我形成五方面的养生认知。食养之道：饮食有节，合理膳食，营养均衡，清淡为宜，切忌暴食暴饮；动静之道：劳作运动，张弛有度，劳逸结合，动静相生，保持血气畅旺；心性之道：信念坚定，修身立德，善良感恩，豁达乐观，节欲俭朴，心气平和，内心充满正能量；自然之道：不违背十二时辰与经脉的对应，踩准四季节气变化的步伐，实现与自然规律同频共振；生态之道：水源清净，空气清新，优雅的自然生态环境，是长寿不可或缺的因素。

向长寿之人致敬，表达爱戴的情怀，我满心欢喜地想，生命就在一呼一吸之间，延年在于养怡之道。

2018 年 9 月 5 日

于前海前沿

一滴敢报江海信

百岁人生何足道

生命总是有期限的。古人早有"度百岁乃去""寿，百二十岁也"的"天命"论断，也留下了"山中也有千年树，世上难逢百岁人"的"贤文"，道出对期颐的珍惜。人们从未放弃对长命百岁的追求和祝祷。

国际自然医学会、世界长寿乡科学认证委员会于 2019 年 6 月在北京授予大埔县"世界长寿乡"称号。大埔成为第八个"世界长寿乡"，是继巴马、如皋、和田、蕉岭之后国内第五个国际公认的寿域。

大埔县长寿文化研究会首任会长章明，退休后致力于长寿文化研究，参与了 2015 年开始的世界长寿乡申报工作。他开展长寿文化的调查、挖掘、整理和弘扬，对长寿"秘籍"有着独到见识，在其引领下我拜见了两位三河镇的长寿老人。

出生于 1918 年的黄样华老人，在三河镇梓里村是一位名人。他参加过抗日战争和抗美援朝战争，已年届 104 岁，是"双抗"老兵寿星。"抗战老兵，民族脊梁""功勋卓著""红色经典""敬老孝亲家庭""寿比南山"等锦旗、牌匾，温馨地挂满一楼客厅。

听见我们到来，黄样华老人坐在老式眠床床沿，有条不紊地穿好衣服，缓缓移步到客厅，坐在藤椅上，热情地招呼我们喝茶。老人稀疏的白发，衬着略显清瘦的红色脸庞。眉宇开阔，鼻梁略高。他右手五指并拢举至右额发际，行了军礼。眼里闪着真诚的光亮，嘴角上扬，笑得天真灿烂。

每天早上，老人第三个儿子黄贵生，带着老父母，在常去的下坝小食店吃完饺子、老鼠板、米粉等早餐后，散步片刻，便回到家里休息。老人逢圩日还会去看看赶圩的热闹。他想睡就睡，有时晚上口渴，贵生会起来给他冲白糖水喝，喝完糖水又甜美入眠。贵生说，老人家每月需要三四斤白糖用于冲水、煲番薯汤。与老伴喜欢吃青菜不同，样华老人更喜欢把猪排骨的肉和鸡鸭肉撕碎后吃，也常吃肉碎煲粥和肉碎拌饭，切得很碎的苞菜也会吃点。老人从不挑食，除了不喝酒、不吃辣，有什么吃什么。直到96岁那年，把抽自卷烟的嗜好也戒了。多次体检表明，目前老人血压、血糖、血脂等指标均正常。

贵生1993年在村里规划的新村建了房子后，便把父母从岃背角老屋接来同住。那时，80多岁的父亲不再驶牛耕田种稻谷，但还种菜、养鸡，并帮助照顾贵生患脑瘫的女儿。闲暇时间，老人上下午会骑着单车去老人会打小麻将，通常都会载上需照看的残疾孙女。每个月，他定期到下坝领优抚金，90多岁的老人还能把七八十斤的米挑到车上搭车回家。直到2015年贵生放弃在深圳的小生意，回来专职照顾后，老人才停止一切需要付出体力的活动。

谈起往事，样华老人眼中闪着兴奋光泽，话语滔滔。他从12岁开始，便随父亲在梅县松口的砖厂做工。1940年，时年22岁的他被当时的国民党部队抓"壮丁"，送往韶关编入通信排当士兵，后辗转湖南衡阳、江西赣州等地，又被派往长沙修工事。抗日战争进入相持阶段后，他参加了中国军队与侵华日军进行大规模激烈攻防的长沙会战。此后，部队整编后调防淮安、扬州、镇江，驻守长江。直至1949年4月，在解放军渡长江后，他入编解放军担任班长。解放前后还在宜昌、重庆等地打土匪。他1950年7月加入了中国共产党，1951年初，作为中国人民志愿军一员奔赴朝鲜，参加了抗美援朝，直至1954年回国。后来从江西上饶复员回到老家时，他已37岁，从此在梓里村开始了务农的家庭生活。

经历过血雨腥风的战争与长达十多年的军旅生活，样华老人养成了诚实、耿直的个性。在1958年，他从生产队长的岗位退为生产队保管员。他驶牛操作犁耙辘轴，以及插秧、耘田、收割等无所不干，颇受队员信任地称谷、晒谷、管理稻谷和化肥农药。直至20世纪80年代初，实行"包产到户"后，他才卸任保管员从事家庭农耕。就是在这么平凡艰辛的勤俭操持中，样华老人夫妇带大了四男三女共七个孩子。

在贵生的记忆中，老父亲从不与人吵架，只记得在小时候他们兄弟睡懒觉时发过火。平时待人接物语气平和，近几年前来慰问的人较多，他都彬彬有礼地一再表示感谢。他看到老父亲最激动的一次，是前几年接过抗日纪念章时，老泪纵横，场景感人。

老人一边说着，现年 54 岁的儿子贵生在一旁适时补充。贵生说，老人家消化系统一直比较好，这两年眼和耳略差些，但感知还算灵敏。上半年，听到后院养的鸡在叫，眼看着有人把家里养的鸡偷走，老人也不喊不骂。事后，贵生问父亲心痛吗，老人淡然说："他们要来偷，就说明有需要，要就拿去吧，反正鸡还可以再饲养。骂他们也没用，如吓到人跌伤怎么办？还弄脏自己的嘴呢。"在贵生印象中，以前家人从山上砍回的柴，常被人偷到村里的瓷厂卖，父亲明明知道谁偷的，也当无事一般。坐在一旁已年届九秩的老伴也有话了："他就是这样的人，什么都无所谓，天掉下来当大笠麻。"

老人执意要起身送到门口，行了军礼，又挥挥手，笑容如同盛开的花朵。

我们一行又来到汇城村，这里是梅江、汀江、梅潭河汇合处，也是韩江起点。进入白墙灰瓦的客家老屋小院，已 104 岁的廖果老人刚从防跌防撞和视听设施一应俱全的房间，移步至客厅。老人不久前刚随儿子从佛山返回这里居住。老人体态丰腴，看得出年轻时健朗壮实。据其儿子介绍，老母亲 20 多岁嫁到林家后，生育了 10 个儿女。她是村里和家里粗重体力劳动的主力，农闲时还要为当裁缝的丈夫做些"打钮襻""锁钮门"的细活。直到百岁之时，有客人来还会端上自种的番薯待客。老人最大的特点是闲不住，唯一嗜好是午晚吃饭都喝一杯白酒。她既喜欢走村串户与人聊天，也常逗弄儿孙，现在则以"三岁老人"的童真成为这个五代同堂 130 多人的大家庭的逗笑源泉。

两位逾百岁的老人，一男一女，一瘦一胖，一个是经历出生入死久经战场的老兵，一个是纯粹的农妇。若要从他们的高寿中提炼出长寿秘诀，我觉得挺难的。他们一生都勤劳，也开朗乐观，都有些小嗜好，也都儿女孝顺、晚境无忧。这些尽人皆知的道理似乎平常无奇。但是，我又觉得，能够如此高寿，本身就是生命的奇迹，并非不足称道。

在大埔长寿文化馆的展厅，通过影像、文字资料，我了解到，自 2019 年 6 月至今的 3 年半时间，大埔百岁老人已由 132 名增到 194 名。增加 62 位百岁老人，意味着每万人中百岁老人由 2 位增至 3 位。

在近几年的寿星榜中，我还领略了另外几位百岁老人被记录的风采。桃源镇上墩村的苏葱娘，在新中国成立前曾靠树皮树根充饥，因用错药 40 多岁便掉光了牙齿，她坚持吃粗粮和喝中药调理，2016 年已 80 多岁的儿女还为她庆祝了 110 岁生日。枫朗镇墩背村罗驰云老校长，退休后一直热心筹钱推动山村校舍危房改造，90 多岁时仍坚持读书看英文报纸，甚至动笔翻译英文版《莎士比亚戏剧》，老人精神境界堪为师表。三河镇良江村的童三英老人、湖寮镇龙岗村的玉梅婆，百岁左右时都曾跌倒受伤，行走不便，儿孙们在治疗、膳食、起居环境、泡脚保健等生活细节上，极为用心细心地调理照料。百侯镇南山村归侨老人罗莲，年逾百岁仍能穿针引线缝补衣服，坚持把分类垃圾送到定点垃圾桶。6 岁时因患眼疾而右眼终生失明的湖寮古城百岁老人蓝承永，一辈子劳碌艰辛，一直坚持操练少年时偷师学得的拳术健身，遵医嘱长期远离烟酒、辛辣及烧烤食物，喜欢肉食，也常以清凉草药调理身体。湖寮镇新寨的蓝住、葵坑的杨传、下坜的刘桂花、万川路的刘滚常均有着早睡早起、清淡饮食、性格随和、人际和谐等特点，能够生活自理。

我无法直接观察体验百岁老人的经历和日常，只能从片段间获取点滴认知。当然，也就无法概括出可成篇章的长寿之道。甚至觉得，长寿的因素因人而异，对每个老人而言，其长寿也没有特别的"道"。都说生命在于运动、体勤增寿，但也有长寿之人如乌龟般一味守静。老年人消化功能差些，主张清淡饮食，多吃蔬果，百岁老人中不乏无肉、无酒、无糖不欢的例子。有的百岁老人安逸闲适，有些却是终生辛劳。有的喜欢热闹，有的则乐意独处。单从一方面、一些细节看，甚至是矛盾的，真没有千篇一律的长寿标签。

然而，一个地方的人长寿比例较高，一类人普遍长寿，细加思量，还是有值得探究的东西。

中国人民大学博导邬沧萍自 1951 年从美国回到中国，就开始从事人口学、健康老龄学研究。在 2019 年大埔"世界长寿乡"授牌仪式上，以其 97 岁高龄，掷地有声地表明，决定健康长寿的关键是我们所处时代的社会环境和自然环境，其次才是医学等条件的改善。上了年纪的人都有同感，告别饥寒交迫、缺医少药的动荡年代，国泰民安是人均寿命、长寿区域递增的最好注解。

早在 2013 年，大埔便被中国老年学和老年医学学会授予"中国长寿之乡"称号。长寿探秘的书卷资料不断增加，人们对大埔长寿现象的关注日益多了起来。2019 年 3

月开始，国际自然医学会、世界长寿乡调查团对大埔进行调查后认为，与新疆和田、广西巴马的自然顺利型长寿乡不同，大埔与如皋、蕉岭归类为都市型长寿乡。调查表明，城市化突飞猛进的今天，大埔有着森林覆盖率达79%的生态环境，空气清新、饱含有益健康的负氧离子。清冽甘甜的饮用水和土壤中，均富含有利于健康的硒、铁、锌等微量元素。国际自然医学会认为大埔有着提高人"气能值"、延长生命的自然环境要素。据第七次全国人口普查显示，大埔县65岁及以上人口比例高达17.05%，为全省最高。

翻阅《大埔史志》可看到，明、清至民国间，百岁以上寿民均获赠匾额、被记录事略列入史册，寿星们崇礼重义、勤劳俭朴、敦族睦邻、乐善好施等品德受到旌表褒扬。在新时代的文明建设中，大埔传承、弘扬敬老、爱老文化，各种老年联谊、娱乐、关爱的社会组织在城乡星罗棋布。政府在老年人的医保、社保和长寿保健金等方面推出了系列惠民措施，让老人衣、食、住、行、医均得到妥善安排。敬老孝亲和惠老臻寿的人文风尚，构筑了老人们无忧无虑、安享晚年的文明和谐社会环境。大埔已评出20个敬老孝亲家庭，百侯、西河、桃源3个长寿镇，还有坑尾、南山、北塘、梓里、雷锋、大坑、双髻山、乌槎、长丰、大觉、墩背共11个长寿村。彰扬孝德文化、崇尚敬老人文，大埔综合施策颇有成效。

民以食为天。大埔人在饮食日常间形成的养生文化是非常独特的。与沿海地区的海鲜饮食不同，大埔人更喜欢来自田地、山上、溪河、山塘间的大自然馈赠。五谷杂粮里的淀粉、鸡鸭猪牛鱼里的蛋白质、蔬菜瓜果里的维生素和粗纤维，经蒸、煮、焖、炒、烩为主的烹调加工，保留了下来，食材也做到色、香、味俱全。当然，少用烤、煎、炸、烙的加工方法，虽少了些风味，但也少了些热燥之气，保持着温和的食品特质。而工艺精细、品种繁多的小吃，恰恰又增添了食物的多样性，大大增强了美感和人的食欲。由古至今，大埔人用草药树根制作汤和粄，有药食同源功效的药膳，成为尽人皆知、大行其道的养生文化。

客家的话语体系中，有"上寿"的说法，即到了花甲之年才可称"寿"。社会是个大系统，具体到每个人，同样也是一个系统。长寿的社会系统自有定数，而每个人的小系统千差万别，有无共同的特质可供探寻？综合长寿学术研究，结合所见所闻，我在百岁老人身上，大致看到了几个方面的特征。

健康与否，寿数长短，是诸多因素相互作用造成的。与生理机制相比，情志因素占据重要位置。长寿者的特征中，首推品德。孔子有"仁者寿"的论述，《素问·上古天真论》中记载："所以能年皆度百岁而动作不衰者，以其德全不危也。"道德品质完备的人，较少招致凶险祸害。长寿的人，拥有善良、坚强、仁慈、敦厚、勤俭、诚信、宽容、自律、正直、恬淡等优良品格，与人为善、乐善好施、热心公益。近代田家炳、萧畹香等慈善家，高寿而终便是例证。

若问长寿老人高寿秘诀，十有八九会归因于有好的心态。中医认为，疾病由心而生。长期忧虑、焦躁、苦闷、烦恼、愤懑，必定会百病丛生、病不可愈。正所谓长乐延年，长寿的人拥有随遇而安的从容、处变不惊的淡定、心平气和的持重、宽厚包容的气量、无怨无悔的胸襟、积极豁达的态度、安然闲适的宁静、知足常乐的喜悦。他们安分守己，没有非分之想，但都有简单朴实而心安理得的小目标。淡泊名利心超然，练就人生大境界。

健康生活习惯的养成也是必然的一环。没听哪位长寿之人，是生活放纵、透支生命的。量力而行的劳动、持之以恒的锻炼、适可而止的饮食、规律的作息以及和谐的人际沟通、交往，这些看上去稀松平凡的日常，也蕴含着长寿大道。

还有两点是必不可少的。一是敬老爱幼的家庭环境。老年人往往从晚辈敬老尊长的照料中，获得无与伦比的天伦快乐，心灵得到莫大慰藉。营养的均衡搭配、疾病的治疗调养，对于日益衰老的躯体尤为重要。二是自我保健意识。身体的寒热、燥湿、虚实、上火、阻滞、瘀堵等状况如何，自己最清楚。长寿者深谙病从口入的哲理，节制饮食，绝不暴吃暴饮。有针对性地去调理而实现身心平衡，需要认知，也需要修炼。每个人都有选择自己的态度和行为方式的自由。谁都清楚，自己的身体要自我负责。

明代袁了凡，幼年时遇一"神算"，断其53岁寿终，且无子嗣，后其行善积德、苦心禅修，非但生下儿子，还寿至69岁。其临终前训示儿子的《了凡四训》至今仍启迪世人。因循生死有命的虚玄，在立命、改过、积善、谦德的持久修为中成为诳语。

拜访过后，我眼前依然浮现着样华老人挺着腰杆、挥手致意的身影和慈祥的目光。那颗跳动了百年的心脏，仍然在天地间汲取着生命力量。每个长寿的生命，都绽放着令人沉思悟道的魅力。

　　人生就是一场修行。热爱生活，珍惜当下，赋予短暂的肉体更长久的生命意义，我对长寿老人心生敬意。

　　寿域多人瑞，祥瑞满人间。

2022 年 12 月 13 日

于观澜河畔

后记

心存敬畏

　　创立"出门一笑大江横"公众号之初，女儿把公众号简介写成："一个老男人的随笔。"后来，我提出改为"一个文字爱好者的历练空间"。给自己贴上"文字爱好者"标签，内心是美滋滋的。

　　记得1980年秋就读梅州师范学校的时候，依然保持着对"数理化"学习的认真。在汉语基础知识和语言文学的学习中，慢慢发现，不但能用文字给一直学不好的英语标注读音，还能从文学作品的阅读中收获快乐。中师生的就业前景也渐次消磨了对"数理化"的热情。自己仿佛成了一个诗人，在校园外稻田边晨读时觅取点小诗句，用青涩文字打发少年的烦恼。

　　师范毕业后，我成了一名小学语文老师，内心对文学的爱好越发炽热。仅有的几十元工资，大部分花在了参加《人民文学》创作函授及订阅文学报刊上。不停地写作，也不厌其烦地投稿，终于，在报刊陆续发表了一些小小说、小散文、小诗。稿费远不及投入的零头，却时时感觉到文字带来的欢喜。上语文课时，四年级小学生瞳孔里的专注，也使我觉得文学滋养心灵。

　　机遇垂青文学青年。做梦也想不到，自己会成为电影《永不消逝的电波》里李侠那样从事密电码工作的机要员。据说，当时在年轻干部中选两个机要员，特长要求一个是可从事文字工作，一个是要懂电子技术。我的工作就是把传真纸上的数字迅速变成机密文字。近两年的职业训练，让带点浪漫气息的"文青"变得严谨而专注。同时，在枯燥而寂静的工作中，我幸运地通过中文专业大专函授学习，涉猎了古今中外的一些文学作品，给粗浅的学习打下了一些文学基础。

再一次转行，也因为文字。惜才爱才的"伯乐"式老领导看上了业余时间写点小文章见诸报端的小青年，我开始了在县机关专职从事全县新闻报道采写的"新闻秘书"工作。不同性质的工作激发了文学青年的极大工作热情。每天把了解到的新闻事实，斟酌着用带着导向性的文字准确表达，使每天都新奇而充实。常常为上不了稿焦虑，为一些"火柴盒"式的小新闻反复琢磨，为有新闻价值的人和事奔走于崇山峻岭，不厌其烦地采访，煞费苦心地撰写，虽然辛苦，却是难得的磨炼。在苦与乐交织的新闻职业生涯中，新闻前辈的思想、作风、精神熏陶着我，引导、淬炼我形成真诚待人、求真求实的品格。

当时还没有复印机，为了提高发稿的效益，往往在格子稿纸下方夹上复写纸，誊写一次可收获多份稿子。这种写字方式指头要用很大的力气，才能"力透纸背"，中指很快便结茧。最多时里面夹 11 张复写纸，得到 12 份稿子。骑着单车到邮电局赶在收件截止前投入邮箱，把稿件寄往自认"适销对路"的报纸、电台，以期"广种多收"。有时为了赶新闻，到邮电局以电报的方式发新闻。电报以字计费，发电报的费用通常高过稿费所得。埋头笔耕，收获挺大的。每个月的稿费收入，远远高过工资。一位当老师的乒乓球友老哥见我喜欢听音乐，多年前曾无限期、无利息用"私房钱"借给我200 元，买新华牌双声道四喇叭收录机。我在从事新闻工作半年时便偿还了相当于 3 个月工资收入的这笔"奢侈品"债务，顿觉一阵轻松。

文字工作让我收获见识、经历，也收获了财富。随着各报社、电台颁发的优秀通讯员证不断累加，我实实在在地认为，文字能使人变得优秀。文字给了我"敲门砖"，我靠文字考试进入深圳宝安县。文字工作还给了我股级干部、副科长、科长、报社总编辑、社长的进步台阶。日子就这么在字里行间流过，总那么紧张忙碌，总那么常创常新。十年间在报社的纸上春秋，是我人生最得意的时光。

在文字学习中，我尝试学懂弄通；在文字工作中，我探寻真相真知；在文学写作中，我收获快乐幸福。因此，我在敬畏自然、生命、道德、真理、法纪的同时，对文字满怀敬畏。

敬畏文字，基于感恩。

1997年春，海天出版社将我的新闻作品结集出版。时隔26年，在更名为深圳出版社的2023年春天，又提议把我的散文结集出版。线上文字固化为纸上文本，以标着价格的商品形式接受市场的价值淘洗，使我深受鼓舞、满怀感激。

翻阅即将成为书本的百篇散文，我百感交集。引导、帮助我由兴趣爱好走上职业路径的恩师、领导，给我新闻、散文写作提供支持和指导的朋友和同事，都是我无论何时何地都应该心存感恩的人。我的散文写作题材均是真实的。因此，我感恩文中涉及的人和事，感恩他们为我的写作提供鲜活的素材。原来素不相识，因写作而认识的泉州鲤城三轮车夫、在老围屋做豆腐干的手艺人、龙华福城大企业旁的女裁缝、汕尾百安海滩淘金者、制造业一线的生产者、建筑工地的施工者……我念念不忘他们的朴素、他们的坦诚。

我的散文全部都曾在报刊发表，但我很难收集到读者的互动意见。自散文作品在2018年7月6日设立的"出门一笑大江横"公众号发布后，可经不断转发，收到的意见反馈也就多了起来。这倒逼着我提高写作水平。当时女儿在读大学，抽空创设公众号并用其设计专业的特长承担了最初26篇文章的编辑发布工作，我感谢她的付出。我的亲人对我为文不加掩饰的犀利批评，给了我提升的动力。

每当散文草稿完成，先后有3位美女同事用业余时间对着潦草字迹码字、修改。文本初成后又有文字功夫比我强、情同兄弟的高手帮我把关。还有两位文友在写作的重要节点给予指点，使我受益良多，这些，我怎会忘记？对公众号的运营，多位朋友提出指导意见。每当散文更新，许许多多读者朋友热情进行分享转发，既增阅读量又增粉丝量。有些细心的读者还提出了中肯的批评、修改意见，我都感恩于怀。

南方日报社原社长、总编辑，南方报业传媒集团原董事长范以锦先生，一直关注着来自家乡大埔的新闻秘书新兵的成长。我到了宝安县（区）工作后，又厚爱有加给予关心支持。1997年春，我的新闻作品集《历史的跨越》出版，是范社长写的序，肯定我笔耕丰收时，又寄予"有更大的收获"的祈望。26年后的春天，我的散文集出版，他又从几个比较急的写作任务和审阅博士生论文的繁忙中，抽空写序，对晚辈的关爱之情，真让我诚惶诚恐。

敬畏文字，是因在写作中追求通达。

在职业状态，我常有好为人师的一面。曾自创一个训导词：做明白人，把事做明白。要求别人的效果不得而知，但作为自我要求，我有收获。特别是当我觉得写作已成为我的迫切需求时，我觉得"明白"是至关重要的。我没有出口成章的敏捷，也不具提笔就写的才气。对事实，要弄清楚；对事理，要理清晰；对文理，要能晓畅。因此，我对每个篇章，不惜花费时间酝酿，对收集写作中所需素材、整理待核事项等流程步骤要做规划，对文章的逻辑结构反复思量。甚至对主题的表达、叙事的方式、词句的组织，与友人或自我开展"头脑风暴"。

有道是，文无定法。散文创作是很个性化的事。但长达20年的新闻工作修炼，使我在没有束缚、没有边框的文字里，潜移默化地增强自律。我要求自己，文字和文理要通顺，书写能够贯通思想、情感的表达，所写的文字必须有价值。生怕草率成章、拼凑文字有违自己为文的初心。

一个文学青年，在年近花甲之际，收获一本散文集，内心充满喜悦。我因喜爱文字而成长，也因写作文字而进步。是文字历练了我、成就了我，我对文字既感恩又敬畏。

作为一名写作者，我把自己的内心安顿在所写的字里行间。为了保持文字的生命活力，我还必须保持好奇心、孩童心、自在心。以更低视角体察日常、以更深切入关注幽微、以更广视野提炼主题，使文字立意更高远、表达更凝练、境界更超越。

我依然会修炼修为，感悟生命，自我提升与超越，在文字书写中探求通达。

2023 年 2 月 21 日

于观澜河畔